花火
魅丽文化
花火工作室

今天也为你着迷

一字眉
作品

江苏凤凰文艺出版社
JIANGSU PHOENIX LITERATURE AND ART PUBLISHING, LTD

图书在版编目（C I P）数据

今天也为你着迷 / 一字眉著. -- 南京 : 江苏凤凰文艺出版社, 2018.5

ISBN 978-7-5594-1900-2

Ⅰ. ①今… Ⅱ. ①一… Ⅲ. ①长篇小说－中国－当代 Ⅳ. ① I247.5

中国版本图书馆 CIP 数据核字 (2018) 第 078951 号

书　　名	今天也为你着迷
作　　者	一字眉
出版统筹	黄小初　邹立勋
选题策划	朵　爷　夏　沅
责任编辑	胡小河　姚　丽
文字编辑	夏　沅
责任监制	刘　巍　江伟明
出版发行	江苏凤凰文艺出版社
印　　刷	湖南凌宇纸品有限公司
开　　本	880 mm×1230 mm 1/32
字　　数	321 千字
印　　张	9.5
版　　次	2018 年 5 月第 1 版，2018 年 5 月第 1 次印刷
标准书号	ISBN 978-7-5594-1900-2
定　　价	36.80 元

（江苏凤凰文艺版图书凡印刷、装订错误可随时向承印厂调换）

目录

目录

第一章

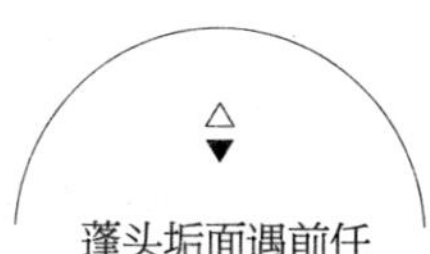

蓬头垢面遇前任

人生中最尴尬的时刻是什么——

三天没洗头、没化妆、蓬头垢面出门遇见前男友?

不。

是你遇见前男友的时候，不仅三天没洗头、没化妆、蓬头垢面，还被保镖当作不法之徒，反扣双手摁在地上。

灰头土脸，鼻血横流。

人最困的时候，走路都想睡着。

万穗几乎是飘出机场的，找到站台边停着的酒红色轿车，打开后车门，往真皮座椅上一扑，闭上了眼睛。

驾驶座，陶宁端着还冒着热气的保温杯，回过头。

“还活着吗？”

万穗没出声，挂在车外的一条腿弹了一下。

陶宁把保温杯递过来：“喝点热水。”自己下了车，把她的皮箱放进后备厢，顺便将她耷拉着的两条长腿搬进来。

万穗像个瘫痪的病人，脑袋抬起几寸，就着杯口艰难地喝了一口，皱眉，往杯子里盯了一眼：“怎么还有枸杞？”

“九零后空巢老人也是要养生的。”陶宁笑着说。

“不不不，我还稚嫩。”万穗说着，喝下了大半杯。自己家似的，拿了条小毛毯，又把陶宁的颈枕霸占过来，舒舒服服地躺下，闭着眼睛说，“陶陶，我睡会啊。”

陶宁从后视镜看她一眼：“祖宗欸，你多久没睡了，瞅你那黑眼圈。”

万穗举起三根手指。

陶宁啧了一声：“赶紧睡吧，空巢老人。”

车开得很稳，一小时后，昏睡如牛的万穗终于坐了起来。趁车在等红绿灯，下车坐到了前头副驾，撑着困倦的眼皮，拿起保温杯，把剩下的水喝光。

陶宁扫了一眼她女鬼般的脸色，不大放心：“你这样子，还是先回去休息吧。我帮你问问，以前圈里的朋友，也有能说得上话的。”

万穗把乱糟糟的头发重新扎好：“周二就要录节目了，来不及。”

车队流水般前行，窗外，摩天大楼高耸入云，天空是一片暗沉的灰色。

十来分钟后，车子到达北洲广场。

万穗率先下了车。

大楼外的LED屏幕上是一部新电影的巨幅海报。画面中央，一张精修过的漂亮面庞，是近两年人气颇高的大众女神。

万穗呼了口气，转身拉开车门，弯下腰，在置物格子里翻找着，摸到半条软中华，拆了一包。

陶宁看着她的动作，一脸诚恳地提醒："养生，注意养生。"

万穗乐了："好的，陶奶奶。"她抽了一根揣进兜里，剩下的丢回去。

"我提提神儿。"

走了两步，又被陶宁叫住。

"我跟客户就约在这边，你处理完事情等着我，待会儿一起回去。"陶宁下了车，穿上西装外套，大方利落的事业女性。她锁了车，抛过来一个打火机，"可别硬来，有事儿给我打电话。"

万穗比了个OK的手势："你去忙吧。"

今天是电影的发布会。万穗进去时，发布会正进行到高潮。

她站在舞台右侧的一个犄角旮旯，双臂环抱靠在墙上，看着镜头下盈盈微笑的程念——一袭拼接白色礼服、美丽优雅，正在舞台上与男主角一同接受访问。阳光帅气的当红小生，明艳美丽的女神，站在一起十分养眼。偶尔默契的一个互动，惹得台下粉丝尖叫连连。

音响喧天的声响，混杂着不间断的刺耳叫喊，现场嗡嗡一片，吵得万穗头晕眼花。

她记得下飞机时随手把睡眠耳塞装进了口袋，伸手进去，找到耳塞，往耳朵里一堵，世界霎时安静了。

活动结束，已经是一个小时之后。

安保人员维持着秩序，主创人员相继离场。程念戴上墨镜，被近十个穿着黑上衣、米灰色多功能裤的肌肉男护卫着，迎着不断闪烁的闪光灯，穿过拥挤的粉丝群，正从右侧的通道离开。

通道外是此起彼伏的尖叫，数百名粉丝锲而不舍地喊着整齐的口号——

"程念、程念，念念不忘！"

汹涌的人潮随着程念的方向移动，一张张表情狂热的面孔、数不清的胡乱挥舞的手臂，与电影中围攻人类的丧尸有着莫名的相似。

念念不忘个鬼啊。

万穗看着就犯怵，四下瞅了一圈，发现了另一侧的安全出口。

程念从通道离开后，保镖迅速将出口封锁，拦截住洪水一般企图冲破堤坝的人潮。万穗看了一眼程念离开的方向，从安全出口跑了出去。

追了一路，远远看到一行人进了电梯，万穗停了下来。

这一通跑，让她差点背过气。

前方电梯门关闭，红色数字不断跳动。她缓了一口气，等到数字停止，这才走过去，进了另一部电梯。

二十五楼。静得出奇。

万穗没头没脑地找了片刻，忽然见前方一扇门前，站着一个身材健美的肌肉男，双脚分立，左手握右手，标准的保镖站姿。他身上的着装，与刚才程念身边的人别无二致。

她立刻向前跑去。

余光闪过黑影，肩膀忽然被抓住，狠狠一推。万穗踉跄几步，撞在墙上。她忍不住骂了句脏话，抬头，恼火地瞪向拦住她的人。对方穿一身黑色西装，右耳别着蓝牙耳机，面庞冷硬。

万穗一脸莫名其妙。

恰在此时，窗明几净的办公室里，程念站了起来，向门口走来。

“程念！”

万穗当即大叫了一声，向她跑去。

程念一停，循声望了过来。

万穗刚跑出一步，肩膀便被一股大力攫住，往后一扯。西装男抓住她的手腕，反向一拧、一压。

万穗嗞了一声，龇牙咧嘴地弯下腰，手腕几乎被拧断。

对方却并未松手，紧接着，迅速侧身、弯腰，一个漂亮的过肩摔，将她撂倒在地上。

——万穗脸朝下趴着，连惨叫声都没发出。

西装男俯下身，将她的双手反剪在身后，用膝盖抵住。

行云流水的动作，干脆利落的招式，全程不超过五秒钟。

身体像是四分五裂了，除了疼，什么都感觉不到；强烈的耳鸣久久不止，像拉响的防空警报。

慢慢地，知觉回笼，浑身没有一处不疼的。

西装男公事公办的口吻道：“这位女士，你擅闯私人领地，对程小姐穷追不舍，我有理由怀疑你居心不良，请你配合调查。”

万穗挣扎着将脸抬离地面，看了眼办公室门口不知何时出来、正肃目盯着这里的几名肌肉男，后知后觉地明白过来：这人大概也是保镖中的一员。怕还是个小头目，毕竟别人都穿紧身衣，他与众不同地穿西装。

她只想送他一个白眼，还没来得及翻，便觉鼻腔一热。

她连忙把头昂起来。

西装男转过头，看向办公室门口被这边动静吸引的一帮人。“程小姐，请你过来辨认一下，上次袭击你的是不是这个人？”

程念立在保镖身后，没动，远远往被他压在地上的女人身上扫了一眼：“不记得，交给警察审一审不就知道了。这不是你们的工作？”

万穗气极反笑，别着头，冷幽幽地盯着裴盛：“你最好把我交给警察。”

她要是放过这个男的，她就不姓万！

对方压着她的力道丝毫不减：“我们会调查清楚。”

与此同时，有脚步声响起。

几个保镖立刻昂首挺胸立正，中气十足地喊了声：“成哥。”

立在门口的程念走了出来，目不斜视地经过两人身边，高跟鞋嗒、嗒、嗒，像电影中放慢拉长的动作，清晰，优雅。

“邵总……”

万穗脑子里嗡的一声。

她保持着往后扭的姿势，瞳孔微微放大，瞪着望向她身后的裴盛，脖颈僵直，整个人像被点了穴，一动不动。

程念声音婉转，说了句什么，她没听清，耳边嗡嗡嗡地响个不停，所有的声音都被分割成混沌杂乱的噪音。

只有一道清冽、磁性的嗓音，如叮咚的泉水，穿破厚重的雾霭，清晰传入耳中。

“裴盛，怎么回事？”

一下子，噪音消散，世界清明。

万穗嗖的一下，把脸埋下去。

“奶奶，我被人打了。”

会议室里，气氛凝滞。

陶宁挂了电话，转过身来，对上几道惊疑不定的视线。身边助理眼观鼻鼻观心，大气不敢出。

“抱歉，暂停一下。”

这个时候，陶宁也顾不上自己方才情急之下那一声振聋发聩的“奶奶给你打回去”，给对方老成持重、衣冠楚楚的公司代表造成了多大震撼。她一下站起来，椅子拖地，发出刺耳的刮擦声。

助理紧张地拉了拉她的衣服。

陶宁微微弯腰，手撑着桌子，望向对面坐在中央的儒雅男士：“徐总，对不住，我有急事，请给我十五分钟时间。”

平均年龄四十多岁的代表们惊讶地张大了嘴。

徐总看着陶宁，几秒钟后，点了下头：“需要帮忙吗？”

陶宁直起身，摆摆手：“不用，我学过格斗。”言罢脚步如风地离开会议室。

一屋子人面面相觑。

尴尬的沉默中，有人干笑着活跃气氛：“我们陶总监是性情中人，见笑，见笑。”

洗手间。

万穗把裂了几条纹依然坚强工作的手机放回兜里。

搁平时，她绝对不会在陶宁忙的时候打搅，尤其是在签合同的关键时刻。但今天情况不同。那个西装男还在洗手间外面，等着带她回去“接受调查”。

鼻血还没止住，万穗继续用凉水在额头拍着。身后隔间里有人走了出来，身材高挑的美女，瞥见洗手池里殷红血迹，脚步一顿。

万穗转过湿漉漉的脸，眼睛弯起，冲她笑着。

“美女，借用一下化妆品。”

陶宁推开洗手间的门时，万穗已经清洗完毕，用五分钟的时间迅速化了妆。

眼影浓烈，唇色艳丽——魅惑的浓妆，压住了原本倦懒的脸色，只是衣襟上一片一片的血迹，看上去有几分诡异。

“就是外面那个男的？”陶宁眉头越皱越紧，从包里掏出一条裙子，压低声音问，“到底怎么回事？”

“说来话长。”万穗迅速脱掉身上棉麻质地的长衣长裤，套上裙子。

“你确定不要揍回去？”

从小到大，从来都是他们揍别人，什么时候这么憋屈过。

“打不过。”万穗爽快地承认了这个事实。

“什么来头，这么能打？”陶宁帮她拉上背后的拉链。拿的时候太急没仔细看，是夏款的无袖连衣裙，这个时节穿早了一些，“随便拿的，将就一下。”

她把外套脱下来，给万穗穿上，又从包里拿出一顶浅色日系假发。买裙子的时候看到模特头上戴着，非卖品来着，被她强行买了下来。

“很久没戴过这玩意儿了。”

万穗熟练地把假发戴上，张扬的颜色，搭配浓妆，气质霎时更多了几分妖冶。

裴盛在洗手间唯一的出口处，背对墙，最安全的站姿。

万穗挽着陶宁的手，从他身前走过，目不斜视。

裴盛的目光淡然扫过，没有认出。

片刻后，他低头，看了眼手表。

——那个女人已经进去十分钟。

裴盛走向女士洗手间，抬手，在厚重的门上敲了几下。

没有应答。

想到什么，眉峰一凛，裴盛推开门，只见洗手台前空无一人，地板上散落着沾血的衣服。

走到电梯前，万穗才回头望了一眼，没有人追来。她松了口气，电梯到达，立刻拉着陶宁进去，猛戳关门键。

“你今天有点反常哦？”陶宁奇怪地瞄着她。

以这祖宗睚眦必报的个性，怎么会甘心吃下这个闷亏，还对打了她的人避之唯恐不及？

万穗抿着唇，没说话。

迅疾的脚步声由远及近，随即一张冷硬的脸出现在视线中，径直向电梯的方向狂奔而来。

万穗抬眼，从渐渐合拢的电梯门中，对上男人冷厉的视线。

“站住！”裴盛低喝一声。

“站着呢。”

万穗嘴角一勾，笑容有几分讥讽，几分挑衅。

她直直地盯着裴盛的眼睛，把假发摘下来，在手里甩了一下，扬手从电梯门的缝隙中抛出去。

颜色另类的长发落地，裴盛脚步停了下来。他盯着已经合严的电梯门，神色不明。

片刻后，他俯身捡起了那顶假发。

万穗在一楼的露天咖啡厅等陶宁。

她披着小西装，跷着腿坐在椅子上，拿出手机，打开前置摄像头。背后是一排木格栅栏，种满了花，红色和白色的小花一簇一簇地垂落下来。不过她没有自拍的兴致，对着摄像头检查鼻子。

肿了一点，不大明显，但她皮肤白，鼻梁的青紫有些显眼。

确定没有破相，万穗退出相机，从相册里找了张叽叽的照片，发微博：【日常迷信，转发好运。】

叽叽是她养的鹦鹉。粉红色的毛，小翅膀是嫩黄色，非常漂亮，也非常适合迷信。

她的运气从来都好到爆，一直被朋友圈奉为活锦鲤，还从来没这么倒霉过。

大半年的心血要不回来就算了，还被人打。

被人打就算了，还被前男友看到。

程念一定是她的克星。

时间差不多了，万穗离开咖啡厅，走到门口，丝丝缕缕的烟草味道飘入鼻腔。

不远处，一个年轻男人站在台阶上，一头小卷毛，紧身牛仔裤，正叼着一支烟，两手插在口袋里，晃啊晃。

万穗收回视线，停了会儿，忽然抬脚走出去。

“帅哥，借支烟。”

年轻男人回头，眼睛一亮，视线从那双白得炫目的长腿上扫过，忙把烟从嘴里拿掉，掏了烟盒殷勤地递过来。

万穗抽出一支，正要把烟往嘴边送，听到有人喊她：“穗儿。”

她抬眼，陶宁朝着她的方向快步而来，目光掠过她身后，忽然一滞，面露惊讶。

万穗跟着回头，恰好看到几个人从商场的自动门走出。好巧不巧，便是被保镖簇拥着的程念。

与她并肩而行的男人，无论是外形还是气质，都十分出挑，穿一件棕色皮夹克，小立领，大长腿，挺拔有型。

万穗的眼神一秒钟都未停留，转回头，眉眼冷淡。

“火。”

小哥连忙打了火帮她点烟：“美女叫什么名字，咱们加个微信？”

点了半天，火焰晃来晃去，就是对不上烟。万穗不耐烦：“你帕金森啊，抖什么抖。”

说完，一把抓住他的手腕，低头凑过去，总算点着。

小哥瞪着眼睛，看到她不善的脸色，把那句“明明是你在抖”吞了回去。

陶宁已经走到跟前，意味不明地看了万穗一眼，在她肩膀上一拍。然后越过她，向身后那帮人走去，热情地打招呼。

“邵成哥，什么时候回来的？”

万穗猛地吸了口烟，缓缓吐出烟雾，那呛人的滋味却堵在了喉咙里。

小哥目不转睛地看着她，挠挠头，思索该如何搭话。

万穗半眯着眼，目光不知落在何处。抽了几口，她忽然把烟一丢，踩灭。

“陶宁，走了。”

陶宁一顿，回过身。

她和万穗从小穿一条裤子长大，感情好到不分你我。万穗对她有各种各样的爱称，心情好了叫她陶陶、宁宁、心肝、宝贝，有时候故意使坏叫她套套，生气了神经病、傻 × 玩意儿也能骂出口。

总之从来没连名带姓地喊过她。

陶宁结束寒暄回来。

万穗转身就走，径自上了停在路边的车。

开了一条街，陶宁才打破沉默：“你见过邵成哥了？”

刚才打招呼的时候，她看到那个西装男也在，就站在邵成哥的身后，显然认出了她和万穗，拧着眉头打量她们好几眼。

陶宁奇怪之前究竟发生了什么。

万穗不吭声，过了很久，才吐出一个字：“没。”

语气有些烦躁。

陶宁瞥她一眼，沉默下来。

回到位于苏河路的独立工作室，万穗跟陶宁挥别，一进门，两个等消息的小姑娘立刻迎了上来，唐小佳着急地问：“姐，要回来了吗？”

见万穗脸色不大好，猜到结果，她咬了咬唇，自责道：“对不起，都怪我，没有及时跟进协议……”

“也不能怪你，谁知道一个大明星会这么没品啊。”趣趣义愤填膺地说。

旧仓库改造的 LOFT，下层是办公区域，上面则是万穗的起居空间。她脱了外套，往楼上走，一边头也不回地说：“跟节目组沟通一下，换其他衣服。”

“可是节目的宣传都已经打出去了，这个时候换……怎么说啊？”

“实话实说呗。”万穗不冷不热道，“当红小花言而无信租借服装逾期不还，这么好的料，他们傻了才不要。”

唐小佳和趣趣愣愣地对视一眼，一个慌忙去联系节目组，一个准备后天出发要带的东西。

临时更换要展示的服装，编导果然大为光火，不过节目录制在即，换嘉宾显然已经来不及，最终也只能同意。

挂了电话，唐小佳已经是一头的汗。

“这个编导真的好凶啊，我都不敢去了。”

“怕什么，为了收视率，节目组肯定会把程念这个料爆出去，我们也算报仇了。”趣趣劝解她，兴致勃勃道，“不去你就亏大了，我跟你讲，这次跟我们一起录制的都是肌肉男。”

唐小佳惊讶：“这期不是创业主题吗？”

趣趣点头：“就那个前段时间进驻北方市场的保镖公司，展翼特卫你知道吗，听说都是退役特种兵，妈呀，全是行走的荷尔蒙！”

话说完，她忽觉一阵凉意爬上背脊。

一回头，万穗披头散发地出现在铁艺栏杆上方，阴气森森：“很闲哦？”

两人连忙噤声。

万穗自己经营着一个汉服工作室——风荷记。

这名字是工作室成立之初，她玩牌时输掉了命名权，当时还在玩古风音乐的陶宁与韩树给起的。

万穗嫌听着一股风尘气，像搞皮肉生意的。后来她以一套“荷”元素的襦裙打响了工作室的头炮，这名字便一直沿用下来。

日本与韩国对传统民族服饰的传承与精心保护，是中国所没有的，汉服至今仍脱不开“小众”二字。加上万穗设计时的严格考究，以及在剪裁工艺、面料纹样上的执着，使得风荷记的每一件作品，价格都远高于市面上的其他汉服。

而且她只接定制，不做批量，导致风荷记创办两年，一直入不敷出。

风荷记的客户更多来自海外华人，国内反而没什么名气，这次接到H市的电视台邀请，倒是不错的宣传机会。

飞往H市的飞机上，唐小佳把节目安排拿给万穗过目。

自从得知同一期的嘉宾来自展翼特卫，万穗就兴致缺缺，匆匆浏览一遍，没什么问题，就搁下了。

一下午的时间，在后台帮模特穿衣服、对台本、现场彩排，万穗没有空闲时间关注隔壁的三号化妆间。

但几次与展翼的人擦肩而过，演播厅里萦绕的男子气息，不容忽视。

趣趣有句话说得没错，全是行走的荷尔蒙。

最后一次彩排结束，导演在舞台下面满意地比着OK的手势。

万穗回化妆间，经过隔壁时，发现门开着，一个女编导苦口婆心的声音传出来:“我真心觉得您可以上台试一试，露个脸也好，对公司绝对是最好的宣传。”

紧接着是男人磁性的声音，带着点笑：“我不靠脸吃饭。”

趣趣耳朵贼灵，飞快地探头看了一眼，然后便拳头捧着脸，眼睛闪红心。

“天哪，太帅了！我要晕倒了！”

“真的吗，真的吗？”唐小佳迈着小碎步就要往这里凑。

“……”

万穗扭头，一个眼神扫过去。

唐小佳缩缩脖子，退回来。

展翼特卫的 part 在前，万穗在后台看直播。

这次来的不是小保镖，而是经验丰富的教练员，一半外国人，一半中国人，全部是特种部队出身，有的甚至担任过国家首领的贴身保镖。他们肌肉发达、不苟言笑，往那儿一站，很不好惹的样子。

主咖是展翼的高层，陌生面孔，身材结实，站在主持人旁边，很大的块头。

他接受主持人的访问，讲述着展翼的历史、宗旨以及保护要员的方法。

大屏幕上放映着照片，万穗这才知道，半个娱乐圈都跟他们合作过。

并且几乎每一张照片中，都有裴盛。严格来讲，他那长相很周正，不过看在万穗眼里，就透着一股讨人厌的气息。说他帅，鼻子都不同意。

再后来，某张照片里，她看到了熟悉的脸。

——身边站着的是娱乐圈大佬，似乎是什么重要场合，他也戴着蓝牙耳机，穿着笔挺的西装，站在低调的位置，却连艺人的风采都抢去了几分。

照片放出的一刹那，现场的尖叫声传到了后台。

身后那两个小姑娘也压抑不住地激动叫道:“就是他，小佳，左边第三个！”

“长成这样为什么不靠脸吃饭啊！暴殄天物！”小佳哇哇直叫，“不行了，我也想当明星，我也想被他保护！”

“晚啦，”趣趣似乎知道许多内幕，“人家是大老板，现在已经不出山了。”

说完，两个人一起遗憾地叹了口气，好像真的有钱请保镖似的。

这时候，访谈聊到了格斗。

以色列格斗术，现今世界上排名第一的徒手格斗体系，是展翼安全官受训的必修科目，对普通人来说也是一种非常科学有效的防身自卫手段。

教练演示简单的格斗技巧时，唐小佳和趣趣兴致勃勃地比画起来。

万穗懒洋洋地半靠在沙发里。

这些东西她都学过了，那个人手把手教的。陶宁会的那些招式，好多还是跟她学的。

“我教你们啊。”万穗站起来。

小佳和趣趣玩得正起劲儿，听到万穗忽然说话，回过头，目光有些怀疑：“姐，你会啊？”

“教你们两招简单的防身术，”万穗走到趣趣跟前，把拇指放在她的人中上，“第一招，这里，用力往下压。”

趣趣一脸将信将疑。

万穗又捏住了她的耳朵：“第二招，往下拽。”

趣趣：“揪耳朵这么低级？”

万穗目光不明地看她一眼，忽然不知怎么一错步，迅速绕到她背后，右手横在她颈前，左手抱住右手和她的头部，一记锁喉将她放倒。

“低级吗？”

趣趣连忙求饶。

万穗也没用力，松开她，拍拍手站起来。

很快轮到她们。

牙白翔凤云肩通袖立领长袄、四合如意暗花纱直袖竖领披风、龙凤妆花织金马面裙……身材曼妙的模特们穿着风荷记设计制作的汉服，展示着走过舞台。

万穗最后上场时，台下响起了一阵惊呼。

这让她终于有了点平衡。

就靠脸吃饭，怎样？

主持人清朗的嗓音介绍着，万穗保持得体的微笑，矜持地向观众鞠了一躬。

抬头时，余光扫过台下，有一瞬间的凝滞。

从小没少在各种各样的舞台上表演节目，这种场合万穗并不紧张。

一切都按照台本顺利进行，台下不少观众举着手机对模特拍照，对这些传统服饰似乎很有兴趣。这是最让她开心的了，看观众有兴致，讲着自己热爱的事业，不免就滔滔不绝了。主持人并没有打断，很认真诚恳地与她交谈，对她所讲述的这些传统文化表现了浓厚的兴趣。直到导演第三次挥牌子提醒赶快进入下一环节，两人才停止。

娱乐节目，自然会问及私生活。

主持人讲话很有技巧，像朋友间的聊天，万穗有什么答什么，并不避讳。

直到他突然问了一句：“很多女孩子都喜欢很man的男生，像刚才我们台上那些教练，非常有男子气概，你喜欢这种类型的吗？”

这个问题，台本上并没有。

余光里，那个身影还在台下坐着，因为他的出现，周围的女孩子注意力根本没在台上。万穗扬了扬眉，笑起来，一双眼睛像弯弯的月牙。

“我喜欢清秀的。”

两个小时的录制时间结束，已经是半夜一点。

万穗穿着高跟鞋，站得脚都快断了。

离开舞台，小佳和趣趣立刻跑上前，冲她竖着大拇指：“很棒很棒！刚才已经有好几个人来问了，等节目播出，我们就会有数不清的单子了！”

万穗瞥了她们一眼，笑：“没睡醒吧你。”

鉴于她们工作室不接地气的价格，每天收到的咨询消息不少，成交率不足十分之一。这次节目虽然有利于宣传，但生意并不会有太大起色。

小佳与趣趣的笑容立刻垮了。

“去收拾东西吧。我一会儿得赶飞机，你们两个给我长点心啊，好好核对，别再出岔子。”

小佳连连保证：“这次一定完成任务！”

其实程念那个事儿，实在是一环套一环，始料未及。

之前已经合作过两次，很愉快，程念的名气对她们工作室的宣传也有利。这回凑巧原来的助理离职，工作没有交接上，一拖又一拖，耽搁了协议没签成，刚好就在这次出了问题。

万穗把两人打发走，回化妆间拿了东西，准备去机场。

这个时间，化妆间已经没什么人，她拎着包出了门，穿过走廊，忽然听到前面有人声。她望过去一眼，立刻转身。

脚还没迈出去，男人的声音已经抵达耳边。

“过来。”

轻轻的一声，不容置疑的口吻。

万穗就那么站在原地。

几秒钟后，她深吸一口气，转过身。

邵成立在三号化妆间外，一身挺括西装，身形修长，愈显硬朗帅气。他两手插袋，那双漆黑的眼睛望过来，如同平静深邃的幽潭。

身边的人正向他汇报公事，被他那一声打断，看了眼不远处的女人，又看看他，眼神有些疑惑。

邵成没看他，低声说了句："你先回去吧。"

那人最后看了万穗一眼，点头离开。

万穗还站在那儿没动。

"你哪位？"一副跟你不熟的样子。

邵成眼睛微微眯了一下："你走过来，还是我抓你过来？"

万穗翻了个白眼，朝他走过去，隔了足足有三米的距离，停下。

"看到我跑什么，招呼也不打。"邵成睨着她，语调漫不经心，颇有一种长辈教训晚辈的架势。

万穗不买账，抱着胳膊："大叔，你谁啊？"

臭小孩儿脾气。

邵成没往心里去，熟稔的口吻，像个时常见面的老朋友："去哪儿，我送你。"

"我没有向陌生人透露行程的必要。"万穗把包往肩上一挎，"年纪这么大，就别学人家搭讪了，也不害臊。"

她帅气地一甩头，迈着趾高气扬的步子走开。

走得潇洒，站在夜风里等车的时候，就十分凄凉了。

第一辆车被一对突然冲出来的情侣抢走后，万穗站在路边等了十多分钟，再没见到计程车的影子；手机里的打车软件，也迟迟没有人接单。

邪门了。

她跺了跺脚，可别再看见那谁，不然就很尴尬了。她潇洒的英姿，她骄傲的背影……

正碎碎念着，一辆黑色路虎揽胜缓缓停在了身前。

完了，万穗看着那强悍的车身，握紧手机。

车窗缓缓落下，那张曾在演播厅引起骚动的脸出现在视线中。英俊的五官被路灯暖黄的光晕笼罩，好看得让人挪不开眼。

邵成的目光扫过来："上车。"

"今天展示的服饰都是你设计的？"

万穗正神游着，听到邵成没话找话地问。她嗯了一声，不大想搭理他的态度。

"很漂亮。"邵成夸赞道，"你做得很好。"

打着近光灯的车驶近，星星点点的光落在他眼睛里，像月光下波光粼粼的湖面。万穗把目光收了回来，撇过头："你也不错。"

商业互吹嘛，礼尚往来。

搁在中控台上的手机忽然亮了，发出轻微的震动。万穗扫了眼，一个眼熟又讨厌的名字——程念。

她把脸扭向窗户，白眼翻给无辜的路灯。

电话邵成没接，点了挂断。

“你们保镖公司近水楼台，能泡到不少女明星吧。”万穗语气酸酸的，“既能赚钱又能泡妞儿，生活挺滋润啊。”

女明星嘛，哪个不是盘顺条靓。程念被奉为女神，漂亮是一方面，36D 的胸围也起了不少作用。

他喜欢身材好的，万穗一直都知道。

接二连三地被她顶撞，邵成也没生气，只是瞥了她一眼：“这些年吃火药长大的吧，光长脾气了。”

“谁说的，胸围也长了。”万穗冷哼，怪腔怪调地说。

身边一声轻笑。磁性的声音笑起来，比说话更低沉悦耳。

可笑得再好听，也是嘲笑的意思，万穗恼羞成怒：“笑屁啊。”

A- 长到 A+，那也是长了啊。

这原本就是她最耿耿于怀的点。

他嫌她胸小把她推开那次，现在她都记着呢。

后来一路万穗都不想搭理他，闭眼睛装睡。邵成本就不是多话的人，见状只是将灯调暗，让她睡得舒服些。

到了机场，万穗下车，摆了下手，不甚走心地道了声谢，吊儿郎当的语气念着中老年表情包的金句：“友谊一线牵，珍惜这段缘。”

邵成坐在车里，一手搭在方向盘上，睨她一眼，不咸不淡的声音道：“下次再跟我阴阳怪气的，小心我抽你。”

“……”万穗砰的一下摔上车门。

凌晨的天空，是沉寂的。

头等舱的乘客不多，安置停当后，便静了下来。机舱里亮着微弱的光，窗外是厚重深沉的云层。

万穗没有戴耳塞，很困，闭着眼睛，纷繁的画面闪过。

下飞机已经是五点，天刚蒙蒙亮。

万穗打了车回到清川道家里，一口气卸妆洗澡，栽到床上就昏睡过去。不到八点又被老万持之以恒的敲门声叫醒了。

今天是老妈的忌日。

公墓在南山，半个多小时的车程。

山上清早的空气湿润清新，一家三口沿着石板铺就的台阶一路往上，到达一座沉静的墓碑前。老万蹲下身，将新鲜的百合放下，墓碑上，年轻美丽的女人温柔地注视着他。

“敏秀，我带万琛万穗来看你了。”老万轻轻摩挲着照片。

万穗把妈妈生前最爱吃的蛋糕放下，看着照片上风华绝代的女人。

她长得像妈妈——这是小时候每个人见到她都会说的一句话。可是她对妈妈却没什么印象了，妈妈走的那年，她才一岁。她记忆中扮演妈妈这个角色的，更多的是比她大七岁的哥哥。

万穗小时候很少被人欺负，大多都是她和陶宁、韩树三个人合伙欺负别人，所以很少有跟别人说“你等着，我叫我哥哥来！”的机会。大多情况下她找哥哥，是诸如扣子掉了、鞋子烂了，或者老师让自己缝沙包我不会你帮我之类的原因。

以万琛的长相，没少收到情书，不过他十七八岁应该情窦初开的年纪，恰恰是万穗最皮最闹腾的阶段，忙着照顾她、教育她、闯了祸给她善后，错过了早恋的最佳时机。因此他三十多了一直没正经谈过女朋友，万穗跟老爸一样心急。

老万每次来，都要跟妈妈说很多话。

“敏秀啊，你有时间就回来，帮我教训教训他们。”老万絮絮叨叨地说着，“这俩孩子，一个比一个不省心。万琛都老大不小了，到现在还没定下来，天天泡在公司里，公司能给他分配对象吗。”

万穗也跟着添乱：“公司能给你分配对象吗？”

万琛抬手在她脑袋上敲了一记。

刚说完，只听老万接着道：“还有万穗，这丫头气死我了！我看老李家那外甥挺靠谱的，也当过兵，让她见个面，她给我放鸽子……”

“……”万穗连忙叫他打住，“爸，你别说那些有的没的烦我妈了。这么早，我妈说不定还在睡美容觉呢。”

下山的时候，万穗与老哥并肩走在老爸身后。

“新加坡的单子谈成了吗？”万琛问。

“我亲自出马，当然成了，搞定设计图才回来的。”万穗得意地扬着眉，接着，笑嘻嘻地用胳膊撞了他一下，“哥，又到了一年一度交房租的时刻……”

她点到即止，弯着眼睛，搓了搓手指。

说来惭愧，她的工作室，现在还靠老哥养着。

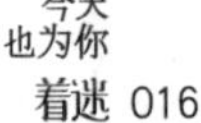

万琛失笑，扫了眼她狗腿的笑脸，轻飘飘道："老老实实去相亲，否则别想从我这儿拿钱。"

万穗的笑容垮了："你都没结婚呢，我着什么急啊。"

万琛在她脑袋上搓了一把："不看着你定下来，我不放心。"

回去的路上，万穗枕着老万的腿唉声叹气，故意朝着万琛的方向，大声叹气给他听。老万没管兄妹俩的小打小闹，心情挺不错地说："明天晚上记得回来吃饭，爸爸给你做口味虾。"

这段时间太忙，都没怎么回来陪他，万穗不假思索地答应了，然后又十分警觉地问："你没约什么相亲对象的来家里见面吧？"

"爸爸是那种人吗，"老万义正词严，"约了一个老朋友。"

万穗就放心了。

只休息半天，万穗就回了工作室，跟进后续的工作。

新加坡的客户是个贵妇，祖籍中国台湾，听说跟明朝朱氏一族有点关系，她在新加坡出生、长大，但对中国的传统文化非常感兴趣。老哥与她先生有生意往来，介绍了万穗和对方认识。

万穗与这位太太一拍即合，在新加坡的那几天，两人一有时间就凑在一起，一则沟通款式与纹饰的设计，二则交流对于传统服饰的心得。

因着这位太太对时尚的理解与追求，这次的设计图做了很大的创新，在原有的传统图案中，加入了一些现代风格的新样，效果特别好。

一忙起来，万穗就什么都顾不上了，五点半才从操作间出来，赶紧收拾东西开车回来。在院子里停好车，正要进门，见一辆黑色路虎开进来，停在了她旁边。老爸的客人也到了。

——万穗看着那熟悉的车型，感觉不大对。

下一秒车门打开，一双腿迈了出来，肌肉紧实有力，长得开挂。

万穗盯着那双腿，忍不住多看了几眼。

邵成下了车，打开后备厢，也没看她，左手一抬，向她的方向招了两下，叫小狗似的。

万穗头一撇，装作没看见。

"过来拿东西。"邵成弯下腰，抱出来一个箱子。

"邵成来了。"老万笑呵呵地从家里走了出来。

万穗这才走过去，把箱子接了过来。胶带封得严严实实，不晓得是什么东西，起码有十几斤。

“来就来，带什么土特产啊。”她皮笑肉不笑的，“土”字有意重读。

邵成又拿出来几瓶价值不菲的酒，拎在手里，将后备厢关上，淡笑着瞥她一眼：“‘土’特产是给你的。”

“……”万穗翻了个白眼，抱着沉甸甸的箱子进屋。

老万的口味虾早早准备好了，另外做了几道拿手菜，很丰盛。

万琛有应酬，不回来，万穗破天荒地主动进厨房帮忙，留老万跟邵成唠嗑。

老万是军人出身，对部队有情结。只是自家一儿一女，儿子自小聪明，功课尤其好，一路读到国内顶尖学府，又出国留学，回来后自己开公司，经营得很出色；女儿倒是对部队有兴趣，老万一方面高兴，一方面却不忍心她去吃那份苦。

因此他对老战友家这个从军的长子，由衷喜爱。两人倒是有许多共同话题。

万穗往外端菜的时候，听到客厅里老爸在说：“听你爸说，给你安排了相亲对象，相处得怎么样？”

“还没见面，她这段时间不在国内。”邵成坐在沙发上，双腿交叠。

“有时间就见见，听说家里是书香门第，跟你也般配。万琛和你同年，你们俩啊，事业做得有声有色，也是时候成家了。”

邵成道：“是该定下来了。”

老万点点头，忽然又提起一茬：“你在部队有没有认识的二十七八的小伙子，给我们万穗介绍一个。”他说着，不免笑了起来，眉宇间不无骄傲，“这孩子随我，对咱们军人特别有好感。”

万穗走到厨房门口，闻言一顿，斜过来一眼：“甭瞎给我介绍，我不喜欢当兵的。”

老万奇怪：“你以前不是……”

万穗打断他。

“那时候小，不懂事。”

老万的口味虾，鲜香辣，色泽漂亮，比起外面售卖的丝毫不差。这是他的拿手绝活，也是万穗的最爱。

老万和邵成的话题不断，从家常唠到军政，又从军政唠到口味虾的做法。

万穗不搭两人的话，埋头只顾剥虾。

她最近生活极不规律，又吃得猛了，从餐桌上下来没一会儿，捂着肚子冲进洗手间，稀里哗啦一通拉，那么多虾白吃了。

出来时，电话响了。一接通，陶宁雷厉风行的声音从电话中传来：“宝贝，出来喝酒，韩树回来了。”

万穗脸色发白："今天不了吧，我回家了。"

"韩树带了个蛇精女。"陶宁顿了下，"要结婚。"

万穗："……地址。"

上楼换了身衣服，补了妆，下来时，老万已经把邵成送到了门口。回头看到万穗："天儿还冷呢，穿厚点——这么晚了要出去？"

"韩树回来了，陶陶喊我喝酒呢。"

老万在这方面很开明，只说："肚子不舒服就少喝点，别开车了，"他看向已经走下台阶的邵成，"邵成……"

邵成会意："我送她。"

当着老爸的面，万穗就没拒绝。反正现成的专车司机，不用白不用。

走之前，万穗交代了一声："我明天还得去工厂看面料，不回来了。"

老万点点头，叮嘱她："注意休息，身体重要，反正也赚不到什么钱。"

万穗无语凝噎，果然是亲爸。

车子掉头驶出院子，老万站在台阶上笑眯眯地目送，万穗隔着窗户冲他挥了挥手。

"去哪儿？"邵成问。

"昆江桥，不顺路的话随便一个地儿把我放下就行了。"万穗拿着手机，低头噼里啪啦打字，手速飞快，正跟陶宁了解最新事态进展。

"顺路。"邵成瞥她一眼，"会好好说话了？"

万穗懒洋洋道："这不是怕你抽我吗。"

过了会儿，邵成忽然提起件事："你那天去北洲广场，做什么？"

万穗心里一咯噔，握着手机故作自然地说："去玩啊，不行吗。"

"在二十五楼玩什么？"

别告诉她，她那样趴在地上，他还认得出来！万穗磨了磨牙，陶宁发了新消息过来，也没心情看。

"你认错人了，那个不是我。"

邵成瞥了她一眼，没再说什么。

邵成把车开到昆江桥，万穗立刻解了安全带，打开车门下车。说了声谢了，她头也不回地走进Lose Demon。

这间酒吧坐落于街尾，暗色的招牌隐藏在一片震耳乐声之间，并不显眼。

万穗和陶宁常来。几年来酒吧几次易主，铁打的客人，流水的老板。最近刚刚翻修过，装潢高档贵气，处处崭新。

陶宁跟韩树还在老位子，万穗走过去，陶宁抱着胳膊坐着，脸上阴晴不定。

——对面，韩树身边坐着几个人，都是平时一起玩的朋友，见到她抬手打着招呼。韩树跟人边聊边喝，不时哈哈大笑几声，怀里搂着个前凸后翘的女人，整容模板一般的脸，但没有陶宁说的蛇精那么夸张。

他们铁三角，就数这小子不着调，长了一副好皮囊，又是搞音乐的，半只脚踏在娱乐圈，身边女人三天两头地换，但从没说要结婚的。

万穗安抚地拍拍陶宁，走到“整容模板”前面：“美女，让个位置。”

“模板”不动，一双精心描画的眼睛带着点敌意：“你谁啊？”

万穗踢了韩树一脚。韩树侧头看到她，还笑得没心没肺的，两颊的酒窝显得人畜无害：“欸，这不是我们万岁爷吗，来，坐这儿。”他把胳膊从“模板”手里抽出来，“你坐过去点。”

“模板”不情不愿地往旁边挪了一点点。

万穗一屁股坐下来，压到了她的腿，“模板”又是皱眉又是翻白眼的，把腿挪开。

“你搞什么，陶陶说你要结婚，你认真的？”万穗单刀直入，也不怕紧挨着她的“模板”听到。

“结什么婚，”韩树大大咧咧地把手往后一搭，跷起二郎腿，手里酒瓶子晃了晃，“我就是烦她那样儿，随口一说。”

“……有意思吗你。”万穗往他小腿上踹了一脚，懒得多说。

她一走，“模板”立刻粘了上来。韩树没了兴致，推开。

万穗坐到陶宁身边，言简意赅道：“闹着玩儿的，甭管他。”

“谁稀罕管他。”陶宁脸色不好看，默不作声地喝着酒。

万穗已经不记得，这俩人之间什么时候萌生的小苗苗，总之她发现的时候，两个人已经很别扭了，一个浪荡不着调，一个打死不说。

她倒是挺心疼陶宁的，在陶宁肩上拍了下，陪她喝了起来。

舞池里人头攒动。不多会儿，一身休闲装的帅气男人穿越人群，径直朝他们这里走了过来，一脸笑容地叫她：“丫头，好久不见啊。”

万穗认出来人，脸色十分冷淡，倒是陶宁站起来，礼貌地打招呼：“嘉远哥。”

“好久不见，变漂亮了啊。”高嘉远热情地抱了她一下，看起来很是高兴，“今天真是赶巧了。”

“高总。”一帮人里有人认得他，上前攀谈，很快聊成一片。

“来来，我在楼上开了房间，上来一起玩吧。”高嘉远不经意地看了万穗一眼，开口邀请，“难得碰上，正好一起聚聚。”

一帮人热热闹闹地应了，万穗想拒绝也不行。

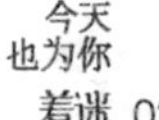

上了楼，高嘉远把人带到包厢，向几个朋友介绍一句，接着一回手，想要拉走在最后的万穗。万穗灵活躲开，掸了掸被他碰到的袖子，脸色十分冷淡。

高嘉远啧了声，笑容不减：“小心眼的丫头。”

他不顾万穗脸上显而易见的嫌弃，揽过她的肩膀：“给大家介绍一下，这是我的小妹妹，万穗，以后都照应点啊。”

万穗挥开他的手，没搭理任何人。高嘉远不以为意地笑，拉着她的胳膊，把人拽到了人少的地方，坐下。

“你这脾气也太大了，这么多年，还不消气。”高嘉远语气颇为无奈，倒了两杯酒，一杯推到她面前，一杯拿在手里。

“来，嘉远哥正式给你道个歉。那时候真是事出有因……”

“道歉就不必了，我跟你好像不太熟。”万穗神色淡淡，端起酒杯一饮而尽，重重搁在桌子上，“酒我喝了，你自便吧。”

说完，她利落地起身走了。

高嘉远挺无奈地叹了口气。

以前挺可爱的丫头，小公主脾气，任性是任性了些，却是很招人喜欢的。撒个娇，哼两声，什么都能答应她。他是真把她当妹妹看的，尽管那时候她就只喜欢缠着成儿。

这长大了，脾气倒是更牛了，怎么可爱劲儿却一点不剩了呢。

包厢门开了，高嘉远转头看过去，笑容又扬起来：“怎么来得这么慢？”

“停车。”

邵成将视线从那道透露不爽的背影上收回，看了眼桌上的空酒杯：“怎么了？”

“嗐，万穗那丫头，还生我气呢，爱答不理的，说跟我不熟。”

“她就这脾气。”见了他都不给好脸色，光长年岁不长心眼。邵成坐了下来，“你怎么着她了？”

高嘉远无辜摊手：“我哪儿能怎么着她，还不是因为你。”

邵成扬了扬眉：“又跟我有关？”

“可不就你了。”

高嘉远拿了瓶酒递过来，两人坐在一处，碰了下。想起当年的事儿，高嘉远叹了一声。

“你走了之后，那丫头到处找你，天天轰炸我的电话，在我家门口堵着，没堵到我人，差点把我家给砸了。那阵子她简直像发狂的小狮子，逮谁咬谁。”

邵成握着酒瓶的手顿在那里。

另一边陶宁看到邵成进来，愣了下，胳膊撞了撞万穗：“邵成哥怎么也来了？”

“跟我一块来的。”万穗语气四平八稳。

她也是刚才看到人进来，才明白那个“顺路”的意思。

陶宁的脸色可以用震惊来形容：“你们……”

“他上我家吃饭去了。”万穗表面上依然保持着高贵的冷静和淡定。

陶宁张了张嘴，没发出声音，好一会儿才问了句：“那你问了吗，他当年为什么不辞而别。”

“没。”万穗垂眸，转了转手里的酒瓶，“早过去了，有什么好问的。”

陶宁叹了口气，也顾不上管韩树那个糟心东西了。她轻轻抱住万穗：“不问就不问吧。反正咱腰细腿长脸蛋靓，天下第一美，要什么男人没有。”

万穗惆怅地叹气：“我也觉得我很美，除了胸太小……”

陶宁往她胸口瞄了瞄，沉吟道：“是小了点，唯一的败笔。”

女人哪，自黑可以，被别人黑就不行了，万穗龇牙咧嘴地掐她，陶宁笑着躲开，忙找补道：“……胜在形状好。”

“什么形状好？”韩树拿着酒坐了过来。

陶宁笑容一收，睨他一眼：“你的脑子。”

韩树疑惑：“我脑子是什么形状？”

“月球表面，”陶宁轻飘飘道，“全是坑。”

“……”

这俩人又闹起来了。

万穗的肚子也闹起来了，放下酒，快步走出包厢。

门口的两人还在那里坐着，看着她捂着肚子姿势奇怪地冲出门，高嘉远纳闷：“怎么了这是？”

邵成已经站起来，拉开门，跟了出去。

高嘉远看着他的背影，啧了一声，摇摇头。

大概是那瓶酒的作用。

万穗从小身体倍儿棒，肠胃没出过毛病。这一天两趟的腹泻，赶的时机也是巧，全让邵成撞上了。

她从洗手间出来，他就在外头站着。

音乐声隔着包厢门震颤，走廊里不时有酒意醺然的男男女女经过。

他闲闲地立在墙边，一米八六的个子，简单的夹克与休闲裤也能穿出不同凡响的风姿；尤其那张脸……但凡女的经过，总要向他看上几眼。

万穗走过来时，刚好看到有个丰乳肥臀的女人在向他抛媚眼。

邵成嘴里咬了支烟，没点，瞥见她，伸手把烟拿掉。

“过来，聊两句。”

本来打算视而不见的万穗只好走过去，抱着手臂：“想聊什么啊，邵总。”

邵成低头看她。

这几天抬头低头总能碰到，今天是第一次仔细地打量她。

小丫头真的长大了。

个子高了，眉眼长开了，那双天生的狐狸眼，以前尚有几分娇俏，现在一颦一笑全是藏不住的媚。婴儿肥也退了，少女的娇憨不见踪影。

——只有在这种时候，才能最深刻地感受到时间流逝的痕迹。

邵成挪开眼，那支烟又咬在嘴里，手伸进兜里摸了几下，掏出打火机，点上。

万穗伸出手：“给我来一根。”

邵成顿了下，掏出烟盒，指尖敲了一下，递过去。万穗抽出一根，叼上。邵成看着她娴熟的动作，帮她点上火。

两个人并排站在灯光红红绿绿的走廊，一起吞云吐雾。

万穗也不是有意炫技，纯粹是习惯使然，一张口，吐出一个漂亮的烟圈。

指间的烟没怎么抽，邵成瞥过来一眼：“什么时候学的？”

万穗生平第一次见到的花式吐烟圈，就是他表演的。那时候她连他抽烟的样子都迷，缠着他要学，他不肯教。

“你把我叫过来，就聊这个啊。”万穗把烟拿掉，掸了掸烟灰，睨着他，“你是不是很闲，不用去保护你的大明星？”

邵成没搭她的茬儿，停了一下，又低声开口：“别跟嘉远怄气了，我走得急，他也不知道。”

万穗没料到他毫无预兆地就提这个，脸色僵了一瞬。

“没别的原因，临时接到任务，情况紧急，来不及当面告诉你。”他说完，慢条斯理地把烟摁灭。

“这样啊。”万穗点了点头，语气倒是很平常。

过了一会儿，她抬起头，脸上是云淡风轻的笑容：“说这个干吗，过去那么久了，你不说我都忘了这码事了。”

“不生气了？”邵成看着她。

万穗挑一挑眉：“我什么时候生气了。”

邵成笑了一声。

气氛似乎是和谐的，真的像两个久别重逢的老友。

万穗又抽了两口，把烟头丢了：“那我回去咯。”

邵成没答，却将插在口袋中的手抽了出来，向她张开手臂：“这么久不见，不抱抱我吗？小祸害。”

第二章

你若安好，便是晴天霹雳

风荷记的工作室，划分了几个功能区：

进门左手边五六平方米的地方，放置着四张办公桌，桌上四台高配一体机，小佳和趣趣的工作位便在这里；右手边隔出来一个三面落地窗的空间，是雅致舒适的休息区，桌椅摆设都是中式风格，还栽着一些植物，花草之间悬着一个金色的圆顶鸟笼，里面供养着一只秋草鹦鹉——叽叽。

再往里就是操作区域，占了三分之二的面积，摆置着操作台、缝纫机、布料架等。东西虽然繁杂，但井井有条。

工作室单子不多，除了客户的定制外，也会出一些用以参赛、拍照的展示服饰，一般是从不外租的。

不一般的情况，例如程念先后几次的租借，是给朋友面子。

这天工厂将布料送了过来，胭脂色的化纤混纺织金面料，铺展在操作台上，万穗执一把剪刀，沿着画好的线，笔直地剪下去。刀刃划过流畅的裂帛声，谜一般好听。

工作中的万穗，总是全神贯注的，像装了一台屏蔽仪，将周遭的所有杂声都过滤掉，眼前只有操作台这一方天地。

布料裁剪完毕，“屏蔽仪”才关掉，万穗直起腰。

小佳连忙过来提醒她：“秦姒姐来了，等你很久了。”

万穗往休息室一看，秦姒仪态大方地坐在那儿，笑望着她，对上她的视线，抬手优雅地打了个招呼。

经常看本地新闻的人，肯定认得这张脸。秦姒是个女主播，不同于现下流行的网红主播，而是传媒学院出身的电视台新闻主播。

万穗和她认识是个巧合，时间也不长，但关系不错，H 市那档节目，便是她牵的线。

当然，秦姒牵线的不止这一桩。

——程念是她的师妹。

“什么时候回来的？”万穗在她对面坐下，倒了杯温水喝着。

“前两天。”秦姒一脸歉意，“抱歉啊，给你惹麻烦了。”

万穗放下杯子，不甚在意地摆了下手：“你道什么歉啊，这是我们工作室跟她的事儿，怪不上你。”

“怎么说你也是看着我的面子借的，现在出了问题，我肯定负责任。”秦姒道，“我问了小念，那段时间她正好换助理，工作交接出了差错，衣服给搞丢了。不过她承诺会尽力帮忙找。”

小佳和趣趣一直支棱着耳朵听呢，这时候忍不住插嘴道：“秦姐，要是能找回来，她的经纪人和助理就不会连我们电话都不接了。”

“那套可是得过奖的，我们的镇店之宝。”趣趣愤愤不平。

“她俩话有点多——不过说的确实是事实。我们也只能当吃个闷亏了。”万穗对秦姒道，“姒姐，这跟你没关系，你对我什么样儿，我还不清楚吗。”

秦姒有点无奈地笑：“你啊。”

万穗笑嘻嘻地抬了抬手：“行了，行了，这事儿翻篇吧。”她心里拎得清，谁欠的债记在谁身上，迁怒朋友不是得不偿失吗。她话音一转，问道，“出去这一趟，心情好些没？”

秦姒有个谈了挺多年的男友，前阵子分了手，男方火速娶了另外一个女人。这事儿对她的打击很大，辞了工作，一个人跑到国外散心。万穗知道她心里不好过，没忍心拿程念的事儿去烦她。

“像你说的，翻篇吧。”秦姒笑着，“不瞒你说，我爸的朋友给我介绍了一个相亲对象，人还不错，我打算试试。”

“那挺好啊。”万穗由衷道。

“你呢，上次叔叔给你介绍的对象，怎么样？”

“没见面。”

秦姒问：“你不想见？”

“没心情。”万穗耸了耸肩，“前几天碰到我初恋了，烦呢。”

秦姒捂了捂嘴，露出一种惊讶又惊恐的表情：“你不是说，你的初恋男友……死了吗？”

“……”万穗咳了一声，摸了摸鼻子。

她是这么说的吗？

秦姒走了之后，万穗在休息区坐了一会儿。想起那晚酒吧走廊里，那个一触即离、象征着友谊的拥抱。

讲和吗？

应该算不上。毕竟从一开始就只有她一个人在意这件事，只有她耿耿于怀。

不过也算解开一个心结吧。什么原因都不重要了，现在已经没有必要再去追究。

想通了，老万再次提起相亲这个事儿时，万穗答应了。

还是上次那个，老万一个老朋友李叔叔家的外甥，也是退伍军人，比她大三岁，一表人才。万穗放过一次鸽子，李叔叔很喜欢她，又看在老万的面子上，不仅帮忙兜住了，还说了不少好话。

男方看过她的照片，表示可以再见一见。

“那就见见呗。”

刚刚将对襟短袄的布料裁剪好，万穗停下来休息，活动着脖子。

视频那端，老万被她的干脆都搞愣了，一脸怀疑地盯了她片刻，依然不大敢相信：“你是本人吗？怎么这么爽快？可疑。”

万穗把脸正对摄像头：“你瞅瞅。”

老万笑起来：“我瞅着我姑娘真漂亮。”随即摆出严肃表情，“这次不许再给我整幺蛾子，否则我就真没脸再见老李了。要不再给你一个机会好好考虑清楚？”

所以说，人一旦失去信用，就很难再建立信任。

万穗只好把万琛搬出来：“我哥说，我不相亲就不给我续租了。”

“没出息啊，”老万嫌弃地啧了一声，却立刻信了，一脸高兴道，“那爸爸马上安排。”

老万的效率很高，毕竟如今万事不愁，最操心的就是两个孩子的人生大事。没过两天就给万穗发来约好定的时间和地址，叮嘱道：“六点，别迟到了。”

地点特意选在苏河路附近，离工作室也就十分钟的步行距离，方便她过去。

万穗回了个目光坚定的表情包。

不过她的信用值，再次降到了底线以下。

——到底是忙过头了。她把最后一批料子裁好，放下剪刀，将东西归整好，离开操作间去倒水喝，一抬眼，时钟已经指到六点半。

她一边慌手慌脚到处找手机准备给老爸打电话认罪伏死，一边收拾东西赶着出门，这时，工作室门外的风铃忽然响了起来。

她抬头望去，有人推门走了进来。

“你怎么会找到这里？”万穗蹙眉，看着来人的目光有些不善。

裴盛立在门口，礼貌颔首：“你好。你迟到了半个小时，听说你的工作室就在附近，所以过来看看是不是遇到了什么麻烦。”

万穗把这句话咀嚼了两遍，才不得不接受“相亲对象是曾经结过梁子的仇人”这个事实。

“原来是你啊，还真是巧。”

她放下包，原先因为“长得蛮帅个高腿长”几个形容词生出的兴致顿时没了，话都懒得说一句。

背过身，她自顾自倒了杯水，完全没有要请人进来的意思。

裴盛似乎看不到她毫不加掩饰的失望和不想搭理，主动道：“可以进来坐坐吗？”

万穗回身，冷淡地扫了他一眼，接着倒了杯水，走到休息区的椅子前，往对面一放，坐下来。

裴盛走过来，在她对面落座。

上次的约会被放了鸽子，他本无意再见第二次，舅舅却有心撮合，特意发了女方的照片过来。他才知道那么巧，就是那天在北洲广场被他误伤的人。

“上次的事，我想向你解释一下。程小姐曾经遭遇疯狂粉丝的袭击，对方行为极端有极大的危害性，为了保障她的安全，我们必须严格审查接近她的可疑人物。我不知道你是成哥的朋友，当日对你产生了误会，出手伤了你，我向你道歉。”

裴盛轮廓硬朗的脸上依然没多少表情，语气还算诚恳。

所以不是看了照片对她很满意，而是很愧疚吧。

愧疚也不一定，大概率是害怕因为她得罪老板。

“能理解，”万穗点了点头，一副非常大度宽容豁达、大人不记小人过的样子，“毕竟是你们的工作。比起你们客户的安危，我们这些人算什么。”

“……”裴盛沉默了片刻，“我不是这个意思。”

万穗闲闲地跷着二郎腿，低头喝水，不接茬。

停了会儿，裴盛又道：“你的行为表现确实有些偏激，除此之外，如果你那天有照过镜子的话，应该知道我的怀疑不是没有根据。”

“……所以你今天不是来道歉，是专程来挖苦我的吧。”

万穗眼皮微微抬起，目光不虞：“怎么着，就因为你家主子不讲信用，我没日没夜处理完工作连夜赶十个小时的飞机回来，还要因为太憔悴被你认为可疑，当作是疯狂粉丝打？睁大你的狗眼看清楚，谁是她粉丝！”

“我不是那个意思。抱歉，我用词不当。”

万穗呵呵冷笑：“行了，甭废话了，你什么意思我感受到了。”她手一伸，指着大门，“慢走，不送。”

裴盛看着她，没动。

万穗嘲讽地勾了勾嘴角：“怕我跟你老板告状啊？你放心吧，”她放慢了语速，一字一字清晰道：“这个事儿没完，我要是不加倍还给你，我就跟你姓！”

裴盛：“你误会了。”

“没误会，一切都很清晰明了，”万穗一脸的不耐烦，“这亲也甭相了，麻烦你回去跟你舅舅说清楚，是你看不上我们这平民老百姓，可不是我的锅。”

“我没有看不上。”裴盛说。

万穗皱眉看过来。

“如果你不介意，我想请你吃饭。”

万穗看了他半晌，哼笑一声：“真有意思。”

她没记错的话，那天可是有人义正词严地说没有要泡她的意思呢。而且就在刚刚，他还当面羞辱了她的外貌不是吗？

她把腿放下，坐直身体，微微前倾：“我是就缺你一个对象还是怎么的，你哪来的自信认为，我先被你打得一脸血，又被你专程上门羞辱，还得跟你吃饭？脸呢，这位程小姐的脑残粉丝？”

“是我冒昧了。”裴盛的表情看起来很认真，“另外，我不是程小姐的粉丝。我叫裴盛。”

万穗点头：“感谢你，这下我告状的时候，终于知道你叫什么了。”

这句告状，真不是说着玩的。万穗的字典里，从来没有“以德报怨”这四个字，有仇必报倒是大写加粗的。

她从通讯录找到一个叫作“晴天霹雳”的名字，发了条信息：

【你员工欺负我，你管不管？】

万穗第二次来到北洲广场二十五楼。

这里是展翼特卫在C市的行政办公地点，俗称窝点。

出了电梯就能看到“展翼特卫”的索引牌，低调的黑底白字。上回只顾着找人，没留意。门口照例有保镖把守，似乎已经得到了上头的指示，见到她颇礼貌地询问：“女士贵姓？”

万穗答：“免贵姓万。”

办公室格局开阔，依然是简洁到极致的现代风格，说话的时候已经看到窗边有人正在交谈。

邵成也看到了她，招了下手。

另外两人年纪稍大些，看起来不像是展翼的人，毕竟这里一水儿的肌肉男，笔直站立一声不吭地散发着荷尔蒙。

万穗走过去的时候，对话暂停了，邵成转过来，像安顿一个小朋友一样低声对她说：“去办公室等我，左手边第一间。”

他的办公室里东西少得可怜，一张桌子，一把椅子，还有一整面墙上了锁的玻璃门柜子，里面整整齐齐摆放着几排档案类的文件袋。

椅子倒是挺舒服，万穗坐着转了几圈，停下，摁下电脑的电源键。

需要开机密码。

万穗熟练地打下一串数字，邵成的入伍编号。

不对。

她啧了一声。

邵成开门进来，瞧见她在试密码，也不在意。

万穗自己倒尴尬上了，若无其事地收回手，靠在椅子上。

“说说吧。”

邵成不知从哪儿拎出来一把折叠椅，在她对面坐下，长腿一抬，微微后仰，半倚着墙。

万穗：“说什么？”

“怎么欺负你了。”邵成好整以暇地看着她。

万穗哼了声：“你不是都看到了吗。那天在外面被打的就是我，非要我承认，现在你满意了吧？”

邵成笑了起来。

“我可以索赔的，我跟你讲。”万穗靠着老板椅，跷起二郎腿，“医生说了，我这鼻子很、有、可、能会留下后遗症，你先想想怎么赔我吧。别不当回事，相信我，你一定不愿意见识我哥的法务部。”

“你想要怎么赔？”邵成也不问她那天的情况，显然对事件已经有所了解。

“很简单。”万穗说，“该付代价的人，付出该付的代价。”

这话说得有点绕，简而言之，就是报仇。

“站在公司的立场上，裴盛的表现完全符合规范，我不会对他做出任何处罚。”邵成直白地表明了自己的态度。

早料到会是这样。

万穗把椅子转了九十度，撇着嘴幽幽道：“刚才也不知道谁跟人说，我是亲妹妹。”

邵成闷笑一声：“我给你一个机会自己报仇，如何？”

万穗转了回来，眯着眼睛看他。

邵成将万穗带到了训练馆。一千平方米的场地，包括搏击、器械体能训练等场馆。这个时间正在训练，走到门外已经能听到沉闷的击打与呼喝声。

邵成领着她进门，一屋子几十号穿着训练紧身衣的肌肉男挥汗如雨。一个人小跑过来，掀起短袖下摆擦了擦汗湿的脸：“成哥，兄弟们正操练呢。”

邵成点点头：“继续吧。”

那人视线移到万穗脸上，带着善意的好奇，乐呵呵地冲她打了个招呼：“美女好，来参观啊，想看什么，我叫兄弟来给你表演，成哥还没带过……”

邵成一脚踹过去：“滚去训练。”

那人笑得眼睛都没了，跑开几步又扭头，朝万穗挥挥手。

整个场馆的荷尔蒙气息简直爆棚。万穗挺有兴致，拿出手机来，询问邵成：“可以拍照吗？”

邵成拉了把椅子坐着：“拍吧。”

万穗挑了个不错的角度，拍了一张，发到了工作室的群里。

这个群，原本是为了方便工作沟通建的，最后却发展成了三个人插科打诨的水群。

万穗的照片一发过去，小佳和趣趣就炸了。

- 突然兴奋 .jpg

- 目瞪口呆 .jpg，姐你是到天堂了吗？

- 这是本月的福利，奖金就不发了哈 :)

- 我要小哥哥不要奖金！！！带我去！

- 我也去我也去！（苍蝇搓手）

万穗接着拍了一个几秒钟的小视频，没留意，镜头前晃过邵成的脸。

刚才还兴奋不已的两个人突然安静了，群里陷入一片死寂。

万穗正纳闷，小佳发过来一条：

- 是我眼花了吗？刚刚那个好像邵 boss！

- 我也觉得……

紧接着两人突然癫狂。

- 求正面！高清！无码！全身！照！

一句话连续刷屏。

万穗啧了一声，把手机关了。

平时也没见她们视力这么好呢。

不大会儿，身后忽然有人叫道：“成哥。”声音有点熟。

万穗一转头，看到来的人是裴盛。

裴盛见到她，并不意外，只是看她那一眼目光有点复杂。

邵成抬了抬下巴：“去换衣服吧。”

裴盛走到万穗身边，停了脚步，向她点了下头。

万穗一脸不高兴地看着邵成：“你不是让我跟他打吧？”

邵成挑了挑眉："以前教你的都忘了？"

"我只学了一个月欸，您这位爱卿可是全国冠军。"万穗没好气道，"邵总，你怕不是在玩我。"

裴盛道："我让你一只手，只防守，不进攻。这样可以？"

这样她倒是有点胜算。

万穗盯了他几眼，应了。

展翼的女性不多，凤毛麟角，女士专用更衣室纤尘不染，备用的运动装是崭新的。

万穗换上了紧身的背心和运动裤，把头发扎了起来。从更衣室出来时，裴盛已经在热身。

她走过去，原本嘈杂的场馆慢慢安静了下来，荷尔蒙们不知为何停止了训练，好奇热切的目光注视着她。

裴盛也停止了热身的动作。

邵成坐在椅子上，长腿交叠，看着万穗向他们走来，眯了眯眼。

他太清楚那一群血气方刚的男人在看什么。

几个人麻利地搬来了海绵垫子，男人们兴致勃勃地围了一圈，看着热闹，窃窃私语打听什么情况。

有人调侃："盛哥，对美女温柔点，手下留情啊。"

有几个则凑到万穗身边，热情地向她传授技巧。

邵成站了起来，招手把她叫过去："热热身。"

万穗一边做着拉伸动作，一边瞥了他一眼："我觉得你给我挖了个坑。"

邵成嘴角勾着，没答，抬手在她肩颈连接处捏了一下："放松。"万穗嗞了一声，肩膀不自禁地打开了些。

他下手挺重的，但穴位精准，疼完了，又觉得挺舒服。这段时间不是趴在电脑前，就是埋在操作台上，颈椎确实有点僵硬。

邵成只捏了那么一下，就拿开了手。万穗转头看了他一眼。

皮肤上那点粗粝的触感好像还在。

裴盛已经站在垫子上，等待着。

万穗热身完，准备上场前，听到邵成在身后说了句："别给我丢人。"

裴盛曾经获得过 MMA 综合格斗赛六十三公斤级全国冠军——这是小佳和趣趣对颜值排行榜产生争执激烈辩论时，万穗听到的，过耳就忘。

那天他来过工作室后，她才把那张冷硬的脸和这个强势的名衔联系起来。

怪不得过肩摔的时候下手那么快准狠。

万穗本来觉得有胜算。

上了垫子，自告奋勇的裁判吹了声口哨，喊了开始。两人走到中间，面对着面，男人体格强悍，高她至少十五厘米，她个子不算矮了，平视却只能看到他的下巴，一上来气势先输了一截。

感觉到来自冠军的压力，万穗心里忽然打起鼓。

被抡一圈砸在地上全身散架的感觉忽然又回来了，她猛地往后撤了一步，举起手："等下，等下。"

裴盛承诺了不进攻，背着一只手站在原地，根本没动，闻言也只是静默地看着她。

围观的人群哄笑："别怕啊美女。"

万穗扭头，寻找邵成的身影。

他没在围观的人群里，在之前坐的地方，把脱下的外套丢在椅子上，向这边走来。

眼睛一抬，准确对上万穗的目光。他愣了下，接着又笑起来，嘴唇一张一合，说了几个字。

怕什么。

万穗转回来，舔了舔嘴唇。

她出其不意地抬起右手，抓住裴盛的右腰，另一只手从他脖颈左侧绕过去，突然发力将他往下一扳，与此同时抬起右膝，狠狠顶向他的腹部。

裴盛出手如电，左手抓住她的膝盖，一推，顷刻化解掉她的攻势；紧接着以膝盖为支点，将她整个人托起来，往后一翻。

万穗摔在垫子上，仰面朝天。

周围一片气势如虹的叫好喝彩。

偷袭失败，还被秒杀。

万穗躺着不动，拿手臂挡着眼睛。

太丢人了，不想活了。

裴盛看了她一眼，弯腰想要拉她起来，一只手先于他伸了下去。

邵成蹲下身，把万穗盖在眼睛上的手拿掉，她立刻又把眼睛闭上。邵成好笑地看着她："起来。"

"不起。"

他慢悠悠地说："不起我怎么帮你报仇？"

万穗唰地睁开眼睛，瞪着他。

邵成抓着她的手腕，把她拉了起来。

“下去看着。”

他朝垫子中央走过去，脚步漫不经心，微微低着头，将衬衣袖子挽到手肘上方。

而后抬起头，看向裴盛。

“我替她。”

训练馆里兴奋的呐喊翻了天。

万穗看着相对而立的邵成和裴盛两个人，好似两头蓄势待发的雄性野兽，气氛与之前已截然不同。

方才她与裴盛，在这一帮人眼里大概也就是个乐子。但邵成上去之后，明显能感觉到那些看热闹的比她还激动，迅速拥围上去，几乎是扯着嗓子在吼。

这群年轻崽儿可是看热闹不嫌事大，毕竟看这两人对战的机会，错过就再没有第二次了！

一帮人自动分了两拨，分别为两人加油助威。一边高喊着“成哥威武！成哥必胜”，一边在嚷嚷“裴盛，拿出揍你弟弟时的气势来！”

万穗感觉自己瞬间从一个女主角沦为了热血剧的酱油女配。不过她也很兴奋就是了。

早先来打过招呼的小眯缝眼儿把她拉了下来，顺手把挤在她背后的人扒拉开：“小心点，别撞着你，这群小子看着打架就激动。”

“我看不到啦！”万穗有点着急。

其实刚才拥挤中已经被撞了好几下，脚也被踩了，她忙着盯上头两个人，顾不上。

小眯缝眼儿搬了把椅子过来：“来吧。”

万穗踩上去，越过严严实实围拢一圈的脑袋往里看。

就这一会儿工夫，两头豹子已经缠斗在一起了。

万穗刚好看到，邵成用刚刚她没能得手的动作，将裴盛往下一扳，膝盖顶上去，紧接着手肘砸在背上。每一个动作都利落又精准，做得比她漂亮多了。

重逢以来，万穗早就感觉到了，邵成跟以前有挺大不同。

早些年他还在部队呢，那时候也年轻，身强气盛，虽然性子比起高嘉远要稳一点，但那股子意气风发藏不住。反而这几回见面，他身上的铁血和张扬都没了，沉沉稳稳的，就是一个商人的样子，只不过长得帅了那么许多点。

但今天，万穗好像又看到了当年那个把她迷得神魂颠倒的邵成。

毕竟是友谊赛，两个人都没拿出狠劲儿，但顶尖高手过招，本身就足够精彩。

裴盛的冠军不是白拿的，出手之快、准、狠，让万穗不禁感慨两次他真的都对自己手下留情了。

邵成有没有拿过冠军，万穗不知道，但他无论技巧还是力量都不比裴盛差，甚至临场反应更快，招式狠辣、敏捷，那是在真正的战场上、在枪林弹雨中，拿命搏出来的经验。

战况胶着，两人出手迅疾如电，万穗看了一会儿眼都快花了，只能从周围人的喝彩声中分辨出，谁又赢了一招。

她看不清，听到大家叫好，就跟着喊。

眯缝眼儿在她旁边乐了：“刚才是盛哥打中了成哥的脸。”

“……”万穗连忙呸了一声。

后面万穗彻底晕了，只知道喊着邵成名字的叫好声更多一些，便知道他赢得多一些。

比赛的结束，是邵成将裴盛撂倒在了垫子上。

虽然没过肩，但这一摔令万穗感到扬眉吐气！

邵成已是满身汗，被浸湿的衬衫紧紧贴在身上，显现出紧实的肌肉线条。他胸口剧烈起伏着，脸上却带了一点焕发的意气，将手递给地上的裴盛。

裴盛抓住他的手，借力起身，两个人哥俩好地撞了下肩膀。

一帮人一拥而上，将两个人团团包围起来，喊声沸天，大笑不断。

有个小弟很有眼力见儿地拿了水小跑过来，万穗跳下椅子，拦到他身前，对方一个急刹车，惊讶地看着她。万穗眯着眼睛冲他笑了一下，从他手里抢走一瓶水和一条毛巾，转身挤进人群里。

“成哥真是宝刀未老！”队伍里有人笑嘻嘻地拍马屁。

被旁边的人兜头甩了一下：“你这嘴，会不会说话？明明是老当益壮！”

邵成笑：“都给我滚。”

万穗挤过去，周围人一见她都默契地让开了，只是嘴里“哦哟哦哟”地怪叫着，互相挤眉弄眼。

邵成没搭理，接过万穗递来的水，拧开水瓶大口喝水，喉结蠕动，一颗一颗的汗顺着脖颈流进衣领里。

一瓶水一口气喝得一滴不剩，他拿过毛巾，随手擦了把脸。

“这个结果满意了？”他低头看她，声音还带着点喘。

万穗的视线落在他胸口，衣襟开了两颗扣子，麦色的胸膛，汗珠无声地淌过。

"别说的好像我是来找碴的，"她把目光挪开，抬头对上他的眼睛，又转开，"我只是要个说法，总不能白白被你们打一顿。"

邵成笑了一声。

万穗站在他身边，看着别处，有点不自在。

裴盛走了过来，脸上的汗刚擦过又冒了出来。他看着万穗："出气了吗？不够的话，我再让你打几下。"

"之前的事，就一笔勾销吧。"万穗心情不错。

裴盛伸出右手："正式认识一下，裴盛。"

那只手汗湿着，万穗瞥了一眼，有一点点嫌弃。但刚刚才说了一笔勾销，许多人看着，不给面子，好像显得很小气。

尤其是有看热闹的人喊了起来："美女，原谅他吧，我们盛哥还从来没跟女人服过软。"

万穗只好伸出手，捏住裴盛的指头尖，晃了一下就松开。

裴盛一愣，嘴角勾了勾。

万穗没来得及说什么，邵成在身后叫她。她回头，看到他将挽起的袖子放了下来，似乎是嫌热，慢条斯理地解了颗扣子。

万穗的注意力被他的动作吸引去，不自觉地舔了下嘴唇。

"我去冲凉，你在这里等我？"邵成垂眸看她，因为刚刚的剧烈运动，气息热得灼人。

万穗点头，接着又摇头。

"……我还有事，先回去了。"

邵成顿住。

万穗向他摆了摆手，转身朝更衣室走去。

邵成在后头望着她，目光不明。

万穗回到家的时候，老万不在，跟朋友钓鱼去了。万穗打开冰箱找了点吃的，填饱肚子，上楼回到房间。

关门转身时脚踢到了什么东西，她咬着香蕉低头，是个纸箱子，邵成带来的"土特产"。

这箱子她就没打开过。

万穗一手叉着腰，看了好半天，把手里的香蕉吃完了，走过去把皮丢进垃圾桶，再回来的时候，手里拿了把剪刀。

拆多了快递的熟练工，三两下划开胶带，打开顶盖，里头整整齐齐码的全是 DVD 碟片。

什么东西？

万穗纳闷地抽出一张，是好莱坞某系列电影的第三部，今年三月刚上映。

还以为是什么小片片呢。

万穗啧了一声，电影光盘有什么好送的，该看的她都看过了。

前前后后里里外外看了看，没什么特别的，只有光盘盒上贴了张便笺纸，记着一个日期：20170325。

箱子挺大的，整整码了两层，怎么也得有一百张。

万穗接着又抽出几张，都是各种电影，按顺序标记着不同的日期。上面一层年代近一些，下面的则很久远了，有些盒子都已经泛黄。

万穗坐在地板上，一张张看下来。

从今年三月份往前，历年来她喜欢看的大片，全都在内了。最早的一张，是二〇〇九年十月。

——那年她刚上大学。

万穗坐了很久，直到楼下院子里响起车声，才把手里捏了很久的光盘放下，很有耐心地按照顺序一张一张重新码进去。

不一会儿，老万在楼下吆喝："万美女，来看你爸爸钓的大鱼！"

第一层码到四分之三，万穗刻意保持的平静，忽然就被老爸那一声喊没了。

手撑在地上，她低下头，叹了口气。

几秒钟后，她忽然起身，地上一堆光盘不管了，拖鞋不穿了，赤着脚就往楼下跑。

老万正哼着跑了调的曲子在厨房杀鱼，听到噔噔蹬的脚步声，头也没回，乐呵呵地说："看，这么大个儿的鱼，老爸厉不厉害？"

等了半天，没人理，一回头，客厅里哪还有人。

"闺女？"老万奇怪地走出厨房，喊了一声。

回应他的是院儿里轰鸣而去的车声。

"着急忙慌地去哪儿呢，这孩子！"老万一脸纳闷。

万穗把车开到北洲广场，下车，关上车门，乘电梯直达二十五楼，脚下生风地走向展翼特卫的办公室。

裴盛刚好出来，看到她，脚步停下。

"这么急匆匆的，有事吗？"口吻比之前熟悉不少。

"回聊！"万穗越过他，径直走向里面。

办公室门关着，透过百叶窗，依稀能看到人影。但万穗连分心看一眼的工夫都没有，什么都顾不上管，伸手就要推门。

一旁有人来拦：“美女，来找成哥啊。”

这带笑的声音有点熟，万穗转头，是训练馆那个“眯缝眼儿”。

李定还是一脸笑，对她十分友好：“成哥在忙呢，要不你先在这里坐坐，稍等一会儿……”

“我着急。”万穗摇头。

不知道是走得太快，还是太急，她说话都有点喘。

李定往办公室看了一眼：“这样，如果不是太私人的事，方便的话，你先跟我说说，我看能不能帮你想个办法。”

万穗看着他，半晌，忽然笑了起来。

李定被她笑得一头雾水，还是开着玩笑：“怎么了？是不是再大的事看到我心情就好了？”

“很私人的事。”万穗说。

李定啊了一声。

“不过也可以告诉你。”她眼尾挑了一下。

李定忽然有一种感觉，这个女人自己绝对是搞不定了。

万穗眼睛弯了弯，眼尾向上翘着，笑得愈发动人：“我要泡你老板，你帮我想想办法？”

办公室里有客人。

万穗一把推开门时，程念坐在办公桌前的椅子上，手里拿着一副黑色墨镜，听到动静，她转头看过来，脸色立刻发生了变化。

前两天H市卫视的节目一播出，网上便爆出了她的黑料，有人将她前阵子拍的古风写真翻了出来，在评论里大骂特骂。人品差、没信用、不要脸……什么难听话都有。

经纪人叫她避避风头，这几天的通告都取消了。

万穗穿着阔腿裤，腿长逆天，径直冲着坐在老板椅上的邵成过去：“我有话和你说。”

对她擅自闯进来，邵成也没生气，只说：“先去外头等着，我这在谈公事。”

背后程念道：“不知道礼貌两个字怎么写吗！”

万穗啧了一声，转过身，倚着桌子，皮笑肉不笑地乜她一眼：“你要是不说话，我还真不想搭理你——一个脸都不要的人，还跟我谈礼貌？我的衣服找到了没？违约金准备好了没？没有你还好意思和我说话？”

程念什么时候被人这样不留情面地当面骂过，一张脸青一阵白一阵。她转向邵成："邵总，贵公司就是这样对待客户的吗？"

"小孩子，不懂事。"邵成淡淡道，然后朝万穗抬了抬手，叫站在门外的李定，"带她出去玩。"

偏袒得理直气壮。

程念神色难看极了。

万穗忍住笑，在李定上前准备拉她时，灵活侧过身："我也有公事——我最近被人追杀，需要保镖。"

这情况太尴尬，李定完全不知道要怎么整，收回手，无奈道："……是这样的，我们公司只接受企业委托。"

"那就以我工作室的名义。"万穗不以为意。

李定看了邵成一眼，一句"不合规矩"到了嘴边，又吞回去。

邵成也不作声，气定神闲地坐着。

李定只好硬着头皮上："您把具体情况跟我说一下，我们做过评估之后会给您安排合适的人数和人选……"

"一个就行了。"万穗说完，冲他笑了一下，"我可以自己挑的哦？"

李定顿时头皮一阵发麻，迟疑地给了肯定的答复。

接着，就见她手一抬，葱白的手指指向邵成："就他。"

李定："……"

静默中，有人嗤笑一声。

程念站了起来："别太把自己当回事儿。他已经不再担任安全官，谁都请不动，你多大的面子，能有特权？"

"女朋友，应该有这个特权吧。"万穗说。

程念明显一愣。

万穗已经转过身，手往桌子上一撑，身体前倾，眼睛直直地望着邵成。邵成看着她，不露声色。

万穗冲他弯唇一笑，口齿清晰道："严格来讲，我们还没分手。"

风荷记的所有衣裳都是人工缝制，有固定合作的老裁缝，经验丰富的手艺人。新加坡那个单子，整套已经进入缝制阶段，只等最终成品出来，再进行最后的收尾工作。

这次工期较短，顺利的话月底就能交工。

上次录制的节目播出，为风荷记带来了一阵热度。各个平台上咨询的人数骤增，小佳和趣趣一整天手忙脚乱。令人沮丧的是，接了那么多通电话，回答了那么多问题，一个单子都没成交。

反而是新加坡那位客户又为她们介绍了一笔生意。

忙过那两天，热度渐渐过去，打来咨询的电话少了许多，网店里的消息提醒也消停了。

万穗打着哈欠下楼时，小佳和趣趣刚刚忙完手头的事情，瘫在椅子上犹如两条咸鱼。不过一见到万穗，两人立刻满血复活原地弹起，跑过来把万穗拉到长沙发上坐下，一个倒水一个捏肩，狗腿得不行。

万穗乜了两人一眼。

趣趣嘿嘿笑："姐，您就是我的偶像！"

小佳附和："您太厉害了！"

俩人说相声似的，万穗不搭腔，优哉游哉地喝了两口水。

趣趣憋不住了："姐，上回您去的那是什么地方啊？健身房？怎么那么大？那么多小哥哥都是做什么的呀？"

小佳两眼放光："还有邵 boss！我看了几百遍，确定一定肯定那个人就是邵 boss！"她和趣趣对视一眼，一起向万穗挤挤眼睛，笑得一脸荡漾，"你什么时候勾搭上的啊？"

什么时候？

得有七八年了吧。

万穗在两人期待的目光中缓缓开口："我饿了。"

小佳立刻跑回工位："我早上买的三明治还没吃，贡献给组织！"虔诚地双手将三明治捧到万穗跟前，"万岁爷请用。"

万穗接过三明治，站起身，又踏上了楼梯："我吃完再睡会儿，你们俩没事做就早点下班吧。"

"我的小哥哥……"

"我的邵 boss……"

万穗回头，两人眼巴巴地望着她，比马路上拦着叔叔阿姨要钱的小乞丐都可怜。

"急什么。"万穗咬了一口三明治，慢悠悠上楼，"你们很快就能见着了。"

短暂的几秒安静后，身后响起俩小姑娘激动的尖叫。万穗听着，幽幽叹气。

想当年，她就是被那副皮囊迷惑，小小年纪误入歧途。

啧。

第二章

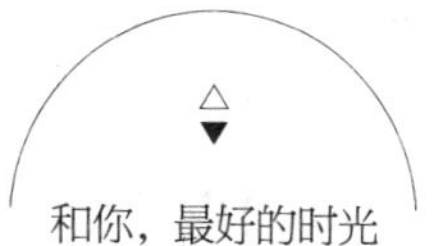

和你，最好的时光

万穗认识邵成那会儿，刚满十八岁。

她和从小穿一条裤子长大的陶宁、韩树一起进入本市的重点大学刚大半年，经历了高三一年的压迫后，一朝得到自由，三人进入自我放纵模式，整日和一帮二世祖鬼混，昆江桥那片的酒吧摸了个透。

被老爸押着去剪的“乖乖女式”过耳短发还刚蓄起来，万穗开始热衷于买各种各样的假发，黄色、紫色、粉红色，应有尽有。

碰见邵成的那次，她刚好戴了一顶非常非主流的粉红色假发套。

那天是高数的课堂测验，托一个学霸男生的福，万穗有望及格，几个男生提议晚上去Lose Demon放松，万穗随口邀请他，没想到他真的答应了。

不过到底是乖学生，跟酒吧格格不入，他不参与游戏，也不喝酒，没待一会儿，就叫她出去，有话要说。

当时一片起哄声。

陶宁在她腰上推了一把，用只有两人能听到的声音说：“哟嗬，学霸终于要表白了。穗儿，等下拒绝的时候，委婉一点。”

拒绝还能怎么委婉呢。

万穗从小到大拒绝过的表白数不清，从没费心想过如何委婉。但这次，抄人家手短啊。

白衣黑裤的清瘦少年走在前面，万穗跟着他，出了酒吧，走到一处较僻静的角落，少年停了下来。万穗也停下，抬头认真地看着他：“好了，你说吧。”

少年有些紧张，捏了捏裤缝儿，眼睛不敢直视她，微微下垂，盯着她小巧的下巴。

“那个，我喜欢你，很久了……”

千篇一律的开场白。

有点无趣。后面说什么，万穗没有认真听，眼睛小幅度地四处看着，心不在焉，视线掠过某处，顿住。

Lose Demon的大门前，立着一人，身形颀长，月光洒落周身，融进温柔的夜色里。他嘴里衔着一支烟，微微低头，将打火机跳跃的火光拢起，点燃了烟。接着，打火机在指间漂亮地翻转几下，放回口袋。

他一手插袋，烟夹在食指中指间，吞云吐雾，目光穿过缭绕青雾眺望着某处。

“万同学？”学霸叫了一声。

万穗回过神，视线挪回来，看着学霸清秀的脸。学霸脸微微一红。万穗冲他一笑，将想好的台词说出口。

学霸离开后，万穗立刻扭回头，视线飘向酒吧门口。

那个人还在，烟已经抽掉半根，一身暗色在黑暗处，却很难让人忽视。

万穗悄悄小跑过去，到了近前慢下来，背着双手，一步一步地走。

他不知是没察觉她的靠近，还是无意搭理，眼睛未曾看向她，静静立着，周身包裹融融月光。

她这才发现，他很高，背脊笔直，高大的影子能将她整个人都罩起来。四月份的天气，他已经开始穿短T，手臂上肌肉分明，并不夸张，但看起来格外坚硬，昭示着男性的力量。

万穗喜欢他的肌肉，更喜欢他的脸。

当时真觉得他帅惨了。

她在那儿瞅了他半晌，他也不搭理，漫不经心地抽着烟。她轻快地蹦了一下，停在他面前："大叔，借支烟。"

他抬眉，视线从她脸上掠过，轻飘飘，却似有实质，烟在唇间叼着，一双眼睛微微眯起。

"小朋友，成年了吗？"

出来玩，被人说未成年是很扫兴的事，唯独那次，万穗竟然觉得那句"小朋友"挺苏的。

她挺了挺胸："大叔，我二十了。"

男人垂眸，镏金的光线垂直泻下来，在睫毛下投下小片阴影，目光若有似无地扫了眼她胸口，他轻笑一声，低头将烟掐灭。

然后对她说："小朋友，回家多喝牛奶。"

万穗从没见哪个男人能笑得那么骚。

他之前没有。

他之后也没有。

那天万穗差一点就能要到电话号码了，如果没有韩树出来打岔的话。

他去接女朋友，来得晚了一会儿，一向吊儿郎当的人还教训她："不是跟你说了，陌生人搭讪不要理。那男的一看就是社会上的人，别招惹。"

"你知道什么。"

万穗不以为然，回头时人已经不见了。

韩树身后跟着小女友，也说："是啊，万穗，不要随便招惹那种男人。"

万穗不大高兴韩树打断自己的搭讪，对他的新女友也没多少好感，没搭理，径自抬脚进了酒吧，探头探脑地搜寻那道身影。找了一通，没有再见到那个人。

她回来时，男生们已经喝开，韩树的女朋友挨在他身上，小鸟依人的姿态。

陶宁拿着瓶啤酒，见万穗回来，把身边的人推开："让个位儿。"然后招呼万穗坐下。

"学霸呢？"陶宁递给她一瓶啤酒。

"走了。"

陶宁随口问："你怎么拒绝的？"

"你就知道我一定会拒绝？"万穗晃了晃脑袋，"也许我就同意了呢。跟学霸谈恋爱，我爸说不定举双手双脚赞成。"

陶宁给她一个"没有人比我更懂你"的眼神："他不是你的菜。"

万穗笑起来，兴致勃勃地拉住她："陶子，我跟你说，我刚才搭讪了一个特别帅的大叔。"

"我就说吧。"陶宁来了兴致，"到底多帅啊，还能让你主动搭讪。"

万穗往后一靠，两条长腿架在桌子上，捧着脸："怎么形容呢……"

"得了，不用形容了，看你这样子就知道了。"

万穗嘿嘿笑了两声，忽然坐起来，指着正跟人玩游戏拼酒的韩树："都怪这个死缺货，不然我现在已经要到电话号码了。"

韩树玩牌正到兴头，一手拿牌，一手拿酒，没听清，困惑地看她一眼："你说什么？"

万穗凑上来瞅了下，抬头大声道："我说，你手里一个小王，两个 A，还有四个……"

"喂——！"韩树慌忙把牌往下盖住，撂下啤酒上来捂她的嘴，"姑奶奶，我就指着这把翻盘呢！"

万穗哼了一声，打掉他的手。

陶宁把她拉回来："没要到就没要到吧。"她拽了拽万穗奶油粉色的头发，"让叔叔知道，你以后就别想出来玩了。还有两个月就期末考了，考完再说。"

万穗摇头晃脑："不行不行，春心萌动了。"

这句韩树听清了："不是我说，长成那样，肯定不是省油的灯。"

万穗斜他一眼："为什么要省，谁缺那点油吗。"

"你就是不听劝。我也是男的，还能不了解男人吗。"韩树说得信誓旦旦，"你要真去撩他，非在他身上栽个跟头不可。"

万穗不以为然："我乐意。"

一帮稚嫩气息藏不住的学生，占据了大厅里视野最好的位子，不少异样的目光投来。不大会儿，老板亲自过来。

"小树。"他叫了韩树一声，笑得亲切。

韩树坐在沙发上，二郎腿大大咧咧地跷着，抬头看了他一眼，放下手里的啤酒，向大家介绍道：“这是我表哥。”

一帮人忙狗腿地叫表哥，老板笑了笑：“叫我水哥就行。”

韩树一手拿着扑克，指了一圈：“这都是我同学。”

腰被掐了一下，他才记起来似的，晃了晃腿，将身边的小女友揽过来：“哦，这是我女人。”

一圈人哄笑，小女友红了脸。

一群毛儿都没长齐的学生崽儿，却热衷故扮成熟。水哥心中轻视，面上却笑得八面玲珑，叫服务生送来不少酒。“小树的同学，就是我弟弟妹妹，今天大家尽情玩，水哥请客。”

虽然只是一帮学生，却怠慢不得。他这个表弟家里背景雄厚，又是独生子，他在这里开酒吧，还须靠韩家的照应。

男孩子们一口一个“谢谢水哥”。

水哥笑着，立在韩树身侧，手撑在沙发背上，微微俯身。衣襟扣子开了一半，脖子上戴着长方形的金吊坠，袒露的胸口隐约可见并不浓密的胸毛。离近了看，他眼睛是三角形，虽是笑着，却总透出几分猥琐，脸上皮肤坑坑洼洼，像月球表面。

万穗最见不得这样的脸，扫了一眼赶紧把视线移开，喝了口啤酒压惊。

水哥的视线不知怎么转到了她身上来，随之一顿，从上往下扫了一圈，又从下往上挪回去，停在那张脸上，眼中闪过兴味。

他看着万穗：“妹妹，水哥这里的酒，味道不错吧？”

万穗的词典里，从来没有“给面子”一说，何况这人不光长得寒碜，眼神也让她不舒服。

她没搭理。

水哥脸上挂着笑，盯着她。

“炸！”韩树扔出四个二，目光往这边扫了一眼，开口，指着她和陶宁说，“这俩我发小，一个院儿里的。”

水哥笑了笑，又说几句，便离开去招呼其他客人。

接下来的几天，万穗天天拉着陶宁一起去Lose Demon守株待帅哥。韩树虽然一百个反对，还是抛下女朋友，天天陪着她俩来酒吧，导致女朋友对此颇有微词。

蹲守几日，一无所获。但万穗没沮丧太久。

没隔两天，周五傍晚，她回家放下书包，换了衣服戴上新假发，正要出门和陶宁韩树去玩，下了楼，刚好碰上老爸领了客人进来，满脸笑容。

万穗看到走在后面的那人，正要迈下台阶的脚停住了。

他穿一件浅灰色短T，黑色休闲裤，简单，但很酷。

同一时间，邵成也抬眼，看到楼梯上一身小洋装、浅黄色发套的小姑娘。

老万笑眯眯地介绍："我姑娘。"接着冲万穗招手，"来，这是你邵叔叔家的邵成哥哥，还记得吗，小时候见过的。"

万穗走过去，眼睛一弯笑得乖巧："哥哥好。"

"你好。"邵成一本正经地微笑着。

老万往万穗头顶看了两眼，伸手揉了一把，颇无奈道："怎么又戴花花绿绿的玩意儿。"

客人被让到客厅坐，万穗自告奋勇去沏茶，端过来，放在矮几上。然后她坐到客人右手边的单人沙发上，暗暗瞄他几眼。

这人好像已经忘记她了。

老万和邵成聊着，万穗双手交叠着放在腿上，端端正正像个小学生，支棱着耳朵，从中捕捉想知道的信息。

哇，原来他是军人。

哦，还是单身！

嗯？他妈妈身体不好吗？

她听得认真，老万纳闷地瞅她一眼："不是约了陶陶小树出去玩，怎么还不走？"

"韩树拉肚子，今天不去了。"万穗信口道。

"那正好，爸爸今天给你做口味虾。"老万笑着道，"小成，待会留下吃饭，尝尝我的手艺。我就是靠这一手，把这俩孩子拉扯大的。"

包里忽然震了起来，万穗摁掉，悄悄把手机摸出来，摄像头对准左侧，拍了张照片，给陶宁发过去。

【我被美色封印了！】

陶宁秒回：【上次的帅哥？在你家？】

万穗：【自投罗网咩哈哈哈。】

发完这条，刚好老万起身，聊到兴头上，兴致勃勃地去拿自己当年从军留下的纪念品。

万穗盯着老爸的背影，待他一消失，立刻往沙发扶手上一趴，身体倾向邵成的方向："普斯普斯。"

邵成正喝茶，好整以暇地看过来。

“大叔……”万穗眨巴着眼睛。

邵成扬了扬眉：“叫我什么？”

“……哥哥。”万穗从善如流地改口。

邵成嘴角勾着笑，饶有兴致地打量着她那一头黄毛。

“可以把你的号码告诉我吗？”万穗装出一副乖巧的样子。

邵成没答，看了她一会儿，反问一句：“你经常去夜店，跟陌生人搭讪？”

万穗眼睛一眯：“你认出来了啊。”接着鬼鬼祟祟地往楼梯口看了一眼，压低声音，“这事儿，你应该不会告诉我爸的哦？”

“未成年不该去那种地方。”邵成一脸正经，“我认为有必要提醒你爸爸。”

“不许说——！”万穗身体往前一蹿，屁股离开了沙发，瞪着眼睛，大有要扑上来掐他脖子的架势。

邵成似笑非笑地睨着她：“好，不说。”

这么痛快？万穗冲出去的上半身停住，狐疑地盯着他。

果然，紧接着，就听他带着些慵懒的调子道：“假发摘了我看看。”

万穗噘起嘴，眉头皱着。

她的短发剪得很丑，不想让人看。

邵成也没逼她，自顾自喝了半杯茶，在楼梯上响起脚步声时，慢慢转过头。

“我摘了，我摘了！”万穗连忙把发套摘掉，飞快地抓了抓蹭乱的短发，气得脸都红了，“……看到了吧！”

邵成笑出声。

那边，老万拿着自己压箱底的宝贝，乐呵呵地下了楼。

这个小插曲过后，万穗又琢磨起了怎么跟他要电话。

没吃过猪肉，也见过猪跑。趁着老爸忙活口味虾的时候，万穗把韩树拿来泡妞的各种手法试了一遍，不过邵成哪一套都不吃。万穗只好改换战术，借口手机没话费，要给老哥打电话，骗来老爸的手机，在通讯录里翻到了他的名字。

餐桌上，邵成与老万正聊着时政，口袋里手机震了一下。他拿出来扫了眼，目光一凝。

干净的对话界面躺着一条消息，四个字：

——大叔，约吗？

“有事？”老万问道。

邵成勾了下嘴角，把手机放下：“没事，小朋友的恶作剧。”

说完，他向对面投去意味深长的一瞥。

万穗低着头一脸专注地剥着虾，仿佛什么都不知道，桌底下的脚丫子左晃晃，右晃晃。

那晚邵成回到家，洗完澡从浴室出来，听到搁在床上的手机叮了一声。他点了支烟，过去拿起手机，三条未读短信。

【快回我！】

【不回答当你同意了哦。】

【那从今天起，你就是我的人咯。[可爱]】

邵成咬着烟，单手回了四个字：【好好学习。】

正想把手机撂下，又叮了一声。

点开：【天天想你？】

“……”

邵成盯着那四个字和一个问号，轻笑一声，摇了摇头，把手机搁下。

祖国的花朵欠教育。

拿到一个号码，以为成功了一半。然而，一连几十条短信，全部石沉大海。万穗没想到泡个帅哥原来这么难。看着韩树十天半个月就换女朋友，还以为是很简单的事。

一筹莫展的时候，她接到了一通陌生电话。是水哥打来的。

万穗对这个名字已经没有印象，经过提醒也只记起一张月球表面的脸。不过挂了电话，她立刻换了衣服跑出家门。

水哥在电话里说：“你不是一直在找一个人，小树托我帮忙留意，赶巧今个儿人出现了，你现在过来？”

韩树这人果然上道，万穗满意地想着。到达酒吧，她付了车钱下车，脚步轻快地进门。

那个时间正是酒吧热闹的时候，万穗探头探脑地找了一圈，并没见到一心想找的身影。水哥和另外几人坐在他们常坐的位置，瞧见她，起身走了过来。

“妹妹。”他叫得亲热，“来得挺快啊。”

万穗很识时务，笑着叫了声：“水哥。他人呢？”

“来。”水哥伸手想揽她的肩膀，万穗躲开了。他收回手，笑了一声，“你是小树的好朋友，就是我妹妹，哥哥肯定帮你。”

卡座上几个男人的目光有点迷。万穗抿了下嘴唇，看着水哥：“他没在这儿，对吧。”

“本来在的，刚走。你来得不巧。”水哥道。

万穗心下忍不住爆粗口，面上一脸乖巧：“那我就回去了。”

刚一转身，水哥的手臂便挡在她身前，很大力地握住她的肩膀，将她转了过来：“别着急，既然来了，喝两杯再走。前两天刚进了一批新酒，帮我尝尝味道。”

万穗的小脾气就上来了，皱起眉：“拿开你的脏手！”

“哥哥帮你这么大忙，这点面子都不给吗？”

帮了个屁，当她傻的吗！

万穗在水哥身上用力推了一把，挣脱他的手。水哥被她推得后退一步，卡座上几个古惑仔似的小弟哗啦啦站了起来，一个个脸上全写着“谁敢动我老大？！”

万穗伸手去摸口袋里的电话。

后领忽然被一股大力抓住，她整个人被拎起来，脚几乎离地，往后捣了几步。“欸——！”她低呼一声，猛地转头去看。

邵成把她拎到后边放下，意味不明地扫了她一眼，转向对面几人。

万穗惊喜，立刻识趣儿地往他身后凑了凑，离得近了，连他身上那股气息都能闻到。很好闻的味道。

水哥脸上的笑敛了几分。

“你谁啊？”有个小弟气焰嚣张地喊了一声。

“小孩儿给你们惹祸了？”邵成问。不咸不淡的语调，却带着一种威慑力。

小弟一愣，本能地看了眼水哥，见他没反应，只好梗着脖子回了一句：“你家小孩儿啊？”

邵成笑了：“对啊，我家的。有意见？”

小弟彻底败下阵，闭了嘴。

这一句带有挑衅的话，成功令气氛绷紧了。

半晌，水哥笑了一声，打破沉默的对峙：“惹祸倒没有，这我朋友家的孩子，没想到你也认识，自己人。小姑娘没成年呢，来酒吧玩不好，我正要送她回去。”

万穗恼火地冒出来，被邵成摁着脑袋一把按了回去。

“成年了，”他掏出烟，抽出两根，其中一根递给水哥，一边漫不经心道，“发育不好，看着小。”

“……”万穗磨了磨牙，要是手上有刀，真想给他来几下。

水哥左眼眯了一下，把玩着那支烟，没说话。

“既然没惹祸，我就带她走了。”邵成转过身，揪着万穗的衣领，不由分说地把人拎了出去。

“喂！你放开我！”万穗挣扎着，其实根本没用力。

一出酒吧，邵成就松了手，万穗立刻站到他面前质问：“为什么不回我短信？”

邵成没答，拿出打火机点了烟，抽了一口：“自己回家。”

“你先回答我。”万穗坚持。

邵成瞥她一眼，把烟拿掉，嘴角勾着微小的弧度：“你来这儿，你爸知道吗？”

万穗歪着脑袋：“你不说，他就不会知道。”

“那我一定得告诉他了。”

万穗这次没有被拿捏住，还反过来威胁他：“你敢说一个字，我就告诉我爸，你勾引我！”

邵成哼笑一声，低头把烟掐灭。这姑娘也不知道是怎么养成这样的。

万穗抬着下巴，一脸得意。

最后，她到底是跟着他回到酒吧，上了二楼包厢。

高嘉远一帮人已经在了，瞧见邵成身后的万穗，惊奇道：“这谁家小姑娘？”

万穗看了看屋子里的人，也不怯场，乖巧地挨个叫人，自我介绍。

“亲戚家的小孩儿。”邵成随口解释，进去坐下。

“小姑娘长得真可爱，”高嘉远那时候就是天天一副笑眯眯的样子，“过来过来，想吃什么叫成儿给你点。”

万穗跟着过去，瞅见一个胸脯很鼓的女人要往邵成旁边坐，一个箭步冲上去，抢先挨着他坐下了。那个女人一愣，停在那儿站着。

万穗看她一眼，又往邵成那儿凑了凑，抱住他的手臂。

刚贴上，领子又被抓住了，邵成把她拎起来，搁得远远的。

那个女人笑了笑，坐下，两人熟稔地聊起来。

万穗不高兴地撇嘴，转身走向正玩骰子的高嘉远，甜甜地叫了一声：“哥哥……”

“哎哟，叫得真甜。”高嘉远笑成了一朵花，“想要什么，跟哥哥说。”

万穗眼睛弯起来。

难得的一次机会，万穗都没怎么跟邵成说话，全跟着高嘉远在玩了。走之前，他们还互相留了电话。

事实证明，跟高嘉远搞好关系，才真的是成功了一半。那之后，每次朋友聚会玩乐，但凡有邵成在场，高嘉远都会叫上她。

屁颠屁颠跑得勤快，邵成没赶过人；死皮赖脸地缠着他，也没发过脾气。他很少管束她，玩闹都由她去，无伤大雅的小心愿也都满足。只是每次她开始动手动脚的时候，会被他像拎小鸡一样拎走。

没多久朋友圈子里就传开了，邵成不知从哪里拐来一个小姑娘，天天带在屁股后面招摇过市。

万穗跟高嘉远的关系倒是突飞猛进。俩人意气相投，时常挨在一起嘀嘀咕咕，不知道商量什么。

有次一起吃完饭，邵成送她回家的路上，万穗一直低头忙着跟高嘉远发短信，邵成瞥了她几眼，有些好笑："这么快就换目标了？"

"没有哇，"万穗头也不抬地答，"只想泡你。"

前头一直很安静的司机没忍住笑了，又连忙收住。

车开到万家门外，邵成降下车窗，点了根烟。"到了，下车吧。"

跟高嘉远做好了约定，万穗收起手机，转头看着他："你先回答我的问题，我再回去。"

邵成手指夹着烟，搭在车窗上，看都不看她。

她想问的问题，用脚趾都能猜出来。

万穗起身，跪在座椅上，左手往邵成肩膀上一撑，右手把他的脸扳了过来，也不管司机还坐在前头，对着他的眼睛，丝毫不害臊地问："你到底给不给泡？"

邵成抬手捏住她的手腕，用了下巧劲，万穗立刻龇牙咧嘴地叫着把手缩了回去。

他食指又一勾，挑起她的下巴。

"想泡我，等你长到D罩杯再说。"

学校的课程对于这些二世祖来说，形同虚设，旷课是他们的常态。

万穗正生邵成的气呢，高嘉远打电话叫她去玩儿，她以"要上课"为由，非常冷淡地拒绝了，转头约了一帮朋友去玩。她之前总是跟陶宁韩树混在一起，好长一段时间神龙见首不见尾，韩树还好，有女朋友陪着；陶宁就有些怨言了。

那天下着雨，有男生提议去常去的那家台球厅打球。彼时桌球正流行，几个男生刚刚学会，兴趣正浓厚。有意无意地，万穗主动请客，带大家去了另外一家高档一些的会所。

他们到的时候，很"巧"，邵成和高嘉远一帮人也在，隔了一张台球桌。

这里面，韩树跟邵成有过一面之缘，陶宁只见过照片，只有万穗跟他们认识，但她没有过去打招呼的意思。

高嘉远笑着跟她挥手，万穗冲他笑了一下，视线掠过他身边的人时，立刻一脸冷淡。那脸色的变化长眼睛的人都能看出来，高嘉远自然不瞎，看了看邵成：“你惹小公主生气了？”

“小孩子脾气大。”

邵成没有往那边看，俯下身，背脊线条笔直流畅，右手握杆，搭在手架上，瞄准母球。

高嘉远忽然啧了一声，感慨道：“这姑娘长大了指定是个祸害。”

球杆笔直推出，受力的母球沿着直线射出，击中一颗位置刁钻的色球。母球反弹，撞在边岸上，色球迅速滚入角落球袋。

邵成直起身，沿着他的目光看了过去。

万穗穿了一条百褶裙，长度只到大腿中部，打球时一弯腰，裙底风光若隐若现。旁边少年站得很近，一脸镇定地帮她纠正姿势，耳朵微微发红。再往四周，不少视线若有似无地飘向那双惹眼的腿。

“现在就是个祸害。”邵成收回目光。

他把球杆放下，走向桌台一侧的椅子，拿起搭在椅背上的外套，站在那儿，叫了一声：“小祸害。”

正趴在台球桌上的万穗，嗖的一下扭过头。

对上他的视线，才反应过来，撇了撇嘴，又扭回来，手里球杆胡乱一捅——方向歪了，白球偏离轨道，咕噜噜径直滚进了边岸中部的球袋。

“过来。”

邵成的声音又在身后响起。

万穗抓着球杆，转过身，慢吞吞地走过去，不拿正眼看他，一副不爽的语气：“叫我干吗，我胸很小的。”

邵成垂眸，把手里的外套往她腰上一缠，随意打了个结，然后不咸不淡地说了句：“腿倒是挺长。”

万穗的气全消了，毫无原则。

不知道是因为邵成那句话，还是他帮她系了外套，反正她心里美滋滋的。

转身的时候，一双双探照灯一般的眼睛正直勾勾地盯着她和邵成，根本没人在打球的。

有人带了另外的朋友来，其中也有女生，一起玩过几次，算不上太熟。万穗看到她们惊艳的神色，立刻打消了介绍的想法。还是回头再单独介绍陶陶和韩树跟他认识吧，毕竟娘家人还是要见的，嘻嘻。

陶宁的八卦之魂不比别人的弱，万穗一回来，就被她拽到一边。韩树也凑过来，三个人脑袋碰脑袋，说了会儿悄悄话，才分开。

教万穗打球的是她一个发小，大她一岁，瘦高个儿，这时候走过来，问道："那个是你朋友？"

其他人都好奇地听着，关系近点的人跟着问："你什么时候认识的，我们怎么都没见过？"

"你不够格呗。"万穗满不在乎道，拿着球杆瞄准了白球，跃跃欲试。

小公主脾气傲，一帮人都见识过，被说的人也没往心里去，笑笑就作罢。

"不是这样。"瘦高个走上前，帮她纠正动作，伸手捏住了她放在桌台上的左手，指尖将她的手心往上顶了顶，"手要弓起来。"接着，另一手放在她的腰上，往下按，动作很轻，"腰再低一点……"

这个年纪的女孩子已经有男女有别的观念了，一心想要泡帅哥的万穗，怎么可能感觉不到这人在趁机占她便宜。

她把脸转了过来，正要张口，忽然又想到什么，装作不知地按他所说把腰放低。

"这样吗？"

"对。"

哐哐两声，有人用球杆敲了敲桌子。万穗直起腰，回头，邵成微眯着眼睛看着他们，抬手，勾了下手指。

万穗用力压下想要翘起来的嘴角，再次走过去："干吗又叫我？"

"想学打球？"邵成慢条斯理地将球杆收回。

万穗扬眉："是啊。"

"我教你。"他说。

万穗心花怒放，立刻把一帮小伙伴抛到脑后了，屁颠屁颠地跟着他过去。

邵成走向另一张台球桌，叫人开了灯，拿巧克粉擦了擦球杆皮头，睨她一眼："看好了。"

万穗乖巧地点头。

邵成弯腰，背脊绷起流畅紧实的线条，支起手架，皮头瞄准母球，球杆利落推出。砰的一声，白球受力笔直撞向边岸，剧烈反弹后打着旋儿击中一颗红球，后者在右侧边岸上反弹一次，滚进他身前的球袋。

整个过程快得几乎看不清。

他收了杆，目光移向万穗："自己学吧。"

万穗："……"这就教完了？

邵成已经重新坐回椅子上，老神在在地看着她。

万穗脑海里回想着他刚才的姿势，有样学样。摆好了，偏头看他："我这样对吗？"她故意摆得不太标准，等他来帮她纠正。

一支球杆从椅子那边伸过来，在她手背上一敲："五指分开，拇指跷高点。"

万穗嗞嗞叫着缩了下手，心里那点隐秘的小渴望，顿时被一棍子敲没了。

无论从哪方面来说，邵成都不是个好老师。但被棍子毫不留情地敲了一通，万穗仍死性不改，特别爱跟他学东西。细数下来，那段时间，邵成教她的东西不少，台球、壁球、溜冰，各种花样。

他这老师一点不称职，教学方法简单粗暴，从来都是自己潇潇洒洒地演示一遍，就放任不管，让她自己练习。

就连溜冰也是。万穗缠了很久，才让他松口答应教她。结果他把她带到溜冰场，拉着她溜了十几分钟，带着她适应，熟悉其中诀窍，随后便无情地松了手。冰场又冷又硬，摔一跤比地面要疼很多倍，万穗摔了足有十几次，屁股差点开花，硬是自己学会了。

她从邵成那里学到的，最有用的就是格斗技巧。

这也是唯一一项邵成肯认真教的。

契机跟水哥有关。

那次被水哥骗了之后，除非被邵成或高嘉远带着，万穗很少再去Lose Demon。她虽然并不把水哥放在眼里，却也知道苍蝇是不讲规矩的。

那件事儿她没有告诉韩树，一则是因为自己没吃亏，二则满心满眼都是邵成，和韩树陶宁厮混的次数屈指可数，就把这一茬给忘了。

当天是韩树女朋友的生日。

晚上饭局，万穗在家陪难得回国一趟的老哥，没有出席；陶宁也因为身体不舒服没来，惹得韩树有些不满，所以一帮人转战酒吧的时候，万穗赶了过去。

万穗跟韩树女友的关系很一般，跟她那些好学生闺密也处不来，再加上陶宁不在，韩树爱答不理，她觉得没劲，送上来的路上随手买的礼物，坐了一会儿，跟韩树打了个招呼，早早溜了。

晚上酒吧街挺热闹。出了酒吧，她走到路边准备打车，一边低着头给邵成发日常无聊的短信。

突然，肩膀上一股大力袭来。那时候智能机刚刚开始流行，还是诺基亚的辉煌时代，万穗手里拿的最新款，啪叽掉在了地上。没有去捡，因为有人捂住了她的嘴，挟着她的肩膀，不容抗拒地推着她往前走。

万穗甚至来不及挣扎，背后有冰凉尖利的东西抵在她腰上。

水哥连拖带抱地把她弄进了巷子深处，一间荒废的小屋里，关上门才放开她，也不废话，上来就搂住她的腰，嘴里不干不净地说着："腰真细啊，还有这腿……"他的手往下去摸，嘴巴也往万穗脸上凑，想亲她。

他力气很大，万穗挣脱不开，狼狈地偏头躲避："……等一下，等一下！"

挣扎时手碰到了一个坚硬的物体，她猛然想起被他收在口袋里的刀，借着挣扎的动作，伸手去摸。水哥没防备，刀很容易就摸到，只是万穗手抖得厉害，没拿稳。

水哥忽然停下动作，她慌忙把手抽出来。

"等什么？等你那个男人来救你？"水哥笑得邪肆，"上次他走了又折回来，叫你给碰上，这回可没那么巧了。"

万穗咬着牙说："我可不是你惹得起的，你这么做，知道后果吗！"

水哥冷笑一声："毛儿都没长齐的丫头，威胁我？天天对男人死缠烂打的，不知道羞耻，现在跟我在这儿装什么清纯！"

万穗心里一堆脏话飙着，却不敢惹怒他。

水哥没再给她时间，再次凑了上来。万穗拼命躲，一边趁机再次把手伸进口袋，摸到那把刀。

后来的状况，万穗记不大清了。

一番回想不起过程的纠缠，结果是她被水哥狠狠扇了一巴掌，嘴角出了血，后来导致左半边脸肿了好几天；还被踹过几脚，身上青青紫紫，好多处软组织挫伤——验伤报告在之后的官司中起到了很大的作用。

作为代价，水哥被她刺中了一刀。

万穗完全不记得自己是怎么做到的。

那之后的记忆，起始于邵成的出现。

她是在跑到巷子口时遇到他的。当时满手的血，慌里慌张地跑出来，正好遇到水哥的几个小弟迎面而来。

"水哥应该完事儿了吧？"

"早呢，惦记那么久，好不容易吃到嘴里……"

万穗僵在原地，本能地想逃跑，背后却是死胡同。几个人已经看到她，愣了下，拔腿冲过来。

邵成就是在那个时候出现的。

万穗的肩膀被人抓住时，他出现在那几人身后，一脚踹翻一人，接着三下五除二，将几个人撂倒，手法干脆利落，招招直中要害。

万穗看呆了。抓着她的那个小弟也呆了。

邵成大步走过来，一把攥住小弟仓皇砸过去的拳头，一拧，一压，接着一脚蹬在他屁股上，把人蹬踹出去，撞在墙上没了声音。

万穗一脸发蒙，邵成把她拽到怀里，眉头拢着，她从没在他脸上见过那么严肃的表情。

那个时候脑子发蒙，根本没去想他为什么会出现在那里。后来也一直忘记问。

自己语无伦次地跟他说了什么，她已经没印象，只记得，邵成第一次主动抱了她。

是抱小孩的姿势，手臂托着她的屁股，把她整个人抱起来，带到马路上，找了家二十四小时便利店，买了只雪糕给她敷脸，用湿纸巾一根一根地把她染血的手指擦干净。

然后他拦了辆车，把她塞进去。

他的手撑在车门上，微微低头，望着她的眸子盛着路灯细碎的光亮："我给你爸打过电话，他会在门口接你，回去好好睡一觉。"

万穗有点反应不过来，指了指小巷子，说不出话。

邵成伸手在她头顶拍了两下，很轻，带着一种安抚镇定的力量。

"有我在。"

万穗恍惚地回了家。老万在家门口等着，什么也没问，带她回家，处理伤、吃东西、洗澡、睡觉。她一直怀疑那天老爸是不是偷偷给她吃安眠药了，否则她不可能在发生了那样的事后还睡得那么安稳。

不过尽管她睡得沉，老万还是坐在她房间的椅子上，守了一整晚。

第二天醒来后，神思归位，万穗终于意识到自己究竟做了什么。

以防万一，老万带她做了验伤报告，之后便不许她出门。那件事的后续，他一点风声也不对她透露，只小心翼翼地哄她开心，生怕她留下什么心理阴影。

万琛难得回来一趟，也为了她四处奔波。万穗问起来，他只说："不用担心，哥会处理。"

但那个年纪的女孩子，心中总有些英雄色彩的幻想，对司法的了解浅薄，自己胡思乱想，不知怎么就觉得是邵成替她顶罪了，心里十分不安，同时混杂着些微的感动。

她到底背着老万偷偷跑了出去。

——去自首。

小公主敢作敢当，不愿意让喜欢的人为自己顶锅，并且坚信正义是站在自己这边的。

然而去了才知道，根本没有什么顶罪。那条小巷子虽然没有监控，酒吧街的摄像头却清晰记录了所有人出现的时间。何况不仅有目击证人，水哥也已经苏醒。

最终这件事，万穗确实没被追究任何责任，水哥则以强奸未遂罪名被判了三年。这其中，为了保她无虞，老爸老哥以及邵成都出了很多力。

那天万穗录完笔录才见到邵成。他还有心情笑，点了点她没消肿的脸，打趣："挺剽悍啊，小姑娘。"

这句话，她一早上听了不下十遍，从各种人的口中。

万穗没吭声，揉揉鼻子，往他跟前蹭了蹭，伸手去搂他的腰。邵成难得地没有推开她，任由她抱住。

万穗把脸埋在他怀里，一碰到就火辣辣地疼，只好退开一点，用额头抵着他胸口。

邵成抬手抓了抓她软软的短发。

从出事到那一刻，万穗愣是一滴泪没掉。大概是因为脑子一直都在发蒙，人都变木了。但这会儿抱着邵成，委屈劲儿就上来了，特别特别委屈，揪着他的衣服，鼻子一抽一抽地哭起来。

邵成揽着她，没动，过了会儿，见她越哭越狠，捏着后颈把她拉起来，看了眼，才放回去。

"别在我衣服上擤鼻涕。"他说。

万穗抓着他的 T 恤在脸上狠狠抹了一把。

又哭了会儿，万穗的下巴忽然被他捏住，脸被迫仰了起来。她眨了眨眼睛，挤走眼里那团雾气，有一瞬间，几乎以为他要吻她了。

邵成看着她一脸懵懂的样子，嗓音比平时低柔了些："张嘴。"

万穗就乖乖张开了。

一上来就舌吻吗？她迷迷糊糊地想。

邵成往她嘴里塞了个东西，然后手动把她张着的嘴巴合上。

是颗糖。

万穗品了一下。

甜滋滋的。

水哥带来的冲击并未持续太久，万穗很快就活蹦乱跳了。

也算因祸得福，那段时间邵成对她有求必应，有时候甚至称得上温柔。万穗那叫一个开心，为了多讨点便宜，就一直在他面前假装小心灵受到了创伤。

后来回忆起那晚，惊险反而是其次，记忆最深刻的是邵成撂倒几个小流氓的英姿，简直帅得天理难容！要不是先前水哥那一出导致她精神恍惚，肯定当时就忍不住要以身相许了。

她求邵成教她来着，邵成没拒绝，但是问她要学费。万穗的小金库非常充盈，财大气粗地问："你要多少？"

"九十。"他说。

还以为他想要多少呢。万穗正要拿钱包掏钱，紧接着，却听他又问："你们一共几门课？"

万穗一下子没反应过来："什么？"

"期末考试，几门课？"

万穗数了数："需要考试的有五门。干吗？"

"下周不是考试吗，"邵成睨着她，"每科九十分，考不到就别来见我了。丢人。"

"每科九十？？？"万穗瞪大了眼睛。

九十分不是九十块欸，他当那么容易呢。她也就英语成绩还过得去，其他的连课都没怎么上过，能混个及格就不错了。

"你还不如让我割五斤肉呢。"她耷拉着脑袋，往桌子上一趴，老大不高兴。

邵成看着她蔫了吧唧的样子，嗤笑："出息。"

万穗抬起眼睛，试图讲价："老板，能不能便宜一点？"

邵成笑了声："嫌贵啊，那你说说，你出得起多少？"

"七十。"万穗小心翼翼地比了个手势。

最后一周抓紧时间把重点过一遍，也许能冲一下。

"八十。"邵成取了个折中的数字，在她打算继续讨价还价之前，不容置疑道，"不能再少。"

万穗皱巴着脸。

邵成把左手小指伸出来，万穗本能地就勾住了。勾完又为"巨额学费"惆怅地叹了口气，用力缠着他的手指不松。

一笔交易就这么谈成了。

接下来的一周，陶宁和韩树便亲眼见证了一场奇迹。

他们一帮二世祖，没一个爱学习的，忙着抽烟、喝酒、烫头，以混日子为己任。崭新的课本只是用来练习签名的草纸；至于考试，选择题看心情，问答题靠灵感。

好好学习？真是本年度最大的笑话。

万穗成了那个笑话。

只有一周的时间，幸而几门基础课都不难，她向学霸借了写满字的课本和笔记，啃了几个晚上，在学霸的指点下背了几个“必考知识点”。

临时抱了几天佛脚，她就硬着头皮上阵了。

运气不错，押宝全中，她记性好，脑子里那些存货一字不差地写了下来，不会的题就洋洋洒洒地自由发挥一通。

结果也挺令人意外——只有一门课差一分八十这个成绩出现在万穗的名字后面，令从前一起吊车尾的小伙伴们惊掉了下巴。

韩树和陶宁在得知万穗和邵成的赌约之后，按捺不住好奇心，跑去围观。

邵成接受了万穗“四舍五入就等于八十”的计算方法，应几个小朋友热烈要求，拉着高嘉远做陪练，展示了以色列格斗术的一些技巧。

高嘉远摔得惨烈，陶宁和韩树震惊且崇拜地啪啪鼓掌，万穗一脸与有荣焉。

这之后，邵老师的格斗教学就正式开始了，陶宁和韩树一改从前，一口一个哥叫得亲热，见天儿地跟着万穗来蹭课。

格斗对于普通人来说也是很实用的自保技巧，能教会几个小孩也算是一桩好事。

邵成教得认真，要求也很严格，每次开始上课前的体能训练，就够几个缺乏锻炼的小朋友受的。不过三个人从来没喊过一声苦不说，还越学越有干劲儿，一有时间就来缠他。

那段时间三个小朋友一起赖在他家里是常有的事。邵成不撵人，也没跟他们客气，使唤着他们跑腿打扫做饭，免费的劳动力用起来毫无心理负担。

三个十指不沾阳春水的小少爷小公主，愣是将各自人生的第一次下厨都奉献给了他。

那天几个朋友聚在邵成家里，在屋里打牌侃大山，傍晚突降暴雨，几个人懒得出门，便支使三个小鬼去弄午饭。

万穗在家常看老爸下厨，算是其中最有经验的了，临时充当主厨，做战略部署，陶宁韩树唯她马首是瞻。孰料炒出来的菜一个比一个惨烈，不是煳成一团，就是热油爆溅，三个人吓得吱哇乱叫蹿出厨房。

“嚯，这是把厨房炸了吧。”屋里有人笑。

邵成把手里最后一张牌扔在桌上，起身出去。高嘉远嚷嚷：“赢了我就想跑，回来！”

邵成进了厨房，把火关掉，瞥了眼另一口锅里的焦煳的不明物体。他转身，凉凉的目光一扫，厨房门口万穗和陶宁对视一眼，默契地指着韩树：“他干的！”

韩树：“……”

“把锅洗了。”邵成说。

“收到！”万穗响亮地喊了一声，冲打算过去的陶宁韩树连连摆手，把人赶走，关上门，自己跑过去勤快地把锅洗干净。

邵成已经麻利地将没被祸害的食材切好，开火，热油，爆香葱姜蒜，几样食材丢进去，翻炒。

他的厨艺看起来也就是一般水准，但那动作行云流水，带着点随意，偏又好看得很。万穗小尾巴似的跟在他背后，乐此不疲。

以前每次靠近，她都会偷偷闻他身上的气息，这回却皱了皱鼻子：“你身上都是烟味儿。”

邵成看了她一眼，没说话。

万穗看到他颊边冒出的汗，拿纸巾帮他擦了擦。

“站远点。”邵成说。

万穗哦了一声，听话地走到后面，拿出手机，拍了张他的背影。

邵成炒了三个简单的菜，将冰箱里剩余的几个鸡腿用盐简单腌了腌，放在平底锅里煎，一面焦黄后翻过来，刷上现成的酱。

“再煎几分钟，变黄就拿出来，”他回头看了万穗一眼，“会吗？”

万穗点头：“So easy.”

邵成就把剩下的工作交给她，在高嘉远的声声呼唤中回了屋。

朋友递了根烟过来，他接了，咬在嘴里，没点。

男人们的聚会免不了抽烟，怕影响小朋友，他们关了门，青色烟雾弥漫在屋里，缭缭绕绕从窗口散去。

打了几局，有人推门。

万穗把脑袋探进乌烟瘴气的房间里，闻到那股呛人的味道，咳了一声。男人们插科打诨的话题一停。

她捧着一只碗一双筷子走进来，到邵成旁边，递给他：“你尝尝。”

邵成低头扫了眼，正要伸手接筷子，被高嘉远抢先一步，连碗夺走，夹起煎得金黄酥脆的鸡腿，咬了一大口。

“喂，”万穗急了，“就剩那一个了！”

“是吗，味道不错。”高嘉远冲她竖了下大拇指。

万穗气得跺脚。

“其他的呢？”邵成问。至少应该有十个才对。

万穗心虚地揉揉鼻子：“……煳了。”

“真有出息。”邵成乜她一眼，抬手往她脑袋上拍了一下。

万穗没再出去，坐在邵成旁边看他们打牌。她进来前还笑声不断的男人，竟然都沉默着不说话。知道大家是避讳她，于是她主动问邵成：“你们刚才说的苍老师是谁啊？”

几个男人的神色就变得有些怪异了。

“……一个人民教师。”邵成轻飘飘斜了提起这个名字的高嘉远一眼，一本正经地解释道。

吹吧你就。万穗睁着“懵懂”的大眼睛：“教什么的？”

其余几人憋笑的憋笑，该出牌的出牌，都看好戏似的等着邵成的答案。

邵成面不改色地答：“生物。”

“什么生物，应该是生理吧。”有人纠正。

一帮人哄笑起来，邵成自己也忍不住闷笑，垂着眼，胸膛轻微震动。

嘴里叼着的那根烟随着他的动作抖动，万穗看得心痒，伸手把烟拔了，刚要往嘴里塞，邵成手速飞快地掠了回去。

他口吻轻淡，还带着点未尽的笑意：“小朋友不许抽。”

万穗看了他几秒钟，忽然向他一扑。

——没能亲到，嘴唇贴上邵成之前，他的手已经轻而易举地箍住她两只手腕，另一手掐着她的脖子，把她摁在沙发上。

没劲，万穗瞪着天花板。每次都这样。

几个朋友看过来一眼，又都默契地当作没看到。

邵成松手，万穗坐起来，不高兴地噘着嘴。邵成也不看她，捡起桌上的牌。

恰在这时，中途去洗手间的人回来，兴致勃勃道：“前几天别人传给我一片儿，比苍老师可好看多了……”

邵成左手一把捂住万穗的耳朵，把她的脑袋往怀里一按，另一边的耳朵贴在他的胸口上。那人正说得起劲儿，邵成手里的牌一收，合成一沓，朝他甩了过去。

“闭嘴。”

对方一愣，了然地笑了：“你家姑娘在这儿啊。”

六月末，天气已经很热，有朋友过生，周末开游艇出海玩，邀请了邵成和高嘉远。

万穗想去，邵成起初不许，她软磨硬泡求了很久，做了许多保证，邵成才答应带她。

上了游艇，万穗才明白他为什么不想带她——男人们纵情声色的派对，带着她多碍事。

邵成的朋友，万穗基本都见过，那些人都挺正派的，虽然一帮男人凑在一起也是各种荤段子，不太正经，但这次的朋友，才是刷新了万穗对于不正经的定义。

这人姓关，长得蛮帅，比起邵成也不遑多让，穿着黑色衬衣西裤，那身风流二世祖的风范，倒跟韩树像是同出一门。就是嘴巴不太客气，瞧见万穗跟在邵成身后上船，他挑着眉道：“才多久不见，你女儿都这么大了？”

船上的另外一人看过来，搂着怀里的比基尼美女，打趣：“怎么带了个丫头，咱们这儿可是少儿不宜。”

万穗化了妆，还特意穿了一条显气质的长裙，就是想看起来像个成年人，但是邵成不许她戴那些花花绿绿的发套，顶着刚过肩的半长头发，怎么看怎么稚嫩。所以这会儿被人一说，她就不高兴了，气势汹汹地呛回去：“我只是长得嫩，已经二十了，谢谢。”

“二十几？”关衡饶有兴致地问。

“二十二。”万穗梗着脖子。

关衡乐了：“嗬，二十二发育得跟十二一样，你爸是不是克扣你伙食？”

船上人不少，闻言一阵哄笑。

万穗气急败坏，冲上去想要踢他，被邵成揪着领子拖回来，抓住她的拳头，连拖带抱地弄进船舱，好笑道：“怎么那么喜欢充大人。”

她为什么充大人，还不是为了和他拉近距离。

万穗气哼哼地往沙发上一坐，因为弹性太好，还弹了一下。

水上宫殿一般的奢华游艇，客厅由橡木材质构筑，空间充足敞亮，家具均出自欧洲最著名的家私品牌。

其余人说说笑笑地进来，各自在沙发上坐下，除了男人帮们，船上还有几名身材曼妙、青春靓丽的女郎，很自觉地在男士们身旁坐下。

万穗很警惕，腿往沙发上一伸，占了大半地方，看着每一个女人都去了别处，才把腿收起来。

那位看起来很风流的关衡，豪华游艇的主人，却一个人坐在中央的沙发上，没人敢往他那儿凑。万穗拿仇恨的小眼神打量他。

高嘉远见她表情还是不高兴，倾身过来，不大不小的声音道：“别搭理他，跟他老婆闹别扭被赶出家门了，伤心呢。”

这句悄悄话一点也不“悄悄”，关衡横过来一眼，手臂往后一搭，跷着二郎腿，哼笑一声：“你知道个屁，我那是让她自己冷静。女人不能惯，一惯就上天。”

刚说完，他手边的电话就响了。

他清了清嗓子，接起来，装模作样道：“想明白自己错在哪儿了吗……我这准备出海呢……没嫩模，怎么会有嫩模，我是那种人吗……”

啧，还不是个怕老婆的。

万穗冷不丁起身蹿过去，捏着嗓子冲他的电话喊了一声：“哎呀，你摸哪里呢，讨厌！”

然后在他目瞪口呆的眼神中坐回去，挨着邵成摆出一脸乖巧。

“活腻了吧你？……欸！不是骂你，不是骂你，”关衡方才的气焰顿时没了，猛地站起来往外走，咬牙切齿地用手指朝万穗的方向点了点，一边对着电话低三下四地解释，“没有，真不是，你听我解释……”

背后全是不厚道的嘲笑。

高嘉远笑完了，目光复杂地瞅着万穗：“你这丫头从哪儿学的啊。成儿，你怎么也不教点好？”

邵成看了眼小学生坐姿扮无辜的万穗，好笑。这哪是他教的。

不一会儿，前凸后翘的旗袍女郎送来酒，其中一个端着香槟，微笑着递给邵成。万穗刚皱起眉，邵成已经伸手接过：“谢谢。”

对方回以柔柔一笑，拿着托盘离开。

邵成喝着香槟，与人闲谈着，万穗一个人生起闷气。

游艇上的房间也是极尽奢华，从窗口还能看到漂亮的海景。但看房间的时候，万穗完全没兴致，随便选了一间，行李箱往墙边一推，把邵成拉进来，关上门。

“我的胸真的很小吗？”她闷闷地问。

邵成好笑：“怎么还没消气。”他抬手安慰似的揉了揉她的头发，“你还小，慢慢长，不着急。”

可是她已经成年了，这个难道不是已经基本定型了吗，班里很多女生都已经很鼓了，连陶宁那个假小子都比她的大，又软又挺，她一个女的看着都喜欢，别说男人了。万穗以前也没怎么介意这个，胸小怎么了，为她神魂颠倒的男生也照样一大把。可是邵成喜欢大胸，喜欢 D 罩杯，就让她很在意。

“休息会，待会儿下去吃饭。”邵成说完，便要拉开门出去。

万穗抓住他的手。他一顿，松开门把手：“怎么？”

万穗心一横，拉着他的手放在自己胸口上：“小的也是肉，也能摸啊，你不能将就一下吗……”

几乎是在刚触碰到那团软肉的瞬间，邵成就猛地甩开了她。万穗踉跄一步，跌坐在床上。邵成脸色很沉，片刻后转身拉开门走了出去。

下午玩牌时，万穗迟迟没下来，高嘉远瞅了一圈，奇道：“小公主还没睡醒吗？”

邵成丢出去一张牌，一言不发。

又是两个小时过去，依然不见人，高嘉远有点担心，便遣了一个女人去看。人很快回来，说小公主晕船了，一直在吐。

“晕船？”高嘉远皱眉，正要叫邵成去看看，一转头，他人已经撂下牌站起来，大步出了客厅。

其实也不是晕船。万穗中午一口东西没吃，去厨房拿了瓶酒来浇愁，然后就吐得天昏地暗。又怕邵成生气，她一个人躲在房间里，不敢下去。

邵成一进来就闻到了一股酒味，拉开被子，把埋在里面的人挖出来。万穗难受了好一阵，才睡着不久，被弄醒，看到他的脸，眼睛一眨，眼泪就哗哗地掉了下来。

邵成拿了纸巾给她，一边凉凉道：“还有脸哭。”

万穗更委屈了，也许是借机撒泼，哇的一声就大哭起来：“你对我发脾气，还凶我……”

哇啦哇啦控诉一通。

邵成沉默地听着，等她发泄完才问：“中午没吃东西？”

万穗抽了抽鼻子，摇头。

邵成叹了口气，转身出去。不大会儿，他端着一盘三明治、蛋糕和果汁上来。

万穗本来已经哭完了，一见他，赶紧又挤了几滴眼泪，撇着嘴，要多委屈有多委屈。

“吃吧。”邵成把盘子放在她手里，坐在床沿上。

万穗拿着叉子，在蛋糕上戳了戳，垂着脑袋：“你生我气了？”

邵成不说话。

“我知道你嫌我胸小，那我以后不缠着你了。”万穗有点赌气的意思，“你喜欢大波，去找大波好了，刚才那个女的不是给你抛媚眼了，你赶紧去吧，省得别人惦记。”

邵成淡淡“嗯”了一声：“等你吃完就去。”

万穗抿紧嘴唇，握着叉子，狠狠戳进蛋糕里。

不知道出于什么心理，她把一个三明治和两块蛋糕吃光了，果汁也喝得一口不剩。空盘子还给邵成，她猛地一下躺回去，用被子把自己蒙了起来。

“你去找她吧。”她闷闷的声音从被子底下传出来。

“睡吧，晚上我过来叫你。”邵成说完，起身出去，带上了门。

万穗把脸从被子里露出来，瞪着关上的门，两分钟后，一把掀开被子下床，穿上鞋跑下楼。

去厨房的路上万穗碰到了那个女人，邵成并没跟她在一起。

她松了口气，又折回客厅，走到门外，听到里面有人问：“成儿干什么去了，这么久。”

“哄他姑娘睡觉呢。”高嘉远随口道。

有人啧了一声：“太禽兽了吧，那丫头才多大。”

“成儿到底什么情况，前途不想要了？”

航行的目的地是个浮潜圣地，一片平静而广阔的海域，海水是几近透明的碧蓝色，可以看到非常漂亮的珊瑚礁和海底鱼群。船上有专业的装备，这些男人也都有经验，一个一个先后入海。

邵成原本有意教万穗，平时什么都想学的她这次却不大有兴致，蔫蔫地坐在甲板上，上半身趴在栏杆上，两条白生生的腿荡在外面。她一个人坐了会儿，海面上忽然响起引擎的轰鸣，一辆摩托艇从一侧开了过来，停在她面前。

万穗懒洋洋地抬起头，看到邵成骑在摩托艇上，身上只有一条深色泳裤，麦色的身体和头发沾着海水，肌肉紧实强悍。她的目光就挪不开了。

“下来。”邵成叫小狗似的招招手。

万穗没忍住诱惑，跳下去坐到他身后，手臂立刻环上他的腰，指头尖儿悄悄地在他腹肌上戳了戳。邵成弹了一下她的手背，拿出一件救生衣给她套上。

坐着摩托艇在海上兜了好几圈，蔫不拉几的万穗很快就嗨起来了。还和他们一起挑战刺激的飞索，穿好防护，从游艇顶层滑向距离半海里之外的降落点，她迎着海风一路尖叫，像在海上飞一样的感觉。

船上各种装备齐全，还有充气的滑梯和香蕉船。在水里玩够了，邵成把滑道充满气搭好，从上层甲板延伸到海面，万穗从四十多英尺的高度滑下来，冲进海水，紧张又兴奋地大叫。

邵成在下端接住她，拦腰一抱。万穗趁机扒在他身上。

“好玩吗？”邵成心情似乎也不错，抱着八爪鱼似的她，嗓音带笑。

“好玩！”万穗抹了抹脸上的水珠，眼睛晶亮。

恣意清脆的笑声不绝于耳。

十几分钟后，嫌滑梯幼稚而选择在甲板上悠闲海钓的男人们纷纷放下钓竿，加入了滑梯大队。

那次的游艇之旅，说是最开心的一次，也不为过。

后来这几年，万穗也和朋友们一起出海玩过许多次，学会了浮潜，拿到了深潜的资格证书，皮划艇、小帆船、滑水板，什么都试过。

始终没有第一次的记忆那么深刻。

第四章

他是我的执念

因为万穗的那句话，小佳和趣趣每天上班都精神抖擞，翘首盼着邵boss的出现。

然而等了两天，别说boss了，一个虾兵蟹将都没见着。

两个人的激动与期待随着时间的推移递减；万穗也从最初的胸有成竹，慢慢皱起了眉。

小佳愁着脸："姐，邵boss到底还来不来了？不来我明天就不穿这个高跟鞋了，好累。"

"我也是，"趣趣趴在桌子上，"为了见他每天早上都洗头，还要吹个造型，少睡了半个小时呢！"

在员工面前快要维持不住威信的万老板，脸拉得有点长。

她清楚自己的优势，也从来都有这个自信，自己在男人面前拥有多大的资本。但每次遇上邵成，自信心总会受到挑战。

原本以为，不论是看在以前的情分，还是他应该有的愧疚之心，这场赌约自己都胜券在握。现在发现好像并不是这么回事。

等到第三天，万穗终于忍不住，一个电话打去了展翼特卫，质问对方为什么无视自己的合作意向。接电话的刚好就是眯缝眼儿李定，无奈又小心地解释，国际女子网球公开赛举办在即，展翼承接安保工作，正是最忙的时候。

万穗冷哼："所以我有生命危险也不重要咯？"

"这个……成哥最近也挺忙的，要不您再等两天？"

没工夫等。万穗掐断电话，打给高嘉远。

高嘉远的效率就很对得起他的姓氏了，隔天就攒好了局，请上一帮朋友，和万穗陶宁韩树三人叙旧。以前三个小鬼跟邵成学格斗的时候，常跟他们一起玩，尤其是万穗，一帮人都拿她当亲妹妹疼。

电话里，万穗再三跟高嘉远确认："你确定邵成能来吧？"

"我的面子你还怀疑吗，不过成儿这段时间很忙，还真说不准。"高嘉远对这俩人的小纠葛最清楚了，也不说破，"我尽力吧。要是真叫不来，就算嘉远哥欠你一次，以后有事任你驱使，怎么样？"

"懒得驱使你。"万穗轻飘飘道。

高嘉远："嘿，你这丫头。看着吧，以后指不定什么事儿要求我呢。"

万穗正要嘲讽回去，忽然想到什么，到了嘴边的话又咽回去，秒换了一副口吻："也是，嘉远哥最好了，以前不管我想要什么，你都会答应我。"

高嘉远啧了一声："你真是长大了，心眼都多了。"

"心眼这种东西，吃亏吃多了，自然就长了。"

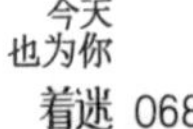

高嘉远被她高深莫测的语气搞得一怔，半晌才道："你这是吃了多少亏悟出来的？"

以前没大没小、作天作地的小公主，突然说出看透人情冷暖式的人生感悟，还挺让人感慨。

万穗敏锐地捕捉到他语气中的那点心疼，叹了口气，用又轻又辛酸的声音道："嘉远哥，你不知道，我这些年过得挺苦的……"

"哎哟，我的小公主欸，还学会卖惨了，"高嘉远妥协，"行了行了，明天我绑也给你把人绑来，成吗？"

"成。"万穗的语气立刻就恢复正常了。

万穗到饭店的时候，高嘉远和几个朋友已经到了。她没有像上次那样爱答不理，笑盈盈地寒暄。

挨个打完招呼，她把高嘉远拉了出去，在走廊上说话。

"放心吧，我跟成儿说好了，今个儿他一定来。"高嘉远好笑道。

万穗冲他笑得格外甜，柔柔地叫了一声："嘉远哥……"

高嘉远立刻搓了搓胳膊："叫得这么好听，又要算计我什么？"

"帮我个忙。"

"昨天还说懒得驱使我，今儿就有事找我帮忙了？"

"你别闹，我跟你说正经的，"万穗道，"我想请邵成给我做私人保镖，他不答应，你帮我说说话好不好？"

"你找他做保镖？"高嘉远奇道，"是不是遇上什么麻烦了？"

万穗嗯了一声，看一眼他的神色，又补充："请别人我不放心。"

"成儿最近很忙。那个女明星叫程念还是程什么的，受到了恐吓，正全力抓人呢。"高嘉远道，"而且他早退居二线了，不亲自出马，一般人请不动。"

万穗不高兴："我也是一般人吗？"

"你当然不是一般人。"高嘉远一笑，"你请肯定就另说了，跟他撒撒娇不就完了。"

他可记得，以前这小公主有多能撒娇，扮乖卖萌都不必说了，信手拈来。

求成儿带她出海那次，又是坐在腿上埋头蹭，又是跪在地上抱他的小腿，拉着他的小拇指晃，哼哼唧唧，一口一个"好哥哥，求求你"，就差在地上打滚了。他看着心都酥了，恨不得替成儿答应。也就成儿能扛得住那攻势，不为所动，要她保证回来一定好好上课不贪玩，才答应。

万穗撇了撇嘴。撒娇能有什么用啊，他又不吃这一套。

高嘉远回了包间，万穗正要进去，刚好看到窗外一辆商务车停在楼下，陶宁从副驾驶下来。难得看到她坐别人的车，万穗伸着脑袋瞧。随后驾驶座的男人也下了车，气质儒雅，就是年纪大了点，绅士地送了几步，目送陶宁进了饭店，才返回车上。

万穗的八卦之魂瞬间燃烧起来。

等陶宁上来，立刻拉住她的胳膊，把人拽到一边问："刚才那人谁啊？"

陶宁被她神秘兮兮的样子逗笑，不以为意地解释道："我们公司一个客户。我车送去保养了，他顺路载我过来。"

"他是不是在追你？"万穗挤了挤眼睛。

"想什么呢？"陶宁似乎很惊异她会有这样的联想，"徐总孩子都七岁了。"

"那还是算了。"万穗立刻说。

陶宁从小就是一副假小子样儿，工作这两年才慢慢留了长发，有了点成熟女人的味道。好不容易来朵桃花，竟然是个有家室的。

陶宁向包间门看了一眼，问她："你是不是又想搞事情，今天这饭局是怎么回事？"

邵成的事儿还没来得及告诉陶宁，但万穗对她从来都是毫不隐瞒的，这会儿提起来，便交代了自己的打算。

"你疯了吧？"陶宁拧着眉，"好不容易才爬出来，现在又往坑里跳？"

"你不懂……"万穗说。

陶宁有点恼火："我不懂什么？"

万穗沉默片刻："他就是我的执念，不连根拔出来，这事儿就过不去。"

大门外，一辆路虎开过来，高大挺拔的男人下了车，衬衣西裤，气度卓然，惹得路边经过的女孩子频频侧目。

万穗和陶宁站在窗边，将那一幕尽收眼底。

万穗望着那道走到哪里都吸引目光的身影，幽幽道："至少要泡到一次，不然我不甘心。"

"泡到之后呢？你要怎样？"

万穗没答，眼尾一翘，笑得像电视剧里坏坏的狐狸精。

陶宁叹了口气："我怕你又把自己赔进去。"

木质楼梯上响起脚步声，不疾不徐。

"总不会在同一个人身上栽两次。"

万穗抬手在玻璃上弹了一下，转过身。

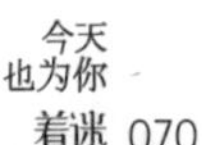

看到邵成的时候，万穗才相信，他是真的忙，忙得连胡子都没刮，一圈青色胡楂。

陶宁打了招呼，便识趣地先进去，留两人说话。万穗站在那儿等着邵成过来，兴师问罪：“邵总贵人事忙，什么时候给我答复啊？”

邵成嘴角轻轻一勾，英挺的轮廓，胡楂丝毫不影响美感，多了几分落拓，别有一番味道。

“忙完这阵。”

万穗瞅了眼他那胡楂，大度地决定再给他点时间。

正要进去，邵成从口袋里掏出什么东西，递给她。万穗低头，是一颗粉色的棒棒糖，心形的。

“买烟送的。”他说。

什么烟送棒棒糖啊。万穗腹诽一句，接过来。

推开门，包间里几个人聊得正热闹，都是当年时常在邵成家里露脸的老熟人。除了韩树，人已经齐了。房间挺宽敞，还有四五个空位，万穗径直走到陶宁身边，刚坐下，余光便瞥见光影一晃，邵成跟着在她左手边落座。

高嘉远张罗着点了菜，一帮人忆当年聊现状。

几年没聚过，气氛还算亲切。

“小陶宁这是女大十八变啊，”一个性格很好的哥哥笑着说，“以前看着假小子似的，现在漂亮多了。”

陶宁笑了笑：“你们倒是都没变啊，跟以前一样帅。”

“要不我说你们三个里就小陶宁最有前途呢，真会说话。”高嘉远笑眯眯地说，“我一个朋友跟你们公司有合作，前几天说起来，一直夸你聪明能干呢。他那人很自律，要求也高，很少夸人的。”

“就是说我不会说话不能干呗。”万穗手肘撑在桌子上，端着一杯温水，喝了一口，故意酸溜溜地说。

一旁人都乐，高嘉远笑：“你对自己的定位挺准确啊。”

万穗笑骂一句。

“你最能干，你最能干。”高嘉远笑，有点哄孩子似的，“听成儿说，你自己在开工作室做汉服，怎么会想到做这个？”

生意场上，小众往往意味着没市场、不赚钱，一般商人是不会轻易触碰的。但恰恰是这些小众甚至冷门的东西，传承着许多值得保护的、传统古典的文化精髓。他们做的不是生意，而是情怀。

“感兴趣啊。”万穗笑道，“你接触过，了解过，就会看到汉服的魅力。”

“那改天给我做一身，让我也体验一下穿古装的感觉。”高嘉远颇有兴致，“想请我拍广告也成，你嘉远哥这长相、这身材，给你做模特你真是赚大发了。”

“拍广告当然是找成儿，你这脸影响销量。”有朋友拆台。接着，又想起一件新鲜事儿，当作笑谈来讲，“前一阵成儿公司合作的那个女明星，不是租了一套好几万的汉服拍写真，弄丢了，闹得挺厉害……”

“那个程念？”高嘉远惊讶。

万穗点头：“就是她。”

这事儿是节目组爆料的，作为当事人的万穗用工作室的账号转发过，等于直接确认了事实。网上有过一点热度，不过很快就被程念的公关删得干干净净。万穗还挺惊讶，这帮公子哥居然会知道。

她斩钉截铁的语气让高嘉远和那人齐齐看过来。

万穗保持微笑：“就是从我这儿借的，你说巧不巧？”

高嘉远更惊讶了，向邵成看了一眼：“……原来惹到我们小公主头上了啊，现在解决了吗？”

万穗耸耸肩。

邵成微不可察地皱眉，联想之前发生的事，不难猜出其中关联：“上次就是因为这个？”

“你说的是被你员工揍的那次吗？”万穗故意强调一遍，“对啊。着急上节目，联系不上她经纪人和助理，只好去堵人，没想到人家请了这么负责任的保镖。”

结果就不必说了，摔得一脸血，根本没脸见人。

“需要我帮忙吗？”邵成问。

“不用。”衣服已经丢了，要也要不回来。万穗斜着眼睛冷嘲热讽，“看来邵总跟人家关系很好哟。近水楼台，她胸那么大，邵总肯定把持不住了吧？”

邵成睨她一眼：“棒棒糖还给我。”

好像谁稀罕似的，小气。万穗哼了一声，掏出来朝他砸了过去。

邵成接住，剥了糖纸，散发着清淡甜味的棒棒糖杵到她嘴边。万穗下意识地张开嘴，邵成把糖塞进去。

“干吗？”万穗一脸狐疑。

“嘴甜点。”他说。

菜上齐的时候，韩树人才到。他下午有商演，一结束就立刻赶过来了。

他脸上带着妆，演出服还没换，肩膀上顶着几个能当武器的小尖尖，进来脱了外套，挨个打招呼。

“邵成哥，去年我在 S 市参加跨年晚会，好像见到你了。是你们公司做的安保吧？”韩树站在万穗和邵成中间，一手搭在她的椅子上。

邵成：“是有这么回事。”

“我就说，当时还以为自己眼花了。”

等两人寒暄完，万穗把韩树拉过来，叼着棒棒糖小声问：“这事儿你怎么没跟我说过？”

韩树瞟她一眼：“为什么要告诉你，跟你有关系？”

“……行了你滚吧。”万穗翻了个白眼。

“几岁了还吃棒棒糖，”韩树嫌弃道，伸手，掌心向上，“给我一个。”

万穗往他手心甩了一巴掌：“没了。”

“给我让个位儿，”韩树不由分说就把她推起来，自己在那个位置坐下：右边陶宁，左边邵成。他振振有词道，“好长时间没见了，我跟邵成哥聊聊，你去那边坐。”

万穗狠狠剜了他一眼，走到陶宁另一边去坐：“你说他是不是有毛病！”

陶宁明白韩树的用意，低声替他解释：“他不想让你跟邵成哥挨着，你看不出来吗。”

“……自己一堆破事，还管我。”

韩树看起来倒是真的有很多话跟邵成聊，一顿饭的时间嘴就没停过。

万穗吃着饭，一边跟陶宁商量战术，让她帮自己打配合。如果这世界上有一个人可以放心托付任何事，对她来说，就是陶宁了。

吃完饭，高嘉远提议转战 KTV，万穗欣然同意。不过，等到了 KTV，一帮人聊天、唱歌、做游戏，玩得很嗨，她却坐在沙发上，闷声喝酒，表现得很安静。

没办法，想借酒行事，至少也得有点醉意，演起来才逼真嘛。

万穗喝了不少，感觉到量差不多了，就站起来。她身体晃了一下，头有点晕，腿有点软，状态很完美。

她满意地把酒杯放下，上去把天天录歌还唱不够的麦霸韩树挤下来。

“走开，走开，让我唱会儿。”

“醉成这样还唱，别给我丢人。”韩树放下话筒，看她几乎要把脸贴在屏幕上，啧了一声，好心道，“唱什么，我给你点。”

“小伙子真有爱心。”万穗笑嘻嘻地拍了下他的背，坐在高脚凳上，让他点了首粤语歌。

前奏响起，她扶着面前的话筒架，身体随着节奏轻轻摇晃。

“树荫有一只蝉跌落你身边 / 惊慌到失足向前然后扑入我一双肩……”

舒缓的音乐，被酒精泡过的声线，轻柔略带低哑，偶尔跟不上歌词的几声低哼，空气都染上撩人的醺然。房间里昏暗暧昧的光落在万穗眼睛里，眉睫上。

一低眉，一垂眸，尽是风情。

“发情了这是？”

韩树用胳膊肘捅了捅陶宁，一脸纳闷。这么明目张胆，勾引谁呢？

陶宁默默喝酒，不说话。

“我真是预言家，”高嘉远看着台上将一首歌唱得迷离的万穗，“我就说，这丫头得长成个祸害。”

邵成顺着望过去，不语。

万穗忽然抬眼，视线投来，准确地对上他的目光。

邵成眉眼不动，她却展眉笑了，藏着细碎光芒的眼睛直勾勾地盯着他。

她正唱着：

“如有天樱花再开 / 期望可跟你示爱……”

那个笑容，高嘉远看得清清楚楚，心情一时间竟也十分复杂。他瞥了邵成一眼。

几秒钟后，一句没头没脑的：“成儿，你想清楚。”

邵成收回视线，杯子与他碰了一下，清脆短促的撞击声。他什么也没说。

万穗唱完一首歌，站起来，准备下去。高嘉远很捧场地带头给她鼓了鼓掌，笑着喊：“给你打 call。”

万穗乐了，又走回小舞台中间，笑盈盈地做了个谢幕的动作。

抬头时看向邵成，他端着一杯酒，目光沉静地望着她。

万穗径直向他走过去，步子摇摇晃晃，像是醉得不轻，偏偏要从一排人身前挤过去。每个人都说着小心，搭把手扶着，把她往目的地传送。到了跟前，脚下被什么一绊，她哎呀一声，整个人就扑倒下来。

没有想象中的碰撞和拥抱。

她倒了一半，软得一点力气都没有的身体就定住了。

邵成一只手握着她的胳膊，稳稳当当地托着她；另一只手里的酒，半点没洒。

这些年，万穗还是有长进的。

她明白欲速则不达。

也懂得步步为营。

她直起身，反握住邵成那只手臂做支撑，在一旁坐下来，然后抽回手，靠在沙发上，半眯着眼睛，眼尾却翘着，像在笑。

“谢谢。”

“醉了？”邵成低沉的声音问。

万穗使劲摇头，抿着嘴笑，看起来憨憨傻傻的，十足一个小醉鬼的情态。

邵成勾了勾嘴角，伸手在她泛红的脸蛋上捏了捏，只一下，便收回去，动作快得仿佛是醉酒后的错觉。只有温热的触感，停留在她的脸颊上，久久不散。

万穗继续傻笑，仿佛真的醉得迟钝了，体会不到那个动作中的亲昵。

房间里笑声不断。

他们坐得很近，反而没有说几句话，耳边尽是其他人喝酒畅聊大笑的声音，热热闹闹，令人放松的氛围。

大概刚才喝洋酒喝猛了，这会儿万穗的头真的有点蒙，脑袋里像是有什么东西在鼓胀，太阳穴一突一突。她闭上眼睛，两只手揉了揉太阳穴。没有明显的缓解，又握成拳头在脑袋上敲了敲。

手腕忽然被拉开。万穗睁开眼，看到邵成的手掌覆上来，罩在她额头上。

她脸小，邵成一只手便能捏住她脑袋，拇指和中指按在两边太阳穴上，用十分精准恰当的力道按压着。

万穗舒服极了，看了眼男人近在咫尺的宽厚掌心，重新闭上眼睛，手脚放松地摊开。

后来便不记得邵成的手何时拿走的，不知不觉就睡着了，呼吸绵长。

身边响起很轻微的动静，她醒了过来，看到他起身离开。身上有重量，是他把外套盖在了她身上。

邵成出去抽了支烟，回来时，被站在吧台前的朋友叫过去，拿了两瓶酒，有一搭没一搭地说着话，聊了会儿，视线不知怎么一转，扫向刚才坐过的地方。

万穗已经醒了，歪着脑袋靠在沙发上，眼睛睁着，目光越过人群，定定地落在他身上。一动不动，似乎已经看了很久。

邵成顿了下，收回视线。

万穗坐起来，把他的外套穿在身上。

鼻间霎时充满暌违许久的熟悉气息，心里有一种说不清道不明的感觉，占据高地的是套路成功的窃喜。

结束时已经凌晨，一帮人醉的醉，清醒的不剩几个。

韩树已经不省人事，陶宁还清醒着，扛起他，然后指着同样醉醺醺的万穗对邵成道：“邵成哥，可能要麻烦你送一下她了。”

邵成点头："好。"

高嘉远张罗着叫代驾，将几个人送上车。邵成去结账了，万穗站在门口台阶上，看着陶宁把一摊烂泥似的韩树弄上车。一米八的个子也够沉的，陶宁被折腾得够呛，上了车，又把车窗降下来。

万穗见状走过去，弯下腰，扒着车窗。

陶宁轻声道："你自己注意点，别钻牛角尖。"

"遵命。"万穗笑嘻嘻的。

陶宁往她身后看了一眼："他快出来了。"

万穗立刻从车边退开，脚下发虚，一屁股坐在台阶上，动作太猛，头一阵嗡嗡的震荡，连屁股蛋儿的疼都顾不上了。

"成儿，我先走了。"高嘉远坐在车里，冲这边道。

邵成点了下头，走上前，把万穗拉起来。

万穗这会儿是真有些站不稳，借着他的力站起来，又欲擒故纵地推开他的手，很客气地说："我站得稳，不用扶我。"

接着她身体一晃，就要摔倒。

邵成手臂一伸，拦腰把她捞了回来。

那一刹那的距离很近，呼吸间能闻到一股热热的酒气。万穗分不清是自己的，还是他的。她愣愣地望着邵成，他的眼睛很黑，幽深不见底。

片刻后，她忽然伸出一根手指，在他下巴上刮了一下。

"你长胡子了……"

邵成垂眸看着她，很长时间，没有出声，也没有任何动作。

直到代驾出现，迟疑地叫了声："邵先生？"

他手臂松了些，把车钥匙递给对方。

万穗在车上又睡着了，不过没睡多久，半路就醒过来了。然后她发现自己不仅枕着邵成的肩膀，还抱着他的手臂。

他居然没把她甩开……

万穗在"继续装睡抱着"和"起来并保持距离"之间纠结了几秒钟，选择后者。

坐起来，她敲了敲发胀的脑袋："对不起。"

"回去冲点蜂蜜水喝。"邵成低沉的声音在耳畔响起。

车里灯光很暗，连平常的一句话似乎都多了点暧昧的气息。

万穗"嗯"了一声。

车厢里的静默持续片刻。万穗转头："听说……"看了眼前面的代驾司机，含糊道，“那个程什么又被人恐吓，解决了吗？”

邵成看她一眼。

“不是我干的，别这样看我。”万穗挑眉。

邵成笑了声：“知道不是你，人已经抓到了。”

大概是看她一脸求知欲，他破例多说了几句。是一个喜欢程念很久的粉丝，精神有点问题，偏执，跟一个假冒程念的人网恋，被骗走所有积蓄，所以向程念报复。其实也说不上报复，是想带她回老家结婚。

“哈哈哈太逗了。”

想到程念被一个莫名其妙的男人拉着，说“你是我的女人，跟我回家结婚……”万穗就觉得特别好笑。笑完了，又没什么诚意地道歉：“不好意思，我好像不该笑得这么开心。”

停了几秒钟，她又说：“其实我跟你说被人追杀，是骗你的。”

邵成看着她，似笑非笑。

“但是我也被人恐吓了。当时有外人在，不好意思说，所以……”万穗觑他一眼，将害怕和忐忑表现得恰到好处。

“什么时候？”邵成问。

“就前不久。”万穗十分善解人意道，“东西在工作室，你什么时候有空，过来帮我看看？”

“好。”

车子在万家门口停下。万穗下车，把衣服脱下来，还给他。夜里的风吹在身上，冷飕飕的。

“路上小心。”

邵成：“早点休息。”

万穗点头，又看他一眼，转身向家门走去。

看着她进了门，邵成才上车，对司机道：“走吧。”

万穗回到家，没有惊扰老爸和老哥，蹑手蹑脚地回了房间，洗完澡，虚脱了一样往床上一瘫，头发只吹了半干，懒得再弄。

晚上所有的经过被她在脑子里过了一遍，也不确定第一步究竟算不算成功。

似乎还不错。她想。

做老板的好处，就是想旷工就旷工，迟到也没人扣工资。

万穗第二天睡到快中午才起，被老万拉出去散步活动身体，顺便买了菜，回来做饭。下午她本来打算继续在家里瘫着，工作室来了电话。

“姐，你在哪儿呢？”唐小佳的声音听起来有点怪怪的。

“在家啊，”万穗躺在沙发上，拿着跟老爸抢了半天，才获得了半个小时使用权的遥控器。小佳和趣趣没事儿不会用工作室的座机给她打电话，“出什么事儿了？”

“没有，没有，没有。”唐小佳连说三遍，打消她的顾虑，“没出事，就是那个吧……邵 boss 来了……”

哦。

万穗明白她的声音为什么奇怪了——发着飘，还荡漾。原来是看到邵成了。

她起身往楼上走：“他现在在干吗？”

“撸叽叽。”小佳说。意识到自己的口误，连忙解释，“不要误会，不要误会，是我们的叽叽，不是他的……嗯。”

“……”对比之下，万穗觉得自己真的一点都不花痴。

“我马上过去。”

万穗到工作室的时候，邵成还在，胡子已经刮了，收拾得齐齐整整，人模狗样。

他坐在休息区，面前放着一杯咖啡，拿着一本写真在翻看。那是风荷记约了摄影师拍摄制作的宣传册，不过基本都用来自娱自乐了。模特都是万穗本人。

小佳和趣趣都坐在自己的工位上，却没有一个人在认真工作，齐刷刷地拿着手机，将摄像头偷偷对准休息区的方向。

万穗把一个保温饭盒拍在她们的桌子上，里面是老爸中午做的蒸饺。

“去里面吃，别给我捣乱。”

小佳和趣趣在老板的淫威压迫下，一步三回头地走开。

万穗把一个挺沉的大箱子抱到休息区，放在矮几上，在邵成对面坐下：“你看吧。”

邵成把写真集放下，扫了眼箱子，挑眉看向她：“这是恐吓？”

这箱子是他给她的那个。

万穗耸耸眉：“对我来说就是。”

邵成料到她是骗人，不过没想到她会拿这个箱子说事。

“不然你说，你给我这些电影光碟是什么意思？”

邵成意味不明的目光落在她脸上，良久，没有回答。万穗便一直执着地看着他。

其实她记得。

那次游艇出海回来后，邵成的探亲假结束，要回部队。

走的那天，万穗刚好去找他看电影，有部她喜欢的片子上映，想要他陪她一起看。到了他家，她才发现他要走，行李已经收好，即刻就要出门。

万穗一直不知道，如果不是自己刚好撞见，是不是那次离开他根本不会告诉她。

当时没想那么多，只因为他突然要走闷闷不乐。她往地上盘腿一坐，抱着他的箱子，生闷气。

邵成哭笑不得，想把她拉起来，她却死死抱着箱子不撒手。

“别闹。”他掰开她的手，然后分别抓着她两只手和脚，把她提麻袋似的提起来，放到沙发上。万穗在他转身时，扑上去抱住他的腿。

“你答应陪我看这个电影的。”

早在电影上映之前，她就提前跟他约好了。当时答应得好好的，到头来又放她鸽子，男人都是骗子。

“等我回来陪你看。”邵成低头，抓了抓她的头发。

万穗立刻抬头：“真的？”

邵成没答，伸出小拇指。万穗立刻勾住，晃了三下，盖个章。

“那你什么时候回来？”她放了心，又迫不及待地问。

“很快。”邵成说，“回来给你过生日，满意了吗？”

万穗皱着小眉头：“也不是很满意。”

被他拍了下脑袋，又说：“你这次爽约了，在我这里就没有信用了，所以我不是很相信你。”说着瞄他一眼，“除非你答应我，以后我喜欢的电影上映，你都陪我看。”

邵成弹她脑门：“跟我谈条件？”

万穗自顾自道：“我喜欢的电影也不多，欧美大片，什么科幻、悬疑、超级英雄啊，你都能看。”

说完，伸出小手指，指头尖弯了弯，她笑眯眯的，像只小狐狸：“再勾一下？”

邵成笑着勾住了她的手指。

其实那次他还是没能履行约定，在她生日前赶回来，说是被什么事情绊住了，要迟两天。

邵成是在她生日的当天夜里回来的。

那晚也是接下来七年杳无音信的开端。

叽叽扑腾翅膀带起的气流声，打破了空气的凝滞。

万穗轻叹一声：“你总是这样，我永远不知道你在想什么……你不说算了，我说。”她向前倾身，“你撇下我一走了之，我不问你为什么，就只跟你提这一个要求，不算过分吧？”

邵成不语。

“我是真有事。我要去巴塞罗那一趟，这阵国外恐袭有点频繁，不安全。”万穗看着他，“我不想要别人。”

沉默许久，邵成答应了：“好。”

万穗点点头：“李定说你们要忙网球赛，我等你忙完。”

邵成开车离开苏河路，回到北洲广场。静谧的地下停车场，他在车里坐着，点了支烟，慢慢抽着。

抽完两支烟，他拿起手机，拨了个号码。

“明天的见面取消吧。”

邵成送了她几张网球公开赛的门票。万穗给小佳和趣趣放了假，带着老爸去体育中心看比赛。

天气很好。

在体育中心入口处碰到了裴盛，他还是老样子，戴着蓝牙耳机，兢兢业业地督管安检工作。看到万穗后，他走了过来，视线从她头顶掠过：“带伯父来看比赛？”

“对啊。”万穗一时犹豫，要不要向老爸介绍他。

一转头，瞧见老万笑眯眯地打量裴盛两眼，给她递了一个意味深长的眼神：小伙子不错啊。

万穗无奈道：“这是我一个朋友。”

裴盛向老万伸出手，礼貌道：“伯父您好，我是裴盛。李肃是我舅舅，经常听他提起您。”

老万看着他，“啊”了一声：“你就是老李的外甥啊。”那个说他闺女长得不像好人的老李外甥。印象深刻。

老万笑容不变：“真是一表人才，你舅舅经常夸你，很以你为傲。你在这里工作？”

“这次公开赛的安保工作是我们公司负责。”

老万扫了一圈，安保人员正非常尽责认真地为每个人进行身体和随身物品检查，也有全副武装的特警站岗。他满意道：“挺好。群众的安全就托付给你们了。”

“您放心，我们一定会严格对待。”裴盛道。

万穗有点无语，打断两人的客套：“好了，别啰嗦了。都是熟人，我们可以免检吧？”

几个安检口都已经排成长龙。万穗看着裴盛，意有所指道：“这次可别再怀疑我是不法之徒了，裴 Sir。”

裴盛沉默一瞬，公事公办地地回答：“不可以。每个人都必须接受安检，这是规定。”

果然不出意料。万穗扯了下嘴角，裴 Sir 还是那个裴 Sir。

正要拉老爸去排漫长的队伍，裴盛在她身后道：“跟我来吧。”

万穗和老万被带到了 VIP 通道，这已经是正直不阿的裴 Sir 能给开的唯一一道后门了。

一路上，老万有点严肃，审视的目光盯着裴盛的背影，不住打量。

这小子挺刚正，部队出来的，身上都有一种精神，看起来也不像迂腐的直男癌。而且，似乎，有那么一丁点，对他姑娘有意思呢。但是上次为什么说那种话？

VIP 通道要清静许多，不用排队。巧的是，邵成也在，陪同几位领导模样的人。裴盛正要安排万穗和老万过安检，那边几人看到他们，停止了对话，接着，竟一同向他们走来。

为首的男人五十有余，一身深蓝色中山装，戴一副无框眼镜，笑容满面道：“老万同志。”

老万快步迎了上去：“曹书记……”

“这么巧，来看比赛？”

“这不我姑娘休息，说回来陪陪我。”老万说着，笑呵呵地拉过万穗，介绍道，“这是我家姑娘，叫万穗。这位是咱们市委曹书记。”

哇哦，市委书记哦。万穗笑得乖巧：“曹书记好，您本人比电视上帅多了。”

万穗自己不爱说场面话，但出门在外从来都很给老爸长脸，没一会儿就把曹书记哄得笑眯眯，直夸她懂事。

一转眼，瞧见邵成似笑非笑地看着她。

等两位寒暄完，邵成才出声，向老万打了个招呼：“万叔。”

“邵成啊，这次承办安保的是你们公司吧，挺好挺好，我看你们工作做得很不错，严谨。”老万笑着转向曹书记，“邵成这孩子靠谱，做事靠得住。以前在部队就是中队的中流砥柱，立过不少大功，如果不是受伤转业，还能为国家做更多贡献，前途无量啊。”

曹书记也道：“可惜了点。”

万穗愣了愣，探询的目光转向邵成。

他受伤？什么时候的事？

邵成却没再看她，面色淡然。

曹书记邀请老万与他一同观看开幕式，万穗借口要找朋友，没跟他们一起去。

等人走了，万穗才不经意似的问：“你受过伤？”

“一点小伤。”

他含糊其词，万穗便没有再问。

“走吧。我带你进去。”邵成道。

万穗没动，瞟了一旁的裴盛一眼：“不用过安检？”

邵成抬手，在她头上扎的丸子上捏了一下，收回手：“好了，检查过了。”

裴盛看了他一眼，微讶。

万穗一脸“你一定是在逗我”。

邵成挑眉：“你还有哪里藏了东西？”

“……没有。”万穗有点无语，她的丸子头也没藏东西好吗，“你们的安检好随意，普通群众对人身安全表示担忧。”

“你不是普通群众。”邵成说完，转身，“走吧。”

其实万穗也没什么朋友想找，离比赛开始还有一段时间，对枯燥的开幕式她也没有兴趣。

邵成还有工作，在场馆中巡视、指挥、听下属汇报工作。时不时也有人跑来请示，哪里出了问题，需要如何处理。说起来是大 boss，却并不比任何一个人清闲，一刻没有休息过。

万穗对他们的工作还挺好奇，便背着手跟在他身后，溜达了一圈。

“不是要去找朋友？”忙了一阵，短暂休息的工夫，两人停在一处僻静的连廊，邵成松了松领带，问她。

万穗往栏杆上一趴，望着落地玻璃下面的球场：“刚才不是见了那么多，都能开场粉丝见面会了。”

一路上碰见好些个在展翼训练馆见过的小哥哥，对她都十分热情。

邵成勾了下嘴角。爱跟着就跟着吧。

有些热，他将外套脱了下来，鬓边颈后一层薄汗。万穗看了他一眼，收回视线，过了几秒钟，直起身，从口袋里拿了包纸巾给他扔过去。

邵成接住，十分自然地将外套递了过来。

万穗瞪着他，手一直插在口袋里，没动作。

邵成：“拿着。”

“不拿。”万穗乜着他，“你给我发工钱了？”

邵成便直接将衣服向她一抛，兜头向她脑袋盖过去。万穗连忙把手从口袋里伸出来，在被蒙住头之前，抓住了那件尚有余温的外套。

与此同时，他的声音传过来："给你发工钱。"

万穗斜他一眼，拿着衣服，甩了一下，搭在臂弯上。

两人并肩站在落地窗前。比赛即将开始，观众陆陆续续进入场馆。露天的球场，阳光很好，照得一切都鲜亮蓬勃。

邵成转头看着万穗。

现在可以随心所欲地染发，已经不需要戴发套。她头发的颜色，邵成说不上来，一种极浅的咖啡色，看起来像是动漫里的美少女。短短的小卫衣，直筒牛仔裤，两条长腿依旧惹眼。

察觉到他的目光，万穗把脸扭了过来。

"刚才在曹书记面前，嘴不是挺甜的。"邵成说，"怎么见了我，就不会好好说话？"

万穗微笑："你要是做了书记，我一定嘴特甜。"

邵成勾了下嘴角，视线重新转向窗外。

"万穗？"身后忽然传来一道男声。

两人转身。

一个长相很阳光的男人站在他们身后，盯着万穗，目光带着点惊讶和不能确定："真的是你啊。"看清她的脸，对方笑了，"好久不见。"

万穗也有些惊讶。

怎么说呢……

这个人，也算是她的前男友吧。

"你怎么在这里？"

吕奕笑了笑："来看比赛，和我女朋友一起。今天真巧，没想到会在这里碰到你。"

"是很巧。"相比他的坦荡，万穗难得有一点尴尬。

察觉到另外一道视线，吕奕转向邵成，礼貌颔首。

"哦，这是我朋友，邵成。"万穗为两人介绍，"这位是我的……大学同学，吕奕。"

吕奕笑着瞥了她一眼，没拆穿，对邵成道："幸会。"

邵成点了下头，神色中藏着难以察觉的冷淡。

"那你们继续，我先走一步，"吕奕道，"我女朋友还在等我。"

万穗机械地点头挥手："再见。"

“以后常联系。”吕奕说，走了两步，忽然又想起什么，回过身，一脸笑容，“对了，我下个月结婚，到时候给你寄请柬，有时间的话，希望你能来。”

万穗继续机械地点头。

转身时，视线扫过她身后的男人，吕奕动作顿了顿，似乎有些困惑：“……邵先生，我们是不是在哪里见过？”

“你记错了。”邵成淡淡道。

吕奕笑了下：“我看您面善，总觉得见过似的。方便的话，希望您能赏光，和万穗一起参加我的婚礼。”

他显然误会了邵成和自己的关系，不过万穗也不想解释。邵成并无犹豫地回答一定，倒是叫她有一点意外。

比赛开始前，万穗进了球场，找到座位，老爸已经回来。小佳和趣趣也到了，正围在老万身边叽叽喳喳地说话，瞧见她，立刻腾了个座位。

万穗坐下来，老万瞥了眼她手里的男士外套，笑眯眯道：“咦，怎么多了件衣服？”

“老爸，你笑得太过了，收一收。”

老万咳了一声，正色，严肃地目视前方：“万穗同志，组织有问题问你。”

万穗：“组织请讲。”

“曹书记太太有个小侄子，跟你一样大，也是搞设计的，有没有兴趣见一见？”

曹书记太太的小侄子……万穗转了转脑筋，绕了一圈才搞明白这个关系。

“他太太娘家不是有两个哥哥，大舅子还是小舅子的儿子？”这个问题挺重要的，因为大舅子和小舅子很不一样。

老万用秦腔的调子唱：“他大舅。”

“那还是算了。”万穗耸了耸肩，拒绝得干脆。

“怎么呢？”

万穗往后一靠，被太阳晒得眯了眯眼睛：“他大舅不是省里的大官？老爸，你觉得我这样……”她摊摊手，“不安于室的，能进得了他们家的门吗。”

老万瞪眼睛：“哪有人这样说自己的。”

万穗嬉皮笑脸。

过了会儿，又说：“老爸，相亲的事儿先放一放吧。”

老万“嗯？”了一声，饶有兴致：“你是不是有看上的男人了？”

“这个世界上我只看得上你和老哥。”万穗神色认真，“我有点事，得先处理一下，再给我点时间。”

“再过一个多月你就过生日了，过完生日，就二十七咯。”老万幽幽道。

“二十六，二十六。”万穗强调，“不要给我按虚岁报，显老。”

“不不不，我们女孩子只过十八岁生日。”趣趣和小佳在一旁帮腔。

老万笑呵呵道：“你们两个这么可爱，都有对象了吧？”

趣趣和小佳一愣，齐齐往回缩头。

“她俩啊，老公能有一打，”万穗笑着跟老爸说，“你知道吗，她们最近可迷邵成了。”

老万乐了：“邵成现在都有粉丝了？”

“什么粉丝？”

正说着，邵成走了过来，在万穗右边的空位坐下，先与老万打了声招呼：“万叔。”

“忙完了？”老万笑问。

邵成道：“偷会闲。”

前后左右几乎坐满，因为他的出现，不少目光聚集到了这里。万穗前面的小姑娘回头看了一眼，立刻捂着嘴转回去，小声对旁边的同伴说：“好帅啊！”

“哪里？”

“在你后面。”

接着就见同伴迅速回了下头，那个女生很不好意思地拉她：“你别那么明显啊……”

同伴的视线在邵成身上停了几秒，对上他的目光，赶紧扭了回去，也捂住嘴，两个女生挨在一起，激动地嘀咕。

那边，趣趣小佳因为已经近距离见过男神，相形之下显得淡定许多，只是眼睛亮晶晶的，状态明显比刚才嗨了。

万穗指了指她们，又指了指前面：“瞧，你的小迷妹们。”

邵成嘴角轻轻勾了下：“你呢？”

万穗的视线从前方挪过来，停在他脸上。

“我什么？”

你以前也是我的小迷妹。

邵成望着她，背着光，眼睛看不分明，几秒钟后，才似笑非笑地问一句：“你的小迷弟呢？”

万穗眼角一扬，笑得很媚，目光轻狂：“那可多了，你公司就有一堆啊。”

邵成笑了，低沉磁性。

那群年轻崽儿，正值血气方刚的年纪，一看到她，个个跟打了鸡血似的。

当年稚气未脱的小丫头，已经长成妍姿艳质的尤物，勾勾手指，便有许多男人前仆后继以求芳心。

比赛开场。

邵成没坐多久。男子单打第一轮结束时，他离开了。之后的几场，没再见到人。

公开赛持续了一周，万穗看了两三场。新加坡的单子完工，客户迫不及待地飞过来试穿，修改了两处小细节。忙完之后，刚好赶上女子单打的决赛，老爸约了朋友，万穗便自己去看比赛。

比赛结束离场时，赶巧碰上了高嘉远，隔着老远冲她招了招手，然后穿越人群走过来。

“晚上有空没？我约了成儿待会儿去打球，晚上一起吃饭，你来不来？”

“可以啊。”万穗望了眼国际水准的赛场，“你们倒是擅长利用资源。”

“走吧，成儿应该快忙完了。”

路上经过超市，高嘉远停下来，问她：“吃雪糕吗？”

“看你这么想吃，就勉为其难地陪你吃一下吧。”万穗说着，率先走了进去，站在冰柜前，兴致勃勃地挑选。

高嘉远跟在后面，忽然有一种回到七年前的感觉。

这姑娘那时候就懂得看人下菜碟，平时缠成儿缠得紧，嘴馋了想吃什么，铁定来找他当冤大头。

万穗拿了两桶不同口味的哈根达斯，高嘉远另外买了一大袋雪糕，还有其他一些食物。

待所有观众离场后，展翼的一帮人才终于闲下来，席地而坐，靠着墙休息。高嘉远将吃食分给大家，替邵成先小小犒劳一下这些辛苦工作几天的员工。

这两天天气更热，万穗穿了短 T 热裤，一双笔直的长腿，白得炫目。一出现，展翼一帮小崽子的眼睛都放了光。打过招呼，拿了雪糕吃着，一帮人围着万穗，好奇地打听汉服这个对于他们来讲平时很少有机会接触的领域。

“古装剧里面的衣服是不是都是你们做的？”

“你们看到的那些基本都是租的。”万穗挖着冰淇淋说，“而且乱七八糟，没有参考的价值。真正的汉服不是那样的。”

这话不假，很多古装剧都存在服饰不符合史实的情况。

但万穗的口吻很狂。

尽管狂，却也不会让人不喜，反而觉得她有底气。大概漂亮的人天生都是被优待的。

“不同朝代的服饰一直是在变化的，明朝是汉服的鼎盛时期，清朝被满人统治，开始衰亡。我们现在所说的汉服，其实就是指明朝的服饰。”

“这个我知道，锦衣卫，飞鱼服，对吧？”

“飞鱼服是一个。”万穗看了他们一眼，忽然萌生一个想法，兴致勃勃道，“回头我做几套飞鱼服，你们找几个帅的给我做模特。”

一帮人纷纷响应：“没问题。保镖，锦衣卫，都差不多嘛。”

邵成和裴盛一前一后过来时，他们正聊得火热。

“成哥来了，”有人瞅见她身后，一拍大腿，乐道，“找成哥啊，我们成哥可是拍征兵广告的御用模特。我们这里好些人，当年可都是看了成哥才去的。”

高嘉远说：“找我也成啊，我不比你们成哥帅？”

“你对自己的认知有偏差啊。”万穗打趣，一边回头看了眼。

邵成走到她身边，席地坐了下来，径自在袋子里翻了翻，把万穗还没来得及吃的另外一桶哈根达斯拿了出来。

“这是我的。”万穗看着他的动作。

邵成笑，一边打开冰淇淋，挖了一勺：“你的不能吃吗？”

“当然不能。”

邵成睨她一眼：“你吃我的还少？”

“我吃你什么了？”

“咯咯咯——”有人故意咳嗽起来，笑得一个比一个坏。

万穗闭了嘴。

邵成扫过去一眼，一圈人连忙埋头忍住笑。

收尾工作基本完成，高嘉远招呼着大家去打球。看了几天国际顶尖选手精彩绝伦的比赛，一个个都技痒难耐。

万穗和高嘉远，加上邵成和裴盛四人，玩双打。

万穗挑了支顺手的拍子，走到高嘉远身边：“我跟你一组。”

“好啊。”高嘉远奇道，“我还以为你会跟成儿一组。”

万穗转着手腕，语气十分狂妄：“看我今天不虐死他。”顿了下，“他们俩。”

高嘉远乐了：“没问题，你嘉远哥就是你最有力的助攻。”

他们扬言要虐的两个人，就站在不远处，听得真切。邵成勾着嘴角笑了笑。裴盛看着万穗：“这次需要让你吗？”

他说话时没什么表情，偏这话听起来有点挑衅，配着那张冷漠的脸，简直就是欠揍本揍。

万穗拿拍子指着他："今天你要是输了，给我跪下叫爸爸。"

裴盛眉毛一挑："你输了呢？"

"我……"

万穗刚说一个字，高嘉远连忙把人拉走，哭笑不得："狠话别乱放。"

她又不傻。万穗啧了一声，转头坚持把话说完："我输了，也是你爸爸。"

邵成拿着拍子和球走了过来，像熊孩子闯了祸来善后的家长一样，说："小孩子不懂事，别跟她一般见识。"

裴盛看了眼被高嘉远拉到对面的"熊孩子"。

狠话放得有多漂亮，输得就有多惨烈。

万穗拼尽了全力，朝气蓬勃地满场跑，可她和高嘉远，到底无法和当过兵的人比体能，完全是被对面两个人压倒式地虐。

输得万穗都快生气了。至少让她赢一分 OK？

她狠狠地一挥拍，一记扣杀，球从邵成的拍子下躲过，稳稳地落在外线内。

"Yes！"她开心地举着拍子蹦了起来。一截细韧的小腰，两条开挂的长腿，阳光下亮得灼眼。

高嘉远走过来，笑着与她击掌："漂亮！"

"我去捡球。"万穗把拍子塞给他，美滋滋地向后跑，去捡之前被打出场外的那颗球。

高嘉远扯起衣摆擦了下满头的汗，走到中线。

"成儿，你到底上不上？"他把拍子往地上一杵，又转头看了眼那道靓丽欢快的背影，"你不上，我都想上了。"

这话说得不清不楚，听的人自懂得其中含义。

邵成扫了他一眼，没出声，拿了颗球，抛起来，扬手一挥拍。

球裹着一阵旋风迎面砸来，高嘉远急忙避了下，球堪堪擦着脸颊飞过去。

万穗捡了球回来，便发现三个男人之间，气氛略有那么一点尴尬。

高嘉远脸色僵硬；裴盛看了她一眼，目光不明。

邵成倒是面色如常，拧开一瓶散发着凉气的水递给她。万穗正好口渴，喝了几口，停下。邵成顺手将水接过去，十分自然地喝了起来。

这是干什么？

万穗眯了下眼睛。

幼稚。高嘉远无声地对邵成做了个口型，撂下拍子，揽过万穗的肩膀："不打了，走，吃饭去。”

邵成淡淡的声音在背后响起：“高嘉远。”

高嘉远不动声色地把手拿开，头也没回。

吃饭的地方是高嘉远选的。裴盛要带一帮崽子回基地，万穗、邵成和高嘉远三个人一同去饭店。这配置，在以前是常有的事，高嘉远经常和邵成带着万穗下馆子，即便经过刚才球场那一球，他也没觉得有什么不妥。

后来才发现，自己真的是太天真。

有些人啊，把重色轻友发挥到了极致。

到了饭馆，四人的座位，万穗先坐了下来。高嘉远正要往她身边坐，某人凉凉地看了他一眼。他一阵无语，走到万穗斜对面，看着小心眼的某人，眼神无声询问：

这已经是整张桌子最远的距离，对角线，总可以了吧？

邵成没看他，在万穗身边坐下来，菜单递过去：“想吃什么？”

高嘉远落了座，惯性招呼道：“想吃什么随便点，嘉远哥请你。”话音一落，对上邵成的视线，他啧了一声，敲敲桌子，“得，你请，你请。”

万穗翻着菜单：“争什么，给你们机会，挨个请。”

点了几道菜，万穗客气地问一句：“你们有什么想吃的？”

“点你喜欢的。”邵成说。

高嘉远张了张嘴，想说什么，瞥了眼邵成，似笑非笑道：“今天都听你的。我决定少说点话，修身养性。”

“你们两个吃错药了吧？”万穗抬起眼皮，看看他，又看看邵成，“古里古怪。”

高嘉远瞥了眼邵成，意有所指：“药是没吃，中午饭的醋，放多了。”

这一顿饭高嘉远吃得那叫一个安分守己，看着对面自己的好哥们儿，那个不露声色的模样，又有一点幸灾乐祸。

活该打光棍这么些年。

吃完饭，高嘉远自觉地去结了账，然后识趣地先走一步。

万穗和邵成都开了车。去拿车的时候，她问：“邵总，您这算是忙完了吧？”

邵成步伐悠闲地走到她身侧，手插在口袋里：“公司的事情都安排好了，接下来的时间，都是你的。”

第五章

别有居心 VS
顺水推舟

小佳和趣趣得知自家老板已经成功将邵boss收为私人保镖后，那叫一个崇拜，恨不得当场下跪拜师。

“姐，你一定要加油拿下邵boss，加油！”

“我们的心永远追随你，为你打call！”

万穗勾了下嘴角：“等着我凯旋吧。”

出发去巴塞罗那当天，作为保镖的邵成来工作室接雇主。

这一行程共七天，万穗带了两个大箱子以及一个随身的挎包。邵成将沉甸甸的箱子提上车，好笑道：“带了一箱金子吗？”

万穗监督着他的工作，闻言道：“钻石，怕不怕？”

小佳和趣趣扒在门口，两眼亮晶晶地围观，伸着脖子喊：“一路顺风。”

邵成拉开车门，望过来，向两个小姑娘挥了下手，清朗的嗓音道：“再见。”两人立刻激动地哇哇叫起来。

万穗斜了邵成一眼：“注意自己的身份，不要到处放电，邵保镖。”

邵成似笑非笑地睨她一眼，发动车子。

到了机场，邵成将三个箱子搬下来，一手推两个。

万穗踩着高跟鞋走在他身边，满意道：“非常好，一定要摆正自己的位置。”

“好的，雇主大人。”邵成轻笑着，十分配合地回答。

万穗瞥了他一眼，戴上墨镜。

托运行李，过完安检，他们在候机大厅休息。万穗跷着二郎腿，低头拿着手机打游戏。没一会儿，有电话进来，她恼火地骂了一句粗口。

邵成抬手在她脑袋上敲了一记。

万穗瞪了他一眼，走出去接电话。

“邵成？”秦姒惊讶地走过来，扫了眼他身旁座椅上的女士挎包，笑着问，“你要去哪里？”

“巴塞罗那。”

“工作吗？”

邵成笑笑：“一些私事。”

秦姒扬了扬眉，顿了下，问：“上次在电话里，没来得及问你，你找到那个想要共度一生的人了？”

邵成嘴角噙着点笑意：“算是吧。”

曾经错过的人，时隔经年，仍然想再争取一次。

秦姒伸出手：“那，提前祝福你。”

“谢谢。”

万穗打完电话回来，看到两人，一愣：“你们……认识？”

秦姒显然也很惊讶，看看她，又看看邵成，很快反应过来，笑着说：“工作上有一点交情，来打个招呼。”

“哦。”万穗指着邵成，笑得有几分得意，“这是我新请的保镖。”

秦姒看了眼邵成默认的表情，一时竟觉得有点好笑。

“邵总可以回避一下吗？”她微笑问。

邵成起身，为想说悄悄话的女士们腾出空间。秦姒看着他的背影，小声问万穗：“这个该不会就是，你那个已经过世的前男友吧？”

万穗咳了一声：“没错。”

秦姒笑起来，目光温柔地看着她：“我不知道你们之间发生过什么，不过，希望你开心。”

万穗抱了抱她：“谢谢你，姒姐。”

秦姒乘坐的飞机比他们乘坐的早一些起飞，她离开时，走过邵成身边，笑着与他说了句什么。邵成点了点头，望向万穗。

等他回来，万穗便一脸狐疑地问：“你们刚才在说我什么？”

“这也算是工作范围？”

万穗哼了一声，摆起架子：“注意身份，不要质疑你的雇主。”

邵成低笑：“遵命。”

随身带着一个保镖，就是比自己一个人方便多了，有人帮忙推行李，鞍前马后地为你效劳，简直不要太舒服。

航班长达十小时，飞机起飞，进入平稳飞行后，万穗便开始了例行的睡眠准备环节。

飞机上不如家里舒服，睡觉更要做足准备，护肤的步骤也是一个都不能少。她脱掉高跟鞋，换上飞机上准备的拖鞋，去洗手间洗了脸，回来敷上补水的面膜，然后拿出一双防止水肿的瘦腿袜，穿上。

邵成在一旁饶有兴致地看着。

万穗扫他一眼：“是不是觉得自己活得很粗糙？”

邵成但笑不语。

万穗凑近，盯着他的脸看了几秒钟：“大叔，你真的该保养了。别看你现在三十多，不显老，你们男人总觉得自己三十一枝花嘛。等你过了四十岁、五十岁，就会变成糟老头子，那时候我还是这么貌美如花。”她虚捧着自己贴着面膜的脸，冲他眨了下眼睛。

“你漂亮就行了。”邵成笑着说。

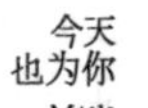

万穗没再搭理他，敷完面膜，开始正常的护肤步骤。

一通忙活完，她拿出护手霜，挤在手背上，一大坨。搓开后，她做作地“哎呀”了一声：“挤多了呢。”然后把散发着香味的手伸向邵成那边，“来。”

邵成看着她。

万穗：“手。”

邵成从善如流地把手递给她。

万穗握住他的手，将多余的护手霜涂在他的手背上、手心里，细致而缓慢地一寸一寸抚摸过去。

男人的手掌宽厚，掌心触感粗粝，热乎乎的温度。万穗很容易就想起来，以前被他牵着手时安心的感觉。

护手霜抹得差不多了，她正要收回手，邵成忽然手腕一转，把她还未离开的手握在掌心。

万穗一愣，抬眼。

“手心擦多了。”邵成说着，动作极缓慢地，将手心从她手背上摩挲而过。

万穗让他握了两秒钟，掐准时机抽回手，提醒道：“邵保镖，注意你的身份，不要以下犯上。”

邵成把手放了下来，手心手背滋滋润润的，像被柔滑的东西包裹着。

空气里都是香气。

万穗吃了一颗睡眠糖，戴上眼罩和耳塞，很快便睡了过去。

空姐送来餐点时，邵成轻声叫万穗。她戴着耳塞，睡得沉，叫不醒。他伸手拨了拨她脸颊上贴着的碎发，万穗在睡梦中皱了下眉头，把脸往另一侧偏了偏。

邵成好笑，捏住了她的鼻子，没用力。万穗眉头皱得更高，一把拍掉他的手，眼睛依然没睁开。

邵成又伸手，拽她的耳朵，耳垂小小的，很圆润。

“好玩吗？”万穗闭着眼睛，声音带着一点刚睡醒的哑。

这个闷骚的老男人，趁她睡觉就玩她。

邵成轻笑：“醒了起来吃东西。”

万穗睁开了一只眼睛，瞄了眼，食物看起来还不错，头盘有烟熏鸭胸、时令鲜蔬海鲜沙律、蒜香面包片佐黄油。

“喂我。”她开口，特别有身为雇主的霸气。

邵成给面包片抹上黄油，喂到她嘴边。万穗张口吃掉，像个老佛爷一样吩咐道：“剥个虾。”

邵成便听话地拿了只虾，剥起来。

万穗一脸狐疑地盯着他："今天怎么这么乖？"这么配合，让做什么就做什么，完全不像他的作风。

邵成笑了，如墨的眸子望着她，声音低沉撩人："你希望我乖还是不乖？"

万穗哼了哼："我自己来吧。"

抵达巴塞罗那时，是当地时间下午三点。

万穗不慌不忙，做好护肤，上了底妆涂好防晒，才戴上墨镜，下飞机。

邵成也戴了墨镜，穿着白色衬衣走在她身侧，俊男靓女，十分拉风。

接机大厅，远远就见人群上方一块被高高举起的牌子，上面写着大大的China，还有万穗的名字。

万穗走过去，邵成推着行李跟着。

是个中国面孔的小伙儿，大概是从小生活在这里，中文不是很流利，一股标准的外国人强调。对他们倒是十分热情，强调了三遍自己也是中国人。

这次的客户是位年过古稀的老先生，姓徐，从台湾移民过来的。据说他父亲当年参加过国民党，跟随老蒋去了台湾。徐老先生在台湾出生，双亲过世后因为种种原因移民西班牙，一辈子从未踏足大陆。他膝下无子女，配偶过世，如今一个人生活。

巴塞罗那是个一年四季都适合旅游的城市，老先生的住处位于拥有许多由灰色石头建造的哥特式建筑物的老城，距机场两个小时的车程，一路风光极好。老先生的宅子是一栋有些年头的老房子，中世纪的古老房屋，十分气派，也许是因为人烟少，显得有些冷清。

在门口迎接的人自称陈姨，是实打实的中国人，眉目和善，讲话温声细语，令人十分舒服，将万穗和邵成迎进门，领到二楼早早收拾整洁的客房。他们的房间挨着，同样的格局，典雅的装饰，十分漂亮。

万穗将行李整理好，换了身衣服，去敲邵成的房门。

"进来吧。"邵成的声音从里面传来。

万穗推门，却见他背对着门口，正站在床边换衣服，衬衣刚刚套上，紧实的腰线一闪即过。他慢条斯理系着扣子，微微侧身，看过来。

好机会。

万穗挑了挑眉，走到他身前，抬手帮他系扣子。

手心擦过他的手指。邵成顿了一下，手放了下去，目光低垂，落在她白皙的脸上。

万穗专注地盯着手里的扣子，动作认真，从下而上，一颗一颗，一直系到正数第二颗，停下，帮他整理衣领。她抬眼，眼尾轻轻勾着："好了。"

"有劳了。"邵成微微一笑。

万穗回以同样的微笑："不必客气。"

两人一道下楼。徐老先生已经叫人备好了丰盛菜肴，在明亮古典的饭厅等候。他坐在轮椅上，白发稀疏，一身精心打理过的中山装，衬得人精神矍铄。

"万小姐，邵先生。"徐老先生笑着，客气道，"有劳二位专门为我这个老头子跑一趟。"

"哪里，"万穗道，"托您的福，我们可以来巴塞罗那旅行，这里真的很漂亮。"

老先生身体不大好，没说两句便咳嗽起来。她身后的陈姨连忙为他顺背，替他招呼："我们先生身体不太舒服，二位见谅。快请坐吧，先生为了二位特地从本地最好的中餐馆请来大厨，听说二位是北方人，专门做的北方菜式。"

万穗道："不必这么麻烦，我们吃西餐就可以。来一趟，自然应该尝尝本地的美食。"

"是我考虑不周了。"徐老先生笑道，"难得能和故乡的人一起吃顿饭，也算了了我一桩心愿。还是我们的中餐好啊，这里的中餐馆总少了点味道。"

因为身体上的不便，以及一些其他原因，老先生对祖国的思念浓厚，却无法回去。这次请万穗为他设计汉服，不过是个小小的慰藉。

万穗动容，问道："您是湖南人？"

老先生点头，脸上漾着一种柔和的笑意："是啊。我们湖南是毛主席的故乡。你们去过湖南吗？家父晚年时，常提起家乡，说湖南人嗜辣，湘菜以辣闻名，台湾的厨子，都做不出那个味道。"

"那您有口福了。"万穗道，"我们家虽然是北方的，但我爸爸做麻辣小龙虾是一绝。改天我给您做一次，让您尝一尝家乡的味道。"

徐老先生十分惊喜："你会做？"

一旁的邵成扫了万穗一眼，她笑容不变："我妈妈年轻的时候爱吃辣的，爸爸专门学的湘菜，我从小吃湘菜长大的。"

"好好好。"老先生显然很开心，连声应着。

接着又吩咐仆人，拿来他珍藏的酒。

趁他不注意，万穗悄悄往邵成那边靠过去，压低声音："你会做吧？"

"不会你还夸海口？"邵成睨着她。

万穗一脸的不以为意："你会不就行了。上次我爸不是教你了，学会没？"

"我只是听了一遍。"

万穗往他手臂上拍了一下："没事儿，直接上，雇主看好你。"

邵成低笑："好的，雇主大人。"

低沉磁性的笑声从耳畔拂过，万穗耳朵一热，把手从他身上拿开，坐直了。

徐老先生叫人拿了两瓶有些年份的红酒，请万穗品尝；另有一瓶伏特加，他亲手倒了两杯，对邵成道："邵先生可否赏面，陪老头子喝两杯？"

陈姨为难地提醒："先生，您的身体不能饮酒，要是被医生知道……"

老先生笑着制止她："难得有机会，破例喝一次。"陈姨无奈。

徐老先生与邵成喝着伏特加，聊起来。得知邵成曾经入伍，顿时生出亲切感，话匣子渐渐打开，回忆起自己当年参军的种种。那时候尚不太平，两岸关系紧张，其中许多故事，引人入胜。

万穗原本喝着红酒，吃着不太地道的北方菜，慢慢被两人的对话吸引，凑了过去，没留意，端起邵成的杯子喝了一口。

极烈的酒，劲儿大，入口的刺激之后，却也十分痛快。

她缓了一下，又想喝第二口，邵成按住了她的手。

"再喝待会儿有你受的。"

酒混着喝，本就易醉，万穗喝杂酒的反应又尤其大，头疼、呕吐，特别难受，而且一喝准断片儿。以前跟着邵成喝过一回，醉了之后到处乱吐不说，还发酒疯，一会儿要做皇帝，拿着酒瓶追着高嘉远砍头；一会儿又说自己是围巾，硬要往邵成脖子上缠。

总之就是鸡飞狗跳。完事后自己什么都不记得，拒不承认。等高嘉远拿了她非要跳脱衣舞，拦都拦不住，被邵成直接扛走的录像给她看，才不愿相信地相信了。

之后邵成就不允许她混着喝了，她怕丢人，也没再尝试。

后来大二有次自己去酒吧，有人请她喝了一杯酒，杂的。她倒是没发酒疯，在宾馆睡了一整天，就是头特疼，脑袋里像在搞装修，嗡嗡滃，咣咣咣，沉得像灌满了水泥。那个难受劲儿，至今让她心有余悸。

也许是喜欢跟邵成对着干吧，他不让喝，万穗反而更想证明一下："没事儿，我现在酒量好多了，喝这个小 case。"

她把杯子抢过去，喝起来。

万穗的承受力确实比以前强多了，不过最后还是醉了，趴在桌子上，歪着头，手里拿着叉着一颗番茄的叉子，哼歌。

老先生喝了两杯，身体便有些撑不住了，被陈姨推回房间休息。

万穗在和自己对话，邵成看她玩了一会儿，起身，把她半抱起来："我送你回去休息。"

万穗顺势靠到他身上，眼皮撩着，媚得惑人。"帅哥，我是不是在哪里见过你呀？"

她笑嘻嘻的，身体像一摊烂泥，没骨头似的，直往他身上粘。邵成直接将她打横抱了起来，一边回着她的话："你觉得在哪里见过？"

"在梦里。"万穗躺在他怀里，眨了下眼睛，眼睫卷翘。

"那就是在梦里。"

把她抱回房间，放到床上，邵成又下楼，问陈姨要了点蜂蜜，冲了杯温水，端上来。

万穗靠在床头，一双眼睛清清亮亮。

邵成把水递给她，她就笑。

"你是不是觉得我醉了？刚才逗你的。"她坐起来，倾身向前。

"跟你说了，我酒量真的很好。我和吕奕分手的时候——吕奕你认识吗？你不认识，我给你介绍一下，我前男友，我特对不起他——"停了一瞬，"有人骗我喝酒。完全没问题，真的，没发酒疯，就睡了一觉。"

她挑着眉："你不知道吧？谁让你跑，你跑了什么都不知道。"

她喋喋不休，没注意到，邵成的脸色微微一变。

"就睡了一觉，没别的？"

"对啊。"万穗有点小得意，眉飞色舞，"我超乖的。"

邵成目光沉沉地注视她很久，俯下身，隔着很近的距离看着她："谁和你在一起，做了什么，不记得了？"

万穗表情茫然。

邵成看着她，沉默。半晌，他忽然靠近，手掌按着她后脑勺，吻了下来。

万穗一蒙，瞪着眼睛。

只是轻轻的触碰，唇上蜻蜓点水似的触感，柔软，温热。

很舒服。

邵成很快放开她，目光幽暗。

"明天告诉我，记不记得。"

霞光如水墨，将灰色的建筑渲染成彩色画卷。邵成站在窗边，眺望着优雅宁静的城市。

时光仿佛也珍惜这景色，慢了下来。

他走出房间时，早上八点。隔壁的房门紧闭着，万穗大概还没醒。

厨房已经备好餐点，陈姨请邵成在餐厅坐下，将饭菜呈上来。古典的饭厅里只他一个人，安静地用餐。

早餐依然是中式，味道却不伦不类。军营里出来的人，不挑食，邵成将盘子里的东西吃光，又独自出门，走了两条街，找到一家港式餐厅，打包了一些茶点。

他在客厅里等着，翻阅当地的报纸、杂志，偶尔看一眼手表。

陈姨沏好茶，端上来，和蔼地问道："邵先生在等万小姐吗？她在先生的书房里，需要我去叫一声吗？"

"她什么时候起的？"

"万小姐起得很早呢，不到七点就下来了，还陪先生出去散步了。"陈姨笑着，显然对这个来自中国的年轻女孩子十分喜欢。

邵成起身："我上去看看。"

二楼。书房的门虚掩着，隐隐传出说话声，间或是爽朗的笑声。邵成敲门，在徐老先生一句"进来"后，轻轻推开门。

万穗和徐老先生面对面坐在窗边的椅子上，上午的阳光照耀进来，暖洋洋的。万穗双腿交叠，身体向后靠着，一只手臂支在椅子扶手上，十分放松的坐姿。

"早上好。"她抬手，手指冲邵成勾了两下。

邵成走进来，跟徐老先生打了招呼，接着垂眸看她："我出去一趟，见个朋友。"

万穗很大方："允许你请假一天。早去早回，不要忘记你的工作，保镖先生。"

徐老先生道："邵先生稍等，我叫人备辆车，你出行方便。"

邵成道谢。

等人离开，徐老先生笑着说："你的眼光很好，邵先生一身正气，是个优秀的男人。"

万穗挑了下眉："生了一副好皮囊，具有迷惑性罢了。"

徐老先生笑着摇头："你的外表已经很出众，还会被皮囊所迷惑吗？"

"您知道现在有一个非常流行的说法——这是个看脸的社会。"万穗笑嘻嘻的，"我有看过您年轻时候的照片，您也是个美男子，要是我早生几十年，一定追你，不追他了。"

徐老先生哈哈大笑。

邵成回来的时候是傍晚。万穗去开的门，见了他，一句话也没说，先凑上去，在他身上闻了两下，警犬似的。

邵成低头看着她："你是小狗吗？"

万穗直起身："闻闻你身上有没有女人的味道。"

邵成挑眉："那你闻到什么了？"

"小龙虾。"

万穗转身进去。

邵成笑了声，提着手里的小龙虾进来。

鲜活的小龙虾，需要先在清水里养上一两天，把脏东西吐干净。

这种动物吃起来是很美味，看起来却不那么可爱。邵成买的小龙虾个头都不小，正常的女孩子看到一只只举着钳子、不断爬行的带壳动物，大概会有点犯怵。

可是万穗真不是一般女孩子。邵成将小龙虾全部放进水池里后，她弯腰看着那一群爬来爬去的小东西，哇了一声，"Cute！"

邵成扫她一眼，眼睛带着笑，低声重复了一句："Cute！"

将小龙虾养起来，两人回到客厅里坐着。万穗问道："你今天去哪儿了，见什么朋友啊？工作时间外出，雇主应该有权过问一下吧。"

"以前的战友。"邵成说。

"移民了？"

"娶了一位西班牙妻子。"

万穗扬眉："那很有福气哦。"顿了下，又道，"那你问问他太太有没有帅小伙介绍，我想认识一下。"

"没有。"邵成答得果断。

万穗哼了一声，接过陈姨送来的茶："他在这里做什么工作？"

"安全顾问公司。"

"安全顾问啊，听起来比你们高级多了。"万穗说，她知道其实性质不差什么，只不过想借机羞辱一下他，"人家的日常是维护社会治安，防止恐怖袭击，你们呢——给明星抓粉丝、挡狗仔、充门面，啧啧。"顿了下："不过还是你们好一点，没有生命危险，照样有钱拿，还可以顺便睡睡女明星。"

这个公司邵成也有股份，并且占到四成。他睨了万穗一眼，开口解释的却是："没睡过。"

万穗轻飘飘地瞥他一眼，摆明了不信。

邵成懒得搭理她，转而问："你进展如何？"

“跟徐老先生聊了一天，有了点想法。”万穗端着杯子，“以前做的大多是直身和圆领袍，这次想尝试一下深衣，这个更接近汉朝制式。徐老原本就是图个慰藉，这个更适合他。”

“会辛苦吗？”邵成对于所谓明式魏晋式并没什么概念，不过任何行业，新的尝试总是要花费更多心力。

“以前没做过，得先查查资料。”提到这个，万穗的大脑便不由自主地开始思考。

静默片刻，邵成忽然转头看向她：“没有别的话和我说吗？”

万穗回神：“需要和你说什么？”

“昨天晚上，忘记了？”

万穗挑眉，露出恰到好处的困惑：“我应该记得什么吗？”

邵成看着她，没说话。

四目相望，静默的空气中有无声的气流涌动。片刻后，万穗忽然倾身，向他靠近，停在他面前，不足一拳的距离。

近到可以感受到彼此的呼吸。

近到再往前一寸，鼻尖便会相碰。

她的目光落在邵成唇上，微微偏了下头，错开鼻尖，很慢很慢地靠近。即将贴上的一瞬，她停了下来。

“你是说这个吗？”

温热清香的气息扑在邵成唇上。她眼尾勾起来，接着眼皮轻轻一撩，望进他眼睛里。邵成不动，也不出声，好整以暇地看着她。

万穗笑着退开，起身，摆了摆手：“我回房间了。”

徐老先生对于这次要做的汉服并没有太多要求，只是一个身处异乡的年迈老人，想通过一些传统的中国元素，来寄托一些情感。他只让万穗自由发挥，但设计上，没有要求往往比要求多更不容易。

徐老身体不便，太过复杂的服饰，穿起来麻烦且累赘，因此万穗放弃了自己擅长并且风荷记技术已经成熟的几种形制。深衣是古代圣贤的法服，明朝已经不作为日常服饰，使用不多，更多是文人穿着，以示对古礼的尊崇，对于徐老的情况来讲倒也合适。

整个晚上，万穗一直窝在房间里查资料。

老房子的隔音效果并不十分好，将近零点时，邵成依然能听到隔壁偶尔的动静。他重新起来，打开房门。

隔壁的门半开着，浅黄的光线流泻出来，走廊上一块几何光区。门内，万穗盘腿坐在椅子上，头发随意绾在脑后，笔记本莹莹的光映在脸上，她蹙着眉，嘴里咬着支笔，看得专注。

邵成下楼，热了一锅牛奶，端上来，敲了下门。

万穗很快转头看了一眼，又继续盯着屏幕，滑动鼠标，头也不抬地问："还没睡？"

邵成把牛奶放在桌子上，她扫了一眼，要笑不笑道："你以前还骗我，喝牛奶长胸。事实证明——完、全、没、用。"

邵成："那是你喝得不够多。"

万穗哼了声："你们这些无良商家，坑骗消费者，还怪消费者喝得不够。"

"为什么那么执着于胸围。"邵成拿了把椅子上过来，坐下来，捡起她桌子上乱七八糟的一堆纸，看起来。

因为他总是嫌她胸小呗。

万穗放下鼠标，活动两下手指，往后一靠，闭上眼睛："给我捏两下。"

邵成手臂一伸，左手两指按在她两边的太阳穴上，按压，另一只手里还拿着她的手稿在看。

他的手法依然精妙，按了一会儿，万穗的眉头便舒展开了，哼哼唧唧地故意把话说得暧昧："活儿真好。"

邵成收回手，在她脑门上弹了一下。

万穗啧了一声，睁开眼。

他已经起身："早点睡。"

隔天，万穗一直在房间里忙活。早上下来用过早饭，出去溜达了一会儿，之后再没出过房间。午饭是陈姨单独送到她房间里用的。下午，邵成亲自上楼，把人从电脑前拎了起来。

"换衣服，出去走走。"

"忙着呢。"万穗不乐意。

徐老先生叫陈姨把他推了过来，在门外道："慢慢来就好，别让自己这么辛苦。今天天气不错，你们出去走走也好，巴塞罗那有许多值得一看的风景。"

陈姨笑着说："你们可以去兰布拉大道逛一逛，那里很热闹，有很多百货公司，女孩子都喜欢的。"

万穗被哄着换好衣服，出门，坐上从徐老那儿借的车——一辆敞篷的老爷车，闪亮的红色外身，开在古典风格的城市里，像是穿越回到了中世纪。

车速不快，万穗把手伸出窗外，感受着温柔的风从指间流过。

车开到西班牙广场，她忽然喊了一声：“停。”

邵成停了车。

天气确实很不错，天很蓝，远处山脉被夕阳镶上了淡粉色的边。

“下去走走？”他问。

万穗拿出手机拍了两张，又调换摄像头，向中间靠过去：“来。”

邵成笑了声，从善如流地将身体倾过来。

镜头里，他浅笑着，夕阳余晖勾勒出柔和的轮廓。旁边一张如花的笑靥，眉眼生动。

按下快门的瞬间——

万穗出其不意地侧头，颜色鲜亮的嘴唇嘟起来，凑向他的脸。

邵成像是预料到了她的动作，勾着嘴角将脸微微一偏，对上她近在咫尺的红唇和登时错愕的眼。

咔嚓一声，画面定格。

万穗往后退开，看了邵成一眼，没出声。

举起的手放下，点开刚刚拍摄的照片。不得不承认，这样的背景，这样的色调，不加任何滤镜，不做任何后期，画面已经美得像画。

邵成瞧了眼：“拍得不错。”

“你为什么偷亲我？”万穗若无其事的语调问。

邵成一挑眉：“不是你先偷亲我的？”

“我只是摆个pose。”万穗摆出一个笑容，“你好像太自恋了，保镖先生。”

“很巧，”邵成带着笑，“我也刚好想摆个pose。”

“OK！”万穗扬着眉，点点头，将照片删除，关掉相机，“去兰布拉大道吧。”

英国宫百货里大牌云集，退完税的价格比起国内要便宜一些。

男装店里，万穗选了一件衬衣，递给邵成：“去试一下。”

邵成接过，看了一眼，走进更衣室。

不大会儿，他从里面走出。浅色的暗纹衬衫，比起他常穿的纯色更斯文一些。但稍显紧的衬衣包裹着轮廓分明的肌肉，凸显的线条和鼓起，展示着男性的力量，将那两分斯文也全盖住了。

“请帮我包起来。”万穗用英文对导购小姐道。

“这件小了。”邵成说。

万穗回头看着他，笑吟吟地说：“不会啊，我哥穿正好。”

邵成瞧着她，半晌忽然笑了：“玩我呢，嗯？”

万穗小幅度地扬起得意的眉，侧过身，在一条黑色的平角内裤上点了点，正要说什么。

邵成眼睛微微眯了下：“需要我试给你看吗？”

“也不错啊。”万穗的视线故意从他身上掠过，“——你穿什么号码？”

“我穿什么号码，你不清楚吗。”邵成说。

万穗睁着两只无辜的眼睛：“我为什么会清楚你的号码？”

邵成目光不明地看着她，几秒钟后，转向导购小姐，用英文报了一个数字。

“直接包起来吧。”万穗说。

导购小姐走开后，她转过身，踮了下脚。邵成配合地低下头，听她在耳边用轻而撩人的声音道：“你想让我知道，不如今晚来我房间切磋切磋啊。”

她一边说着，指尖点在他胸口，轻轻滑了一下。

邵成笑出声：“死丫头。”

他捉住她那只手指，捏了一下。

万穗不甘示弱地用指甲在他手心又勾了一下。

付账时，万穗刚把钱包打开，邵成已经将卡递了过去。她一顿：“我自己来就好。”

邵成没说什么，笑着拍了一下她脑袋。

万穗双臂环抱。

虽然花他的钱也不是第一次了，以前吃他的喝他的，从他钱包里拿钱都是很顺手的事。但今时不同往日，总觉得，这两天他好像有点反常。

又逛了几家店，邵成依然每次主动付账。万穗嚼着一颗刚买的手工巧克力，眯着眼睛盯着他的背影。

男人刷卡的时候最帅。

帅的男人刷卡就更帅了。

万穗接下来开启了疯狂购物模式，各种彩妆、护肤、鞋包、衣帽，国内有的没的，买了一大堆。邵成的双手几乎挂满，到后来，干脆连卡都给了她，拿去刷。

“哎呀，手好酸呀。”刷完卡，她做作地甩了甩手腕，蹙着眉，一副林黛玉弱不胜衣的样子。

邵成将导购递来的袋子接到手里，好脾气道：“吃点东西？”

“好啊。”万穗爽快地应。

然后——

她买了一份西班牙特色的 Tapas 小吃，烤得酥软的薯角，淋上辣酱和大蒜酱，然后站在邵成对面，吃给他看。

“味道还不错。”

她用签子叉起一块，往邵成面前递了递：“要尝尝吗？”

邵成刚要低头，她缩回手，将薯角送到自己嘴边，看着他的眼睛，咬了一口，然后缓慢地舔了下嘴角，将剩下半块再次递过去。

坏笑还没摆出来，邵成气定神闲地低头吃掉。

“有我的口水哦。”她故意道。

邵成若无其事地说：“又不是没吃过。”言罢，他拎着许多袋子，迈步向停在路边的车子走去。

万穗在原地纳闷：“你什么时候……”

说了一半，又想到，好吧，以前他也吃过她剩下的饭，喝她没喝完的饮料。

她戳了戳剩下的薯角，慢吞吞地往前走。

今天已经失手三次。

没劲。

邵成将大包小包放上车，拉开副驾的车门。

万穗向他走过去，正要弯腰上车，前方忽然传来一阵混乱的尖叫，紧接着，一声巨大的碰撞声响起。

她直起身，抬头去看，只见一辆厢式货车冲进街道，撞到路边一棵树后，又迅速掉转车头，再次冲向惊慌躲避的人群。并非普通车祸，那货车故意走之字形路线，横冲直撞，恶意撞人。车里坐着一胖一瘦两个男人，均不过三十岁，在撞倒人之后邪肆地大笑着。

货车离他们还有一些距离，周围的人已经慌乱地冲向附近的建筑物躲避。

万穗下意识地看向邵成。

他脸色冷肃，抓住她的手腕，将她拉离车门，推进路边一家店里。

“躲好，不要靠近玻璃门窗。”他语速飞快地说完，不等万穗反应，已经大步走回去，上车，发动引擎。

万穗蒙了一会儿，连忙拿出手机报警。

“Get under cover！”

邵成向惊慌四窜的人群喊了一声，迎着那辆货车加速驶去。

胖瘦组合吃了一惊，随后露出轻蔑的神色，不再走之字形线路，而是径直冲向了那辆小巧的敞篷车。

相撞的前一刻，邵成紧急刹停，车子在路中央漂移，转成横向。电光石火之间，货车上的两个人还未来得及反应，敞篷车的车头已经对准了货车的驾驶座。

邵成一脚踩下油门，加速撞了上去。

时速不低的货车被撞得剧烈一晃，失控地向着路旁的建筑物冲去。司机大骂一声，狂打方向盘。邵成将油门踩到底。

货车轰然撞上了钢筋混凝土的墙壁，店铺的玻璃窗锵然碎裂，尖叫四起。激烈的碰撞下，货车变了形。里面两人却只受了点擦伤，推开被撞坏的车门，骂骂咧咧地下了车。胖子手持扳手，瘦子则掏出了刀，朝邵成冲了过来。

胖子长得人高马大，一脸阴狠地举起扳手砸向邵成，被他反手抓住手腕，往外一拧，接着向下一压。胖子吃痛地低吼一声，扳手应声落地。他骂了一声，靠着蛮力挣脱，甩了下右手，往地上啐了一口，然后扬起铁块一般坚实的拳头。邵成躲开，顺势将手肘撞向他的腹部。胖子被撞得连连后退。

瘦子瞅准时机握着刀冲上来，邵成回身格挡。胖子彻底被激怒，在原地活动了一下脖子，骨头发出明显的咔嚓声。他大吼着跺了下脚，像蛮牛一样加速冲来。

邵成避开瘦子的一刀，转身打算迎击。不料胖子直接用自己的身体砸了过来，仗着体重优势，直接将他压在地上，狠狠一拳，打中他下巴。

第二拳紧跟着便要挥下。

万穗跑过来捡起地上的扳手，用力砸向胖子后颈，他的动作骤然停滞，拳头僵在半空中。邵成趁机一记勾拳，将他从身上掀下去，接着猛地坐起，拦住万穗的腰就地一滚。

——瘦子偷袭的刀扑了空。

邵成拿过万穗手中的扳手，挥向瘦子腿部，他顿时捂住腿惨叫不止，刀咣当一声掉在地上。

邵成把万穗拉起来，向倒地哀号的瘦子走过去。后者面目狰狞地爬着去捡刀。他咬着牙，邵成没给他机会，直接卸了两条胳膊，将刀夺下。

“喂！”

身后忽然响起万穗的惊呼。

邵成迅速回头。

被砸晕的胖子不知何时坐了起来，趁万穗不备一把将她抓过去，硕大的手掐住她的脖子，另一只手抓在她的头顶，正要往一侧拧。

邵成的脸色骤然变了，那一瞬间，像被激怒的豹子，突然发力一步跨上前，将刀深深扎进胖子的大腿——扑哧一声，血溅了出来。

趁他惨叫松手的瞬间，邵成立刻将万穗拉到身后，又当胸一脚将胖子踹翻，皮鞋踩在他咽喉上。

胖子脸色涨红，双眼翻白，一点声音也发不出，双手拼命地想要扒开他的脚。

直到他快要断气，邵成才松开脚。一转身，背后的人脱力似的一屁股坐在地上，捂着脖子目光茫然。

邵成单膝跪在地上，将她的手拉开，抬起她的下巴。

白皙的脖颈上红了一片，左右两个鲜明的指印。

邵成眉眼沉沉，神色是少有的凝重，手指贴上去，在她脖子上摸了两下。

万穗瑟缩了一下，把他的手推开：“痒。”

“有没有不舒服。”邵成收回手，问。

“还好……”

邵成的脸色依然很沉：“不是让你躲好，为什么跑出来？”

“我要是不来，你被打的可不只一拳了。”万穗斜了他一眼，他嘴角的伤口都渗了血，“别自作多情哈，我只是做不到看着同伴跟亡命之徒搏斗，自己贪生怕死地躲起来……换了别人也一样。”

邵成垂眸看着她，许久没出声。

万穗又摸了下脖子，心有余悸：“我的头是不是差点被拧掉？”

跑出来的时候，可没想到会有这种体验。

假如他当时离得再远一些，或者再晚一秒钟，两秒钟……

不敢想。

邵成忽然抱住她，按着后脑，将她的脸贴在胸口。

抱得太紧，脸都快压扁了，呼吸间，全是他身上的那股味道。万穗吸了吸鼻子，两只手圈住了他的腰。

也不是真的，一点不害怕。

异国他乡遇上这种案件，会有很多麻烦。因此在警察赶来之前，邵成便带着万穗离开了案发现场。

两个肇事者被绑在了树上。受到惊吓的群众渐渐从周边的店铺里出来，有经验的已经迅速去照料几位伤者。而英勇拿下匪徒的两个亚洲面孔，就在混乱中低调地离开了。

邵成给朋友去了一通电话。

很快，那边派了车过来。是一辆本地产的西雅特汽车，黑色的外观、街上随处可见的车型，并不显眼。邵成打开车门，等万穗上了车，环视四周，随后坐进去。

司机是个本地人，邵成用西班牙语与他交流了几句，车子便向一个方向开去。

万穗惊奇地看着他：“你还会说西班牙语？”

邵成的视线总是不由自主地落在她脖子上。尽管万穗已经将领子拉高，尽量遮挡。

“以前在塞维利亚出任务，待过两个月。”他说。

一个保镖如此多才多艺，雇主压力很大啊。万穗啧了一声：“还有什么是你不会的吗？”

邵成看了她一眼：“有。”

万穗顿了顿，没有顺着问下去。

他的那个眼神，让她有种说不上来的感觉。

司机将他们送到一家五星级酒店，门童上前打开车门。万穗下车，抬头看了眼：“我们要住这里？”

“今天的车祸可能与极端组织有关，我们也许会被人盯上，”邵成解释道，“小心为上，免得连累徐老。”

万穗油然而生一种危机感，一脸严肃地点点头。

“那徐老的车……”

“有人会处理。”邵成道，似乎以为她会惦记那堆名牌，补充一句，“那些东西晚点有人会送来。”

万穗摆摆手，十分看得开：“无所谓啦，还是小命要紧。”

邵成不禁笑了。

开好房间，万穗跟在邵成身后上楼，像个有秘密任务在身的特工，不时警惕地回头看一眼，观察四周是否有可疑人物，看得邵成好笑不已。

他要了一个整洁而舒适的套间，进门是客厅，里面有间单独的卧室，卫生间在一侧。特殊时期，万穗也没在意“两个人要一个房间”这件事，只担心：“不会有人追来吧？”

邵成道：“不会，有我在。”

万穗对上他的眼睛，不由得想起那个拥抱。

视线移开，她“嗯”了一声。

邵成衣服上染了血，他去洗澡，万穗叮嘱他快一点。

作为一个动作片爱好者，她深谙电影套路。按照一般情节发展，接下来很有可能会有一帮凶神恶煞、冷血无情的反派，端着枪破门而入。虽说主角通常都有大难不死的体质，但在她和邵成之间，自己显然更像一个主角身边祭奠成功之路的炮灰。

脖子上的指痕还在。

脑袋差点被拧掉的感觉，实在难忘……

趁他洗澡的工夫，万穗把套房各处都检查了一遭，并未找到合适的藏身之处。又觉得自己像只惊弓之鸟，回到客厅，正要坐回沙发，门铃响了起来。

已经放下一半的屁股骤然绷紧，万穗几乎是弹了起来，立刻冲向卫生间，拉开门闪身进去。

空气里满是莹润水汽，背后淅沥的水声渐渐停了。

万穗手还按在把手上，回过头。

洗手间很大，黑白两色的浴室柜和洗手台，尽头是淋浴间，水珠挂在全透明的玻璃上，弯弯曲曲下滑，像一块什么都没遮住的马赛克。

邵成的目光有一瞬间的复杂。

他很快恢复如常，对还在愣神的万穗道："给我拿条浴巾。"

万穗收回视线，不紧不慢地取了一条浴巾，走过去，递给他。

表情那叫一个淡定。像看到一个人在吃饭一样平常，全然没有一个普通女孩子在看到男人裸体时该有的羞涩和回避。

邵成接过，慢条斯理地将浴巾围在腰上。

万穗就那么盯着他的动作。

邵成从淋浴间走出来，精壮的上身光着，一颗一颗的水珠沿着肌肉滚落，滑进浴巾深处，身体散发着热量，与浴室蒸腾的热气相融。

他低头看着万穗："你脸红了。"

"没有。"万穗斩钉截铁。

邵成靠近一步，湿漉漉的身体几乎贴上她。

万穗跟着往后撤，后腰抵到洗手台。

邵成两只手撑在洗手台上，围成的半个圈，将她罩在那小小一块地方，他的头一低再低，逼迫得她向后弯下了腰。

"你在暗示我什么吗？"他垂眸看着万穗，身体的热气将她笼住。

此刻的万穗可比听到门铃时镇定得多，对着他的眼睛，不躲不避，伸出一根手指，向外指了一下。"有人来了。"她一本正经道，"可能是杀手。"

邵成笑出声。

"胆子什么时候变得这么小了。外面有人守着，不会有杀手来杀你的。"

他直起身，解下浴巾，伸手取了件浴袍穿上，向外走。

“我去看看。”

浴室的热气渐渐散去，万穗站在洗手台前，抬手，摸了下脸。

还好，不烫。

外头有人在说话，很快响起关门声，安静下来。接着，邵成叫了她一声。万穗走出去，见邵成坐在餐桌前，桌上摆着一些食物，牛排的香气飘了过来。

好吧，原来是客房服务。

确实是饿了。

万穗过去坐下，邵成将切好的牛排放在她面前。万穗叉起一块，塞进嘴里，肉质口感恰到好处。

她拿眼睛瞄着邵成，不经意地问了句：“你胸口好像有伤。”

刚才看到的，左胸，很靠近心脏的位置。

她没有办法用眼睛准确判断，既然还活着，应该没有伤到要害。但那个位置，怎么说都挺凶险的。

“没有伤到心脏。”邵成道。

万穗点了下头：“那就好。”

吃完东西，万穗去洗澡。卫生间有浴缸，也有精油，虽然不是她爱用的牌子，也不错了。泡在浴缸里，香气氤氲，不知怎的，她又想起刚才闯进来那一幕……

万穗往下沉了沉，两只脚从另一端伸出来，交叠着搭在浴缸边沿，晃了晃。

他身上的伤口不少，大多已经淡了。想来在部队的那些年，枪林弹雨的，也挺危险。他是真的热爱这个职业，以前每次提起和部队有关的事，总是特别庄重，也特别正经。

就是不知道因伤退役，到底伤得有多重。现在看起来，倒是一切都好，没受什么影响的样子，收拾起犯罪分子依然那么潇洒自如、帅气爆表。

然后又不知怎么的，思绪再次跑偏。

眼前重现他将她压在洗手台的画面……

他就是故意在勾引她对吧，没错吧。

这个老男人，真是骚得没边了。

万穗摇摇脑袋。

她得掌握主动权。

撩人的，被撩的，位置不能反了。

万穗洗好，裹着浴袍出来，头发拨到一侧，湿漉漉的，水未干。卸了妆的一张脸，显得格外白净。

邵成正在吧台烧水，回头看了她一眼，收回视线。

“东西放到你房间了。”

卧室的门掩着，万穗走过去，推开，见床边地上摆着许多袋子。换洗衣物都在徐老家里，刚好今天买了这一些，有得换。

她在一堆袋子里捡了条裙子，明天好穿。接着把内衣裤拿出来，解了浴袍，丢在床沿上，拿起内裤弯腰套上。文胸是薄款的，确实松了那么一点点，并不像某人说的大很多好吗。

她扣上背扣，侧了下身体，余光一片明亮，转头一看，后知后觉地发现——门没关。

邵成站在门口，正看着她。

万穗啧了一声，不慌不忙地捡起浴袍，裹上，嘴上轻飘飘道：“你还要不要脸了，偷看别人换衣服。”

“你不是也看我洗澡了。”邵成丝毫不以为耻，走进来，将手里的一杯牛奶放在桌子上。

“好看吗？”万穗在他身后问。

邵成转过身，也不知是认真的，还是故意逗她，一本正经地道：“没看清。”

看都看了，还没看清，她的胸又不是旺仔小馒头！

万穗磨了磨牙，保持微笑：“你老花眼吗？”

邵成嘴角翘了下：“可能吧。”

阳光明媚，城市好看得让人心醉。

这样好的天气，却只能待在酒店里，一整天除了看电视就是打牌，实在无聊得很。

徐老那边已经得知了他们的遭遇，也充分理解，并且感谢两人。他亲自打来电话关心，并且表示有任何需要帮忙的地方，他愿倾力相助。

其实万穗想要的，也不过是把自己的手稿和笔记本电脑拿回来。资料已经查得差不多，她也有了一些初步的想法，用酒店的铅笔和纸手绘了一些纹饰。但完整的设计没有电脑是完全不行的。

邵成把她送回房间，打算亲自回徐老那儿一趟。万穗一听说他要离开，就有一点紧张。

他自己出门做事，把她一个人留在这里，寻仇的人肯定马上就会上门。

电影里都是这么演的。

最多给她一个镜头。下一幕就是邵成从外面回来，看到一地狼藉，发现不对，冲进来，看到她死不瞑目的尸体。然后抱着她崩溃嘶吼，最后帮她阖上眼皮，去找反派报仇……

“我还是跟你一起去吧。”邵成已经打开了房间的门，万穗抓住他的袖子，不想进去。

邵成有点好笑：“大堂和电梯外面都有人守着，不会有人进来。”

万穗一脸怀疑，往空无一人的四周看了眼。

“我怎么没看到人？”

邵成打了个响指，转头，用西班牙语说了简短的几个音节。

紧接着，便见两个西班牙男人不知从什么地方冒出来，面无表情地出现在两人身边。他们着装普通，长相大众，是放在人群中就会消失的类型。

“隐形保镖。”邵成解释说。

万穗这才放心，看了看两人：“那叫他们进房间和我一起玩啊，三个人可以斗地主。”

“他们不会玩斗地主。”邵成摆了下手，示意两人离开，进屋关上门，“隐形保镖，要在暗处才能保护你。”

“好吧。”万穗一脸遗憾的样子。

邵成保证了会在一个小时之内回来，并且教她怎样将门反锁，从外面无法打开。

万穗按照他教的方法锁好了门，回到卧室，将房门也关上，坐在桌子前，继续用铅笔和纸画图。

工作的时候，她一向很专心，没什么工夫胡思乱想，全神贯注地投入在笔下的图案里。

门铃响了很久，她才反应过来，将盘起的腿从椅子上放下，趿上拖鞋，打开卧室门，跑到玄关。想从猫眼看看来着，又想到电影里，这个时候说不定外面正有一把枪顶着。

就在这犹豫的一秒钟里，邵成的声音透过门板传了进来，带着点笑。

“开门吧，小祸害。”

万穗把门后一层一层的防护去掉，开了门。她拿了笔记本，回房间，开始绘图。

过了会儿，邵成走进来，拿起桌子上的手稿，在她旁边坐下。

“你对这个有兴趣？”万穗抽空瞄了他一眼。

邵成翻着那些线稿，这次的设计没那么多纹饰，看起来便像是一幅简单的画，一个做拱手礼的古代书生。

将纸按原先的顺序放回去，他的目光落在万穗专注的侧脸上。

“只是想了解一下你的世界。”

万穗沉浸在图案里，握着鼠标快速而熟练地操作着。

一句话进了耳朵，在某个地方停留片刻，才被忙碌的大脑分出一点精力处理。

握着鼠标的手一顿，她转过头。

邵成正看着她，暖融融的灯光下，那是一个很温柔的眼神。

光线将一切包裹得柔和。

两双眼睛对望着。

不知过了多久，万穗的睫毛颤了一下：“你别这样看着我。”

“……为什么？”邵成看着她，声音很低，很容易让人产生一种温柔的错觉。

因为这样让我想亲你。

万穗眼睛动了一动，没说话。

几秒钟后，她忽然抬手，遮住了邵成的眼睛。

空气似乎静止了。

邵成的眼前被她手心遮挡，只余一片漆黑。接着，突然流动的空气，卷来一阵散发某种香甜味道的气息。那香味停了一瞬，很快又远离。

挡在眼前的手拿开，万穗从他身侧走了出去。

鼻翼间，仍有余香若有似无地缭绕。

万穗走到吧台，倒了杯水。

身后响起脚步声，邵成叫了一声她的名字。她端着水杯，转身，邵成顷刻间已经到了跟前，手指插入她的发间，托着她的后脑，将她带向自己。

与此同时，他低头吻了下来。

第六章

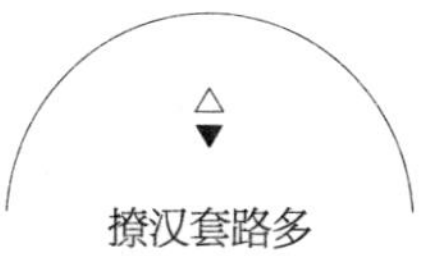

撩汉套路多

不同于那一晚，轻得像是幻觉的触碰，这个吻绵长而真实。

他的唇贴上来，带着温度和力量。起初是浅尝辄止的厮磨，舌头在她唇上舔舐，继而含住柔软的唇瓣，吮吸、轻咬。

万穗手里的杯子被他接过去，放在背后吧台上，然后按着她的背，让她贴向自己。

他太温柔。

万穗开始还在思考这个吻的含义；权衡让他吻多久，最能达到欲罢不能、念念不忘的效果。

后来分出的思绪也一点一点被吸走，双手环上他的腰，齿关被诱导着打开。

邵成用舌尖在她牙齿上缓慢舔过，又像羽毛一般，从上颚极轻地撩了一下。

呼吸一紧，万穗不自主地往后仰头，被他稳稳托住。

舌尖被勾了一下，一触即离，万穗本能地追上去，被他顺势用舌尖从舌头内侧滑舔而过，接着含住，轻柔地吸吮。

万穗喘了一下，攥紧了他的衣服。

他的动作一直很慢、很轻，却总能准确地给予她恰到好处的刺激。

万穗简直要疯。

从来没试过这种感觉，被人吻两下就浑身发软。

这并不是他们第一次接吻。

但显然，他的吻技比七年前那次进步了太多，简直像把她吃透了，舌无虚发，每一下都刚好能撩到她腿软的程度。

万穗都怀疑自己是不是记忆出了差错。

技术再好，也不可能对一个只接过一次吻的对象了解得如此精准。

她想反攻，舌尖去缠他的舌头，却被他勾着逗弄几下，然后含住，一吸。

“嗯……”口中溢出一声情不自禁的轻哼，万穗身体软得像泥鳅，往下滑。

邵成松开她的舌头，将她抱稳。

唇上还残留着唇齿交缠时的水渍，他垂眸望着她，目光热得灼人。

万穗扒着他的臂膀，借力站好，稳了稳声音，才故意用调笑的口吻道：“吻技不错啊，跟谁练的？”

“你。”只说了一个字，他低头，想要继续。

万穗偏头躲开了。

“少来。不知道吻过多少女人。”她说完，推开他，没再看他一眼，径直回房。

连续两天，万穗冷落邵成。一方面是想晾晾他，一方面确实忙着赶设计图，根本没有多余的时间和心思。

她一工作起来，从来都是什么都顾不上，别说邵成了，连吃饭都不想亲自张嘴。

也许是看不惯她整日趴在房间里，也许是情况不那么危险了，邵成开始带她出门。万穗不肯，他总有办法能哄得她肯。

有时去吃个早餐，有时候傍晚去散散步，这几乎变成了两人之间仅有的交流。

晚上万穗忙着伏案画图时，邵成会端一杯热牛奶过来，在她身边坐一会儿，看她专心工作的模样。

绘图上色，设计图完成后，万穗给徐老那边发了一份，傍晚时连上视频，问他的意见。徐老对她的设计很满意，事实上，他本就没有什么要求。

“那就先这样定了，回去如果再有修改，我随时跟您沟通。工期不超过三周，我尽快做完，给您寄过来。”

“不用这么赶，你按自己的节奏，慢慢来。”徐老道，“听邵先生说，你们明天就要回国了？”

“对，机票已经订好了。”万穗想到自己养的那一盆小龙虾，歉意道，“真是对不住，说好要给您做小龙虾吃的，结果出了这档子事……”

徐老笑着：“你的心意，我都收到了。那日邵先生带了厨师过来，已经把你的小龙虾烹饪了，味道很香。真的要谢谢你们，让我尝到了故乡的味道。”

万穗有点惊讶，她都不知道邵成什么时候背着她偷偷搞的。

结束视频通话，她去客厅找邵成。他正在讲电话，站在窗边，外面是如墨的夜色。听到她的脚步声，他回头，冲她招了下手。

万穗走过去，透过窗，看着巴塞罗那别具一格的夜景。

邵成挂断电话：“忙完了？”

“设计图已经差不多了，回去完善一下就能开工。”她转头看向邵成，“你从哪儿请的厨师给徐老做小龙虾，我都不知道。又是那个朋友？”

邵成点头：“口味虾太辣，对他身体不好，做的十三香口味。”顿了顿，哄她开心似的说，“放心，没你做得好。”

万穗哼了声，斜他一眼：“说得跟你尝过我的手艺一样。”

邵成笑了：“早点休息。”

翌日下午的飞机，万穗睡了个懒觉。快中午时，邵成才叫醒她。她不慌不忙地洗漱，收拾东西，去餐厅吃午饭。

临出门时，邵成不知从哪里搞出一副大黑超，往她耳朵上一架，还有一顶卷边帽，戴到头上，把她遮得严实，只露出小半张脸。

“外面太阳大。”他解释说。

万穗瞄了一眼。哪有很大，跟之前差不多啊。

出了酒店，她才明白邵成的用意。

彼时他正将行李搬上车，她抱着手臂站在台阶上，从墨镜后四处瞧着。忽然，发现某个方向，两个男人频频看向自己。

心里一惊，她装作不经意地把脸转了回来，小碎步走向邵成，一把抓住他的手。

邵成回头看她。她往那个方向偷偷指了一下，小声说:“那两个人有点可疑。”

邵成不动声色地扫了一眼。

“会不会是那些人找上门了？”万穗一脸严肃地问。

邵成神色认真：“可能是。”

说完，他手掌微微一转，与她掌心对着掌心，十指相扣。

万穗被他握着手，也不敢往后看。邵成牵着她，拉开车门，让她先上了车，自己随后坐进去。

过程中，两只手一直紧紧扣着。

车子发动后，万穗才透过玻璃往后瞧了一眼——之前那两个男人还在原地站着，并没追上来。

她松了口气。大概只是两个被她的美貌惊呆的普通男人吧。

她想要抽回手，邵成握得很紧。

万穗瞅他一眼，提醒道：“你可以松开了。”

邵成“嗯”了一声，不动，眼睛看着前方，正经得不能更正经。

万穗看着他若无其事的侧脸，几秒钟后，转头望向窗外，抿着嘴角无声地笑。

到了机场，下车时，她被握着的手才终于松开。

办理托运，登机，万穗照惯例开始自己的护肤环节，忙活完，她吃了颗睡眠糖，戴上眼罩，准备睡觉时，忽然把手伸向邵成。

柔软的掌心向上，手指纤细葱白。

“要牵吗？”她语气平稳地问。

说完，便察觉到比她大一圈的手掌覆上来，扣住，温暖的掌心相贴。

她看不到邵成的表情，笑着收拢手指，另一只手把耳塞塞进耳朵。

经法兰克福转机，抵达国内时，下午三点。

来接机的是李定。他到得早，干脆进来在到达大厅等候。瞧见那两个人，李定眼睛瞬间放大，不可思议地瞪着中间十指相扣的两只手。两人的视线投过来时，他又迅速恢复，保持着一脸淡定，挥手示意。

“你好啊。”万穗笑着打招呼。

“你好你好。”李定脸色看起来并无异样，内心却是一阵风起云涌。

这才去了几天，成哥就失守了？

这个女人果然手段了得！

“车在八号站台。你们先上车，我去拿行李。”李定说完，把车钥匙递给邵成，夺过他手里的机票，一溜烟儿跑了——淡定实在装不下去。

一个人去拿了行李，放进后备厢，回去的路上，李定开着车，不时从后视镜里，偷瞄一眼后排的两人。被邵成轻飘飘扫了一眼，他才收敛。

一路无话，万穗和邵成也没有再牵手。

到了工作室，邵成将万穗的箱子拎下来，送进去。

“姐，邵总，你们回来啦？”小佳和趣趣惊喜得有些过分的声音响起。

邵成温声回了一句：“你们好。”

“干吗这么激动，没给你们带礼物。”随后进门的万穗道。

“不要礼物，不要礼物。”小佳和万穗异口同声道。

万穗笑着扫了反常的两个人一眼：“那太好了，免税店买了好多好多东西呢，我自己留着。”

“表姐。”另一道声音响起。

万穗一顿，视线从小佳和趣趣欲言又止的脸上掠过，落在他们身后另外一人身上。

郑慕穿着一条素雅的连衣裙，笑盈盈地看着她：“早知道你去西班牙玩，我就跟你一起去了。”

“你怎么在这？”万穗微微一皱眉。

“我学校没事了，来给你帮两天忙。”郑慕笑着说。

万穗悄悄瞪了小佳和趣趣一眼，才道：“我这里没有需要帮忙的。你有时间就去玩呗，顺便找工作。”

郑慕笑容不变：“这样啊，那我回家跟我妈和姥姥说一声。她们听姨父说你最近特别忙，让我来的。”

万穗转过身，一个白眼儿翻上天。

邵成就在她身后，将那个翻到极致的小白眼尽收眼底，不禁笑起来。

“笑屁！”万穗对他做了个口型。

郑慕看看邵成："表姐，你什么时候换的男朋友，怎么不带回家让姥姥看看。"

万穗不想搭理，只当没听见，问邵成："你明天来吗？"

邵成低头瞧着她："你想让我来吗？"

又给她打太极。

"那就来吧。以后每天来上班打卡，公司要是有事，让他们来这里找你。"万穗摊着两只手，"反正我这里地方大。"

"好。"邵成笑着答应。

"那你今天先回去吧，好好休息。"

万穗送邵成出门。

小佳和趣趣连忙去给她煮咖啡，企图通过狗腿式的讨好，来弥补自己没有及时通知的过错。

郑慕向门外望了一眼，走过来："刚才那个是什么人啊？"

"姐的保镖。"小佳说。

郑慕若有所思："保镖长得很帅哦。"

万穗跟表妹的关系不大好。

妈妈去世很早，她与外公外婆、小姨一家，便少了中间最重要的纽带。

爷爷那边已经没什么亲人，只有一个姑姑，常年待在国外。小时候逢年过节，老万都会带她和哥哥一起去看外公外婆。

头几年，万穗还不怎么懂事，有时候老万要出差，会把她放在外婆那儿住几天。后来开始记事，就不愿意去了。

小姨家有个比她小三岁的表妹。亲戚少，万穗起初很稀罕她。自己的裙子、玩具和叔伯阿姨送的许多礼物，很大方地分给她。

直到她发现，每次因为小孩子间的琐事闹矛盾，无论对错，自己总是被骂的一个；老爸送她到外婆家，给她留下的零花钱总是被收缴；连那些零食，都分毫不留地转移到了表妹手里。外婆会叫她扫地拖地，生气了会扒了裤子用衣架抽她屁股。而所有这种时候，表妹总是心安理得地坐在客厅里，对着电视，吃着零食，幸灾乐祸地看着她。

其实也算不上虐待她。至少她有饭吃，有衣穿，但和被老爸和哥哥捧在手心里的疼爱相比，落差太大。

某次被外婆骂了之后，她哭唧唧地在日记本里写：外 po 坏，爸爸回来，告诉爸爸。

被外婆看到，一个耳光，抽得她半边脸肿了。

那时候万琛刚升初中，重点中学，住校。万穗都不记得自己是怎么找到学校去的，在门口等了两节课，保安叔叔挨个班级去问。后来万琛出来，把她领进学校的医务室，处理了脸上的伤，在教室里藏了一节课。放学后，万琛跟老师请了假，带着她回家。

之后万琛便从住校转了走读，每天自己接送她上幼儿园。

那之后，万穗就很少去外婆家了。每次过年，都要老万哄很久、许诺很多好处才愿意去一趟。

跟表妹郑慕的关系，反而是长大后开始恶化。

起初，郑慕喜欢翻她的包，并且一说就哭，外婆便会来数落万穗。但自小时候那次离家出走之后，有好一阵老万没跟他们来往，外婆已经不敢再动手；而万穗脸皮厚，根本骂不动。后来郑慕改掉了坏习惯，她们依然不对付。也不知道为什么，明明见面的机会屈指可数，总是无法和平共处，因为什么都能吵起来。

那年，外婆大寿，万穗用自己的小金库买了千足金的项链送给她。最后不知怎么成了郑慕的功劳。当着许多亲戚的面，外婆指桑骂槐地讽刺她没良心。

万穗那时候已经长成了一盏不省油的灯，走过去把发票往郑慕跟前一拍，指着自己的名字："这两个字念郑慕？"也不给她回答的机会，转向外婆，"项链是我买的，本来打算送给你，现在不送了。"

说完，万穗从她手里夺回项链，去退掉。被老万知道，自然是好一通数落。

那之后，她跟外婆一家的关系便降到了冰点。

万穗送走邵成回来，小佳和趣趣已经帮忙将行李搬到楼上。郑慕将咖啡端给她："表姐，坐这么久飞机累了吧，喝杯咖啡休息一下？"

"喝了咖啡还休息什么。"

万穗没接，径自上楼。

每次出去，给两个助理带礼物，几乎成了惯例。

小佳和趣趣其实只比她小一两岁，从一开始就跟着她，已经很有默契。万穗对她们是很放心的。工作室虽然赚得不多，更多时候是入不敷出，但两个助理的工资从来没少过，逢年过节照样有奖金，有礼品。

万穗是个很厚道的老板。这一点，小佳和趣趣自然是最清楚的了，而且，相处这么久，对她的情绪变化非常敏感。

"姐你不会生气吧？"小佳压低声音说，"你表妹前天来的，你姥姥和小姨也过来了。她叫我们不用特意告诉你，等你回来自己跟你说。"

万穗去洗手间卸妆，只道：“礼物自己挑吧。”

小佳和趣趣都是有分寸的，各自拿了一支热门色号的口红和一瓶精油，跟她说了一声，便下楼去了。

没一会儿，郑慕上来，在地上小半箱子的各种化妆品中挑了挑：“表姐，这支口红国内断货了，我能拿走吗？”

“可以啊。”万穗捧水冲脸，“箱子里有小票，按照汇率把钱给我。”

“她们也是？”郑慕问。

万穗扯了下嘴角：“对，直接在工资里扣。”

巴塞罗那的时间，已经是夜里十一点。时差的缘故，万穗犯起困，直接让小佳和趣趣提前下班，打算洗个澡就睡觉。

拿了睡衣准备去浴室，却见下头，郑慕还坐在自己收拾出来的工位上，对着电脑，明明没工作，也不知道在忙什么。

万穗撑着栏杆：“你也回去吧，明天不用过来了。”

郑慕转过来，仰头看着她：“姥姥后天生日，你已经忘记了吧。她叫你回来吃饭，你有时间吧？”

“知道了。”万穗往浴室走，懒懒散散，“走的时候把门带上。”

她洗完澡，爬上床，阖上眼皮，片刻后，想起什么，又把手机摸过来。

邵成居然一个消息都没有发给她。

万穗琢磨了一会儿，给他发了一条语音，迷迷糊糊的声音：【我好困哦，还不到七点呢，就想睡觉了……】

隔了几分钟，晴天霹雳回复：【困就早点休息，晚安。】

朕甚是想你：【你知道晚安的意思吗】

晴天霹雳：【晚安还有别的意思？】

朕甚是想你：【算了，我睡了……】

#睡前一撩 get √ #

睡得早，第二天醒得也早。

五点半刚过，天蒙蒙亮，这个时间点醒来简直让人绝望。万穗换了运动衣，出门跑步。附近有河，有公园，空气不错。

太久没锻炼，跑一圈身体都舒展开了。

跑完步，在常去的一家餐厅吃早餐，万穗坐在窗边的位置，看着街上行色匆匆的路人。

偶尔早起一次，还真是很不一样的体验。

回到工作室时，七点半，门已经开了。小佳和趣趣都有钥匙，万穗也没在意，拎着打包的几样食物进门。

休息室里，有鹦鹉柔细悦耳的叫声。

“早。”

坐在工位上身体前倾勾着脑袋的小佳把手机收起来，冲她打招呼。

“早，我给你们带了……”万穗顺着小佳的目光看过去，话说一半，停了。

邵成在休息区，衬衣长裤，身姿挺拔，站在鸟笼边，正给叽叽喂鸟食。粉粉的小鹦鹉站在他手上，低头在小杯子里喝水。

秋草鹦鹉很安静，也很高冷，不亲近人。

这只是一个朋友工作变动没条件继续饲养，送给万穗的。她养了这么久，都很少享受这待遇。

偶尔叽叽有兴致，在她工作的时候，跳到操作台上，巡查似的走两步，已经是莫大的恩宠。

怪不得转发她根本不转运呢。

小东西居然有二心。

小佳伸着脖子，看向她手里的打包盒：“姐，你给我带的啥……”

万穗：“没你的份。”言罢径直向休息区走过去，生动演绎了一出见异思迁。

“来这么早啊。”她把早点放在矮几上。

“上班打卡。”邵成侧过身，眉眼在清亮的光线下愈显迷人。

他将手放低，歪着，想让叽叽下去，不料它又跳到了他左肩上，邵成便带着它一起过来坐下。

万穗对着叽叽勾手指，叫它过去，叽叽只是伸长脖子试着去啄她的手指，离得太远够不到，又缩回去。

万穗啧了一声。

邵成伸手，叽叽便跳到了他手上。

“它不亲你？”他问。

万穗冷眼瞧着对面那一对狗人鸟，凉凉的口吻道：“你出现之前，我是她最亲的人。”

“看来我们很有缘分。”邵成笑着，看鹦鹉的眼神跟看亲生女儿似的。万穗简直没眼看。

“也许是因为你跟它前任主人长得像。”她起身去倒了两杯水。

“前任主人……”邵成低声重复了四个字，瞅她一眼，“也是你前任？”

万穗正要把水递给他，闻言收了回来，往他面前的茶几上一搁。

有些重。

“我有很多前任。”她居高临下地看着邵成，不咸不淡道，“可惜这个不是。”

邵成垂眸逗弄鹦鹉，没再说什么。

“给你带了早点。”

她说完，转身走开。

一上午，万穗专心将设计图精修润色。

邵成一直待在休息区，在笔记本上处理离开一周积压的各种文件报表，间或接几通电话，也是不停地忙碌。

两人各自忙着手头的事情，没有对话，没有眼神交流。

工作室安静得让人不习惯。

小佳和趣趣莫名不敢说话，敲键盘都小心翼翼，偷偷地在 QQ 上发消息。

- 气氛迷之冷漠，我来之前是不是发生了什么？

- 我也不是很懂……[真叫人头大.jpg]

- 我们是不是应该做点什么？

- 切莫轻举妄动，万一这也是姐的套路中的其中一环……

-……那本人甘拜下风！

中午休息时间快到了，万穗终于完成最后的润饰，伸了个懒腰，往后靠着。

小佳正要对她说什么，瞧见她身后走来的人，又闭了嘴，一脸严肃地盯着电脑桌面，手指随便敲敲打打，装作认真工作的样子。

脚步声靠近，邵成走了过来。

万穗脑袋搭在椅背上，仰着脸看他。

“忙完了？”他问。

万穗盯着他倒过来看依然英俊的脸：“你有事啊？”

“下午有个客户要见。”邵成说，“请半天假，雇主大人批吗？”

万穗点头：“你去吧。”

那种尴尬的气氛好像已经消失无踪。

邵成转身，正要离开，手指忽然被勾住。

他一顿，回过身。

万穗拉着他的一根手指，歪着脑袋，眼睛直勾勾地望着他，也不说话。

过了会儿，她才开口，说：“早点回来。”

像个送丈夫出门的小妻子，有点舍不得，又努力藏着。

邵成看着她，目光动了动，手腕一转，把她柔软的手指包裹在掌心里，用力握了握。

“知道了。”他嗓音软下来。

握了几秒钟，他才松开，迈步出门。

对面的小佳和趣趣，脸都憋红了。

QQ 界面上整整齐齐的：

- 甘拜下风！

- 甘拜下风！

邵成回来的时候，刚好是下班时间。小佳和趣趣正要离开工作室，在门外碰到他，立刻立正问好：“邵总好。”

“下班了？”邵成微笑。

“嗯嗯。姐在等你呢，你快进去吧。”小佳说。下午万穗去看布料，回来两个小时，已经问了至少三次“几点了”。她们看着都着急。

邵成点点头：“路上小心。”

两人站在原地看着他进了门。清脆的风铃声，丁零零响了一阵。

“真的是太帅了。”趣趣眼睛发亮。

“看看就好，看看就好，”小佳连声说，“这可是咱姐夫……”

想到中午万穗当着他们两人的面演示的操作……趣趣捂着心口。学不来，学不来，她还是趁早把手机桌面换掉吧。

出去跑了一趟，有点累，万穗身体放松地躺在椅子上，百无聊赖地转着圈，一条腿盘着，另一只脚在桌沿上一蹬。

转一圈，再一蹬。

她仰着脸，没有注意到进来的人。

邵成的手按上去，旋转中的椅子和人一起停下来。

万穗的脚顺势搭在桌子上，保持着仰头的姿势，向后，望着他。

“都这个点儿了，还回来干吗呀，拍拍屁股走给我看吗？”她不满道。

邵成站在椅子后，垂眸看她。

巴掌大的小脸儿，唇形很好看，今天没擦口红，很健康的淡粉色。偏偏说出口的话，总是咄咄逼人。

手指在她下巴上一勾，往上抬了抬，然后低头，就着这个姿势，吻住她的唇。

依然是那种慢条斯理却让人抓狂的吻法。

他的手指并未拿开，从她的下颌往下移，滑过柔软脆弱的咽喉，指腹在脖颈上缓缓摩挲。

粗粝，令人发颤。

万穗的眼睛，看到他喉结性感地蠕动着；鼻子闻到的，全是他身上的气味。让她很想把脸埋进去蹭一蹭的气味。

男人身上的味道是不一样的。

有的排斥，有的无感；有的则令你着迷。

天气热了，她穿的T恤很宽松，领口开得低，视线所及，恰好是一片幽美风光。邵成闭了闭眼，滑到锁骨下的手指顿住，折回。

呼吸变热，他松开唇，稍稍退离，捧着她的脸，掌心指腹轻轻地抚摸。

万穗的唇色红了些，望着他深幽幽的眼睛。

左手向后，她在他大腿上抓了一把。

她眼尾勾着，眸子湿漉漉的，媚得像狐狸。

邵成本就有些起伏，被这么一撩拨，眸子立刻变得幽暗。

把着椅背一拨，将她转了半圈，然后拦腰抱起来，抵在桌子上，按着她的后背，再次吻住。

这当口，耳边传来砰的一声。

小佳将掉在地上的包捡起来，羞红的脸上一片慌乱："我落、落了东西……"一手死死捂着眼睛，伸着另一只手，往桌边挪，去够遗落在桌子上的手机。

万穗推开邵成，拿起手机，放在小佳胡乱摸索的手心里。

邵成侧过身，平复呼吸。

小佳攥着手机转身就跑，一慌，差点绊倒。

"小心。"万穗提醒。

小佳腿一软差点跪下："对不起，对不起……"爬起来，蹿得比兔子还快。

万穗背对着邵成，用力搓了两把脸。

邵成转身时，看到她脸蛋红扑扑的，有点害羞的样子，看了一眼，又看一眼，没忍住，伸手把人抱了过来。

他身体都是烫的，怕是要憋坏了哦。

万穗趴在他肩膀上，无声地笑，口中无辜道："我晚上要回家，明天姥姥生日……"

邵成"嗯"了一声，嗓音很低："我送你。"

外婆六十六大寿，在饭店订了酒席庆祝。

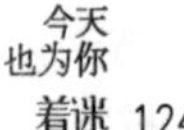

万穗和老爸一起过去，小姨正在照看刚满百天的小儿子。把孩子往丈夫怀里一塞，快步走过来，便要拉她。“哎哟，好些天没见你了。最近是不是工作忙经常熬夜啊，黑眼圈都这么严重了。”

万穗灵敏地避开她刚刚给小孩儿喂奶的手。

小姨不在意似的笑了笑，对一旁的老万道：“看看咱们万穗，小小年纪这么辛苦，真让人心疼。”

莫名其妙的关心，万穗不接茬。

搁以前，见她黑眼圈，铁定会说她一个女孩子不学好，跟着狐朋狗友天天泡夜店。

老万与宾客中的朋友寒暄，万穗跟外公外婆打了招呼，自己找了个地方坐着，拿出手机打游戏。很快小姨就抱着孩子坐过来，跟她唠嗑。

“听慕慕说，你们工作室上电视了？现在怎么样，是不是生意好多了，赚大钱了？”

万穗眼睛也不抬：“没。”

小姨笑了两声：“你看慕慕马上就毕业了，这段时间也没事，不如让她去你工作室帮着忙？你现在工作这么忙，都累成这样了，身体吃不消，有个人也好给你分担点。”

小婴儿对她似乎很有兴趣，圆溜溜的眼睛望着她。万穗不喜欢小孩子，看了眼就挪开视线。

“不忙。而且我有助理。”

“助理都是外人，能跟自家人比吗。再说你不是设计那些什么衣服的吗，慕慕学舞蹈的，外形好，气质好，可以给你做模特，也给你多省了一份钱不是。”

“模特也有。”万穗指了指自己。

小姨不以为意地摆手：“嗐，慕慕做模特肯定比你好啊。”说完才意识到不妥，忙努力找补，“她学舞蹈的嘛，专业。”

“我也学了八年舞蹈呢。”

小姨噎了一下，转口道：“你那儿用不上就算了，等一会儿万琛过来，我跟他说一声，让慕慕去他公司好了。万琛现在生意做得大，认识的人肯定多，说不定能把慕慕弄到什么剧组……”

“我哥做的又不是娱乐公司。”万穗拧着眉，游戏也没心情玩了。

“他有人脉嘛，我听说，他身边好几个女明星……”

万穗打断她：“行了，让郑慕来我工作室吧。”

老哥最近忙死了都，她可不想让郑慕去烦他。

而且，女人的小心计，只有女人最清楚。

万琛公司事情太多，来得晚，又要应酬许多客人。万穗都没找到机会跟他说几句话。

吃完饭，他便要回公司，万穗跟着溜了出来。

“今天休息？”万琛问她。

“休息呗。”万穗说，“反正我是老板，没人管我。又不像你，事务繁忙，天天见不着人。”

万琛在她脑袋顶上搓了一把：“我努力工作的目的，就是你能自由自在的。”

“我很好啦，你也要多休息，及时行乐，懂吗。”

万琛笑笑：“你去哪儿？”

“不知道……”太阳很晒，万穗用手在额头遮着，“去你公司玩会儿？”

“去了我可顾不上你，下午好几个会。”万琛换到她另一侧走，给她挡着太阳。

万穗感慨一句：“还是小时候好。”

上了车，万穗拿手机给邵成发了条信息。

朕甚是想你：【你在干吗？】

晴天霹雳回复得很快：【在家。】

朕甚是想你：【哦……】

晴天霹雳：【过来吗？】

万穗“哟”了一声，这就约她上家里了哦。

万琛开着车，抽空瞥她一眼：“谈恋爱了？”

“没有。”万穗瞧着白色对话框里那三个字，勾着嘴角。没回。

“谈就谈，还怕我知道？”

“真的没有。”

微信来了新消息。

晴天霹雳：【在哪儿，我去接你。】

朕甚是想你：【我自己过去吧，地址。】

晴天霹雳发了个定位过来。

万穗打开。“哥，我不去你公司了，前面路口把我放下吧。”

万琛依言把车停在路口，在她下车时，又问一句：“什么时候带他回家？”

“……都说了没有。”万穗摆摆手，关上车门。

万穗打车过去。地段挺不错的公寓。

下车时，邵成已经在楼下等她，站在树荫下，简单的T恤和休闲裤，手插在口袋里。

帅得很随意。

“今天好热。”万穗小跑过去。

邵成问：“不用陪姥姥了？”

“陪过了。”

“晚上有别的事情吗？”

万穗眯了眯眼睛，笑得机灵：“暂时没有。想干吗？”

邵成莞尔：“只是吃顿饭，别多想。”

然后他很自然地牵起她的手，向七号楼走去。

公寓很漂亮，深灰色的瓷砖很有格调。一直往上，二十多层楼上，某扇窗户开着，有人坐在窗台上，拿着望远镜往下看。

“看见没？”背后有人催。

拿着望远镜的人将镜筒对准太阳下手牵手的两道身影：“成儿挡住了，看不到脸。”

“滚开，我来。”

望远镜易手，另一人看了一会儿，放下望远镜，啧啧两声，在一众期待的眼神里，说：“腿挺长。”

“腿长？”拿着冰镇啤酒出来的高嘉远随口道，“别是小万穗吧。”

几人俱是一愣。

先前拿望远镜的人一脸复杂：“……你一说，还真有点像。”

邵成牵着万穗上楼，解开指纹锁，推门进去。

万穗在他手上借力，弯腰脱高跟鞋，瞧见地上几双男士皮鞋，一愣。

“来了啊。”客厅里一道熟悉的声音。

万穗转头，高嘉远坐在沙发上，笑眯眯地看着她：“长腿小公主。”

还有几个熟人，似乎正在打牌，各自手里几张扑克，一派镇定地跟她打招呼，似乎丝毫不感到惊讶。

万穗把手从邵成掌心抽了出来，又被他捉住。

他握得很牢，神色自若地牵着她走过去。

万穗步子有点拖，被他拽过去，挨着他坐下，瞅了一圈，挨个问好。

邵成握着她的手，一直没松，坐下后，转成十指相扣，放在腿上。几道视线不经意地扫过，权当没看到，继续打牌。

高嘉远看不下去：“哎哟喂，你真是够了啊，秀给谁看呢。”

“你。”邵成闲闲道。

高嘉远啧了一声，把手里几张牌撂下，喊着“没劲没劲”，站起身：“小穗穗，来，嘉远哥带你参观参观。”

有人揶揄：“不是你的房子，也不是你的人，用得着你带。”

万穗已经站了起来，上去挽住高嘉远的手臂：“用得着。”

“难得你会为我说话，真稀奇。”高嘉远笑着，带着她往里头走，“这房子还是我给找的……”

两人的声音远了，客厅里才有人开口。

“行啊成儿，什么时候搞在一起的？瞒得挺严实。”

“说来话长。”邵成脸上带笑。

“要说这也是你们的缘分，都过去这么多年了，还能走到一起。”那人有些感慨的样子，“当初怕影响不好，我还劝过你，现在想想，白白害你们耽误了这么些年……”

邵成神色淡了些：“不在你。”

“都过去的事儿提那些干吗，”另一人举起啤酒，“来来，干一杯，庆祝成儿旱了这么多年，终于成功脱团。”

邵成正开啤酒，闻言凉凉扫过去一眼。

邵成喜欢开阔的格局，无论是以前那间公寓，还是现在这套全层住宅，都是开放式的空间。

外头的说笑声，厨房里听得清清楚楚。

万穗把玩着一只水晶高脚杯：“旱了很多年？”

“什么？”高嘉远没反应过来。

“不是喜欢大波，那么多女明星嫩模不够玩的？”万穗把高脚杯放下，往卧室走。

高嘉远乐了：“谁跟你说的他喜欢大波。”

万穗抿唇，他自己说的啊。

“成儿不喜欢大波，”高嘉远走在她身后，看着她推开卧室的门，停下。他微微倾身，声音压低了两分，眼神意味深长，“他喜欢长腿。”

万穗挑了下眉。

高嘉远恢复正常语调：“卧室你自己看吧，我就不进去了。”

万穗走进去，四处打量。

卧室全北向，采光很好，落地窗外是一片清新的绿色景致。房间很大，但装饰基本没有，床品是性冷淡的灰色，一种近乎严肃的整洁。

书架上摆了一些收藏的小玩意儿，机械模型之类；还有几排书，大多是和军事相关的。

万穗的手指搭在书脊上，慢悠悠地滑过。

到第二排的末尾，她忽然一停。

一本很突兀的言情小说，作者八字眉的《藏娇》，封皮已经有些发黄——这本书很眼熟，她大一时曾经热衷于看这些玛丽苏小言，买过好几本。

万穗往外一拨，正要把书抽出来，身后忽然伸出一只手来，将书按了回去。

“对我的房间这么有兴趣？”邵成站在她身后，低沉的声音响在她耳畔。

万穗转过身，他离得很近，气息笼罩在她周围，有一点酒精的味道。

“不能看吗？”她后背抵在书架上。

邵成拉起她的手，捏了捏：“随便看。”

客厅里的声音隐约传进来。

万穗看着他，声音轻轻的：“家里有别人，你也不告诉我。”还以为他终于按捺不住了，想约她做点什么糟糕的事情呢。

“那把他们都赶走。”邵成声音也压低了。

胸膛贴着她，手心落在她腰间，带着酒气的呼吸凑近。

“你喝了多少啊？”万穗推了一下，没推开。

半罐而已。

以他的酒量，与喝一杯白水一样。

邵成没说，身体更密切地压上来，掌心收紧。她的腰细而柔韧，没有一丝赘肉。

“喂喂喂，外面还有人呢。”发烫的呼吸喷洒在颈间，万穗被弄得有点痒，缩了一下。

邵成退开一些。

开始后悔今天约了那帮人。

叫她来的时候，并没什么想法。

楼下等到她，看着热裤下那双笔直纤长的腿，有些东西就蠢蠢欲动了。

他善于忍耐。

这一刻，靠近她柔软的身体，他却想放纵自己失控。

他的家，他的人。

很难忍住，不做些什么。

万穗又推了他一把。

手臂不小心扫到一个模型，掉在地上，啪的一声。

短暂的静寂后，客厅里响起此起彼伏的、大声的咳嗽声。有人故意高声喊了一句："来日方长，不急于一时。"

然后笑成一片。

万穗觉得这个时候自己似乎应该脸红一下。

但是这个控制不来，当下又没办法用手搓，只好垂下眼睛，装作不好意思的样子。

邵成松开了她，眉眼间也藏着笑意。

"出来玩吧。"他嗓音磁性得不得了。

万穗"嗯"了一声，趁他转身往外走时，飞快地将身后那本书抽了出来。

这帮男人凑在一起，无外乎喝酒打牌侃大山。

万穗挺爱跟他们玩的。就她一个年纪小的，还是姑娘，这些人都挺宠她，赢了给得大方，输了不用拿钱，反正稳赚不赔。

有邵成坐在她旁边指点，赢得就更快了。

万穗玩得嗨了，往前倾着身，紧身的上衣太短，露出一截腰。

邵成看了一眼，伸手，往下拽了拽。

高嘉远把他的动作看在眼里，乐得直拍大腿。

邵成面不改色，高嘉远又握拳在胸口捶了两下，表示兄弟挺你。

难得大家都有时间，原本是想聚一聚的，晚上的餐厅都订好了。但现在情况有变，老光棍终于有着落了，兄弟们当然不会没眼色地当电灯泡。

玩了一会儿牌，万穗去上洗手间的工夫，高嘉远便招呼着一帮人先撤了。

每个人都拍了拍邵成的肩，什么话都没说，尽在意味深长的笑容中。

高嘉远留了两步，往屋子里瞥了眼，问邵成："想清楚了？"

邵成："一直都清楚。"

高嘉远叹口气："我怎么跟个老妈子似的，总不放心你们。别欺负她，"他顿了下，"你也知道小公主的脾气，再来一次，能把天给你掀了。"

"我有分寸。"

他心里有数，高嘉远也就不操闲心了，恢复轻松的神色，挤眉弄眼："把握机会。"

万穗从洗手间出来，已经没人了。

"他们干吗去了？"她坐回沙发上，拿起啤酒喝。

邵成靠在沙发上，身体微侧，目光幽幽地落在她身上："有事先走了。"

万穗嘴角一勾。这帮人要不要这么明显啊。

“那我再去参观一下，”她站起来，“还有两个房间没看。”

这房子很大，也很漂亮。另外一间卧室，同样是简单到极致的风格，床铺有褶皱，床头放着半杯水，大概是之前有人在这里休息过。

浴室里万穗也瞧过了，干净整洁，除了洗浴用品、须后水、漱口水之类，没有其他多余的东西。

邵成就坐在沙发上，看她像搜查证据似的，每一处都检查一遍。

“发现什么了吗？”万穗出来的时候，他笑着问。

“我就随便看看。”

邵成低笑道：“没有女人来过。”

这房子他才搬进来不久，并不能说明什么。万穗耸耸眉，不予置评。

邵成朝她伸出一只手：“过来。”

“干吗呀？”万穗走过去，站在沙发前。

“让我抱抱。”他嗓音低缓，那双深邃的眼睛专注地望着你时，有着蛊惑人的魔力。

万穗看着他，把手放在他手心上。邵成握住，微微一用力，便将她带得一歪，刚好朝沙发倒了下来，落在他怀里。

万穗坐在他腿上，手撑着他胸口，掌心下是他跳动的心跳。

她以为邵成会做什么，这么亲密的姿势。事实上他真的只是抱着她，捏着她的手指把玩，像是件多么有趣的事情。

万穗看了他一会儿，放松身体，靠在他身上。

空气静得出奇，时间仿佛慢了下来。

如果有一个爱人，在这样清闲的午后，和你互相依偎着，不必说什么，也不必做什么，大概就是幸福的一种样子。

有一瞬间，万穗真的觉得，这样也挺好的。

第七章

心悦君兮君不知

就这么抱了片刻，直到邵成的电话响起。

万穗猛然从那种懒洋洋的舒适中清醒过来，看着他拿起手机，接通了电话。

她冷不丁地凑上去，往他耳朵里吹了口气。

邵成身体僵了一瞬，空闲的那只手按住她的脑袋，压在自己胸口，同时对着手机道："万叔。"

这下换成万穗愣住，忙不迭地要从他身上起来。

邵成的大手有力地摁着她，一边听着电话那端说话，片刻后，垂眸，似笑非笑地睨她一眼："她在我旁边……"

万穗忙对他做口型：刚好碰到，刚好碰到，刚好碰到！

邵成看着她："刚好碰上……好，我带她一起回去。"

到了清川道家里，万穗解了安全带，便要下车。

手被邵成拉住。

"慌什么？"他看着她，目光别有深意。

"没慌啊。"万穗往门口瞅了一眼，大门正从里面被推开，应该是老万听到车声，出来接人。

"我爸肯定等急了。"

她抽回手，下车，一路小跑过去，笑嘻嘻地对老万道："我们刚好在路上碰见，特别巧。"

"那正好。"老万笑呵呵地说，"你韩叔送来好些自己炒的油鸡枞，让邵成拿点回去，你也拿两罐，给那俩小丫头。"

"好啊。"

说完回头，瞧见邵成走过来，万穗立刻转身进屋："哎呀，好饿，我先进去了。"

先溜了进去，又留神听身后两人的对话，支棱着耳朵。

邵成与老万一同进门，不经意般，坐到万穗旁边。她正喝水，屁股一紧，借着放杯子的动作，往另一侧挪了挪。

邵成皮笑肉不笑地扫她一眼。

她低头玩手机，装作看不见。

临开饭前，万琛也回来了。

万穗的心又是一提。

今天什么日子啊。

老万更高兴了："今天真难得，你们两个都回来了，邵成也在，我再去炒个菜。"

万穗一下蹦起来：“我去吧。”

老万一乐。自家女儿的厨艺，他还不了解吗，好笑地问：“你会炒什么菜？”

“什么都能炒。”万穗硬着头皮进了厨房。

万穗忙活好一阵，喊了声“好了”，下一秒便听背后一道声音：“做的什么？”

惊得她险些把盘子掀了，拧着眉头转身，瞅了眼外头，压低声音：“你怎么进来了？”

邵成挑着眉：“我不能进来？”

“不是……”万穗飞快地把盘子递给他，岔开话题，“上菜吧。”

老万过来，瞧了眼餐桌上的几道菜，哈哈乐了起来。以为她忙活半天会做出个什么，原来只是把老韩送来的油鸡枞打开，装个盘。

“我闺女就是享福的命啊。”

万琛洗完手过来，也笑了，揉揉万穗的头发：“可不是吗。”

古话说得好，女人的头发揉不得。也就是老哥了，从小就爱揉她脑袋，到现在也改不了习惯。换了别人，万穗早一巴掌挥开了。

紧接着，邵成也顺手摸了摸她脑袋，比万琛的动作要轻许多，却一瞬间令万穗僵硬。

邵成看着她，笑得温柔：“没关系，享得起。”

万穗飞快地瞄了眼老爸和老哥，见两人都没注意，若无其事地转过身，往厨房走。她洗了手，出来坐在万琛身边。

万琛与邵成年纪相仿，也聊得来，他们谈着许多话题，万穗便默默无声地吃饭。

除了偶尔附和两声，几乎不说话，与邵成更是连眼神接触都没有。

邵成倒是看了她好几次。

万穗埋着头扒饭，桌子底下，左脚朝他伸过去，踢了一下，同时把脸转了一个角度，偷偷瞪他一眼，隐含提醒。

别看了，再看要被发现了。

邵成嘴角翘了翘。

接着脚不知怎么一转，将她的脚夹在小腿中间。

万穗一口饭差点喷出来。

老万关切地看过来：“怎么了，呛到了？”一边在她背上慢慢顺着。

万琛给她倒水：“慢点吃。”

“没事……”

万穗承受着老爸和老哥的关爱，如坐针毡，脸上慢慢泛起红。

亏她一个脸皮厚如城墙、从不知害羞是什么感觉的人，竟然也有脸红的一天。罪魁祸首却是一派从容淡定。

过了一分钟，等老爸和老哥的注意力转移，万穗脸色僵硬得不得了，也不敢有过分的动作，小心翼翼地把腿往回抽。

试了两次，失败。

他倒是夹得紧。

她不是个会害羞的人，但凡同桌的，换成任何两个人，甚至更多人，她都可以从容地继续这个可耻的姿势，反过来撩拨他也不在话下。

但偏偏，现在坐着的，是这个世界上她唯二顾忌的人。

万穗迅速把饭扒完，放下碗筷：“我吃好了。”

隐晦的提醒。

然后试着抽腿，这次成功了。

忍住一脚踹过去的冲动，她站了起来。本来打算躲回房间，又担心自己不在，他会说漏嘴，想了想，还是去客厅里坐着，打开电视。

本地台的新闻时间，端庄大气的女主播，正是秦姒。

比通常的新闻主播漂亮，又比一般的漂亮女人有气质、有内涵，那个前男友大概是眼瞎了，居然放着这么好的女人不要。

正想着，忽然听餐厅那边，老万问了一句：“对了，你上次相亲的女主播，怎么样？”

万穗耳朵一动，女主播？

接着，邵成如实答道：“见了一次面，没有继续。”

“怎么，不喜欢吗？”老万遗憾道，“家世好，工作好，相貌也好，跟你还挺般配的。你喜欢什么样儿的，我帮你留意留意。”

“不用了，万叔。”

“怎么，”老万看到他脸上那个笑容，“你已经有喜欢的对象了？”

邵成轻笑：“嗯。”

“那敢情好。好容易碰上个喜欢的，你可得把握住，好好追，早点娶回家，也让你爸高兴高兴。”老万十分操心地叮嘱。

邵成笑着应下。

老万又转向自家儿子：“万琛啊，你也得抓紧了。”

“万穗最近好像谈恋爱了。”万琛毫不犹豫地出卖了亲妹妹。

“真的？”老万一喜，亮晶晶的眼睛看了过来。

万穗拿遥控器换了个台：“没有的事，你别听我哥瞎说。我要是谈恋爱，肯定天天拉着招摇过市。”

老万不免失望：“你们俩啊。”

晚饭后，邵成又坐了一会儿，便要离开。老万装了几罐油鸡枞，让他带走，支使万穗去送他。

“一会儿回来，我跟你说点事儿。”

两人一前一后出了门。万穗站在最后一级台阶上，看着邵成将东西放上车，又走回来，站到她跟前。

有了台阶的加成，她勉强可以跟他平视。

“我走了。”邵成道。

万穗点点头。

邵成看着她，一时没有动作，静默片刻，才用低柔的嗓音道:“不抱抱我吗？”

万穗抬起手臂，圈了下他的脖子，很快又松开。

想退回去，腰身被他抱住。

“可以了。”抱了几秒钟，万穗催促。

邵成圈着她的手不松，眉眼带着笑意，更低的声音道：“亲我一下。”

万穗想推开，被他搂得更紧。她回头瞅了眼，小声道：“快松开。”

耽搁时间久了，万一老爸出来找她就完了。

邵成没去追究她的逃避，只是借机逗她：“所以你动作快点。”

万穗又往上瞅了眼，老哥的房间亮着灯，万一他站在窗户旁边，肯定会看到。

“你不亲，我不走了。”邵成看着她。

万穗心一横，一伸脖子，在他嘴上很快地啵了一口。亲完想跑，邵成托住她脑袋，加深了这个吻。

他很有耐心，牙齿在她唇上一点一点地厮磨，又将舌头探入她口中，温柔而紧密地缠着她。

黏黏腻腻的亲吻持续了好一会儿，他终于放手。

“好了，走吧走吧。”万穗呼吸还没喘匀，一个劲儿地催。

邵成目光幽幽的，嗓音带了点暗哑，在她耳边很低很轻地道：“晚安……”

“路上小心。”

送走邵成，万穗轻轻抿了下嘴唇，原地深呼吸三次，转身回家。

老万在客厅里等着，戴着老花镜看什么东西，瞧见她，奇道：“嘴怎么这么红？”

万穗差点腿软，硬着头皮解释：“出门当然得涂个口红。”

老万乐了：“就这么几步，自家院子，你们女孩子真是有意思。”

万穗过去坐下，老万把老花镜摘了，问道：“你小姨，是不是让郑慕去你那儿上班了？”

万穗嗯了声。

“你怎么想的，告诉爸爸。”

“我说实话你可不许说我啊——我挺烦的。”万穗很直接道。

“不想让她去也没关系，我去跟你小姨说。”老万道。

万穗有点惊讶：“你不是老顾及着他们是我妈的亲人……”

“该照应的，咱们力所能及照应着，但也不能勉强自己。况且，”老万道，“你妈要是还在，也不会让你受委屈。”

万穗感动地抱住老爸：“没关系，我搞得定的。她想来就来吧，省得再去烦我哥，我哥工作够忙的了。”

跟老爸谈完，万穗心情很好地回房间，洗完澡，临睡前，准备给邵成发信息的时候，忽然想起什么。

她又趿上拖鞋下床，从包里翻出来一本书。

——今天从他家里顺出来的那本。

绝对就是她的书。

封面上空白的地方，画着一个小火柴人，是她的手笔。

邵成竟然会保存着这种书，真是奇了。万穗嘀咕着，习惯性地拨了下书页，发现里头夹了东西。

她拿出来，是一张照片。

那年游艇出海的时候。

邵成开着摩托艇，她坐在后面不老实，踩在座椅上，一手扶着他的肩膀，一边朝当时站在游艇上的高嘉远挥手。镜头里她被海风吹得露出脑门，咧着一口白牙笑得欢；邵成戴了防水护目镜，嘴角也扬着。海面上水花飞舞。

照片应该放很久了，有点泛黄，也有一点磨损。

应该是高嘉远拍的吧。

她都没见过。

万穗把照片放回去，仰躺在床上，心里忽然有点波动。

深衣所需的苎麻布，以江西宜春万载县所产最为著名，周边地域也有大量生产。夏布纱质轻软，嫩白匀净，但在国内已经很少用于穿着，大多出口海外。

万穗亲自去江西跑了一趟，走了十几家工厂作坊，选了一匹质量上乘的一千二百扣阔幅。

为这花费了两天时间。

两天的奔波，一个人把十来斤的布扛回工作室，万穗累得够呛。

工作室的椅子都换了，崭新的人体工学椅，她坐下，把腿伸展放松，靠在椅子上，还挺舒服的。

小佳和趣趣立刻跑上前，把布接了过去，合力抬进操作间。郑慕放下手机起身，看了看，也没什么好做的。

万穗抬了下手："给我倒杯水。"

郑慕去倒了水，端给她。

"你那个保镖这两天没来。"

"我不在，他来干吗。"万穗喝着水，扫她一眼。这是打小报告，还是想表达遗憾之情？

郑慕耸耸肩，回去坐下。

小佳和趣趣放好布出来，问道："姐，你吃饭了没，饿不饿？我这还有面包。"

"不吃了。"万穗拍拍扶手，"这椅子怎么回事啊？"

"哦，邵boss给换的。"小佳眉飞色舞，"他说你经常对着电脑，对脊椎不好，换个人体工学椅会舒服些。我们都是沾你的光，嘿嘿。"

万穗勾着嘴角，转了转椅子。

居然背着她讨好她的员工，居心叵测啊。

"邵 boss 是谁啊？"郑慕好奇地问。

小佳正斟酌用词，趣趣直接答："就是姐的保镖。"

"我没见他来过啊。"郑慕好奇，"你为什么叫他 boss 啊？"

趣趣打着哈哈，无视了后一个问题："你昨天不是来晚了吗。"

"我出去一趟。你们两个先把布裁一下，等我回来。"万穗拎上包，踩着高跟鞋又出了门。

回来前，她约见过一位老板谈合作，所以特意选了身职业装。赶了一趟飞机，拿那么多货，衣服都皱了，一向爱美的万穗这次却故意没换衣服，只脱了外套。

微微凌乱的白衬衫，一步裙，加上几分真实的疲累，看起来就是一副辛苦工作的小白领样儿。

特别招人心疼。

广场附近在施工，一条路堵得死死的。万穗便直接下了车，步行几百米路过去。

脚疼是真的。

她算盘打得很好，到了地儿，也不上楼，往台阶上一坐，脱了高跟鞋，随意地踢在地上。一边拿着手机，准备给邵成拨电话。

号码还没摁完，身后传来粗哑的声音："让一让，让一让。"

几个施工工人抬着钢管经过。

万穗坐的位置刚好挡了路，连忙起身要躲开，脚下一崴，险些从台阶上摔下去。

瘸着脚躲远，等工人过去，她才坐下来，皱眉揉着脚腕。

这下可好，可怜都不用装了。

眼前忽然笼下一片黑影。她抬头，裴盛手里拿着刚才被丢在两米之外的高跟鞋，弯腰放在她脚边。

他直起身，隔了几级台阶，低头看着她："还能走吗？"

"……能。"

脚崴得不严重，那股疼劲儿过去就没事了。万穗活动两下脚腕，把鞋穿上，自个儿站了起来。

两人一道进了电梯，裴盛摁了楼层，电梯里安静着，没人开口。到了二十五楼，万穗才没头没脑地说了句："知道你为什么单身吗？"

裴盛转头看她。

万穗别有深意地在他肩膀上拍了一下，什么也没说，走了出去。

展翼的人都认得她了，几个年轻崽儿看见她眼睛就发亮，围上来，热情地招呼。

李定把几个人拨开，把她带到靠近办公室的窗户边，搬了把椅子，笑得眯缝着眼睛："成哥办公室有客人，你先在这里坐会儿。想喝什么？"

"咖啡吧。"万穗跷着腿，扫了眼办公室掩着的门。

李定叫人给泡了咖啡，过来陪她聊天。

等了快二十分钟，办公室的门终于开了，几个男人走出来，邵成站在门口。最后几句话说完，客人离开，他便要转身回去。

万穗跟屁股下安了弹簧似的，腾地一下站起来，跑过去。

高跟鞋嗒嗒地响，邵成转身的动作一顿，循声看了过来。万穗已经跑到他跟前，不由分说地把他推进办公室，顺手带上门。

"……欸！"李定徒劳地伸着手，再次没能拦住这个风风火火的女人。

本来是打算在他面前装可怜的，不过看见他在客户面前衣冠禽兽的样子，万穗就特别想扒了他。

借着冲劲儿扑到他身上，勾住他的脖子就亲，一边还想把他往门上压。

邵成抱紧炮弹一样冲进怀里的女人，稳住身体，接着一转，反将她压在自己与门板之间。

万穗主动去勾他的舌头，手滑下来，拽着他的衬衣往上扯。

邵成按住她那只手，同时唇与她分开，磁性的声音在她耳边很低地说："有人在……"

他明显在笑，胸口贴着她，整个胸腔都在轻微震动。

万穗傻眼。

头往一侧偏了一下，越过他肩膀，看到三张愕然的脸。都是年纪五十往上的中年男人，估计被一个突然出现的急色女人惊得不轻。

"出去等我，嗯？"邵成仍压着她，拨开她耳边的发丝，声音带笑。

万穗捏住他胸口一块肌肉，掐了一把，一边摆出一个完美的笑容，对被吓到的几位道："不好意思，走错片场了。"

然后她把邵成一推，握上门把，拉开："你们继续。"

言罢，她步伐稳稳地走出去，带上门。

李定在外头正一脸复杂地看着她。

万穗保持微笑。

门内，邵成敛起眼中的笑意，整理一下衣服，拇指在嘴唇上抹了一下，转过身，对着几人道："抱歉，我们继续吧。"

接下来的会议进程，显然加快了许多。

十五分钟后，谈完事情，送走客人，邵成在宽敞的办公室里四下看了一圈，没见到人。正要问，李定一眼猜出他的心思，言简意赅道："走了。"

邵成点头，回办公室，拿起桌上的手机，给逃跑的某人拨去电话。

"什么时候回来的？"电话接通，他一开口，仍能听出笑意。

"下午。"彼端一道懒懒的声音。

邵成想起她刚才那副样子，忍不住好笑，怕把小野猫惹急，又把笑意压下去，问她："怎么没等我，跑哪儿去了？"

万穗怎么可能听不出来。她倚着墙，把嘴噘得很高："在陶陶公司楼下。"

陶宁的公司就在附近，邵成语气放软，有点哄她的意思："我去接你，晚上请你吃饭。"

"我已经约了陶陶。"

"那就一起。"

万穗晃晃脑袋："不要，我们晚上要去夜店玩，带着你碍事。"

刚才是一时冲动。尴尬确实有，但那些人又不认识，她没在怕的。

反而是这个人，她现在要是送上门，等着她的肯定就是被吃干抹净的结局。

还早呢。

写字楼一楼大厅的自动门开了，陶宁走出来，万穗冲她挥手，对着话筒道："陶陶下来了，不跟你说了。"

然后不等那边答，她利落地挂了电话。

"你看起来很开心啊，邵成哥的电话？"陶宁走过来，瞧了她两眼。

万穗勾住她的肩膀，笑嘻嘻道："什么都瞒不住你。"

两人一路插科打诨，吃过饭，去夜店玩。韩树刚好也有时间，等他来的工夫，两人先叫了酒。

邵成发了信息过来，万穗低头回复。陶宁就坐在一旁，把她抿着嘴角笑的样子看得清清楚楚。

发完信息，万穗正准备起身去舞池扭两下，陶宁忽然拉住她。

"你们俩，现在什么情况？"

万穗扬扬眉，说了四个字："手到擒来。"

陶宁乐了："瞧把你得意的，尾巴翘上天了。"笑了会儿，又语重心长道，"废话我也不多说了，反正你自己心里有点数。邵成哥……他不是好糊弄的人。"

万穗拍拍她："放心吧……"

话没说完，便被突然出现的韩树打断。

"放个屁的心。"他没好气地斜了万穗一眼，恨铁不成钢道，"栽一次跟头还不够，主动去找虐。怎么那么犯贱！"

万穗白了他一眼。倒是陶宁听不过去，皱着眉道："你吃枪药了，一来就这么说话。我不跟你说了，她是……"

"还有你，"韩树指了指她，"你跟你那个客户怎么回事啊？他年纪都多大了，还带个孩子，还不是看你傻，找你当便宜后妈……"

万穗一脚踹过去："闭嘴吧你。自己一堆破事还有脸管我们啊。今天真烦人，早知道不叫你了。"

韩树抱住那条腿，嗞嗞叫着。

万穗拉着陶宁："走，咱们跳舞去，懒得理他。"

陶宁起身，顺便往韩树另一条小腿上踹了一下："挡道了。"

韩树连忙抱住两条腿，疼得龇牙咧嘴，恨铁不成钢地瞪着两个人的背影："两个蠢货，我不比你们了解男人！"

他自个儿坐了一会儿，喝着酒，一个前凸后翘的美女走过来，往他身上一贴：“帅哥，一个人啊，请我喝杯酒怎么样？”

韩树一脸不爽：“今天没心情。”

“难得啊。”一道淡笑的声音响起。

邵成走了过来，在他对面坐下。韩树开了瓶酒递过去：“邵成哥，你怎么过来了？”

“来接万穗。”邵成答。

韩树一顿，不说话了。

原本黏在他身上的女人看了邵成一眼，眼睛一亮，凑过去：“这位帅哥很面生呢，第一次来吗？”

邵成在她靠近之前，开口：“不好意思，我有女朋友。”

韩树扯了下嘴角。

美女笑了，脚尖往邵成小腿上蹭：“怕什么，女朋友又不在。”

邵成不答，指了下舞池的方向。

拥挤的人群里，万穗正跳得开心，她身边挨着一个穿紧身裤戴耳钉的年轻男人，扭动的身体靠得很近，低头凑在她耳边说话。

也不知说了句什么，万穗眼睛一弯，笑着，手指在那男人胸口弹了一下。

万穗进了舞池没一会儿，就有几个男生盯上她了。

她没搭理，一个胆大的小帅哥慢慢靠近，与她贴身热舞。客观来说，小帅哥长得还不错，舞跳得也好，一看就是经常混迹于酒吧夜店撩妹泡妞的。

唯一的败笔就是那条紧身裤。万穗不喜欢穿紧身裤的男人。

跳了会儿，小帅哥开口搭讪，并不怎么新鲜的套路。万穗听着也就听着，没什么反应。

那人大概是将她的态度当作了默许，动作更加亲昵，手试图揽她的腰。

万穗便伸手在他胸口弹了一下，笑得风情万种：“离我远一点。就你这小身板，我怕你承受不来。”

帅哥不死心：“我是穿衣显瘦，脱了衣服很猛的，不信你试试？”

说着，他暧昧地做了个挺胯的动作，爪子不老实地往万穗臀部摸。

还没摸着，手腕被攥住，一拧，他被压得弯下腰，嗷嗷叫起来，表情扭曲。

邵成松手，顺势一推。

帅哥哗啦啦撞了几个人，摔在地上，连忙用手护住脑袋，才没被摩肩接踵的人群踩破头。等他爬起来，已经找不到凶手，连之前那个美女也不见了踪影。

万穗被邵成拽了出去。攥着她手腕的力道很大，有点疼。

但她看着邵成阴沉的侧脸，嘴角止不住地上扬。

吃醋了哇。

通往卫生间的狭窄走廊，震耳欲聋的音乐声也仿佛被隔断，清静许多。但墙边墙角，满是拥吻的男男女女。

一片淫靡气息。

邵成停下脚步，把万穗拉到墙边。

她眼睛还弯着，瞅着他笑。

“撩得挺开心？”邵成语气冰凉。

“你看到啦？”万穗捏住他衣襟上的一颗纽扣，把玩，“他想约我来着，我拒绝了。”

邵成的脸色并没好看多少，盯着她，不说话。

万穗手一挪，贴在他胸口上，指尖轻轻滑了一圈，她睁大眼睛，表情无辜：“你生气了？”

邵成捏住她的下巴，吻有些凶狠地落下来。

万穗被他压在墙上，昂着头，回应他的吻。

这个吻显然比之前的都急切许多，万穗甚至被他咬疼了好几下，蹙眉轻哼一声，然后便会得到他放轻了动作、安抚似的舔吻。

但持续不了多久，他就会再次加重。

身体密不透风地紧贴着，万穗的舌头被吸得发麻，快要呼吸不上来，手臂抱住了他的脖子。

邵成放在她腰上的手发烫，在她柔韧的腰上摸了几下，继而下滑，到达一个挺翘的弧度，掌心收拢。

“嗯……”万穗想要往后退开，他却紧紧追上来，不给她任何逃避的空间。

他动情了。万穗都能感受到在她身上乱揉的那只手，想要把她衣服撕碎的冲动。

有点得意，又赶紧提醒心旌荡漾的自己。

打住打住。

这毕竟不是一个合适的地方。

邵成最终还是放开了她，一手揽在她腰后，一手托着她的后颈，额头与她相抵。他呼吸沉得不像话，眼睛幽幽地盯着她。

不远处的一对男女，已经开始发出不可描述的声音。

万穗倒是不介意听墙脚，只是怕快要憋坏的男人再受到刺激，会控制不住兽性大发。

“我们出去吧。”她小声说。

邵成的身体还是灼热的，一开口，嗓音哑得厉害。

“等等。”

万穗绷紧嘴角，把想要泄露的笑意压下去。

某种程度来说，男人真的还挺令人佩服的，能屈能伸。

等邵成终于平复下来，两人才离开这片混乱的区域。经过旁边那两个人时，万穗转头看了眼。

毕竟差不多也算是隔壁床的床友嘛。

这一瞧，却发现别人比他们可激烈多了，男的将女的压在墙上，啃得那叫一个凶残，一手把女人的腿抬起来，缠在腰上。

万穗简直想为他们鼓掌。

视线忽然被阻隔，邵成把她的眼睛给捂上了。一如当年不许她听朋友的荤笑话。

其实她什么都知道的呀。

万穗原本是想出去找陶宁和韩树再玩会儿，但邵成直接把她带出了夜店，万穗想去跟陶宁打声招呼再走，他也不理，径直拉着她到车前，打开车门，把她塞上去。

万穗只好给陶宁发了一个信息，交代一声。

邵成一路都没说话，万穗也沉默着。除了把他撩到欲罢不能的得意，还有一点小小的、其他的东西。

邵成把她送回工作室。万穗正琢磨着怎么把他打发走，他已经跟着她下来，锁了车。

万穗舔了舔嘴唇：“这么晚了，你……”

邵成看着她，目光在深夜里显得愈发幽暗。

“开门。”

完了。万穗心下道。

她拿出钥匙，打开门。邵成并没有像她想象中那样，如狼似虎地一进门就将她扑倒，反而很平静，平静到有些异常。

万穗放下包，换了一双舒服许多的拖鞋，倒了杯水给邵成，然后走进小厨房，故作镇定地问：“你饿不饿，我煮点东西给你吃？”

她打开了冰箱，邵成的手从背后伸过来，将冰箱门按回去。

他抓着她的腰，将她转向自己，然后抱起来，放在干燥整洁的流理台上，分开万穗的双腿，站到她身前。

轻柔的吻，先是落在她的眼睛上，继而往下，经过鼻梁、嘴唇。

他的手从她背上腰上滑下去，左手抓着她的大腿，右手沿着裙子后腰边缘探索进去，在尾椎处，或轻或重地抚摸着。

万穗的耳朵被他含住，柔软的舌头逗弄着耳珠，她忍不住发出了一点声音，手本能地攀上他的肩膀。

这个人，到底为什么对她的敏感点这么了解啊！难道真的是天赋？

有不一样的触感抵在她大腿上，万穗觉得这样下去要不行了，手在他肩上推了一把，躲开他的吻。

“你别这样……”

一出声，自己都被吓了一跳，嗓音软得像发嗲。

邵成托着她的脑袋，用吻堵住她的嘴。

呼吸乱了，心跳乱了。

万穗不知道哪来的一股力气，猛地一把将邵成从身上推开。他的衣服也有些凌乱。

万穗用袖子在嘴上蹭了一下，脸色潮红，目光却像带着怨恨。

“我想给你的时候，你为什么不要我？”

万穗是个没脸没皮的，在男女之事上也从来不懂害羞。她喜欢邵成的时候，就天天计划着怎么把他推倒了。可惜他比烈女还贞洁，万穗缠了他那么久，他一直都不肯松口。她每回想要偷亲一下，就会被他掐着脖子摁下去。

那次出海之后，邵成回了部队，一走就是半个月。说好的回来给她过生，结果他食言了。

生日前一天，万穗换了新发型。她的头发长得很慢，一年时间，也没长多少，她烫了个梨花小卷，染了个颜色，看起来有点怪怪的。每个人见了她，都是一通笑。

晚上和陶宁韩树一帮人出去大肆疯玩了一通，快凌晨时才被老万的电话叫回家。

——每年的生日都是和老爸和老哥一起庆祝的。

老爸和老哥也对她的新发型嘲笑了一番，搞得万穗很郁闷，零点，和他们一起吹了蜡烛，切了蛋糕，就被老爸打发去睡觉了。

她每一天都按时提醒邵成一遍，他始终没出现，连一句祝福都没有。

快两点的时候，万穗已经睡着，电话忽然响了。脑子里一直为他保留着一根弦，所以她腾的一下就坐了起来，拿起手机。

是他的号码，但接起后，却是一个陌生的声音。

——邵成喝醉了，醉成一摊烂泥。

万穗不知道为什么他会一个人去喝酒，身边没有高嘉远那帮朋友；也不知道服务生联系的为什么是她。反正他回来，她高兴还来不及。

老爸和老哥都已经睡了，她蹑手蹑脚地溜出家门，打了车去酒吧接邵成。

把他弄到家的时候，他人醒了，万穗把他扶到客厅坐着。邵成看了她一眼，也笑话她："怎么弄了这么个发型，跟泰迪似的。"

万穗正要去给他倒水，一下子奓了毛，转身就向他扑了过去，张口就咬。

也许是醉了反应慢，邵成没躲，被她咬个正着。

牙齿咬着他的鼻子，万穗愣了愣，往后退开："你怎么不躲啊？"

邵成看着她，目光幽幽，不说话。

万穗跪在沙发上，看了他好一会儿，然后试探着，凑过去，在他嘴上亲了一口。他依然没躲。

像是得到了默许，万穗得寸进尺，跨坐到他身上，又去亲他。

邵成终于有了动作，却是翻身将她压在沙发上，反客为主。

当时他的吻技可没现在好，不过万穗喜欢死了，缠着他亲了一次又一次，最后两个人终于滚到了床上去。

她以为都那种程度了，总应该会发生点什么的，何况他的身体早就起了反应。但邵成只是吻她，连摸一下都没有，简直把坐怀不乱诠释得淋漓尽致。

"你还小。"他这样说。

万穗争辩："我今天十九岁生日。"

邵成就笑，把她抱在怀里哄："等你再长大一些。"

万穗主动去摸他，他不给摸；抓着他的手放到自己身上，他抽回去；她自个儿把衣服脱了，他不厌其烦地给她穿回去。简直气人。

可是他吻她的时候又很用心。万穗被他亲得美滋滋，大度地决定暂且放过他，但是还借机闹了很久，让他好脾气地哄她。

那晚，邵成被她缠着，承认了一遍又一遍"喜欢她"；也答应去参加她的生日会，见她所有的朋友。

但他又爽约了。

后来，万穗开始想，他那晚不肯要她，也许不是因为别的，只是不想对她负责而已。

“你一直记恨这个？”邵成将手撑在万穗身侧，有些无奈地叹了口气，“小傻子……”

万穗瞪他。

“那时候你还小，还没长大的小毛毛。”

“……你才是小毛毛！”万穗有点气，又诡异地觉得有点甜，气也生不起来了。

邵成低声笑着，伸手想要抱她，被她啪的一下把他的手打开。

于是他改为摸了摸她的头发，给小老虎顺毛似的，小心又轻柔，接着在她额头上吻了一下，把人揽进怀里。

这次，万穗没有再打他。她趴在邵成肩膀上，听他在耳边解释。

“不是有意失约。”

那天，他接到了两通电话，一个是队里有紧急任务，需要他立刻归队；一个是母亲病情恶化，进了手术室。

原来真的是有任务。但他母亲的病，万穗一点都不知情。

“你选了出任务？”她猜测。

邵成沉默了许久，才又继续。

邵妈妈的身体状况一直不大好，因为北方风沙大，早年间举家迁至南方让她休养。那两年情况恶化，大大小小的手术做了好几次。许是预料到自己时日无多，一个母亲对儿子职业的无条件支持，发生了转变。

邵成服役的兵种较为特殊，过的是刀口舔血的日子，受伤是家常便饭，上战场前，遗书都是一早就写好的。

遇到万穗的那阵，正是他迫于母亲的要求和压力，考虑转业的时期。后来他回部队，便是递交转业报告，报告还没批下来，先接到了任务。

他将那次任务视为军人生涯的最后一战，想不留遗憾，于是赌了一把，但没想到，恰恰造成了这一生都无法弥补的遗憾。

母亲离世，他受了重伤，不仅没能见到她的最后一面，后事都是由弟弟和高嘉远操办的。

万穗愣住：“对不起，我不知道……”

怪不得那阵子高嘉远突然也找不到人了，她还以为，高嘉远也是故意躲着她。想到后来高嘉远来找她时，她连解释的机会都没有给他，一通发飙，然后所有联系方式全线拉黑……万穗有点内疚了。

“我托你同学转交的礼物，没收到？”

正反思着，忽然听邵成问了一句。万穗又是一愣："什么礼物？生日礼物吗？你给了哪个同学？"她根本不知道有这回事。

"韩树的那个小女友。"邵成说。

出发执行任务时，他还是存了点私心，让来接他的车子绕路，去了她的生日会。他没有进去，在门外遇见那个曾有过几面之缘的万穗的同学，便请她转交。

韩树当时的女朋友……是程慧慧。万穗皱了皱眉，她跟程慧慧的关系不怎么好，没转交也不意外。

"你为什么不自己给我？"她有些郁闷地问。

邵成抱着她，嗓音很低："怕见到你，舍不得走。"

原本想着，等任务结束回来，有许多的时间可以跟她赔罪，哪料到后来的一桩又一桩。人生总是由许多误会和错误组成。

万穗心里又酸又胀，百般滋味涌上来。

乱糟糟的。

直到洗完澡，万穗躺到床上，睡着了一会儿又醒来，依然没能好好地将这些事消化掉。她伸着脑袋，往沙发的方向看了一眼。

邵成在那里睡着。

她翻了个身，重新闭上眼睛。

翌日一早，眼睛一睁开，脑子还迷糊着，下意识地先往沙发那儿看。

人还在。

两座的沙发，位置并不宽裕，邵成身高腿长，躺在那里显得格外逼仄。他平躺，双腿屈着，睡梦中眉眼依然英俊。

万穗下床，光着脚走过去，往沙发前的长毛地毯上盘腿一坐，支着下巴，盯着他瞧。

他睡得倒是沉。万穗用手指拨他的嘴唇，挠他的下巴，还往他耳朵里吹了口气，他都没醒。

玩够了，她起身，正打算去洗脸，手腕忽然被攥住，一扯，整个人就摔下去，趴在了邵成身上。他顺势抱住她的腰，翻身，将她压在下面，望着她的眼睛一片清明。

"你醒了……嗯！"

万穗刚开口，便被他堵住了嘴，舌头从开启的齿间闯入。她偏头躲，哪里躲得开。

万穗洗漱好下楼时，小佳刚好到办公室，放下包，一边开电脑，一边心情很好地冲她打招呼。

“姐，那个布我跟趣趣裁好了，你今天可以直接用了。”

“先别坐，去给我买点吃的。”万穗拿了张卡给她。冰箱里没多少存货，她也懒得动手。

跑腿的事儿小佳没少干，接过卡问：“还吃那家茶餐厅吗？”

万穗想了想：“往前有一家西餐厅，你看着随便点吧。”

小佳对她的口味了如指掌，转身正要出门，万穗又叫住她，补充一句：“两人份。”

小佳的眼睛缓缓瞪大，手指指向二楼：“你……有人？”

万穗没答，淡定地走过去，预热咖啡机：“你和趣趣想吃什么，一起买。”

小佳还没从巨大的信息量中反应过来，那边，楼梯上响起脚步声。

——邵成下来了。他身上的衣服有点皱，像是发生过什么的模样。

小佳迅速脑补了一场激烈的动作戏，顶着红扑扑的脸，崇拜地看了眼自家老板，捏着卡飞快地逃离现场。

邵成走过来，万穗摆弄着咖啡机：“小佳去买早餐了。”

“我回去一趟，公司还有事。”

万穗动作一顿，抬眼瞄他：“哦。”

邵成笑，手臂伸展：“过来。”

万穗向他走了一步，便被他拦腰圈进怀里，又亲下来。

点到即止的一个吻。

松开时，万穗说：“你忙你的吧，不用过来了，我也要开始做事了，顾不上你。”

小佳和趣趣一道进的门，两人提着打包盒，嘴角抿着坏笑，眼睛贼兮兮地四下瞅了一圈，却没见人。

“甭看了，已经走了。”万穗将煮好的咖啡给每人倒了一杯。

小佳有点遗憾：“啊，我还特地点了秋葵沙拉……”

趣趣凑上来，压低声音：“姐，那个，分享一下呗……”

万穗斜她一眼：“这么有兴趣，要不然下回让你现场观摩一下？”

“不敢不敢，”趣趣嬉皮笑脸地说，“我们就是好奇，你怎么把邵 boss 推倒的？”

“我没推啊，”万穗靠着流理台，喝了口醇香的咖啡，“他哭着喊着非要跟我睡。”

“……”

这话趣趣和小佳肯定不信，不过她们老板毕竟是行走的撩汉指南，邵 boss 就算没哭着喊着，肯定也是被撩得欲罢不能了。两个人满脸诚恳：“姐，你有空教我们两招吧。”

两人份的早餐，三个人边吃边聊着。吃饱喝足，开始干活。

郑慕这时候才来，进了操作间，好奇地看了看：“表姐，有什么我可以帮忙吗？”

“没有。”万穗头也不抬，“你出去歇着吧，没事儿别进来，我不喜欢被打扰。”

郑慕耸耸肩，出去了。

小佳和趣趣在工作上一向细致，夏布已经按照所需裁出了几块，铺展在操作台上；徐老的量身数据以及对应的衣料尺寸，也打印出来，贴在一侧的小牌子上，方便万穗随时查看。

用木尺量出尺寸，画粉画线，最后剪裁。一整天的时间，万穗全泡在操作间里。

效率还不错，下午下班前已经全部裁剪好，万穗整理好，交代小佳送去裁缝铺子，自己躺在椅子上休息。

趣趣帮小佳将东西打包搬上车，回来给万穗泡了杯咖啡，问她：“假期我们有安排吗？”

后天就是五一假期，万穗都快把这事给忘了。

往年假期如果各自没其他重要的事，万穗会带她们一起去旅游，不过今年不行了。

“你们两个找个地方去玩吧，回来找我报销。”万穗说，“我得去给别人随份子。”

“朋友结婚吗？”趣趣问。

前男友应该也是朋友的一种吧，虽然百八十年不联系。

万穗喝着咖啡，兴致上来，跟她们分享：“应该算是初恋男友吧。”

毕竟邵成刚答应她，第二天就失踪了，一天的男女朋友都没做成，所以每次谈起初恋男友的话题，万穗讲的都是吕奕。

讲真心话，吕奕真的是个很好的人，堪称当代十佳男友的典范。追万穗的时候就很用心，在一起之后对她更是好得没话说。他被甩了之后，也没说一句她的不是，还在别人面前处处维护她。后来男朋友也换过几任，他是唯一一个让万穗觉得有一点小愧疚的。

郑慕在一旁听着，说了句：“那你干吗甩了他。”

万穗没理她，一副感怀的口吻：“初恋的份子钱，是不是得多随点？”

趣趣却忽然咳嗽起来，朝她身后挤了挤眼睛。万穗回头，邵成不知什么时候进来的，站在她身后不远处，表情莫测地看着她。

“还没下班？”

万穗瞥了眼时间，到点了，朝趣趣和郑慕摆了下手：“你们回去吧，没什么事儿明天就不用来了，提前放假。”

邵成静默地站着。

趣趣迅速收拾好东西，把郑慕也拉了出去。

邵成将一旁的椅子拉过来，在万穗对面坐下，意味深长地看着她。

“我以为，我是你的初恋。”

万穗扬眉：“我们又没在一起。”

邵成抓住她椅子的扶手，连人带椅子一起拖了过来，膝盖相碰：“你上次在我办公室，可不是这么说的。”

哦，上次，她要他给她做保镖，说的好像是：

严格来讲，我们还没分手。

那不是权宜之计嘛。万穗无辜地眨眨眼睛：“可是我觉得，一直都是我在单恋啊……”

邵成点了点她的鼻子：“是谁缠着，非让我说喜欢她，嗯？”

万穗看着他，不吭声了。

邵成：“我再问你一遍？”

“什么？”

“谁是你的初恋。”

万穗瞅他，几秒钟后，脚在地上一蹬，想往后撤。邵成直接掐着腰把她抱了起来，放在腿上，捏住她的下巴，不让她逃。

“回答我。”

万穗坐在他腿上，垂下头，望着他的眼睛。

好半天，才说了一个字。

“你。”

邵成在她唇上吻了一下，眉眼舒展，嗓音低而磁性：“乖。”

吕奕的婚礼在五月一号当天。邵成临时有事出差，万穗拉上陶宁一道去参加喜宴。

陶宁倒是不介意多上一份礼钱。大家最近都忙，万穗的大把时间又用来跟邵成谈情说爱，现在连见个面都要预约，权当陪她一起吃饭了。

吕奕的新娘也是他的大学同学。理论上，万穗应该认得的，但她对不熟的人向来没什么记忆，倒是陶宁在一旁低声提醒："吕奕追你的时候，他老婆正在追他。你俩在一起之后，他老婆答应了另外一个人的追求，在一起了差不多一年，才跟吕奕走到一起。你应该算是他们中间的绊脚石，自己体会一下。"

万穗啧了声："你这么一说，我都想再追加一倍份子钱了。"

"不用追，我已经替你上了。"

吃完酒席，准备离开时，陶宁公司来了电话，走到一旁去接听，万穗站在大厅外头等她。吕奕从里头出来，走向她。

"不好意思，太忙了，也没顾上你。菜合胃口吗？"

"挺好的。你们的仪式还没完吧？"万穗问。

吕奕点头，向门里望了一眼。

"有件事，我觉得应该告诉你。"他看着万穗，正色道，"冒昧问一下，上次网球比赛，那个男人是你什么人？"

万穗眉头轻轻一皱："怎么了？"

"我见过他。"

"……什么时候？"

"我们分手那天，你还记得吗？"提起这个，吕奕笑了一下，"我们在酒店，你说我吻你的时候，没有感觉，然后和我提了分手。"

万穗挠挠头，她怎么会不记得。

他们在一起一个月，那天出来庆祝，喝了点小酒。她临时起意，拉着他进了一家很有意思的酒店；又临时起意，和他分了手。想起来自己都觉得自己渣。

吕奕轻叹了一声。

那一晚他在沙发上将就了一夜，早上离开酒店，给她拦了辆车回家。他一个人颓丧地在马路牙子上坐着，就是在那时候，见到了那个人。

他在吕奕身边坐下来，点了支烟，抽了两口，问他："女朋友？"

吕奕郁闷答："昨晚之前是。"

对方没再说话，沉默地抽完了一支烟，站起来，拍了拍他的肩，走了。

很莫名其妙的一个路人。吕奕之所以记得，是因为当时那个人在流血，像是伤口裂开，上衣浸湿了一片。吕奕问需不需要送他去医院，他说还有事要做。

吕奕是什么时候走开的，万穗都没留意。她站了会儿，有点胸闷，靠着墙蹲下来，盯着地砖上天然美丽的纹理。

邵成回来找过她。

看到她和吕奕去酒店了。

所以他又离开了吗？

视野中出现一双柔软的皮鞋，陶宁蹲在她跟前：“怎么，后悔了？”

万穗抬眼。

陶宁：“我都听到了。”

万穗叹了一声，干脆坐在了地上，头靠着墙：“我也不知道了……是我错了吗？我要是再多等他几个月，是不是就不会变成现在这样？”

“你没错。”陶宁转过去，和她并排坐着。

那兵荒马乱的几个月，万穗哭得疯得已经够了。如果不是吕奕，她也许需要更多时间才能从阴郁中走出来。她没做错什么。

陶宁一直很崇拜邵成，其实很不愿意去说他什么不好。但是，在这件事上，看到万穗和别人在一起，就能干脆利落地放手，也不见得情意有多深吧。

“别想那么多了，”她舒了口气，用轻松的调子道，“该干吗干吗，早点出完气早点抽身，我不想看你继续跟他耗着。”

第八章

爱是心不由己

几天假期，万穗都待在家，陪陪老爸，然后画画设计图。

生意惨淡，没单子，刚好要入夏了，她打算做几套夏装展示。这个也不着急，她有灵感了，就画几笔，大多时间还是跟老爸一块去爬山、钓鱼，吃完饭抢抢遥控器。

某次散步她经过一个篮球场，倒是刚巧碰到裴盛在打球。

他穿一件黑白撞色的运动短衫，黑色莱卡 leggings 搭同色短裤，奔跑跳跃的身影充满动感和力量，完全不像穿西装时那么严肃无趣。

万穗和老爸站在外头看了会儿，裴盛看到他们，过来打招呼。

裴盛和老万寒暄的时候，万穗盯着他，忽然想起曾经提过的飞鱼服。其实裴盛的气质很适合：外表冷冰冰，但武功高强的锦衣卫。

看着他，她又不可避免地想到另一个人。

邵成现在的个性和气质，都比以前稳了许多，不像那时候，漫不经心却霸气侧漏。现在他不显山不露水的，更像个幕后大 boss。

临走时，万穗把这事跟裴盛提了一句："义务劳动，不给钱的，你考虑一下。"

裴盛看着她，很爽快地应了。

"那你什么时候有时间，来工作室一趟，我给你量身。"

裴盛点头："好。"

走开一段，万穗才瞥了眼身边一直笑眯眯的老爸："老万同志，你笑得太过分了。"

老万笑容不减，背着手："怎么样，最近相处得还不错？"

"你说他？"万穗往后指了一下，"我跟他没有'最近'。当然，也没有将来时。"

老万不以为然："我看这小伙子不错，挺稳，正直，没什么花花肠子。你们那回见面，是不是有什么误会？"

万穗叹了口气，挽住老万的手臂："这个小伙子呢，确实很直。直到什么地步呢？看到一个美女，像我这么美的大美女，崴了脚，竟然问人家能不能自己走，啧。"她摇头感叹，"所以说，单身都是有原因的。"

曾经打败一众情敌把万妈妈追到手的情场高手老万，自然深谙其中关窍："嗐，这二愣子，直接抱啊，还走什么走。"

隔天，裴盛来了电话，他人已经到了工作室。万穗还在家里，匆忙换了衣服开车赶过去。

"怎么不提前说一声，等很久了吗？"她打开门，请他进来。

“四十分钟。”裴盛说，顿了下，“不久。”

万穗耸耸肩：“喝茶吗？”

“不用麻烦了，我还有事，很快就走。”

“好吧。”

万穗拿出量身尺。

裴盛的站姿很标准，完全不需要纠正了，万穗直接开始测量。颈围、肩宽、衣长、袖长、胸围……她手法熟练，动作很快，边量边记，几分钟就搞定了。

“OK.”她把最后一项记上，重新检查一遍数据，评价道，“身材挺标准。”

她看着本子，裴盛的手机震了一下，走开几步去接听，“……我知道了，成哥下午回来，到时候再说……”

万穗耳朵一支棱。

他今天回来？

这几天，邵成的电话她都没接，信息也没有回。到底该不该继续，她没想好。

裴盛结束通话，万穗合上本子，牛皮的书衣，拿在手里柔软且有质感。“图还没画好，等做好了我再叫你，到时候需要拍一组照片，你没问题吧？”

“没问题。”

万穗笑笑：“谢了。”

“不必客气。”

裴盛离开后，万穗一个人在工作室待着，坐在桌子前，拿着笔，半天没画出一条线。她抓了抓头发，仰在椅子上，转了一圈。

四点钟，万穗出现在沃尔玛——买菜。

她推着购物车，看到什么能入眼的就捡起来丢车里，不到半个小时就装了满满一车，去结账。

这家超市在邵成家附近，万穗专门过来的。她把车开到地下停车场，自己拎着两大袋十几斤重的东西，搭电梯上楼。

密码她不知道，随便试了下邵成的生日，入伍编号，都不对。停了会儿，试着输入自己的生日——开了。

她哼了哼，把东西提进厨房，放下，然后在袋子里挑挑拣拣。

不知不觉气已经消了。

不过刚才没仔细看，菜都是随手拿的。她的厨艺也就是烤箱水平，照着食谱做做披萨和烤鸡翅，焖饭已经算顶级。她对着菜思考半天，毫无头绪，自暴自弃地决定还是焖个饭吧。

她先把米饭蒸上，在手机上搜索食谱，跟着做了一个简单的风味蛋焗饭。

刚端出来，玄关处有动静。

她摘了手套，把葱花撒上，小跑着过去，摆着pose喊了一声："Surprise！"

门口两个人愣住。

万穗看着被惊到的邵成和裴盛两人，若无其事地说："回来啦。"

邵成走进来，眼里带笑。也没问她怎么进来的，也没问这几天为什么不理他，只是很平常地问："什么时候来的？"

"刚来一会儿。"万穗转身往厨房走，"我再去炒个菜吧。"

她不知道会有别人来，两人份的焗饭肯定不够吃。

"进来吧。"邵成将随身的行李放下，招呼裴盛，"你先坐。"

裴盛在客厅里坐下。

开放式厨房里，万穗又查了查食谱，把鸡胸肉给切了，腌上，打算做个咖喱鸡，然后把胡萝卜和土豆削了皮，切成块。她动作太磨叽，锅里的油已经很热，肉丢进去的时候一阵爆溅。

她惊呼一声，拿着铲子蹿出厨房。

裴盛起身过去，拿盖子把锅盖上，火关小了些，然后向她伸手："铲子给我。"

万穗远远地递过去，看着他熟练地翻炒，肉变白时盛出，然后将洋葱爆香。万穗走近，等他把土豆和胡萝卜下了锅，才说："我来吧。"

裴盛将铲子给她，没离开，站在她身边看着。

邵成从卧室出来，看到厨房里并排而立的两个人，脚步停了一下。

万穗转头问裴盛："这样可以了吧？"

"可以，鸡肉放进去。"

万穗照做。

邵成将东西拿到客厅，裴盛看到，走了过来，拿上东西："我先走了。"

"留下一起吃饭吧。"邵成说。

裴盛顿了下，应了。

邵成进了厨房。

锅里加的水已经烧开，万穗正往里放咖喱块，一只手臂圈住了她的腰。邵成从背后抱着她，嘴唇在她耳垂上亲了一下。

有点痒，万穗躲了一下，吊起眼梢瞥他。

怎么突然这么腻歪？

邵成仿佛没有看到她眼中的怀疑，依然搂着她："做了什么？"

"这个，还有焗饭。"万穗看着锅里到目前为止没出现问题的食材，"第一次做，不知道能不能吃。"

"我尝一下。"

万穗拿了把小勺子，往后递。邵成不接，垂眸看着她，眼里带笑，语调低沉："喂我。"

万穗啧了一声，放下铲子，舀了一点，另一手接着，喂过来。

邵成低头尝了，略咸，嘴上说着："很好。"却拿热水壶添了少许热水进去。万穗当然明白，不服气地拿胳膊肘捅他。邵成笑着，把铲子接过来："我来。"

接下来换他掌厨，又做了三道菜。万穗却也没能闲着，其间，邵成的左手一直搂在她腰上，一刻都没拿开。需要切什么，放什么，他便指挥着她动手。

不时还要亲一口，用溺死人的语调夸一句："乖。"

邵成的厨艺算不上惊艳，对付日常已经绰绰有余。他将菜都端上桌，焗饭分了三份，三个人坐下来吃饭。

万穗尝了口自己做的咖喱鸡，味道，怎么说……反正吃不死人。

邵成如常地与裴盛谈话，一边十分自然地将手伸过来，在她嘴角擦了一下。

"小脏猫。"他话音含笑。

再看不出来他是故意秀给别人看，万穗就是个傻子了。桌子底下，她一脚踢过去。也没多用力，邵成的反应却很大，脚撞到椅子，响了一声。

对面的裴盛动作一停，视线投过来。

邵成笑着，抓住万穗的左手，捏了捏，宠溺的口吻道："别闹。"

"……"万穗把手和脚都收回来。

片刻后，裴盛忽然对万穗道："接下来公司会很忙，如果还需要我做模特的话，提前说一声，我安排时间。"

万穗点头："成。"

"什么模特？"邵成不经意地问。

"上次说的飞鱼服，我觉得他的气质很符合，"万穗瞅他一眼，故作不懂他眼神背后的含义，"我让他做模特拍宣传照。"

邵成："是吗。"

万穗忍笑："是啊。今天量的尺寸，他身材很完美，可以打九十九分。"

裴盛夹菜的筷子凝滞了一瞬。

“一分扣在哪里？”邵成似笑非笑地问。

万穗勾起嘴角：“扣在……不是我男人。”

她说得轻巧，两个男人的目光隔着静默的空气对上。只有万穗怡然自得，没理会另外两人的沉默。

吃完饭，裴盛没有多留，带上东西告辞。

万穗把碗碟收进厨房，放进洗碗机，在水池洗手时，邵成进来，从背后抱住她，只是抱着，没有多余的动作。

“你今天抽风啊？”她斜他一眼。

“怎么没告诉我？”邵成问。

“什么？”

“模特。”邵成看着水流下她白皙的手，“他的身材比我好？”

万穗差点笑出声，忍住，很中肯地评价道：“你也很好。”

“那我可以打一百分？”

“九十九。”万穗转过身，把他推开，往外走，“你也还不是我男人。”

邵成将她拽回来，反身压在墙上，二话不说就吻下来。手握着她胸前揉了会儿，接着挑开她的背心，发烫的掌心往衣服里探。

“你干吗？”万穗按住他的手。

邵成抵着她，呼吸交缠：“做你的男人。”

“……我还没同意呢。”万穗戳戳他的肩膀，“不是说了，等你把我哄开心才行。”

僵持几秒钟，邵成把手拿出来，往下，在她腰上捏了一把。

“小祸害……”

万穗自己开了车的，但要赖要邵成送她回家。邵成把她送回清川道，按照她的指示，车停在大门外，下来送她。

“看着我进去了你再走。”万穗挥挥手，转身走出几米。回头时，看到他果真乖乖地站在原地，手插在口袋里，静静地望着她的背影。

她忽然跑回去，往他身上一扑。

邵成稳稳抱住她。

“你追我吧。”万穗搂着他的脖子，脑袋蹭了蹭他，“每次都是我主动，换你追我一次。”

“追到了转正吗？”

“转。”

邵成吻了下她的头发："好。"

翌日，假期的最后一天，刚七点，有人来敲门。万穗难得没有起床气，伸着懒腰去开门。

万琛立在门外，收拾得整整齐齐。

"这么早就出去啊？"万穗打了个哈欠，"员工都放假了，为什么你这个老板还这么忙？"

"海外的合作伙伴过来，需要我作陪。"万琛把她乱糟糟的头发抓得更乱，一边语气非常平淡地说，"邵成来了。"

万穗比他更平淡，哦了一声。

万琛看着她，似笑非笑。

"跟我还装。"

"装什么？"万穗扮无辜。

"为你来的。"一个陈述句。

万穗面不改色："是吗？"

"一大早来献殷勤，难不成是为了我？"万琛乜着她，惩罚似的在她脑袋上敲了下，"去洗脸刷牙。"

万穗收拾好下楼时，万琛已经走了，邵成果真在，跟老万在客厅里坐着，两人都是一身休闲装。不知道他们在聊什么，把老万聊得满脸笑容。

万穗刚从楼梯上转过来，邵成的目光便落在了她身上，她对着他扭了扭屁股，在老爸转身看过来时一秒恢复正经。

邵成笑出声。

吃完早餐，被老爸催着去换衣服，万穗才知道，邵成订了票，去爬山。

天气挺不错的，她换了件薄荷绿的运动T恤，黑色长裤，轻便的运动鞋，扎着马尾，上车。邵成从后视镜里看了她一眼，万穗冲他抛了个媚眼。

邵成定的南郊环崇湾度假山庄的票，山庄内有一座四季常青的崇山，节假日依然清静。景区里风景绝佳，空气带着凉爽的气息；山路平缓，更适合踏青，对上了些年纪的老人来说也不吃力。

但这样慢吞吞的蜗牛爬实在没滋味，走了会儿，见老爸已经跟遇上的游客聊起来，万穗便喊邵成比赛。

邵成很绅士："让你十分钟。"

万穗哼了一声，拔腿开跑。

跑了一阵，停下来，回头想看看他追上没有，却发现邵成紧跟在她身后。她立刻转身，加速。

之后邵成一直不远不近地在她后方，有余力可以轻松地追上她，但一直没有。

爬到半山腰，万穗累了，停下来休息，邵成呼吸平稳，从包里拿出水给她。万穗喝了半瓶水，喘息缓了一些。

“你让着我多没意思。”

“不让你更没意思。”邵成笑着接过水瓶，将剩余的一半喝光。

歇了会儿，两人一块出发。

万穗依然用冲刺的速度，邵成依然在后面跟着，好整以暇地看着她将体能发挥到极限的样子。

到了山顶，万穗跑到悬崖边，张开双臂，让山间清冽的风吹过，带来沁入心底的凉爽。

她拉长声音，对着清幽的山间大喊：“邵成是个大浑蛋……”

“你是小浑蛋。”

邵成吻了吻她的头发，从身后抱住她——他似乎很钟爱这个姿势。

“饿不饿，有吃的。”

“你有什么啊？”

邵成打开背包：“什么都有。”

巧克力、小蛋糕、三明治、饭团、寿司，果真是什么都有。

山顶除了极致凉爽的风，和售卖饮料食物明信片的小驿站，没什么有趣的。两人休息片刻，折返下山，和已经到达半山腰的老万会合。

半山上有修建得漂亮的餐厅，老万正和新认识的朋友坐在木椅上聊天。对方是一家四口，一儿一女，大的已经上中学，小的只有五岁，扎了两条小辫子的小姑娘，看到邵成和万穗过来，很乖地喊：“哥哥姐姐好。”

万穗不喜欢小孩儿，也觉得她可爱，冲她笑了笑，做个鬼脸逗她开心。

邵成的耐心显然比她多，蹲下来，摸了下小姑娘的脑袋，又打开背包拿零食给她。

老万瞟见他包里一堆吃的，跟万穗同款的吃惊表情，一边捏了一块小饼干吃着：“怎么带了这么多吃的？”

邵成道：“不是说，抓住一个人的心，要先抓住她的胃。”

正喝水的万穗差点呛到。

紧接着，听他又不紧不慢地补充一句：“最近正在追女孩儿，培养下习惯。”

“什么样的女孩儿？”老万忍不住打听。

邵成笑了一声。

“一个小浑蛋。”

傍晚回到市区，邵成定了餐厅一起吃饭，三个人其乐融融。

回到家，站在门口，目送着邵成的车子远去，万穗转身准备开门，却见老爸一副若有所思的样子。

“怎么了？”她拿出钥匙开门。

老万沉吟：“……邵成这孩子，是不是看上你了？”

万穗手一抖，差点把钥匙拧断。有这么明显吗，一个一个突然都看出来了？

“他不是说在追女孩儿吗。”万穗模棱两可道。

“是啊，”老万瞅着她，“小浑蛋，说的不就是你吗。”

万穗：“……”还没见过这么说自己女儿的。

进了门，万穗把刚才邵成给打包的点心放进冰箱，出来时，老爸坐在客厅，像在琢磨什么。万穗也过去，拿了颗苹果削着，漫不经心地问：“你觉得他不行啊？”

“也不是……这孩子挺好的，能干，稳重，什么事儿交给他都放心，”老万锁着眉头，语气略微迟疑，“什么都好，就是，跟你……他年龄是不是大了点？”

他对邵成很喜欢，也很欣赏，搁平时，那真是觉得顶好的姑娘才配得上他。不过牵扯到自家闺女，老万就有一点犹豫。

并非觉得他配不上……

“没有很大啊，跟我哥一样，”万穗说，“你觉得我哥不能找二十五的姑娘吗？”

“也不是……”老万暂时理不清头绪，问她，“你喜欢？”

万穗不说话了，下意识地把削好的苹果放到嘴边，刚要咬，记起是给老爸削的，递过去。

“你要是喜欢，爸爸肯定不阻拦你们。”老万接过苹果，咬了一口，“……亲上加亲也行。”

假期结束，回归工作。

万穗到工作室的时候，小佳和趣趣已经在了，正在热火朝天地互相安利假期追的剧。

“来得挺早啊，”万穗把手提包放下，“吃早饭了吗？”

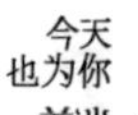

“我们都吃过了。”小佳起身跑进茶水间，很快端着小托盘出来，笑得很开心，“姐夫亲自送过来哒，您的早餐，请慢用。”

美式的煎饼，像是自己做的，加了果酱和蓝莓，还有培根薄片，一杯咖啡。

——他还真的是在追她啊。

一声不吭，还知道给她惊喜。

万穗放下手里的东西：“他来过？”

“嗯嗯，刚走一会儿，他说今天有工作，好像是去给万总的公司做安全顾问。”

好吧，可以原谅他旷工。

假期多了两份订单，预定上一期的一款展示服，小佳和趣趣跟人约好了来量尺寸的时间，便忙着准备布料。万穗继续画设计图，间或去检查一下小佳和趣趣的工作。郑慕打了电话来请假，说身体不舒服，万穗爽快地批了。不来正好，省得闹心。

下午快五点时，邵成来了电话。万穗走到休息区去接听。

“晚上下班后有时间吗？”他问。

“那要看是什么事。”

“约会。”

“可以有，也可以没有。”

“怎样才有？”

“你求我啊。”万穗拿手指逗着叽叽。

邵成在那端笑了一声，磁性的声音通过电流，更好听了些。

“求你。”

万穗耳朵酥了一下，把手机拿开，又放回来：“一点节操都没有。”

“节操哪有你重要。”邵成说。

万穗啧了一声：“今天嘴很甜哦。”

“嗯，想尝尝吗？”他嗓音里带着笑。

“……”老男人骚起来真是让人招架不住。

约好了六点来接她，万穗挂了电话。转身回去时，发现小佳和趣趣挨在一起，目光荡漾地看着她。

“谈恋爱真好啊……”

“腻死人了，好羡慕……”

万穗扫了她们一眼：“这么闲，我再给你们派点工作？”

“给我一个这样的男人，我愿意增加一倍的工作！”趣趣握着拳头。

小佳狂点头。

六点，邵成的车准时出现在工作室外。万穗出来的时间刚刚好，瞧见他下了车，立刻脚步生风地跑过去，准备往他身上扑。

冲到一半，察觉不对，他后面的那辆车怎么那么眼熟……

连忙刹住车，拥抱改成往他肩上狠狠一拍，很大声地喊：“真巧啊，你怎么在这里？”

然后一偏头用他做遮掩，压低声音问：“我哥怎么也来了？”

邵成也压低声音：“他一定要来。”

后面那台车车门打开，万琛下来，似笑非笑地看着她。

三个人约什么会啊。万穗佯装镇定地走过去，径自上了老哥的车：“走吧，吃饭吃饭。”

万琛倒是一句没提，在车上只问了几句工作室的状况。吃饭时，三个人心照不宣，聊着别的话题，气氛也不算尴尬。

邵成起身去埋单，只剩两人时，万琛瞥了眼万穗：“什么时候开始的？”

“还没开始……”万穗心虚地喝水。

万琛嘴角牵了下，也不知信没信。

万穗偷瞄他：“哥，你反对吗？”

“你开心就行。”万琛气定神闲，“我来没别的意思，就是吓吓你。”

“……”

万琛笑起来：“我待会儿还有事，你可以放心去约会了。”

余光看到邵成结完账，正向他们走来。他起身，在万穗脑袋上轻拍了一下：“晚上回家。”

跟邵成交代一声，他便直接离开了。

邵成坐到万穗身边：“怎么了，垂头丧气的。”

万穗摇头：“没什么。”

老爸和老哥都不反对，但是她不敢想，如果他们知道七年前对她“始乱终弃”的那个人就是邵成，会是什么表情。

从餐厅出来，邵成去取车，万穗在路边等。

几分钟后，脚步声从身后靠近，她回头去看，入目是一大束花。

颜色柔和亮丽的粉红雪山，超大的一捧，其间点缀着一些不知名的绿色植物，包裹在暖黄色的包花纸里。

“送给你。”邵成的声音在头顶响起，低而缓，带着笑意。

万穗把花接过来，抱了满怀，还挺有分量。

“九十九朵？”

“嗯，喜欢吗？”

万穗眼睛弯着，开口却故作淡然：“还成吧。”

邵成笑了声，握住她的手：“走吧。”

万穗被他牵着，另一只手臂抱着花。一对外貌出众的俊男靓女，加上漂亮拉风的花束，走在街上十分惹眼。

沐浴着四周艳羡的目光，万穗心情挺不错。

邵成的车停在后面，走到车边，对她道：“花放到后备厢吧。”

“干吗放后备厢？”才抱一分钟，万穗还有点没抱够。

“占地方。”邵成说。

万穗哼了声，还是听话地走到后面，打开了后备厢。

——满满的全是花。

数百朵玫瑰，已经剪去枝叶的粉色雪山密密匝匝地排列，围绕着一颗由红色玫瑰组成的心形。

“我的妈呀。”

这阵仗搞得跟要求婚似的。

万穗伸手摸了摸那些鲜嫩柔软的花，触感很妙。

以前也收过很多花，不过这次似乎格外不同。一来就是大手笔，还一环套一环，舍得在这种无聊的事情上花费这么多心思的男人，可真不多。

万穗真是喜欢极了，把手里的花束塞给邵成，兴致高昂地给满后备厢的花拍了几张照片。

邵成站在一旁看着她，嘴角一抹浅笑。

拍够了花，万穗把镜头对准邵成。他逆着光，捧着花的样子简直帅出血。

邵成从朋友那里拿了宫崎骏音乐会的票，万穗却不想听音乐，拉着他去附近的商场逛。

商场和剧院距离不远，两人干脆下了车，步行过去。

邵成牵着万穗的手。

这条街尚且安静，不时有车辆经过，路边的小树上挂着装饰灯，莹莹闪烁。这样散步的感觉也不赖。

商场里，万穗看中了一顶鸭舌帽，情侣款，黑白色，一排简单别致的刺绣字母。她在帽子前看了会儿，咳了两声，然后走开。

现在是邵成追她的轮次，这种情侣用的东西，当然得他来买。原则问题，哼哼。

她的暗示太明显，邵成好笑，拿出卡，叫店员将两顶帽子装起来。

万穗戴上了黑色的帽子，拿着白色那顶，指挥他："低头。"

邵成配合地低下头，到她可以轻松够到的高度。万穗把帽子扣到他脑袋上，戴好。

他一身正装，与鸭舌帽并不相称，万穗看了两眼，伸手要取下："算了，一点都不搭。"

邵成抓住她的手，握在掌心里："戴着吧。"

三楼有几台抓娃娃机，万穗在第一台里瞧见了好玩的玩偶，弯腰往里看。

"想要哪个？"邵成问。

万穗指了指一只长手长脚的粉色小猴子："这个。"

邵成便去兑换了一把游戏币。万穗跃跃欲试地拿了两枚，投进去，控制操作杆，将爪子移到合适的位置，下钩——失败。

又投了两枚——失败 ×2。

继续投入——失败 ×3。

邵成在她身后笑，手从两侧伸过来，将她笼在怀里："我帮你？"

万穗松手，投币进去。

邵成把控操作杆，和她一样的步骤、轨迹，很有耐心地调整位置。

一抓成功。

万穗啧了一声，不服气似的："你只是运气好。"

然后她弯腰从他手臂下钻出去，从出口掏出小猴子。手感还挺好的，软软的，轻轻的，身体粉嫩嫩，脸、肚皮和手脚是白色的。

邵成将剩下的币全部投进去，没一会儿，万穗怀里抱满了娃娃。

"我有一个大胆的想法，"她看着邵成，帽檐下的眉毛一扬，"我想把这几个机器都抓空。"

邵成笑着从她身上取下一个粉蓝色的小象："给别人留点。"

"你是大佬你说了算。"万穗往他身上贴过去，满怀的娃娃转移到他怀里，"你抱着吧。"

然后，像有意要逗他玩，她背着手在前面走得轻快，到处都逛一逛。

不一会儿，听见身后有女孩子惊喜的声音："送给我吗？谢谢！"

万穗猛地回头，发现刚刚走过去的两个女孩子站在邵成身边，一人挑了一只娃娃，望着他的目光羞涩又激动。

他怀里的娃娃已经送出去小半。

拈花惹草！

万穗继续往前走，过了会儿，估摸着他把娃娃都送出去了，才转过身，装作刚刚发现的样子，愤怒地叉着腰，兴师问罪："你居然把我的娃娃都送给别人了？"

邵成抬手，手里一只粉色小猴子，在她眼前晃了晃。

"你的。"

万穗："呸，不要了！"然后"很生气"地转身。

邵成笑起来，手臂一伸，拦腰把人拖回来，低头亲她耳朵："乖，不闹。"

四楼是电影院。

有一部新的超级英雄电影上映，万穗想看。邵成去买票，顺便买了电影标配——超大桶的爆米花和可乐。

这是他们第一次一起看电影。

万穗想起家里那一箱碟片。

她不知道邵成此刻是什么感觉，反正自己有点触动，像终于收到惦记很久的礼物，开心是有的，也有一些别的情绪。

中间的扶手推了上去，他们坐得近，邵成一直握着她的左手。

男女主角跳舞的一幕很浪漫，前面有情侣开始接吻。

邵成靠过来。

万穗往他嘴里塞了一颗爆米花。

他低笑一声，坐了回去。

电影结束时，已经很晚。万穗谨遵哥哥的教诲，让邵成送她回家。后车厢的花带不走，那一大束她抱了下来。

"我回去咯。"她摆摆手。

正要转身，邵成拉着她的手腕，把她扯回来："还有一件重要的事情没有做。"

万穗回头："什么啊？"

"吻你。"邵成说着，低头，向她靠近。

万穗微微昂起头。

帽檐撞到。

她噗地笑出声。

邵成也在笑，伸手将她和自己的帽子都摘了下来，然后托着她的后脑，深深吻下去。

隔天，邵成忙完工作，来了工作室。

万穗正在绘制飞鱼服的设计图，太专注，没注意他进来，在她身后站了很久。

“把裴盛的尺寸给我。”她盯着电脑屏幕，向小佳的方向伸出手。

小佳按照标签找出打印好的尺寸表格，起身往万穗手里递。距离有些远，邵成顺手接了，放到万穗手里。

她接过，顿了下，转头看过来，才发现是他。

“什么时候来的？”她看着尺寸，继续画图。

邵成手撑在桌子上，微微弯腰，看着她电脑上即将完成的图稿：“给裴盛做的？”

万穗动作一停，放下压感笔，转了过来。

“给你做也可以啊，本来就是展示服，我做着好玩的。”她伸手挠了挠他下巴，“正好，你的小帅哥们借我用用，找几个身材差不多、长得好看的，一排人站在一起，穿着这个，绝对帅。”

到时候借个场地拍一组大片，宣传效果一级棒。

“没有小帅哥。”邵成说。

万穗笑了，改口：“那就普通队员。最好比裴盛低一点，他可以做个小头头，突出一下。”

邵成勾了下嘴角：“我呢？”

万穗瞅着他：“你呀，你适合做个幕后黑手，比如……东厂厂公？”

对面，小佳和趣趣笑喷了。

“你就是欠收拾。”邵成语气轻飘飘的。

小佳和趣趣连忙咳了一声，憋住笑。

万穗起身，拿了软尺，往操作间走：“过来，我给你量尺寸。”

小佳和趣趣又是一阵狂咳，脸都涨红了。量尺寸还要避着他们，一看就是羞羞的play。

邵成跟着万穗过去。

这操作间，他还是第一次进来。三米多长的操作台，墙边的布料架、缝纫机，很有风格。

万穗停下来，手里拉着软尺，冲他一笑，像勾魂的妖精。

“来吧。”

老规矩，先是颈围——

万穗将皮尺缠到邵成颈上，动作做得缓，食指有意无意地从他喉结上滑过。

“12.8。”

然后是肩宽——

万穗将皮尺一端按在他左肩外沿，右手压着皮尺，贴紧他的身体，慢慢滑至右肩。

“14.2。”

衣长，袖长，然后是胸围——

万穗站到他正面，两手从他腋下穿过，几乎是拥抱的姿势，身体与他紧贴着。

邵成垂眸看她。

“别看我，”万穗将皮尺从他背后绕过来，在胸部最饱满的位置缠一圈，上手捏了一把，然后低头读数。

29.8。

“胸很大哦。”她松开皮尺。

邵成目光幽幽：“你给别人量，也是这样？”

万穗嘴角一弯：“当然不是。”她又捏他胸口，坏笑，“只有你这样。”

接下来：腰围、袖肥、裤长。

量臀围的时候，万穗站在他面前，开始之前，通知他一声：“量臀围了哦。”

邵成看她一眼，不咸不淡的口吻：“老实点。”

“我很老实啊。”万穗说着，在他身前半蹲下来。

邵成垂眸，目光暗了几分。

万穗故作不知，拉着皮尺从他臀部最翘的位置滑过，来到前面，绕了一圈，在前面闭合。她目光专注地看着皮尺，读数的时长是之前的许多倍。

“屁股真翘。”她站起来。

“量完了吗？”邵成声音淡淡。

万穗把数字记上，一边答：“裆也得量一下，不然勒到你就不好了……欸？！”

话音未落，人已经被抱起来，双脚离地。邵成抱着人往前走了几步，把她放在操作台上。

“我说过吧，别来撩我。”他嗓音低沉得过分。

万穗张口想说什么，他按着她就亲了下来。

她在工作室穿着一向随意，宽松的一字领上衣，松紧木耳领边，一边拉下来，露了肩膀。邵成扯住另一边，往下一拽。

“……嗯！”万穗连忙抬手想护，被他抓住两只手，扣在背后。

她整件上衣掉了一半，领口掉在手臂上，黑色的抹胸小背心暴露出来。

“他们不会在里面做什么吧？”郑慕坐在工位上，第三次看向操作间。

“姐不会玷污她的操作间的，”小佳说。亲亲抱抱难免的，她刚才拿着皮尺进去的样子，摆明了就是要玩邵boss嘛。但过火的事情肯定不会有，毕竟……“布料可贵了。”

郑慕不懂：“布很贵吗？”

“超贵的，一匹几万、十几万、几十万的都有。”

“这么贵？”郑慕惊讶。

小佳耸耸肩：“所以，她不会乱来的。”

“……也不见得。”过了会儿，郑慕起身，朝操作间走过去，“我还是去看看吧。”

“别过去了，姐工作的时候不喜欢被打扰。”

郑慕脚步不停。

她走到操作间门口，便见万穗坐在操作台上，男人高大的背影立在她身前，两个人正……

挺热烈。

邵成的脸埋在万穗肩窝里，她越过邵成肩膀，看到了站在门口的郑慕。这种时候看见她的脸还真是煞风景啊，万穗做了个“滚”的口型。

郑慕撇了下嘴，转身走开。

“停，停，”万穗推了推邵成，声音有些喘，“外面还有人呢。”

邵成一只手搂在她背上，掌心很烫。

他退开一些，把她的脸按在胸口，平复呼吸。

万穗抵着他胸膛，冷静下来，把差点被他扯掉的抹胸弄好，上衣拉回去。

邵成在她颈后捏了捏，喑哑的声音道：“没有下次了。”

第二天，万穗跑了几家面料厂，傍晚才回来。早过了下班时间，小佳和趣趣已经走了。万穗开门进去，倒水喝，一边拿出手机查看。

六点的时候小佳给她发了信息，提醒她物业发了通知，停水停电到八点。

万穗摁了下灯，果然没电。

已经七点半了，还有半个小时就会来电。

喝完水，万穗把杯子放下，上楼，迈上最后一层台阶，忽然停下来。抓着扶手转身，站在上面，往楼下看了一眼。

屋子里已经有些暗。

片刻后，她转身走进卧室，动作麻溜地收拾了一个行李袋，下楼，锁门，开车，接着轻车熟路地来到邵成的公寓，乘电梯上楼，按了密码，打开门。

房子里亮着灯，邵成在客厅吧台前站着，身上还是正装，似乎刚回来没多久。他正在倒水，听到开门的动静，望过来，水壶停在半空。

万穗一派从容地走进来，蹬掉高跟鞋，趿上他的男式拖鞋。

邵成把水壶放下。

“我那儿停水停电，借你家洗个澡。”万穗说。

邵成倚在吧台上，慢条斯理地喝了口水，眼睛直直地看着她，别有深意的目光。

“你完了。”

第九章

霉菜扣肉

那句话，那个眼神……

活脱脱就是一个衣冠禽兽。

万穗微微一笑，下一秒突然起飞，提着行李包蹿进卧室，关门，反锁。

邵成看着砰的一声合上的房门，轻笑一声。

万穗带的东西很齐，慢慢悠悠地把洁面膏、卸妆液、洗发水等一堆东西拿进浴室。以防万一，把卫生间的门也锁了。

洗了澡，还泡了一个香喷喷的泡泡浴，她裹着浴巾出来。在柜子找了找，发现一个似乎没用过的吹风机，站在洗手台的镜子前吹头发。

卧室的门响了。

万穗关了吹风机，邵成的声音隔着门传进来："开门。"

万穗走到门边："不开。"

"乖，我冲个澡。"

"你在外面洗。"这里的格局她可清楚了，外头还有一个浴室呢。

"不让我拿件衣服？"邵成声音里带笑。

万穗："不让。"

"好。"他笑着说，脚步声果真离开了。

万穗拨了拨头发，解了浴巾，丢在床尾凳上，从包里翻出衣服换上。

白背心，家居短裤。跟在家里一样。

平时用的瓶瓶罐罐也都带来了，拿出来摆在桌子上，准备开始睡前涂涂抹抹程序的时候，忽然犹豫。

今晚肯定会发生点什么的，抹太多东西，会不会口感不好？但是化了妆会更好看哦……

她认真地考虑半天，最后只喷了保湿喷雾。

邵成冲完澡，穿着浴袍出来，走到卧室门前，试着拧了一下。打开了。

他走进去，偌大的房间里，她的东西零零散散地丢着，却不见人。就在此时，察觉背后轻微的动静，他回身。

万穗躲在门后，正趁机往外溜，对上他的视线，笑了笑，立刻跑出去。

身后有他追来的脚步声，还没跑到客厅，已经被男人有力的手臂从背后抱住了腰。他轻松把她抱起来，万穗双脚离地，又叫又笑地扑腾。

邵成把她抱到沙发前，丢上去，倾身压下来的时候，她趁机从他手臂下钻了出去。他大手一捞，把人拖回来，抱在腿上。

"跑什么？"

邵成坐在沙发上，手掌有力地抓着万穗的腰，唇贴上她后颈。万穗偏头躲了一下令人发痒的鼻息，“我只是来洗个澡，该回去了。”

“进了我的门，还想走？”邵成吻着她的脖颈，低沉的嗓音格外性感。

万穗抱着横在腰间的那只手，胸口慢慢有了起伏。

“你这样是不对的，我跟你讲。”

“我说的话你总是记不住。”

“什么话？”

邵成的吻上移，含住她的耳垂：“我说，没有下一次了……”

万穗呼吸一紧。

她背心里面是真空的，邵成只要一低眼，便能清楚地看到一片如玉美景。他抬手抚上，隔着背心轻轻一捏。万穗没忍住，一声轻吟脱口而出。

“这么敏感……”邵成的唇齿含着她的耳珠厮磨。

万穗的气息急了。这个时候，却还是惦记着某件事——

“……现在还小吗？”

邵成低笑，湿热的呼吸喷洒在耳郭上，一下一下烧得她耳朵发烫。

“不小，”他说，声音更低，也更哑了，“不大不小， 刚刚好……”

说着，仿佛是要验证自己的话，手指收拢，将那一团包裹在掌心中。

“你今天真骚气……”万穗身体发软，靠在他身上，扬起头，喘着气。

邵成吻她微张的唇。

“你太迷人……”

万穗的心都跟着颤了一颤。

从没从他口中听过这样的话。

她忽然坐直，撑着他的肩膀转过去，膝盖跪在他两侧，捧着他的脸吻他。手从他衣襟探入，报复性地四处作乱。

邵成被她撩拨得气息发沉，任由她玩了片刻，攥住她的手腕。

“等一下，”一开口，嗓子哑得不像话，“我出去一趟。”

不知道她要来，家里没准备。

万穗拉着他的手放在臀后口袋上，眼尾微微勾着，小声又缓慢地说：“在我口袋里……”

邵成望着她，目光愈发幽暗。

他没有动，几秒钟后，忽然说：“把你后面的遥控器拿过来。”

万穗眯了下眼睛，这种时候了，还想看电视吗？她转过身，看到茶几收纳盒里的遥控器，探着身体伸手去够。

邵成从她裤子口袋里抽出一枚东西。

这个遥控器跟一般的电视遥控器不一样，万穗看了眼。

“第二排第三个。”邵成说。

她摁了一下。客厅里的落地窗上，遮光板匀速降下。

万穗看了眼，又转回来：“你……”

刚说了一个字，便被他吻住。

遮光板降到底的刹那，她身上的布料悉数落地。

醒来已经是上午十点。身边已经没人，床褥上还有一点残留的温度，万穗在床上滚了两圈，坐起来，进浴室洗漱、冲澡。然后从邵成的衣柜里找了件蓝色细纹的衬衣穿，扣子随便系了几颗，从房间出来。

有食物的香味。

邵成在厨房里，浅色的家居服，在清晨的阳光里显得十分柔软。

万穗走过去，甩了拖鞋往他脚上一踩，踮着脚尖亲他。邵成关了火，抱住她的腰身。

亲一会儿，万穗就开始在他身上乱摸，邵成把她的爪子从衣服里拉出来：“先吃饭？”

“想吃你。”万穗搂着他的腰，眼角扬着。

邵成在她腰上捏了一把，把她放下去：“先吃东西。”

煎好的吐司，铺上牛油果片和溏心蛋，撒点胡椒粉，另外煎了几根香肠，很简单的早餐。吃东西时，万穗依然不老实，不在餐厅吃，非要端着盘子坐在邵成腿上，吃几口就得亲一回。

一个三明治，吃了快一个小时。

她抱着邵成的脖子，把他当椅子，舒舒服服地靠着：“今天不想上班了。”

反正已经浪费了半天，干脆凑个整。

“那就在家休息。”

“你也不许去。”

邵成抱着她，笑了一声：“好。”正好今天没什么要紧事，他已经打了电话向公司交代过。

两个刚刚做过亲密事情的男女，窝在家里，还能做什么，无外乎亲亲热热。

中午叫酒店送了外送，吃完饭，看了会儿电影，两个人抱在一起睡着了。

被电话吵醒时，万穗整个人趴在邵成身上。他伸手把手机够过来，接通，另一只手轻轻顺着她的头发。

电话里传来高嘉远的声音：“晚上有空没？今天赶巧碰到小陶宁了，我们一块吃饭，你来不来？”

邵成正要回答，万穗扑上去堵住了他的嘴。

半天没回应，高嘉远喂了几声：“……怎么突然没声了？干吗呢……”

邵成把捣乱的人从身上弄下来，武力镇压。

万穗伸着脑袋对电话喊：“去——！”

那边停了几秒钟，高嘉远啧了一声：“哎哟喂，你们两个……正好一起过来吧，我也不用单独给你打电话了，待会儿地址发给你。”

韩树在饭店门口讲电话。电话没讲完，瞧见一辆黑色路虎开过来，就在他跟前不远处停下，一男一女相继下了车，牵着手，十指相扣，女的还抱着男的手臂，姿态亲昵。

“录音棚的租金已经付过了，都是钱啊我的祖宗，要不然你吃完饭回来，抓紧时间还能录俩小时……”电话那端经纪人絮絮叨叨地说着。

韩树皱眉，看着有说有笑走过来的两人：“今天不录了，改天。”言罢直接掐了电话。

万穗跟邵成说着话，眼角眉梢都是笑，走到跟前都没有看到韩树。反而是邵成发现了他，停下来，语气温和：“小树。”

万穗的视线转过去，这才瞧见臭着一张脸站在那里的韩树。

“杵这儿干吗，门神啊。”

“邵成哥。”韩树没搭理她，跟邵成打了招呼，寒暄几句，才转向她，“你过来，说个事儿。”

瞅他那样儿就知道他想说什么了，万穗都不乐意听。果然，邵成一进去，韩树立刻把她拽到一边，气势汹汹。

“你跟他睡了？”他压低了声音，脸色却比刚才更黑，显然当着邵成的面已经在努力克制。

有这么明显吗？万穗下意识地摸了下脖子。她照镜子的时候没发现有痕迹啊。

“甭摸了，老子看一眼你们的眼神就知道。”韩树手指在她脑门上狠狠一戳，“你脑子是不是被狗啃了，怎么一见着他就犯傻？他以前怎么对你的都忘了？不长记性的玩意儿！”

万穗有点不耐烦：“哎，你怎么比我爸管的事还多，成年男女上个床还要找你办手续？你自己三天两头换女人的，我说过你吗？”

韩树快气炸了：“我就是闲得蛋疼，整天操你们俩的心！一个一个都把蠢字刻在脑门上，气死我了！”

"怎么都比你强！"万穗冷哼。

"吵什么呢，你俩，"陶宁从里面出来，"站在人家门口闹，也不嫌丢人。"

万穗正要告状，看她一眼，愣住。韩树更是震惊地张大了嘴，上上下下扫了几遍："你怎么穿……这样？"

万穗跑过去拉着陶宁左看右看："我的天哪，陶陶，你真是漂亮得让我想给你亮灯！"

"嘴怎么这么甜呢。"陶宁好笑。

她把好不容易留长的头发烫了，穿了一条V领连衣裙，手腕和裙摆处带一点蕾丝拼接，显得个高腿又长，尤其是胸部，被贴身的布料勾勒得凹凸有致。跟从前中性简约的风格天差地别。

"还行吗？"她第一次换这样的造型，自己都不习惯。

"太行了，美死了，"万穗一把抱住她，"我今晚想跟你睡。"

韩树走过来，上上下下打量她，表情十分古怪："好端端的，穿成这样干什么，上春晚呢你？"

"下午去参加了一个酒会。"陶宁没理他让人不舒服的语气。

"甭理他，"万穗挽住陶宁，"我们进去吧，他们该等急了。"

到达包厢的时候，里面正热闹着，隔着门都能听到笑声。邵成被押在中间，以高嘉远为首的一帮兄弟正闹他。

邵成眉宇间尽是春风，端起酒杯一饮而尽。

万穗正要进去，被身后的韩树拉住。他神色难得地有些严肃："你想清楚，男人如果真的爱一个女人，不会让她等七年。"

万穗跟几位哥哥打了招呼，一帮人心照不宣地笑。

其中一张陌生面孔，气质儒雅，年纪看起来比邵成要大上一些。万穗礼貌地颔首，对方微笑致意。随后他起身，为陶宁拉开椅子，十分绅士体贴。

万穗愣了下，后知后觉地意识到，这个人有点面善。

陶宁察觉到她的注视，看过来，向她介绍："这是老徐。我的客户，刚巧也是嘉远哥的朋友。"

一声老徐，万穗便领悟了。

陶宁又笑着对老徐道："我老铁，万穗。咱们签合同那天，我跑去救人你还记得吗——就是她。"

老徐向万穗伸出手，语调温和有礼："幸会。常听宁宁提起你。"

万穗微笑："幸会。"

她到邵成旁边坐，手被他握住：“聊什么了？”

“没什么。”她若无其事地说。

邵成没有追问，给她拿一杯果汁，夹了些小蛋糕放在小盘子上：“吃点东西。”

右手被他抓着，万穗左手拿叉子吃着。

原本是朋友间的聚会，不过邵成这条万年老光棍脱团了，席间各种劝酒便都冲着他去了。气氛轻松愉快，唯独韩树脸色不大好看，没待多久就说要去录音，也没和万穗陶宁打招呼，提前走了。

陶宁中途去了趟洗手间，出来的时候，看到邵成在走廊上抽烟。她犹豫片刻，走过去。

“邵成哥。”

邵成回头看见她，把烟在垃圾桶顶上的烟灰缸里摁灭。

陶宁走到他身边，并排站着：“万穗呢？”

“还在玩。”邵成说完，转向她，“有话跟我说？”

“这些话，我说可能不太合适……”

陶宁斟酌许久，才开口：“万穗她，看起来没心没肺的，其实是个死脑筋。她认准的事，不会回头，谁劝都不好使，但是我不能看着她往坑里跳——我不是说你是坑……”

邵成面色自若：“没关系，你继续说，我听着。”

“你们的事，我真不该插手。”陶宁轻叹一声，“有些事你不知道……”

她看着邵成，眼前的人稳重、刚毅、果决而坦荡，即便离开军营多年，他站在那里，依然有着军人的丰姿，凛然伟岸，如山似塔，是一个让你能够放心托付生命的存在。

但是，万穗真的因为他，吃了很多苦。

“那回生日，她请了所有的朋友、同学，要向大家介绍你——但是你没有出现。她打了很多电话，找不到人，没有任何消息。”

陶宁紧抿嘴唇，停顿一下，接着道：“后来所有人都在传，她没脸没皮地倒追一个男人，上了床，就被甩了。”

万穗在学校本就是个知名人物，各种原因记恨她的人不少，风言风语一夜间在同学圈里散播。

那段时间，各种不堪入耳的谩骂和嘲讽，她都体验了。这也是她毕业后很少跟大学同学来往的原因。

邵成沉着声音问：“为什么会有这种谣言？”

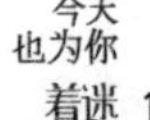

“……什么谣言？”

“我没有对她做那种事。”

至少那个时候，没有。

陶宁愣了好一会儿，想明白了其中的缘由，笑着摇摇头，很无奈地叹了口气。

“是她自己。她在空间里发了你们睡在一起的照片，我们都以为……”

她没有用更露骨的字眼，邵成却猜到了。

前一晚他们确实在一起，准是万穗趁他睡着，拍了什么照片。

陶宁知道邵成不可能说谎，万穗那个二货，被人骂成那样居然都不解释，甚至……

“她差点被万叔叔打死。”

即便那样，也没有说出事实，连她这个老铁都不知道。陶宁都不知道该怎么说了。

邵成的手握紧，又松开。

“那是我第一次见万叔叔发火，也不知道他是怎么知道的，打了万穗一巴掌，当时就见血了。气头上，他拿棍子抽万穗的背，她不停地哭，不敢跑，往桌子下面躲……”

陶宁继续说：“我和韩树拦不住，只好给大哥打电话，他人在国外，又赶不回来，后来把我爸和韩叔叔都叫来，好不容易才把万叔叔劝住。

“那天之后，我们就没见过万穗了，大哥把她接过去散心，大二开学的时候，她才回来。”

邵成面沉如水，一直没有出声。

“万叔叔把我和韩树叫去，问过我们，那个人是谁，”陶宁看着他，“我没说。”

“邵成哥，我和韩树把你当偶像，一直都很崇拜你，除了这件事。”

万穗跟高嘉远玩游戏，连赢十几把，把他灌得站不住，喊着“不行了，不行了”，坐下来休息。

她也喝了不少，玩得嗨，脸蛋泛着红。她吃了几口菜，发现说出去抽烟的人，老半天了还没回来，伸着脑袋四处找。

“在外面呢。”陶宁已经回来有一阵，看到她的动作，往外面指了指。

万穗便放下筷子，起身出去。

邵成还在那个地方站着，指间的烟燃了很长一截烟灰，火光明明暗暗。

“你烟瘾怎么这么大啊，抽了多少根？”万穗低头看着烟灰缸，数烟头，

“1，2，3……”

没数完，邵成的手伸过来，把烟丢进去：然后一把抱住她，手臂揽着她的背，收得很紧。

“……你再勒我要吐了！”万穗的声音有点忍耐，她刚才喝了不少酒。

邵成像是没有听到。

万穗努力偏头，想看他一眼，被他压回去，按在肩膀上。她干脆放松下来，把身体的重量靠在他身上。

吐就吐吧，反正是他自找的。

良久之后，邵成终于松开手臂，声音很低很沉：“我们回去。”

万穗没试图反抗，被他牵着回去，跟其他人说了一声，拿上包就走了。

“怎么这么快就走啊？”高嘉远想留，邵成回头扫了他一眼，他立刻一摆手，“得了，瞧你那没出息样儿，赶紧回去吧。”

邵成准备开车，万穗拉住他：“你喝酒了。”

那些人起哄，给他灌了好几两白酒呢，就高嘉远最活跃，所以她才可了劲儿地灌他报仇。

邵成说：“没事。”

万穗不肯，硬拽着他去路边打车。

两人坐在后座，一路沉默。

万穗的手被邵成抓得很紧。回到公寓，她脱掉高跟鞋，弯腰拿拖鞋时，被他从背后打横抱起来。

邵成抱她回卧室，放在床上，身体立刻压上来。

急切的一个吻，舌头在她口中攻城略地，双手也不甘示弱似的，三两下扒掉了她的上衣和裤子。

“高嘉远是不是给你下药了啊？”他的头埋在胸口啃着，万穗喘息有点急，“今天怎么这么奇怪？”

邵成俯身抱住她，动作温柔，吻也温柔，纠缠的唇齿间溢出缠绵的声音。

“宝宝……”他声音又低又沉。

万穗睁大眼睛，泛着水光的眸子看着他：“你叫我什么？”

邵成几乎是在刻意地讨好她，极致耐心又极致温柔，不停地吻她，抚摸她，用那种让人沉沦的缠绵语调，叫她宝宝。

万穗简直要疯，从心到身，每一个地方都被抚慰到。

结束后，她趴在床上，邵成吻了吻她汗湿的背，把她搂过来，盖上被子，然后连被子带人一起圈住。

“干吗叫我宝宝？”万穗缓了一阵，背对着他问，嗓子里透着一股餍足和懒洋洋。

以前都叫她小祸害、小浑蛋，突然这么黏腻，真是叫人不习惯。

邵成搂着她，嗓音很低：“不喜欢吗？”

万穗哼了哼，没气力，软叽叽，听起来跟撒娇似的。她干脆就真的撒起娇，转过去，往他怀里钻了钻，脑袋埋在他胸口，轻轻地蹭。

“再叫一声。”

邵成的声音更低了两分，很有磁性：“宝宝……”

万穗忽然捂住脸，“啊啊啊”地叫着：“要疯了！”然后一下子扑到他身上，使劲地蹭。

“你真是想要我的命！”她像只张牙舞爪的猫，一边往他身上咬，一边恨恨地说。

邵成低笑出声。

“你才是要了我的命……”

他进浴室洗澡的时候，万穗戳开微信，给陶宁发消息。

朕甚是想你：【他刚才叫我宝宝●▽●】

陶宁把电话打了过来。

“你这是事后？”

“嗯哼~”

“……有性生活了不起吗？”

“羡慕就去找你家老徐啊，”万穗嘚瑟道，“对了，说起他，是不是儿子七岁的那个？”

陶宁“嗯”了一声。

“看着人倒是不错，”万穗琢磨着，“但是我不舍得让你给人做后妈，现在的小孩儿心思可多了，你脾气太好，指不定还要被一个七岁的孩子欺负。陶陶，你真喜欢他啊？”

“八字还没一撇呢。”陶宁淡然，“别说我了，说说你俩。”

“我俩没什么说的呀，就刚刚过了个性生活嘛。”万穗笑着说。

陶宁一阵无语：“谁关心这个了，我是问你的打算。邵成哥跟你说了吗，今天在饭店，我跟他聊了聊。”

万穗一顿：“聊什么？”

“当年的事。”陶宁说，“他走了之后，你是怎么过的。”

万穗沉默片刻：“我说他今天怎么怪怪的。”

“怪怪的，那就对了，说明他在乎。”

邵成从浴室出来，万穗拢着被子靠在床头，看了他一眼。

“去洗澡？”他问。

万穗点点头，下床，慢吞吞地走进浴室。

洗好出来，房间没人，床上已经换了新的床单，一套叠得十分整齐标准的干净被子。他还是老习惯，在哪儿都坚持叠豆腐块。

万穗拿了件他的衣服穿，出去找人。

邵成在阳台抽烟。

夜风微凉，深夜的城市依然可见明亮的霓虹。万穗拉开推拉门，走过去，从背后抱住他。

“你烟瘾很大。”

其实这一阵不怎么见他抽了，只是今天抽得很凶。

“给我也来一根。”她伸出手。

邵成把半截烟灭了：“你有烦心事？”

“那你呢，”万穗松开手，看着他的眼睛，反问，“你有烦心事？”

邵成把她抱在怀里。柔软而萦绕香气的身体，温暖，细腻，百炼钢也成绕指柔。

“现在没有了。”

偷了一天闲，忙碌的日子还要继续。

徐老的深衣不到两周就完工了，万穗仔细熨烫好，装进复古精巧的盒子，寄往西班牙。飞鱼服终稿也确定了。

邵成有空闲，带了一帮年轻崽子过来，供万穗挑选。

展翼的军事化管理，培养出来的保镖，一个个站在那里，就是一棵棵挺拔坚韧的小白杨，精神，昂扬。邵成带来的这一帮，外形条件都不错，重点是身高一致，站成一排看过去，像阅兵一样整齐。

其实有几个是有工作在身的，邵成特意调整安排，就为了带来给她选模特，还是义务劳动。

不过这些个崽子挺乐意，一听说来做模特，一个比一个积极踊跃。有几个活泼的，见着风荷记的四个姑娘，一口一个小姐姐，十分热络。

工作室从没这么热闹过。

小佳和趣趣忙着给大家准备点心和茶水，闹哄哄一团。邵成嫌吵，转过身来，声音一沉：“集合。”

一秒安静。十几个小伙子麻溜地站成一排，军姿笔直。

万穗本打算选几个人就行，瞅着那一排小白杨，实在是养眼，大手一挥干脆全要了。

小佳悄悄过来提醒："姐，你三思啊，布料很贵的！"

万穗心痛了几秒钟："……不管了，好看就行。等照片拍好了，放出去搞搞宣传，效果应该不错。"

"其实有邵 boss 就可以了，他那张脸，到时候肯定吸引一堆舔屏少女。"

万穗微笑："谁都不准舔。"

"这可是为了我们工作室的经营大计，你不要这么小气嘛。"

"说不准，就不准。"

小佳啧啧摇头："那还是舔裴队长和这些小鲜肉好了。"

一共十二个人，挨个量身还挺费时间的，小佳和趣趣两个人忙不过来。郑慕自告奋勇，这还是她第一次主动要求做事，小佳手把手地教，强调了几遍要领。

至于万穗……

邵成不许她上手。

他们在二楼站着，万穗趴在栏杆上，看着下头的人忙活："都说了，那天是故意逗你呢，又不是拍电影，谁平时会那么来啊。"

邵成转移话题："晚上想吃什么？"

"请大家聚餐吧，怎么样？"毕竟这些人都是看在邵成的情面上免费来帮忙的，请顿饭是应该的。

"他们很能吃。"邵成笑着说。

万穗想了想："不然吃自助餐？"

不过自助餐人均也是三位数，十多个人算下来，吃完饭再找个地方玩一玩……啧。万穗果断道："还是你请吧。"

邵成看着她笑："那你要给我点好处才行。"

"这几天你要的好处还少吗。"万穗转过来，抱住他的腰，仰着脸，下巴抵在他胸口。她可是一有时间就往他那里跑。

"还想要什么呀，你说。"

"搬过来。"邵成低头，贴着她的唇，轻轻蹭了蹭。

万穗没答，咬住他下唇。

下面一帮人排着队量好尺寸，发现两个老板不见了，纳闷地喊了几声，有人往二楼努努嘴巴，一群人心照不宣地笑起来。

胆子大的，手做喇叭状，朝楼上喊："成哥，成哥！"

楼上两个人正在沙发上，热火朝天地接吻。万穗坐在邵成腿上，上衣被撩起来，露了一截腰。

听到动静，她扭头喊了一声："忙着呢，别吵。"

下头笑成一团。

"哎哟，忙什么呢？"

邵成也笑，帮她把衣服整理好，低笑着说："一点不知道害臊。"

"你就知道害臊了吗，一接吻手就不老实，"万穗在他脸上戳了两下，"大家都爱做的事，有什么好遮遮掩掩的。"

邵成点头："有道理。那我们继续？"

"你最近很嚣张啊，"万穗从他身上下来，弯下腰，屈指在他身上弹了一下，"让它再憋两天好了。"

邵成笑着捉住她的手，捏了捏。

收拾好了，十几号人出发去吃饭。

高跟鞋开车不大舒服，万穗又不愿意舍弃漂亮的鞋子，如今天天有人接送，就懒得自己开了。她把那只粉红色的猴子放在了邵成车上，就摆在副驾驶——占位儿。即便她不在，也不许有人坐，特别霸道。

那十二个"麻豆"有另外的三辆车，剩下工作室的三个小姑娘，便都挤在了邵成车的后座上。

小佳和趣趣对展翼仍然很好奇，兴致勃勃地问来问去。邵成说有机会带她们去参观，两个人就激动地隔空击掌。

郑慕冷不丁地问了句："邵总，你跟我表姐什么时候认识的啊？我觉得好像见过你。"

万穗正低头回复新面料合作方发来的信息，抽空冷哼了一声。

小佳和趣趣惊讶："不是最近才认识的吗？"

邵成道："很久了。"

"是二〇一〇年吗？"郑慕问，"我记得我表姐上大学的时候，认识了一个比她大的男人，还发过照片，不过是侧脸，我记不大清了。就是你吗？"

这问题问的，不是情商低，就是想搞事。

答案是或不是，暗指的都是一个女生的不自爱。

万穗把编辑好的信息发出去，抬头，正要说什么，邵成已经回答："是我。"

万穗想笑，转头问他："你知道她说的什么照片？"

邵成看她一眼，目光含笑："知道。"

万穗愣住。陶宁不是连那张照片的事也告诉他了吧？

那张照片，当然也有秀一秀的成分，主要是怕他酒醒了不认账，留个证据让他抵赖不掉。谁知道他人直接消失了。

她没跟任何人澄清过。

一个是因为，当时想不开，认为他那晚就是准备好了要跑路所以不肯要她，因而更记恨；另一个，是她觉得已经被甩了，“睡过他一次”，至少说出去没那么丢人。

但别人的脑回路，好像跟她的不一样。

到餐厅时，邵成和万穗这边下了车，有个“小白杨”跑过来说：“盛哥也在附近，刚才打过电话，他一会儿就过来。”

“那正好。”万穗说，“我就不用单独再请他吃饭了。”

邵成扫她一眼。

等其他人先进去，他们走在后面，邵成才问：“不用单独请我吃饭？”

万穗瞅他：“你还要请啊？”

“为什么不要？”

万穗啧了声：“行，今天你请他们，明天我请你，满意吗？”

“换成别的。”

万穗立刻明白他想说什么，叹一声：“你又来了。我要上班啊，住工作室方便。”虽然这段时间她也没在工作室住几天，基本都在他那儿过夜。

邵成很好说话：“那我搬过来。”

楼上的空间并不私密，早上八点小佳和趣趣就会来上班，住在工作室更不方便啊。

万穗干脆不理他，快步走进餐厅。

自助餐厅生意蛮好，一帮人呼啦啦冲进来，位子不大够。几张桌子拼在一起，服务生另外搬了两把椅子过来，挤挤攘攘地坐下。没多久，裴盛过来，几个人又挤了挤，给他腾出位子。

他跟邵成和万穗打了招呼，万穗看他一眼：“换发型了？”他应该是刚剪过头发，短了点，更利索，“挺精神的。”

她一说，一帮人立刻都朝裴盛看过来：“欸，我们都没看出来。”不忘顺带夸万穗一句，“嫂子眼力真好，还是你们女人细心，一眼就看出来了。”

这话说的，某个人就有些不爱听了。

原本以为这么多人一起吃饭，会很吵，没想到这帮小白杨吃东西时很有纪律，很少说话，埋头闷吃。偶尔让别人递个东西，抑或嘱咐去拿餐的人捎点什么，也都言简意赅，半句废话没有。

不过等他们风卷残云地一通吃下来，几个女孩子细嚼慢咽地还没吃多少。干坐着多无聊，插科打诨各种话题和段子就开始了。

一个娃娃脸的小伙子因为帮小佳拿了块小蛋糕，被战友各种调戏，闹得两个当事人都红了脸。

当然起哄这种事，少不了趣趣的倾情加盟。

郑慕也十分吃得开。客观来讲，她也是个美人胚子，跟万穗不同的风格，偏温婉秀丽一些，加上学舞蹈的，气质特别，是很招男人喜欢的那种款。而她表现得温柔可爱，半天的接触下来，对她殷勤的小伙子不在少数。

裴盛坐在万穗斜对面，在热热闹闹的人群里，显得很安静，其间只说过两三句，都是和邵成在交谈，有关工作上的事情。

有一道香煎秋葵牛肉卷，万穗打开一个卷，把里头的秋葵夹出来，放到邵成盘子里，然后同样的方法，把他的牛肉夹回来。

邵成看着她的动作，又抬眼睨着她。

“补肾。”万穗朝他挤了挤眼睛。

邵成轻笑，在她后颈捏了捏，把秋葵夹起来吃掉。

对面有个小崽子瞧见，咧着嘴乐：“对对对，补肾。”说着从自己的沙拉里挑出来一片秋葵，夹过来，往邵成盘子里搁，“成哥您多吃点。”

邵成一个眼神扫过去。

小崽子连忙又缩回手去，把秋葵塞到自己嘴里。

聚餐之后的惯例是唱 K。

展翼的训练任务不轻松，平时能出来放肆玩耍的机会不多。裴盛作为代表，过来请示邵成：“难得出来玩一次，兄弟们想申请喝一次酒。”

邵成点头：“喝吧。”

得到首肯后，一群人欢呼一声，直接要了一箱啤酒，另有一些红酒洋酒，大有彻底放纵、不醉不归的架势。

邵成跟裴盛坐在一起，两人都要开车，不碰酒，聊起了公事。万穗嫌他们无聊，又见其余的人在玩游戏，郑慕在里头笑靥如花，便去点歌。

轻缓的音乐开始，她隔着人群，朝邵成比了个手枪，眼尾扬起。她握着话筒，细腻的声音经过电流，十分悦耳。

总有些惊奇的机遇 / 比方说当我遇见你

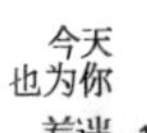

……

我不管未来会怎么样，

至少我们现在很开心，

我不管结局会怎么样，

至少想念的人是你。

轻缓的音乐，让包厢安静了下来。有人轻轻打着节拍，也有人不时顺着她的目光，往邵成的方向看一眼，心照不宣地笑。

邵成和裴盛的对话也停了下来，望着台上的那道身影。

这首之后，是一首很短的歌。万穗带笑的眼睛一直凝视着邵成，目光隔空交汇，纠缠在一起。

她轻快地唱着：

我愿似一块扣肉，

我愿似一块扣肉，

我是你一块扣肉，

扣住你霉菜扣住你手。

……

包厢里灯光闪烁，细碎的光芒落在邵成深色的眸子里，像一片静谧星海。

他脸上没有什么表情，那双眼睛里，却分明盛满了笑。

万穗看得真切，唱完后，扔下话筒就朝他跑过去，跪在他旁边的沙发上，凑过来，在他脸上亲了一口。

“扣住你了吗？”她笑得眉眼弯弯。

邵成把她拉到怀里亲。

裴盛不知何时走开了，有人点了一首《冰雨》，一到副歌，许多个人一起扯着嗓子喊：“冷冷的狗粮在我脸上胡乱地拍……”

万穗笑得不行，吻也吻不下去了，趴在邵成身上，笑得肩膀直耸。

“我都给你唱几回了，你什么时候给我唱一首歌？”她仰起脸问。

邵成抵着她的额头：“回去给你唱。”

凌晨散场，清醒的人总是要留到最后收拾残局。裴盛和两个人合力把一帮不省人事的醉汉弄上车，然后给三个还清醒的小姑娘安排车。

万穗也喝醉了，晕晕乎乎地挂在邵成身上，被他抱着离开 KTV 的。把人放到车上，扣好安全带，邵成弯腰，看着她红扑扑的脸颊，手指轻轻摸了两下。

关上车门，转身时，他的视线与裴盛对上。

互相点了下头，各自上车离开。

第十章

专属情人

万穗被放到公寓床上时，醒了过来，睁开迷离的眼睛看了看，又倒回去。

“你又把我弄来，我明天没衣服穿了……”她闭着眼睛嘟囔。

邵成把她的鞋脱掉，盖上被子，直起身说：“我去拿。”

万穗哼唧一声，表示准奏。

一觉睡到天明。

起来时她还有点迷糊，下床进浴室洗澡。过了会儿，邵成过来，敲了敲门，在外头说：“你的衣服在衣柜里。”

万穗“嗯？”了一声，等他走开很久，才想起来昨天的对话。

洗完澡，清醒不少，她裹着浴巾出来，拉开衣柜。

邵成的衣柜很大，原本只有他自己的衣物，占不了多少空间，显得空荡荡的。现在，四分之三的位置，全是她的衣服。

……这是把她整个家都搬过来了吧。

万穗换好衣服到厨房，邵成正把粥盛到碗里。

“你把我的衣服都搬过来了啊？”她往碗里瞧了一眼，有紫薯燕麦和大米。

邵成舀了一勺喂给她：“尝尝。”

万穗啊呜一口吃掉。米很糯，燕麦有嚼劲，甜度刚刚好。

“你现在是要致力于做家庭煮夫吗？”邵成又喂过来一勺，她张嘴。

“家里总要有个人下厨。”他笑着说，“你的手艺是指望不上了。”

“你的厨艺比我好多少，”万穗不服气地瞄着他，“就会那几样，很快就会吃腻了。”

“那就换你做。”邵成继续喂她。

“我做的也吃腻了呢？”

“再换回来。”

“然后互相嫌弃吗？”

邵成挑眉：“我不嫌弃你。”

“可是我会嫌弃你。”万穗吃着粥，眨巴眼睛。

“那我努力不让你嫌弃。”一碗粥转眼喝完，邵成把碗放下，手指在她唇上擦了擦，“出去等吧，马上就好。”

万穗舔了舔嘴唇，往他脸上亲了一口。

回卧室化妆时，才又想起，自己的问题就这么被他岔开了。不过大概是和他讨论以后谁做饭的场景太温馨，兴师问罪的劲头早没了。

一起住就一起住嘛，谁怕谁。

晚上邵成来接万穗下班，她整理着东西，一边问：“待会儿去哪？”

“买菜。”

“买菜？！”小佳和趣趣异口同声地惊呼。

万穗冷不丁吓一跳，扫他们一眼：“买个菜而已，干吗这么惊讶？”

“主要是你们看起来，”小佳非常迟疑，斟酌着用词，“非常不食人间烟火。”

趣趣和她对视一眼，深以为然地点头，接着默契地转过脸，将目光投向休息区。

万穗跟着看过去。

邵成在逗叽叽。他下午刚做完采访，特意打扮过，一身英伦风的灰色西服，胸前口袋方巾露出一角，帅得分分钟可以登杂志封面。

万穗陪他去了趟超市，他显然对于晚上要做什么已经有了想法，有条有理地挑选食材。看着他买了霉干菜，她立刻眼睛一抬，瞄了他一眼。

要做霉菜扣肉吗？

然而又选了几样东西，要去结账时，他依然没有要去买猪肉的意思。

万穗忍不住提醒：“还没买猪肉呢。”

他煞有介事地看着她：“不是已经有了。”

“你骂我啊？”万穗伸手捏他的腰。

她唱歌是浪漫，可不是让他借机笑她的。

邵成抓住她，一只手推着车，一只手把她搂住：“好了，去买猪肉。”

万穗冷哼。

“今天先不吃你，”邵成慢悠悠道，“养肥了再吃。”

“那你的算盘可要落空了，我是吃不胖体质。”

“那就一直养着。”

付完账离开超市，上了车，万穗系着安全带，脑子不知怎么一打结，又哼起来：“我愿似一块扣肉……啊呸！”

邵成笑起来：“别急，早晚把你吃了。”

毫无疑问，晚上吃的就是霉菜扣肉。

霉菜干要先用水泡；猪肉用开水烫过煮上半小时，再将猪皮那一面煎了去油，切成厚薄适中的肉片，码在圆碗中。铺上洗净的霉干菜，加入大料和调配好的酱料，然后上锅蒸。他也不知道在哪学的，做得很有点样子。

两个人待在厨房里，万穗怕油溅，就帮邵成打下手，切菜洗碗调戏他。帮忙变成捣乱。

邵成由着她闹，大概也是享受的，嘴角一直勾着。被她动手动脚撩得起火了，就趁着食材入锅的空闲，把人按到冰箱上亲一阵。

饭是万穗煮的，自己凭感觉估摸的水量米量，倒是刚刚好。

她把饭盛好，摆上餐具，轻声哼着什么调子，进厨房把已经出锅的菜端出来。时间已经不早了，两个人终于坐下来吃饭。

外面天已经黑了，室内灯光暖洋洋。

同居的日子跟其他热恋中的情侣没什么区别，甜甜腻腻。

邵成每天送她上班，晚上但凡有时间，必定来接；有时中午有空，也会特地赶过来，陪她吃顿饭。

一共十四套飞鱼服，光选面料就耗费了许多时间。万穗另外做了一套女士云肩通袖膝襕袍，已经做过类似的款式，这个相对就要简单许多。等到飞鱼服的面料选出来，她请了几位老裁缝赶工，紧赶慢赶，好歹在月底前完成了。

包括邵成裴盛在内的十四个模特，再次来到风荷记工作室。

小佳和趣趣一改前几日加班时的萎靡，打了鸡血似的，热情地招待众位型男。

“到处都充满荷尔蒙的感觉真好！”小佳在茶水间里感慨着。

“是啊！”趣趣深有感触，完了又笑嘻嘻地推搡她，“你不是跟娃娃脸联系着呢吗，加把劲儿把荷尔蒙据为己有啊！”

小佳脸微红：“哪有。”

万穗过来，一人脑袋上敲了一记：“先干活儿，人生大事回头再聊。”

古代的服饰确实有些麻烦，没接触过的人很容易无从下手，小佳趣趣大致教了一下怎么穿，便让一帮人进去操作间换衣服。等出来了，搞错或者搞不明白的地方她们再帮忙修正。

操作间没有私密性，两个小姑娘避嫌，躲到休息区。

女款的展示服，以往的惯例是万穗自己来试穿拍照，这回是按照郑慕的尺寸做的。万穗把她带到二楼，亲自帮她换上。

飞鱼服的配饰很简单，乌纱帽、皂皮靴，跟古装剧里差别不大。而女式的翟冠则要华丽许多。万穗拿出的这顶五翟冠，是早先花费大量时间精力做出来的，尽可能地在现有技术上还原了当时的形制，做工非常精细，且上头的珍珠和金翟都是实打实的。

她一直珍藏着，说是风荷记的镇店之宝也不为过。

甫一拿出来，郑慕就惊叹了一声：“这个很漂亮！”

万穗已经将她的头发绾成了发髻，小心地把翟冠戴上去，退后两步，看了看。

非常完美。

郑慕的古装很惊艳。今天的妆是小佳和趣趣帮忙化的，古风韵味很浓，她本身的气质也确实适合，戴上翟冠后，真的有几分古代贵妇的意思。

“成了。”万穗拍拍手。

郑慕照着镜子，自己显然也很满意，问万穗：“我可以拍几张照片吗？”

“拍吧。”万穗下楼，叮嘱她，“拍完记得摘掉，待会儿到场地了再戴。”

下面一群“锦衣卫”已经换好了衣裳，一帮人互相瞅着乐，小佳和趣趣正在帮忙整理。万穗下来时，大家已经准备得差不多了。

为了好看，飞鱼服的面料选择了接近黑色的深色，贴里、交领、右衽的袍子，领口缀白色护领，云肩、通袖襕、膝襕织五彩云之类寓意吉祥的纹样。当然，最重要的部分是其中的蟒形飞鱼。

邵成自个儿就穿得挺好，腰间束着革带，特别精神，特别帅。

万穗瞧见有个人革带没整好，正要过去帮忙，往邵成那边瞅了一眼，又瞅一眼，脚步一转，径直朝着他过去，把他往墙上一按，就亲上来。

旁边背后全是起哄。

她亲了一口就转身走开，邵成抹了抹嘴唇，嘴角一翘。

万穗去帮那个小伙子弄革带，对方受宠若惊，一边咧着嘴笑，一边玩笑道：“嗳，嫂子帮我穿衣服不帮成哥，他会不会妒火中烧封杀我？”

“帮你穿，又不是帮你脱。”万穗笑着说。

“那可万万不敢，不然就不是封杀了，成哥非真杀了我不可。”

万穗弄好腰带，抬头时，瞧见他侧后方低头整理袖子的裴盛。

后者正好抬起眼，她指了指脖子，提醒他：“衣领。”

裴盛抬手整理了一下。

万穗啧了一声，走过去，上手拉开他左前襟、把里头折住的右襟翻好。

弄好她就走开了，裴盛看着她走到邵成身边，才收回视线。

适合拍古风大片的摄影棚和公园有许多选择，不过万穗借的是一个私人地盘。

老哥有个朋友，自己建了一座古色古香的院子，开着一家很有格调的茶馆，里头别有洞天。茶馆后是一处小园林，亭台楼榭、溪流石桥，全都是仿着古代建筑修的。万穗一般拍照都来这儿。

茶馆离工作室也不远，万穗带着人过去，预约的摄影师已经到了。

这是第四次合作了，摄影师和万穗已经培养出默契，跟她简单沟通几句，便了解了她想要的效果，开始指导这一群模特站位摆 pose。

一帮人都很有分寸，来之前挺闹腾，玩笑不断，还搞了几出角色扮演。一正式开始，全都收敛神色安静下来。而他们一严肃，气势立刻就出来了。

其中当过兵的不少，其他的虽然没在部队待过，但展翼军事化的训练，使得每个人的配合度和领悟力都极高，动作一步到位，整齐划一。

摄影师都忍不住惊叹：“这随便一拍就是大片啊，都不用后期处理。”

“还是处理一下吧，”万穗搭着他的肩看照片，笑着说，“毕竟给了你钱的，别偷懒。”

拍摄的空当，大家都在休息，邵成走过来，看了眼她的手，不动声色道：“过来帮我一下。”

万穗朝他走过去：“怎么了，哪儿乱了？”

邵成一把将她搂到怀里，诚实地答：“没有，就是想骗你过来。”

“还真黏人啊。”万穗抱住他的腰，晃了晃。

“哎哟，”摄影师瞧见，一直打量邵成，“这是你男朋友啊？外形很好，可以做专业模特了。”

“他不用靠脸吃饭。”万穗说。

“那靠什么吃饭？”

万穗就回头冲他笑了一下：“靠我吃饭。”

摄影师检查了一遍前面拍好的照片，准备第二组拍摄。

郑慕穿着红色圆领袍，胸背和两肩至袖口织金色翟纹和牡丹。她站在石桥上，翟冠在阳光下流光溢彩。

“欸，这样，”摄影师忽然有一个想法，“让那个美女和你男朋友一起拍一组吧，一个俊一个靓，拍出来效果肯定不错。”

万穗斜他一眼：“为什么是我男朋友，那么多人，不会选别人啊。”

摄影师笑起来：“你男朋友最帅啊，所以这么多人你才选了他，不是吗？你要相信我的专业眼光，这一组照片拍出来，宣传效果至少翻一倍。”他走过来劝说，“要不然先拍一张你看一下效果？”

万穗勉强同意。

因为是试拍，画面也简单，两个人并肩从一座栈桥走过来，不需要做什么特别的动作和表情，自然交流就好。

摄影师的要求讲完，开始拍摄。在他给了一个手势之后，他们迈着缓慢的步子迎面走来。他很快捕捉到满意的镜头，将照片调出来，给万穗看。

“你看我说得对不对，这张照片完全可以放到你们的网店去，能吸引不少女性顾客。”

万穗拿过相机。

微风吹起柳枝入了框，金色的光芒洒落，郑慕的脸上带着恰到好处的微笑，微微偏头，看向邵成，莹莹的双眼仿佛饱含情意。

“这个模特你哪找的，很有镜头感，”摄影师把相机拿回去，点评道，“你看她的眼神非常好……”

万穗：“删掉。”

摄影师一愣：“你不觉得……”

万穗一字一顿：“我说，删掉。”

摄影师看了她一眼，把照片删除：“喏，删了，删了。我只是从专业的角度出发，男女的搭配比独照或者集体照效果都要好，你再选个其他人也行，毕竟花钱请了这么好的模特，得物尽其用不是……”

“谁告诉你我花钱请的。”万穗语调平淡，“白捡的不行吗？”

“……行行行，你美你说什么都对。”摄影师无奈道，“那还拍吗？合照。”

“拍，为什么不拍？好好拍，使劲儿拍，往让她一炮就火的方向拍。”万穗拍了拍他的肩膀，“你看谁愿意，换个人。”

说完她朝邵成走过去。

郑慕正微微低下头，扶着翟冠。

这东西有点重，戴在头上，一会儿脖子就酸了。不过看到万穗过来，她立刻抬起头，笑得很好看：“表姐，还行吗？”

“不行。”万穗义正词严，“你们俩不搭，再找个人试试吧。”

郑慕“哦”了一声。

万穗眼神儿扫向邵成：“你跟我过来。”

她从头到脚都透着“不爽”两个字，径直离开小花园，进了一间没人的茶室，把木质的推拉门关上。她什么话也不说，把邵成往地上的蒲团一按，骑到他腿上，就要扒他的衣服。

邵成把她按住：“干什么呢？”

“你说干什么。”万穗趴在他耳边吹气，“谁让你这么帅，我一看到你就想把你扒光。”

趁邵成不备，她把手抽了出来，二话不说就亲上去，手熟练地解开他的腰带，上衣的系绳，然后一把扯开衣襟，上手就摸。

邵成再次把她按下来：“你确定要在这里？”

别人的地盘，没有经过主人的允许，且随时可能有人推门进来。

万穗的手被他别在身后，便把头往前凑，去咬他的耳朵，舌尖缓慢地从他耳根扫过，用气音缓慢地说：“我确定，在这里。”

邵成的目光随之暗下来，松开了钳制她的手。

万穗立刻把掌心贴在他腰上，很有技巧地抚摸着，然后缓缓移到后腰，指尖向下探。

她今天穿的裙子，邵成的手直接从裙底伸了进去，在她臀上和大腿抓着。万穗把他的手拿出来：“你不许动。”

邵成很配合地没有再动。

又亲又啃又乱摸的。

两分钟后，万穗确定邵成有了反应，猛然从他身上站了起来，在他不解的目光中，快步走到门边，拉开推拉门。

她抖了抖裙摆，擦了擦嘴唇，冲他一笑：“自己在这反思吧。”

然后关上门溜之大吉。

从茶室出来的时候，邵成已然恢复衣冠楚楚的模样。

万穗这边，照片已经拍得差不多了，一帮人挤在凉亭里休息。她和摄影师站在一块儿，将今天拍的照片从头到尾翻看。瞧见邵成走过来，她扫了一眼，没搭理。

邵成朝她伸出手：“过来。”

万穗抬起头，看看他，把自己的手放上去。

邵成一用力，把人扯到怀里来，他低头，跟她咬耳朵，声音压低，无比磁性：“晚上回去再收拾你。”

结束后，准备离开时，万穗把郑慕叫到了一边。

“今天的照片拍得不错，等修好片后，我把你的单独发给你。”

郑慕很高兴地点头：“谢谢表姐。”

“明天开始你就不用过来了。”在郑慕瞬间愕然的眼神下，万穗继续道，“下一季的展示服就到秋天了，这期间没有需要模特的地方，你在我这儿耗着，也是浪费时间，不如趁这个机会经营一下你的微博。这回的照片你可以拿去发，花点钱找人写个文案，然后买买热搜和营销，顺利的话能火一阵，然后多发点好看的街拍，很快就会成为网红，也算一只脚踏进娱乐圈了。我能帮你的都已经帮了，接下来就看你自己的了。”

自己再待下去确实也没有什么意义了，郑慕被她说服，点了点头。

处理完她，万穗出来时，其他人已经先走了，邵成在等她。

“他们人呢？”万穗问。忙活一天，应该请一顿晚饭的。

“裴盛带他们去吃饭了。”

万穗本来没多大兴致，不过还是看他一眼：“我们不去？”

邵成看着她，目光意味深长：“我们还有别的事。”

“老色鬼。”万穗哼哼道。

之后的一路都没有搭理他。

邵成甚至没有回工作室换衣服，直接开车载着她回了公寓。在电梯里碰到了楼下的住户，一个妈妈领着一个五六岁的小女孩，两个人好奇地打量着他。

“你是演员吗？拍戏？”

“不是，”邵成道，“这是我女朋友自己设计的汉服。”

对方惊讶地看着万穗：“那你真的很厉害，这衣服做得太漂亮了，比好多电视剧里的还好看。”

万穗心情好了些，微笑道谢。

小女孩仰脸看着邵成，有些害羞地问：“叔叔，我可以跟你合影吗？”

没等邵成答话，万穗抢先道：“不好意思，这服装暂时需要保密的。”

妈妈立刻表示理解，温声跟女儿解释，小女孩儿很懂事地点点头，也没有闹，只是遗憾地看了邵成一眼。

到了某一层，母女俩下了电梯。只剩下他们两人，邵成笑着瞥了万穗一眼：“怎么这么小气？”

万穗瞪他：“干吗，你很喜欢跟美女合影啊？”

“只是个小孩子，你也吃醋？”

“小孩子怎么了，小孩子你都不放过？”万穗气哄哄的，“这么喜欢合影，干脆上街摆摊去吧，一次十块钱，绝对能发家致富。”

邵成看了她好一会儿：“你在因为今天拍照生气？”

万穗扭开头不说话了。

是她自己同意的，邵成也完全不必做这些事，好歹也是公司老总，推了那么多公事来做免费模特，这么听人摆布，还不是看在她的面子上。生他的气实在没道理。

但就是很气。

大概气自己更多，借机撒到他身上。

她其实最清楚，他的脸，他的魅力，有多吸引女人。

平白被她发一通脾气，邵成倒是没说什么，把她抱到怀里，好脾气地哄：

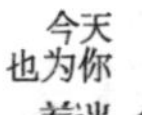

“好了，以后没有你的批准，不跟任何人合影，这样满意了？”

万穗哼了声。

等电梯到了，邵成牵着她出去，开门回家。

万穗想起他在茶室那句话，立刻又甩开他的手，径直进了书房，打开电脑，假装有事做。

倒也真的有事，摄影师效率很高，发了几张修好的样片给她。效果比万穗想象中的还要好，查看完，给他回复道：“饱和度再低一点，复古感还不够。”

对方回了个 OK。

把对话框关掉，万穗正要站起来，邵成不知何时站在她身后，手从两侧撑在桌子上，把她圈在臂弯里。

天气热，长袖长袍穿起来挺闷的，他已经换回了平常的衣服，低头吻了吻她的脸：“晚饭想吃什么？”

“还不饿。”万穗说。她在茶室吃过了茶点，现在时间也还早。

“正好，我们开始吧。”邵成说着，打横将她抱了起来。

“开始什么？”万穗明知故问。

“收拾你。”

老万打来电话时，他们刚刚结束有益身心健康的运动。

邵成把手机递过来，从身后抱住万穗。她拿着手机，等气喘匀了才接起来：“爸爸……”

老万在那头问：“谈恋爱了，就不要爸爸了？”

“没有啦。”万穗小声说，有点心虚。

同居的小日子过得太舒服，她好像已经有大半个月没有回过家了。

老万继续道：“有空了回来吃顿饭，叫邵成也过来。”他听起来有点抱怨的意思，“以前跑得倒是挺勤快，现在成天不见人……”

邵成在一旁听到，低声笑。

挂断电话，万穗转过身。邵成搂着她，薄被下，两人身体紧密相贴。

“我爸让我带你回家吃饭。”

上一次老爸打来电话的时候，她还遮遮掩掩，但纸总归是包不住火，听老爸那口气，显然什么都已经知道了。

邵成将她贴在脸颊上的湿发拨开，眉目温存：“终于让我转正了？”

“你以为实习生会有这么好的福利？”万穗斜他一眼。

邵成笑了：“那我们再做一次庆祝一下？”

她一脚往他小腿上蹬过去，软绵绵的，都没多少力气。

第二天提早下班，邵成来接上她，驱车前往清川道。

到了家，下车的时候，万穗才发现，后备厢里，他准备了不少礼物。茶叶、好酒、保养品自不必说，另有一套全新的钓具——非常懂得投老万所好。

恍惚间万穗想起，那次在这里碰到他，他给她一个大箱子。那时候她还讨厌他讨厌得恨不得此生再不相见。

邵成一手拎着东西，将车厢关上，瞧见她愣神的样子，微微低头："亲一下。"

万穗在他嘴角亲了一口。

邵成笑着牵起她的手，向门口走去。

这是万穗第一次带发小以外的男人回家，虽然这个家邵成已经来过许多次，但这次感觉还是挺不同的。

一步一步稳稳踏上台阶时，万穗忽然觉得，自己大概注定了要栽在他手上。

老万做了一大桌子的菜，万琛有应酬回不来，就只有他们三个人。老万照旧笑呵呵的，态度跟从前一样。坐在客厅说了会儿话，他忽然想起："哎哟，我炖的乌鸡应该好了。"接着对万穗说，"你去看看，好了就把锅端下来。"

万穗知道他是有话要跟邵成说，瞅了两人一眼，老老实实地走进厨房。

客厅里两人继续喝着茶。

"上次爬山的时候，我就看出来了，"老万说。

邵成道："我们也是刚定下来，不是有意瞒您。"

"我知道，"老万笑着，"我这丫头啊，我自己知道，难搞。她嘴硬着呢，我问她，她什么都不肯说，要不是万琛告诉我，我以为你还有得磨呢。"

邵成也笑了："不瞒您说，刚刚转正。"

老万哈哈大笑。

东拉西扯地聊了几句，老万才有些吞吞吐吐地问到自己关心的点子上。

"你们俩，现在住到一起了是吧？"

邵成老实回答。

老万点点头。这他都能理解，年轻人嘛，热恋的时候自然是黏黏糊糊，他又不是没经历过。孩子也大了，这种事情做家长的也不便再插手。只是……

停了片刻，他看着邵成："成儿，叔对你是很放心的，不过这丫头老是不着调，挺让我操心。你跟叔交个底儿：你对我们万穗，是认真的吗？"

似是怕自己的问题让他觉得不舒服，他继续絮絮叨叨地说着："主要是我这闺女啊，实在是不懂事儿，跟你之前那个相亲对象比起来，没人家知书达理，也没人家稳重，天天就知道瞎闹，没个正经……”

邵成明白他的意思。

“万叔，您知道我不是随便玩玩的人。”

“那我就放心了。”

老万忽然有些感慨的样子，喝了口茶，缓缓叹了一声：“你别看这丫头看起来精明又能干，其实也犯过傻，被人骗过……”

邵成沉默片刻，开口：“万叔，其实我……”

“邵成——”万穗忽然喊了一声。

邵成循声望过去，见她扒在洗手间门口，露出一个脑袋，朝他招手：“过来过来。”

邵成起身走过去：“怎么了？”

万穗压低声音：“我亲戚来了，家里好像没有东西了，你去给我买？”

说完，她用小眼神瞟着他。

这段时间都不在家住，没有补货，不大确定他一个大男人愿不愿意去给她买这些私密的东西。

邵成的视线下意识往下，万穗戳着他额头：“看哪儿呢你。”

邵成反应过来，笑了，抓了下她的手指：“我去给你买。”

“快点，快点。”万穗催着他出门，偷偷瞄了老爸一眼，松了口气。

这个蠢蛋，差点说漏嘴。

邵成回来时老万已经将饭菜摆上餐桌，瞧见他手里的袋子，问道：“买的什么？”

“一点小东西。”

老万没多问，往楼上指了指：“叫她下来吃饭吧。”

邵成上楼，万穗房间的门没有锁，他推门进去，看到她正站在衣柜前，两条腿光着。还没反应过来，万穗已经朝他冲过来，夺下手里的东西，一把将他推了出去，关上门。

平常的时候肯定怎么看都没关系，但这种狼狈的时刻，不适合分享。

万穗把自己收拾利索了，下楼来，两人正在等她开饭。

她过去坐下，老万把鸡腿撕下来一只，放到她碗里，万穗咬了一口，那味道真是绝了。

“还是爸爸做的饭好吃。”她由衷道。

老万笑呵呵。想问的话都问了，他心里也踏实了，吃完饭，两人陪他看了会儿电视，他便主动开口撵人：“时间不早了，你俩早点回去吧。”

万穗刚想说，要不然今晚在家住得了，话还未出口，邵成捏了一下她的手。她转头，他静默地看着她。

那眼神……万穗有点扛不住，跟老万说：“那我们走了。”

离开清川道，邵成开着车，忽然问她：“刚才支开我，是故意的？”

万穗抓抓头发，不搭腔。邵成看她一眼，不再多问。

上次拍摄的照片，一周后摄影师便将成片发了过来。万穗很满意，让小佳和趣趣选几张发到工作室的微博和网店里，同时联系以前的厂家，制作宣传册。

几十张照片，小佳和趣趣一有空闲就来来回回兴致勃勃地翻看，还衷心地夸赞：“这真的比明星的写真集还要好看！”

邵成的几张独照，她们只来得及匆匆瞟了一眼，惊叹一声，就被小气的某人私藏起来了，她们便只能对着合照中邵成出挑的美貌舔屏。

那几天，邵成刚好出差去了。

万穗洗了几张照片，装上相框挂在家里，其中包括在巴塞罗那时，他们在夕阳里拍下的那张。

——她没舍得删，从回收站里找了回来。

前阵子刚好有一部关于锦衣卫的电影，热度未减，风荷记的宣传照一出来，精致考究的服饰，一个帅过一个的模特，顿时吸引了不少粉丝。

不少人在评论和私信里，表示希望能买一本写真收藏，小佳和趣趣觉得可行，去问万穗的意见。

万穗倒是没什么想法，以前从来没这么搞过，见小佳和趣趣似乎很感兴趣，一个劲儿地劝说她，便让她们去做意向调查，如果超过三千本，就做。

这个数量，放在以前简直是天方夜谭。

“姐，讲真，我们要是把邵 boss 的照片放在封面上，别说三千本，到时候肯定还得加印，三万我看都有戏。”趣趣显然还对万穗不厚道的藏私行为耿耿于怀。

“行啊。”万穗爽快道。

趣趣一喜：“你愿意把邵 boss 的照片放出来？”

“就一张，放封面。”

“……”趣趣幽幽叹气，以前真没发现她老板这么小气。

工作室这次运气好，赶上了有利的时机，再加上展翼那一帮荷尔蒙爆棚的男模特加持，宣传效果好到爆炸。短短几天时间，微博粉丝便已经翻了几番，从之前的寥寥几万一路攀升，大有突破三十万的趋势。

与此同时店里的订单也有所增加，都是汉服爱好者，指定了店里的几个经典款式，价钱相对不高，也省事，无须另外设计，直接量体裁衣即可。

万穗忙着制作，小佳和趣趣忙着网络上的宣传和网店的维护。从来没有过的火爆，令三个人都干劲十足。

意向调查的结果远超预计，有意购买的投票超过五千人次。

万穗也挺惊喜，大手一挥："做吧。"

反正宣传册他们每年都印，只不过是加些数量而已，既能赚钱，又能加大宣传，何乐而不为。

更惊喜的还在后头。

这天一早，万穗来工作室的时候，小佳已经在了，正神色兴奋地打着电话。

看她两颊泛红的样子，万穗还以为她在跟娃娃脸调情，没在意，径自去开了咖啡机，准备煮咖啡，顺手把在路上买的速食三明治放到盘子里，切开。

邵成不在，她才懒得自己做。

小佳打完电话，忽然大喊一声："姐！"

万穗吓一跳："干吗呢？"

"我们要发达了！"小佳激动地向她冲过来，两眼放光，"你知道刚才是谁的电话吗？梁大影帝的工作室！他们要找我们合作，天哪，影帝找我们做设计！四舍五入等于影帝给我们代言啊！"

"真的假的？"万穗惊讶。

这位大影帝在圈里口碑极好，很有影响力，几乎每一部作品都拿奖，不过为人低调，近两年在公众场合露面的次数不多。

"真的啦！"小佳兴奋地一拍桌子，"他还邀请我们去参加宴会，电子邀请函现在就在我邮箱里，你要看吗？"

"什么时候？"

"明天晚上。"小佳说，"这个宴会肯定会有不少大人物在，说不定就能遇见哪个贵人。"

贵人就不指望了，天上掉馅饼的事儿。不过邵成后天才回来，明天晚上反正也有时间，万穗点头："去吧。"

宴会在一处私人别墅举行。

小佳和趣趣一整天都欢天喜地的，兴致高昂，万穗便把她们也带上。两个人一路上都在叽叽呱呱地讲着这位梁影帝。他当年才是真正的国民男神，红的程度远超现在的一票小鲜肉。

聊明星自然少不得会讲到一些八卦绯闻。

梁影帝红的时候，小佳和趣趣应该也不过十几岁，居然对他的各种边角料如数家珍。

当年的狗仔队可比现在要猖獗得多，梁影帝就曾经被拍到过，带一位搭戏的女演戏回家。两人离开公寓时被狗仔队拍个正着，摄像机几乎杵到脸上。梁影帝当时一言未发，只是护着那位女演员上了车，绝尘而去。

其实这种料在娱乐圈多了去了，这么多年还能被人翻出来津津乐道，很大一部分是因为，那位女演员现在已经成为一线女星，在国际上已经是中国女演员的代表人物。

而事情发生的当时，她才十六岁，刚刚出道。

这种事其实算不得新鲜，但放在事业如火中天的影帝身上，很容易就被对手挖去大做文章。

事情最终不了了之了，应该是影帝公司的功劳。那位女演员后来的绯闻多如牛毛，和影帝也一直是尽人皆知的圈中好友。

小佳和趣趣讲了挺多八卦，万穗本来也就是随便听听，唯独这一桩，引起了她的兴趣。

到了别墅，三个人进入宴会厅。

万穗今天穿了一件黑色丝绒的小礼服，低领口，弧线一字领设计，将胸型衬托得很漂亮，罩杯不大，但形状姣好，袖口后有蝴蝶结，腰前一排珍珠，优雅又不失灵气。

现场最不乏的就是争奇斗艳的女明星，她这一身不算出挑，但加上脸和气势，倒也不输什么。

如小佳所料，宴会上大腕云集，光有名的导演、制作人就见了好几个。只是没人引荐，他们不好贸然上去攀谈。

影帝后半场才出现，径直来找到她们，伸出手："万小姐你好。一直走不开，怠慢了。"

"没关系，我们在这玩也挺有意思的。"万穗跟他握了一下，指了指小佳和趣趣介绍道，"这是我的两个助理，她们都是你的粉丝。"

"你们好。"影帝态度亲切地与她们握手，对合影的请求也欣然同意，叫小佳和趣趣受宠若惊。

将三人领到一间小客厅，影帝坐在她们对面，万穗开门见山地问："您是想要做汉服吗？"

“我看过你们设计的服饰，很漂亮，所以想请你们设计喜服。”影帝道。

喜服？三个人均是一愣。

“您要结婚吗？”

“正在筹备。”

“那恭喜呀，”万穗问，“是要办中式的婚礼吗？”

“西式也办。”影帝以一种稀松平常的口吻道，“我太太两种都想尝试，婚纱已经做好，中式礼服一直没有找到合适的设计师。”

“天哪，您太太也太幸运了吧！”小佳惊叹道。

能嫁给大影帝，还能举办两场婚礼，多少女人的毕生梦想啊！

影帝却笑了笑说：“是我的幸运。”他转向万穗，“我太太很喜欢你们工作室，不知道万小姐有没有兴趣？”

“当然，”万穗说，“我还一直没有机会做喜服呢。您有什么要求或者想法吗？”

“一切以我太太的想法为准。她人不在国内，暂时不方便长途劳顿，如果可以的话，希望万小姐亲自去一趟，当面和她谈。所有费用由我负担。”

“没问题。”

正事敲定，万穗好奇地问了一句：“不知道能不能透露一下，您太太也是圈里人吗？”

大概因为婚礼举办在即，影帝没有隐瞒。

他说完名字，就听对面一片倒吸凉气之声。小佳和趣趣面面相觑，万穗也有点惊讶——他说的，就是刚才她们八卦的那位女主角。

“我的天啊，原来你们真的在一起了？”小佳特别兴奋，“我听说过你们的故事，太好了！”

“你知道我们？”

小佳有些不好意思：“我看过有关你们的报道。”

影帝笑了笑：“已经很久了，没想到还有人记得。”

小佳和趣趣十分震撼：“您是一直在等她吗？”

年轻小姑娘，总是习惯将爱情故事往浪漫感人的方向去想。万穗觉得有点扯，这中间得有十年了吧，而且那位女星有过不止一任公开的男友，以影帝的身份和地位，会一直默默守着她？

接着就见影帝点头，神色温柔：“对。”

小佳和趣趣继续兴致勃勃地打听这个“浪漫”的爱情故事，影帝没什么架子，跟她们分享了一些趣事。

万穗一直没说话，靠在沙发上，不知道在想什么。

中间影帝有事，离开了一阵，小佳和趣趣还在意犹未尽地聊。

“我现在是真的好羡慕他太太啊，事业家庭双丰收，人生赢家！”趣趣感慨道，“你说影帝怎么想的，怎么会这么多年一直等着一个人，看着她跟别人在一起也不介意？”

“这就是爱啊。”小佳捧心。

宴会结束前，三个人提前离开，影帝亲自将她们送到门口。小佳和趣趣先上了车，万穗跟他约定好时间，道别后，走向停在路边的车子。

正要拉开车门，背后传来一道近在咫尺的声音。

“打劫。”

与此同时，一只手臂从后面环住她，将她拖进一个怀抱。

不用看都知道是谁了。

小佳和趣趣在车里看到邵成，降下车窗打招呼。万穗把钥匙递给她们：“你们俩开我的车走吧。”

车刚开走，万穗就被邵成转过去。

“你不是明天才回来吗？”她问。

“想早点见你。”邵成揽着她的腰，低下头含住她的唇瓣。万穗迎合着他的吻，手臂抱住他的脖子。

深夜的街上，两个人在暖黄的路灯下拥吻。背后是灯火明亮的别墅，舞曲混杂着欢声笑语，萦绕夜空。

邵成的车停在路对面，他牵着万穗穿过马路，不经意地问：“刚才那人是？”

“梁影帝啊，你不认识？”

邵成反问一句：“你们认识？”

万穗笑着瞥他一眼：“当然认识，他邀请我来的。”

“请你来做什么？”

万穗挤了下眼睛：“跳舞。”

邵成停下来，看着她。

“骗你的啦。他喜欢我的设计，想请我做衣服。”万穗笑着说，顿了下，又凑近他耳边，“不过，他约我去他家哦，量尺寸。”

邵成睨着她：“你敢去。”

万穗挑眉，“去了你要拿我怎样？”

“打断你的腿。”邵成说着，拉开车门。

万穗哼了哼，矮身坐进去。

屁股下面有东西，她皱眉把那东西拿起来，是一个很精致的纸袋，里头一个深蓝色丝绒的小盒子。

“什么东西？”

正要打开，随后上车的邵成把东西从她手中抽走。

万穗斜着他：“给别的女人买的礼物被我发现了？”

“给你的。”邵成笑着把她的手拉起来，亲了一下，“生日的时候才能看。”

她的生日快到了。

万穗抿了下嘴唇，抽回手。

之后的路上，她看着窗外，没有说话。邵成开着车，看了她几次：“不高兴了？”

“没有。”

邵成把她的手拉过来，握着：“想看就现在给你看。”

“不看了。”

到了家，她还是老大不高兴的，径自进了卧室。

邵成跟进去，把正要进浴室的她单手抱起来，放到床沿上，他在她身前蹲下来：“不想我吗？”

万穗低头望着他的眼睛：“想。”

“想还不理我？”邵成把她的手握在掌心里，把玩着她的手指，“生什么气呢，告诉我。”

“谁说我生气了。”

万穗在他肩膀上一推，把他推到地上，跪到他两侧，吻他，一边灵活地解开他衬衣扣子。邵成一手撑在身后，一手扶着她的腰，享受她的主动。

好几天不见，两人都十分动情。万穗的喘息声越来越急，捧着他的脸，额头跟他额头贴在一起，望着他幽深的眼睛。

“你爱我吗？”

邵成把她的脑袋按下来，热切地吻她，低哑的声音答：“爱。”

唇齿厮磨，气息交缠。

“你真的爱我吗？”她又问。

手指插入他的发间，指尖似乎碰到了一块凸起，她一顿，松开他的唇：“这是什么……”

下一秒，整个人被掀翻，邵成将她压在身，吻着她。

“我爱你，小祸害……”

第十一章

心头刺，意难平

万穗睁开眼时，一片漆黑。耳畔是邵成匀长的呼吸。

脖子下枕着他的手臂，万穗小心翼翼地把被子掀开一点，想要坐起来。起到一半，邵成的声音便响起：“怎么起来了？”

带着一点刚刚苏醒的沙哑。

万穗顿住，回头，黑暗中有些古怪地看了他一眼：“你睡眠这么浅啊。”

“职业习惯。”邵成坐起来，打开床头小灯。

她坐在那里，不动了，愣愣地看着他，大概刚睡醒，看起来有点呆。

“口渴了？”邵成揉了揉她的头发。

万穗嗯了一声。

“我去给你倒水。”他下床，套上一条裤子，出了卧室。

很快，他端着一杯温水回来，站在床边，递给坐在被子里的万穗。她慢吞吞地喝水，瞄着他腰腹上壁垒分明的肌肉，手指伸过去，戳了一下。

水也没喝几口，邵成把杯子搁在桌子上，上床，搂着她躺下，灭了灯。“睡吧。”

视野里尽是黑暗，习惯之后，隐约可以分辨出房间里她十分熟悉的摆设。万穗睁着眼睛，睡不着。

不知过了多久，她转过身，往邵成怀里拱了拱。他将她抱紧，在她发心吻了吻。

不知是也没睡，还是又被她的动静弄醒。

翌日清早，邵成醒来时，发现平日都要他叫几遍才会起床的人，已经早早醒了，贴在他身上，抱着他的腰，仰头盯着他瞧。

“早安。”

“早安……”邵成把她睡得软乎乎的身体揉进怀里，吻落在她眼睛上，滑过鼻尖，移向嘴唇。

万穗把脸扭开。

“我饿了。”

邵成顶着她，一边吻着她脖颈，一边诱哄似的：“给你喂点好吃的？”

“我真的饿了，昨天晚上没吃东西。”

他又在她唇上亲了一口，下床。“想吃什么？”

“蟹脚面。”万穗捂着被子，眼睛瞅着他，眨巴两下。

“陈记？”

万穗点头。

邵成快速洗漱，穿上衣服，出门前走到床边："亲一下。"

万穗乖乖在他脸上亲了一口。他直起身要走，又被她拉回来，圈住脖子，吻过来。亲了好一会儿，她才松开。

邵成抱了她一下："我很快回来。"

城里做蟹脚面的饭馆不多，她爱吃的陈记，离公寓有半个小时的车程。幸而没到早高峰，一路还算畅通，不过来回也要一个多小时了。

邵成赶回来时，在楼下碰到上次那一对母女，妈妈正要送孩子去上学，碰见他，笑着问："这么早就出去了？"

"给她买早餐。"邵成说。

妈妈看了眼他手里打包的陈记蟹脚面："这家店挺远的我记得……你快上去吧，面凉了就不好吃了。"

小姑娘冲他挥手，邵成跟她说了再见，走向公寓楼。

回到家，把已经凉了的面放进微波炉加热，他去卧室叫万穗起床。

她不在床上。洗手间的门虚掩着，邵成进去看了看，没人。

他静下来，听了几秒钟，家里没有任何声音。

"宝宝？"他出来叫了一声。

开阔的房子，这样的声音在任何地方都能听到。

但是没有回应。

邵成走进书房，进门便看到，原来挂着装饰画的地方，变成了照片墙。

都是那天穿着飞鱼服拍摄的，各个角度的他的照片，中间的一张，则是他们俩的合照。

邵成看了一眼便记起，巴塞罗那的那个傍晚。红色敞篷车里，他们脸对着脸，嘴唇只差零点几厘米的距离，身后的天空像水墨画，晕染出美丽的颜色。

他站在照片前，静默地看着，片刻后转身，目光扫向书桌。

她的电脑不见了。

电光石火间，他想起刚才进门，她的粉色拖鞋在玄关地上摆着。

邵成眉头慢慢皱了起来，转身走出书房，拿起放在客厅的手机，给万穗拨电话，打了几遍，始终无法接通。

不对劲。

昨晚开始，她就不大对劲。

微波炉叮了一声。

邵成收起手机，又回到卧室，看了眼她平时化妆用的桌子，又拉开衣柜。

少了些东西。

他从卧室出来，拿上钥匙出门。

赶到工作室的时候，趣趣也刚到，瞧见他，神采飞扬地打招呼。

“她人呢？”邵成问。

大概是他的脸色太严肃，趣趣有点被吓到，茫然地向门里面指了指：“……不知道，我还没进去，姐应该在里边？”完全不确定的语气。

邵成推开门，在风铃的叮当脆响中走进去。

小佳坐在自己的位置上，瞧见他，目光中有一瞬间的惊恐，随即马上收回视线，盯着电脑。两秒钟后她又转过去，镇定地问好：“早上好。”

邵成朝楼上瞥了一眼：“她来了吗？”

“姐没跟你一起吗？”小佳一副惊讶状。

趣趣在后头进来，一时不明白状况，便默默地挪到工位上，不敢吭声。

邵成还是上楼，看了看。

没有人气。

她确实没回来过。

小佳和趣趣都站在下面，有种风雨欲来的紧张感。

邵成走到两人跟前。

他平时很温和，没什么架子，尤其是有万穗在场的时候，笑容很多，让人觉得舒服且放松。小佳和趣趣从未见过他如此严肃的一面，第一次感觉到，他一旦冷下来，还是挺吓人的。

两人缩头缩脑地站在那儿，像做错事被逮到的小朋友，大气不敢出。

“她去哪了？”邵成问的是小佳。

小佳把头摇成拨浪鼓：“我真的不知道……”

趣趣忐忑地问：“她是不是回家了？清川道那个家？”

邵成没为难她们，离开了工作室。

老万刚刚晨练完毕，正从院子里往家走，瞧见邵成的车开进来，停了下来。

邵成下车。

老万有些奇怪地问：“怎么一大早过来了，万穗那丫头呢？”

邵成把车上客户送的酒拿下来：“朋友自己酿的酒，拿来给您尝尝。”他把酒递给老万，向二楼瞥了一眼，“我还有事，改天再过来。”

“行，你去忙吧。”老万摆摆手，等他开车走了，嘀咕一句，“怎么了这是，脸色这样……”

陶宁接到电话时，刚开完会。从会议室里出来，看清来电号码，她立刻把文件往助理怀里一塞，快步走到走廊边上。

“姑奶奶欸，你搞什么呢？”她压低声音，却压不住火气。

“他找你了？”万穗的声音从那端传过来，还挺轻快，语速很快，像是在走路，“我这刚下飞机，马上要转机了，就是给你报个平安。我爸我哥那儿你帮我兜着点啊，别让他们着急。”

“你跑哪儿去了？”

“不告诉你，免得你说漏嘴。别担心，我正经来工作的，”万穗笑着朝迎面走过的白人帅哥挥挥手，“顺便报个仇。”

陶宁捏了捏额头：“你报什么仇啊，过得好好的，咱能好好在一起，就好好在一起不行吗？”

“不行，我心里别扭，不报复他一下，这个事儿就过不去。”

昨晚上突然生出的念头。

大概是被影帝刺激到了，也刚好有这个机会。万穗一早跟影帝联系，说要来的时候，那边也很惊讶她的效率……确切说是猝不及防。

她心里太憋屈了。

邵成爱她，她感觉得到。这段日子他对她太好了，好到让她忍不住怀疑。

为什么看到她和别人在一起，就默默离开，连她的面都不见？

为什么这么多年不来找她？

为什么和别人相亲？

他就是放弃了她。

他想要和别人过一辈子。

尽管那个时候已经见到她，他还是奔着和别人组建家庭去了。

“穗儿，你老实跟我说，你跟邵成哥的事儿，到底怎么打算？”陶宁让自己冷静下来，“你到底想不想跟他在一起？”

“为什么不想，他这辈子除了我，别想再招惹别的女人。”万穗霸道地说。

陶宁无语：“那你还跑？你不怕把自己作死！”

“我就作。”她气哼哼的，“他一走就是七年，我跑一回怎么了？让他好好体会一下我的心情。”

“……你也准备跑七年？”

“我傻了吗我跑七年，”万穗理所当然的语气道，“当然七年也不是不行，反正我年轻，七年后也就三十出头，依然貌美如花。不过他就不行了，到时候都老了。”

陶宁努力保持着耐心：“所以……”

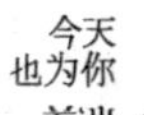

“七天算了。”万穗大发慈悲。

“我估计你也跑不了七天，邵成哥在找你，这会儿应该已经拿到你的出境记录了。”

万穗不以为意：“那就看他会不会追来。”

“……”陶宁深呼吸，把自己的暴脾气压下去，“我算是看明白了，你们俩不折腾就会死。算了，我是不管你们的事儿了，他要是再来问我，我可什么都说了。”

“你说吧。”万穗轻松道。

“嘿！”陶宁气笑了，“听说他昨天才赶回来，你早上支使他去买吃的，趁机收拾东西跑了。怎么着，昨晚性生活不和谐？”

“不是……”

陶宁听出她语调突然降了：“那是为什么？”

好半天没声音。

半晌，万穗幽幽叹了一声：“他好像要跟我求婚，我当然得赶在求婚之前跑。”

陶宁一怔。

万穗嘀咕道：“要不然就跑不掉了。”

转机的时间充足，万穗去免税店逛了一圈。某品牌专柜上，挂着代言人薄颜的海报，万穗多看了两眼。以薄颜如今的名气，跟影帝确实很般配了。

她现在住在瑞士一个叫作 Lungern 的小镇，万穗转机到达苏黎世机场，又在 Zurich Flughafen 火车站坐上火车。

瑞士的气温比国内要低，万穗穿上长袖外套，一路上景色绝佳。

出站时，倒是意外看到个穿长裙、戴口罩的年轻女人，抱着一块牌子，中文写着：来自中国的美少女。

万穗往四周瞅了瞅，没有发现其他的中国面孔。她朝那人走过去，对方放下牌子，将口罩拉下来，露出一张常常出现在头条新闻和广告牌上的脸。

“你好。”万穗惊讶地伸出手，“没想到你会亲自过来。”

薄颜的长相不是美艳型的，化着很淡的妆，整个人就显得很柔和，不像广告牌上那么光彩夺目。

“我快闷坏了，正好出来走走。”她和万穗握了手，十分自然地接过她手里一个小箱子。

万穗忙道：“我自己来就好。”

“没关系，我也拿不了太重的。”薄颜看了眼另外一个二十八寸的箱子，

“那个应该挺重的，我没带人过来，你自己 OK 吗？”

“太 OK 了，”万穗说，“我一个人出门都是自己拖两个箱子。”、

小镇很小，民居离火车站很近，薄颜没有开车过来，两个人沿着干净的道路慢慢走着。

这夫妻俩在娱乐圈也都算是顶尖的人物了，居然都没有一点架子。

薄颜的房子，就在当地一片民居之中，三层，前后都是花园，可以看到蓝宝石一样的龙疆湖。房子不大，只有两个女佣，一个年纪大些，一个不超过二十。

客房已经收拾出来，很干净，万穗把自己的行李简单作了整理，被女佣叫出去吃饭。

天色已经黑下来，薄颜叫人把饭菜摆在露台上，点着蜡烛和装饰灯，别有情趣。她裹着披风躺在椅子上，见万穗过来，将另一张毯子递给她。

风有点凉，两人吃着晚餐，就着夜色，聊天。

薄颜原本想喝酒，被女佣劝住，万穗才知道，她有孕在身。

说是一个月前来这里旅行，意外晕倒才发现的，已经有了流产先兆，所以留在这里静养。那位年纪大的保姆是专门请来照顾她的。

薄颜准备了酒，不过万穗怕她看着眼馋，就没喝，陪她喝起果汁饮料。

“你跟展翼的邵总，有什么故事吗？”薄颜笑着问。

万穗扬眉：“你认识他啊？”

“以前合作过。”

这个老男人的艳福还真是不浅啊，万穗在心里把他抽打一遍。

“我们跟展翼的合作是在好几年前了，”薄颜道，“邵总在圈里很有名的，他的外形和身手都太让人过目难忘了。当时我在拍一部动作戏，导演看上他了，跟几个副导演轮番来劝，比我们的男一号还有面，笑死我了。”

万穗想想几个导演追着邵成的画面，也乐了。

怪不得后来他退居二线了。

“他不喜欢面对镜头，对你倒是例外。”薄颜好奇，“讲讲你们的故事？”

万穗喝了口一种不知名的果汁饮料，靠在椅子上，看了薄颜一眼：“我们俩差不多。我认识他的时候也就十八，一见美男误终身哪。”

她跟薄颜挺投机，便把这中间的事情都告诉她了。

“没想到邵总年轻时也是一枚渣男啊。”薄颜端起温水，跟她碰了下杯。

“为渣男干杯。”

“干杯！”万穗把剩下的饮料一口喝了，放下杯子，幽幽出了口气，“你

说，我这算作吗？”

“作得挺好，”同为女人，很容易互相理解，薄颜道，“这个坎儿，得他跟你一块迈过去才行。”

俩人一块吃了一会儿，万穗看向薄颜的肚子：“你们是奉子成婚啊。”

薄颜笑了一下：“其实也是没办法，我体质的问题，这次如果流产，以后基本没有生育的希望。虽然生不生对我来说没差别。”

保姆端来熬好的中药，离得很远万穗就闻到一股药味，薄颜却面色如常地一口气将整碗喝下去。

她们的故事有许多相似之处，不同的是薄颜和影帝已经守得云开见月明，万穗和邵成的心结却还没解开。两人有很多话聊，一直到近凌晨，保姆来催薄颜休息。

万穗多待了会儿，躺在椅子上，看着现代都市中越来越少见的星空。

昼夜温差挺大，风很凉，她裹着毯子依然觉得冷。这时候就很想念他暖烘烘的怀抱。

待了片刻，她就起身回房了。

睡前打开微博看了看，工作室微博的粉丝不知不觉已经破百万了——这次宣传照的火爆程度，真的远超预计。

翻了快半小时，万穗终于找到原因。

展翼特卫的官博里，最新一条，放的就是她们拍的宣传照。

英武非凡的十二名锦衣卫，或在巍峨的殿宇前，肃然而立，头顶烈日骄阳，神姿威武；或在丛林中持刀交战，刀锋闪着寒光，疾风卷走落叶，剑拔弩张。

或静或动，每一张的情境都如同电影画面。万穗看过很多次了，还是忍不住会点开再看一遍。

这条微博的发布时间，已经是几天之前，成片刚刚出来那阵。

展翼官博的粉丝数并不多，但因为有许多娱乐圈中有名气的艺人以及商界有头有脸的人物转发宣传，这条微博的转发量却已经有几十万，十分可观。

怪不得她们工作室要红。

微博配文简洁到极点，只艾特了风荷记的微博，一个多余的字没有。

万穗往下翻了翻，展翼特卫总共不到五十条微博，除了这一条，其余全是公司的各种官方信息及声明。小编一直是很高冷的风格。

但是万穗滑回去，点开照片那条微博，发现，热门第一条就是小编自己的评论。

【老板娘超美。（我们老板说的）】

万穗扑哧笑了。

下面的回复很多。

- 小编你 OOC 了 [doge]

- 哈哈哈哈老板和小编都好可爱。

- 老板和老板娘……我是不是发现了什么？

- 搞安保的和做汉服的联姻了？

以往的经历太相似，很难不生出惺惺相惜之感。万穗和薄颜都有相逢恨晚的感觉，说是来工作的，可大多时间都用来聊天。

薄颜口中对即将举行的婚礼颇不在意，影帝对她却是关怀备至。早中晚三个电话少不了，比古代后宫里向太后请安的各路嫔妃都准时，额外还要从保姆处了解她的胃口如何，有没有偷偷把药倒掉。

相反，万穗的电话却是一直寂静。

寂静的原因是——她关机。

这一笔大单的设计够她忙的。按照和影帝的约定，除了新郎新娘的喜服之外，双方高堂以及十多位伴郎伴娘的吉服，也全部交由风荷记制作。最核心的当然还是新娘的喜服。

汉服在现代，被广泛接受的场合就是婚礼。娱乐圈中近年来举办中式婚礼的风气兴起，而一直走在时尚尖端的明星们，寻找的往往都是业界知名的设计师，选择一个名不见经传的小工作室，应该是头一遭。

明星的婚礼自然备受瞩目，届时新娘新郎所穿着的锦衣华裳，势必也会成为焦点。以梁影帝和薄颜的名气地位，任何一人的影响力都不可估量，更何况现在是double。有钱赚，还能一次请两位一线大咖做代言人，这笔生意简直赚翻。

因此这场婚礼，对风荷记来说是一次可遇不可求的机会。

现下市面上所流行的中式唐装喜服，并非真正意义上的唐装，本质上其实是马褂的改良品。是在满族服饰的款式和面料基础上，加入了立领和西式的立体剪裁，一种传统与现代的结合。

马褂是清朝满族人的服饰，并不归入近年来所重新构建的“汉服”体系。追究根源，汉服的衰败就是起于清朝，满人入关。搞汉服的一般不承认马褂是汉服，但这掩盖不了现代社会唐装盛行、成为中国传统服饰代名词的事实。

唐装的轻便是汉服所不具备的，因此在中式婚礼中，汉服的身影依然不多见。前一种流行、方便，但她擅长的是后者。明朝是汉服的鼎盛时期，风荷记设计的服饰，更偏明朝制式。

万穗将市面上的唐装喜服与风荷记所出的各种汉服形制整理成册，给薄颜过目。

原本担心在这个问题上会出现分歧，不料薄颜心里早就有谱：“这个没关系，都是两条胳膊两条腿，古代人能穿，我们也能。既然要做中式，就做得彻底一点，按你们平时做的那种。”她翻着册子，“欸，我记得你们那次不是有一套女装吗，很好看，那个凤冠也很美，这里面没有吗？”

万穗翻到那一页：“这个是翟冠，比凤冠低一个等级。以前只有皇后才能用凤，咱们就不讲究了，你喜欢，我给你做一个凤冠，大体就是这个样子，可以做得更华丽一些。还有一种黑纱尖棕帽，圆锥形的，比凤冠轻便一些，做出来也好看。”

“两个都要。”薄颜说。

万穗顿了一下，忍不住笑：“哎哟，我就喜欢你们这种财大气粗的客户。”

既然确定使用汉服，就好说了。

新郎与新娘的喜服，基础都是大红圆领袍，不拘纹样，鸾凤、麒麟等都可选择。皂皮靴、玉带不必说，另外还有新郎的头冠，万穗打算做一个类似皇帝的翼善冠，二龙戏珠的金饰，与薄颜的凤冠相呼应。至于新娘的霞帔，也是重头戏，左右两条，用团花云纹等纹饰，末端裁成三角尖，缀上金银坠脚。

万穗跟薄颜商量好了，便开始着手绘制，除了与薄颜探讨一些细节的设计，其他时间几乎都在埋头画稿。

薄颜停了工作，也没事做，常常在她的屋里待着，看书或看她画手稿，大多数时候都在睡觉。

两人偶尔出去转一圈，用湖光山色洗洗眼睛。

第三天傍晚，万穗和薄颜散步回来，瞧见门前停了一辆车，隐约能听见房子里的人声。不太清楚，但能听出是个男人。

两人对视一眼。

万穗本能地期待，是那个老男人终于按捺不住，过来求她回家了。

下一秒，有人推开门走了出来。

“你怎么来了，”薄颜没什么表情地问，“不是在拍戏吗？”

“跟剧组请了假。”梁影帝走过来，冲万穗点了下头，把手里的披肩裹在薄颜身上，“我只能待两天，后天一早的飞机。”

“这不是一天吗。”薄颜说。

“一天一夜，不睡觉就等于两天了。”万穗说完，冲薄颜挤了下眼睛，摆摆手，先进了屋子。

晚上吃饭时，看着对面影帝对薄颜殷勤妥帖的样子，万穗实在是想念以前给别人灌狗粮的日子。

真是风水轮流转。

她决定给两人腾出空间，出去玩两天再回来。

定了第二天的机票，她跟两人交代了一声，一早便走了。

苏黎世是一个非常漂亮的城市，依山傍水、气候怡人。万穗跟老爸和老哥来过几次，熟门熟路，到酒店开了房间，换了身装备，背上相机出门逛。

这个号称全欧洲最富裕的城市，像其他许多欧洲城市一样，既保留着教堂尖塔、古堡等中世纪时期的建筑，也有现代化的住宅和饭店。作为美食之城，在这里各国的名品美食都能尝到。

万穗慢悠悠地逛着，吃点小吃，拍拍照片，走到著名的班霍夫大街上。这是和巴黎的香榭丽舍大街、纽约的第五大道齐名的购物街道——她的天堂。

不过逛了几家店，她就兴致缺缺。

她想起巴塞罗那那个跟在她身后刷卡的英俊男人。

手机还在口袋里。她掏出来，犹豫片刻，开机。

信息叮叮响了几声，就停了，完全没有万穗想象中的轰炸之势。她低头慢吞吞地走着，把信息一一点开来看。

除了来自老爸、陶宁、小佳等人，以及工作室的合作对象，邵成发的只有两条。

【给你七天时间。】

【好好玩。】

玩你个锤子啊！

万穗找了家有无线网络的咖啡馆，坐着，打开微信，各种消息上百条，但是没有邵成的。

她就不应该打开看！

给她七天时间……干吗，威胁她啊？七天不回去就不等她了？

这个老东西！

一腔火气，万穗拿上东西站起来，气势汹汹地往外走。推门的时候她没注意，撞到了人，砰的一下，很大力。

她立刻松手，往后退，鞋跟绊到地毯，一崴，坐在了地上。

这一下崴得真结实，脚疼得厉害，万穗顾不上跟被自己撞到的人道歉，捂着脚腕咝咝抽凉气。

有人在她跟前蹲了下来，骨节分明的手，握住她的脚腕。

她抬眼。

是裴盛。

“……你怎么在这儿啊？”

她想缩回脚，没成功。

“别动。”裴盛握在她脚腕上方，将她的高跟鞋脱掉。那只脚腕很细，他一只手就可以握住。

“先扶我起来。”万穗说。

她们堵在正门口，妨碍别人进出。

裴盛抬眉，看了她一眼，接着握住她手臂，将她拉了起来。万穗右脚悬空，没敢往地上放。裴盛的手扶在她腰上，将她搀到里头沙发前，坐下。

他在她身前半蹲下来，把那只高跟鞋放在地上：“试一下，能动吗？”

万穗慢动作转了转脚腕，还成，没那么严重。

裴盛一手托着她脚跟，另一手握着她脚掌，手掌大鱼际按在脚踝肿起的地方，帮她按揉。万穗正狐疑地盯着他，猝不及防一阵剧痛，嗞了一声，本能地往后缩：“轻点！”

裴盛没说话，放轻了力道。

服务生过来询问情况，很快送来一些冰块。裴盛把包着冰块的毛巾按在她脚上，万穗伸手接过：“我自己来吧。”

裴盛顿了下，起身，在一旁的位置坐下。

“怎么一碰到你就崴脚。”她嘟囔，小心地捂着脚腕，完好的那只脚踢了下地上的鞋子。

“鞋跟断了。”裴盛说。

“看到了。”万穗抬眼，“你怎么在这儿啊，度假？”

展翼特卫的业务范围，除了要员保护和场地保护之外，还包括重要物品的保护。裴盛来瑞士便是受客户委托，送一样东西过来。他没细说，只简单两个字：“公事。”

“那你去忙吧，我歇一会儿就没事了——欸，等等，”万穗把钱包拿出来，抽出一张卡，“得麻烦你先帮我买双鞋，前面就有鞋店，欧码 37.5。”

不大放心钢铁直男的审美，她补充一句：“让导购给你拿卖得最好的款就成。”

裴盛没接她的卡，起身走了出去，二十分钟后回来，除了鞋，还买了些药。

他手机在震动，走到一边去接电话。

万穗往脚踝上喷了点药，打开鞋盒来看。

大概是她没说清楚吧，裴盛买的是一双平底鞋，经典款，简洁大方。万穗左脚蹬掉鞋，伸进去试了下，皮子还挺软。

“办完了那你赶紧回来吧，”电话彼端的人道，“这几天事儿多，成哥忙不过来，嫂子也闹脾气呢……”

裴盛转身，往那边看了一眼。

万穗正低头穿鞋，起来时没留神，砰一下磕在桌角上，捂着脑袋趴在桌子上不动了。

“我迟两天回去。”裴盛挂了电话，朝她走过去。

万穗捂着脑袋，听到身旁椅子拉开的声音。裴盛坐下来：“先吃点东西吧。”

正是午餐时间，他来这里想必就是为了吃饭，万穗便没有拒绝。“我请你。”她说着，招手叫来服务生。

这家的肋眼牛排做得很不错。万穗是那种即便心情不好，也不会影响食欲的人，边吃边跟裴盛聊天，有一搭没一搭。

吃完叫来服务生准备结账，才得知裴盛中途去洗手间时，已经结过了。万穗看过去，他坐在对面，云淡风轻。

“你住在哪里？我送你回去。”服务生离开后，裴盛站起身。

万穗活动了一下脚，没那么疼了。

“没关系，我自己可以。”

裴盛拿起放在一旁凳子上的包包和相机，垂眸看着她：“走吧。”

万穗没有再推辞，撑着桌子站起来。裴盛自觉地扶住了她的手臂，没有松开，放慢脚步，扶着她往外走。

万穗瞟他一眼。这位直男今天真的一点都不直男。

酒店离得不远，打车过去，很快就到。下了车，裴盛帮她拉开车门，送她上楼到了房间，没多说什么，径自离开了。

万穗把笔记本、平板电脑、画稿和随身牛皮本都丢上床，正想躺下来，门被敲响了。

她过去开了门，裴盛站在外面，递给她一个冰袋：“再敷一会儿，我就在隔壁，有事叫我。”

万穗讶然地张了张嘴，没等她说什么，裴盛已经刷开隔壁的房门，进了房间。

万穗嘀咕一句，关上门，扶着墙，慢慢走回床上。

一下午的时间，万穗都窝在床上，放着音乐，专心画设计图。一连几个小时对着电脑，眼睛有点酸，她把东西都推到一边，躺下来休息。

被敲门声吵醒，睁开眼时，窗外天已经黑了。房间里很暗，她开了灯，下床，发现脚好像已经消肿，走路时还有些轻微的痛感。

门外是酒店的工作人员，推着餐车，彬彬有礼地用英文道："女士，您的餐到了。"

"我点餐了吗？"万穗怀疑。

"隔壁的裴先生为您点的。"

正说着，隔壁房门打开，裴盛走了出来。

万穗让工作人员进了房间。

裴盛走过来："你脚怎么样了？"

"好多了，"万穗将右脚抬起来，晃了晃，"明天估计就彻底好了。"

裴盛点了点头："好了也要小心，容易再次扭到。"

万穗比了个 OK 的手势，问："你吃过了吗？"

"没有。"

"那一起吃吧。"她说完，转身走回房间。

酒店的餐点做得很漂亮，餐具也精美绝伦，摆在桌子上，赏心悦目。

用餐时，万穗问道："你不是还有工作吗，不用去忙？"

"已经结束了。"裴盛说。

"那你不回去？"

裴盛看了她一眼，平静道："有两天假期。"

万穗喝了口汤，头也不抬："那你正好休息一下。平时工作那么辛苦，难得有假期。"

裴盛低头切着羊排，淡淡应了声。

"你明天有安排吗？"

"暂时没有。"

万穗没有抬头，用叉子卷起意面，一边道："明天我带你去逛逛吧，这里还挺好玩的。"

裴盛的刀叉不由自主地停下来，看向她："好。"

过了会儿，万穗又开口问："你们公司最近很忙吗？"

"有几场赛事要办。"

万穗哦了一声，没再说什么。

第二天，万穗收拾好，出门时，刚好碰上从隔壁房间出来的裴盛。她笑着招了下手："嘿，早。"

裴盛点头："早上好。"

有意思的地方万穗基本都已经玩过，所以选了几个自己觉得值得玩的，带裴盛去逛。

作为地标建筑的苏黎世大教堂、瑞士国家博物馆、老城区，都是景点排行榜上的前几名。逛完这些，他们又去了爱因斯坦的母校——苏黎世大学。

国外的大学大多是开放式的，没有围墙的概念，苏黎世大学与周围的居民楼交错在一起，书卷气息当中便多了点烟火的味道。观景台上，可以俯瞰全城，傍晚时两人在这里喝了杯咖啡，休息片刻，启程回酒店。

晚餐吃的是当地特色的奶酪火锅。

万穗发现，裴盛没有了当初那股气死人的耿直之后，相处起来还是挺愉快的。苏黎世的夜景也很美丽，但走了一天，她的脚有些撑不住，两人便早早回了酒店。

十点多，万穗吹完头发，坐在床上整理白天拍的照片。

裴盛的帅气值虽然比不上邵成，但也是很出色的了，一身正装，脸上不带什么表情，其实还挺酷。

万穗把不好看的或者糊了的照片都删掉，其他的传到电脑上。

弄完了，她闲下来，觉得无聊。

以往这时候，都是她的夜生活刚刚开始的时刻。

才出来五天，其实跟邵成出一趟差的时间没差多少，但这回，万穗还真的挺想他的。

在床上躺了会儿，实在是闷得慌，她推开门，走到阳台上。夜晚的凉风迎面而来，万穗长长舒了口气，趴在栏杆上，眺望着城市中的璀璨灯火。

"还没睡？"裴盛的声音忽然传来。

万穗一转头，瞧见他也在阳台上，西装外套已经脱了，衬衫扣子解了几颗，看起来没平时那么刻板了。

万穗瞧见他手里的啤酒："还有吗？"

裴盛低头看了眼："有。"

"等我一下。"

不大会儿，裴盛的房门便被敲响了。他去开了门，万穗冲他笑笑："一起喝两瓶。"

观景阳台上，有舒服的小沙发和实木的圆形小几。两人并排坐着，对着夜色，慢慢喝着啤酒。

“什么时候回国？”喝了几瓶之后，裴盛问她。

“没定。”万穗把最后一口啤酒喝掉，空瓶子捏扁，手心里传出清脆的咔咔声。“玩几天吧，明天去龙疆，还有工作没完。”

“你经常这样一个人到处跑吗？”裴盛问。

“对呀。我大学就开始自己旅行了。”

说起来也就是差点被老爸揍死那次，老哥把她接过来，让她散心，但他自己又很忙，没时间陪她。那段时间，万穗一个人走遍了大半个欧洲。

不过她当时的心情实在说不上好，一个人旅行，会觉得寂寞、无趣。

现在的她已经学会享受独处。

“很少有人能像你活得这么潇洒。”裴盛说。

她是一个特别的女人。有话直说，有仇必报，所有的想法都不遮掩，活得坦荡而直接。

万穗以为他在说旅行这件事，笑着摇摇头：“大多数人只是没钱而已。”

“有钱也未必能活成你这个样子。”

听着这话，万穗忍不住咯咯笑起来：“你变了，居然会夸我。”

裴盛很轻地笑了一下，那张万年冰山脸，委实难得见到笑容。

地上的空瓶子积了一堆。裴盛仍然清醒，万穗也没醉，只是有点晕，她打了个酒嗝，然后转头冲着裴盛笑。

“你是不是没听过女人在你面前打嗝？”说着往他那边凑了些，冲着他打了一个酒气满满的嗝。

她离得有些近，又不算近，裴盛的视线落在她卷翘的睫毛上，再往下，一双藏不住媚意的眼。

打完嗝，她扶着沙发站起来：“我回去了。”

“我送你。”裴盛跟着站起来。

万穗又乐了：“就隔壁，两步路，有什么好送的。”

裴盛没答话，跟在她身后，走到门口。

万穗往自己的房间走了两步，忽然又折返回来：“那个，我问你个事儿……”

裴盛站在原地，挺拔的身形将灯光遮掉大半。

“邵成头上，”万穗用手指戳了戳自己后脑勺左边的位置，“这里，为什么有个疤？”

“退伍前最后一次出任务，中了枪。”

万穗愣住，好半天才找回自己的声音：“头部中枪，活下来的概率有多大？”

电影里面不是总在演，一枪毙命。他是怎么活下来的？

裴盛停顿几秒。

“九死一生。”

万穗到达机场时，凌晨三点多。

最早出发的航班七点钟，她需要等待三个小时。

坐在候机室里，她眼睛发红。

刚出来时，被夜风一吹，酒意散了许多，这会儿坐在四面不透风的候机室，仍然凉飕飕的，脑子却似乎不大清醒了。

繁华的大都市，这个时间机场仍然有人，不时能听到有人经过或说话的声响，却又有一种压抑的寂静。

不知道是困了还是酒劲上来，脑子浑浑噩噩。一会儿想起邵成穿着军装意气风发的样子，一会儿想起大二那年，她喝酒喝到酒精中毒住院。

是在和吕奕分手之后，那时候她身边的人已经换了几个。她记得高嘉远来看过她，带的那些保养品都很贵重，温和有礼、又一身贵气的样子，惹得当时病房里同来探望的几个女同学，回头拐弯抹角地向她打听。

高嘉远知道她住院并不意外，万穗记忆犹新的，是他问的那句话。

——丫头，你还想见成儿吗？

到此刻万穗才明白，这句话的背后，原来是他的劫后余生。

当时她怎么回答的？

万穗记不清了。

总归是个否定的答案。

那时的她，自诩已经从邵成给她的打击中走了出来，下决心要和与他相关的所有划清界限。没什么必要再见吧，在她歇斯底里地找过他，又不得不放弃之后。

六点，万穗开了手机，给陶宁打电话。她明天一早四点多才能到，想让陶宁来接她，但电话却怎么也打不通。

其实她挺困的，还累，走了一天，又一整夜没睡。但她此刻一点睡意也没有，确切来说，是不想睡。

她现在终于醒悟了，陶宁说的那句话：能好好在一起，就好好在一起，为什么要折腾？

直到响起一声熟悉、低沉的“喂”，她才猛然间醒过神儿，握在手里的手机，不知何时拨出了邵成的电话。

她把手机放到耳边，却愣着，没有出声。

“怎么这么早就醒了？”邵成的声音听起来很温柔，和她离开之前没有任何分别。

万穗鼻子一酸，撇了撇嘴。

邵成听到她抽鼻子的声音，脚步微微一滞：“怎么了？”

“……讨厌你。”万穗瓮声瓮气地说。

邵成低声笑：“那让你打一顿出气。”

万穗又不说话了。

邵成把箱子放上行李架，在位置上坐下来，正要说什么，忽然听到电话里她那端，有机场广播的声音。他一顿：“你在机场？”

万穗不答。

“几点到？”

等了好一会儿，她才闷闷地回过来一句：“明天早上四点。”

“那你好好睡一觉，我等你。”

万穗拿纸巾按了按眼角：“我挂了。”

听到听筒里嘟的一声，邵成将手机收起来，起身，取下刚刚放好的行李。舱门正在缓缓关闭，空乘拦住他：“先生，飞机马上就要起飞了，你去哪里？”

“抱歉，行程有变。”邵成说完，大步走出舱门。

飞机抵达时是四点半。

邵成站在出口，万穗一眼就看到了他。

他穿着一件很正式的条纹衬衣，领带松着，双手插在口袋，站在那里，仿佛已经等待很久。

万穗向他跑过去。

邵成张开双臂，接住她，不断地吻她的头发。

他们像任何一对久别的情侣，在凌晨的机场热切地拥抱彼此。

万穗踮着脚尖，紧紧地搂着他的脖子：“我想你，我想你，我想你。”好像多说一遍能缓解一分。

“我也想你，小浑蛋。”

第十二章

从未停止爱你

拿上行李，邵成一只手拉着她，一只手推着箱子走出机场。万穗忍不住偷偷地地向他后脑勺瞟。

他的头发不短不长，刚刚好，那块疤被遮盖着，根本看不到任何痕迹。

大概是心虚，重逢的喜悦劲儿过去，万穗心里就打起鼓。

回程的路上，邵成很少说话，将车开得很快。到了市区，看他径直要开往公寓，万穗连忙说："我要回工作室。"

邵成也不问什么，只看了她一眼，在下一个路口掉头开往苏河路。到达工作室，他下车，将万穗的行李拿下来，开门进去。

天际微亮，一切都静悄悄的。

万穗总觉得他要收拾自己了，在车里磨磨蹭蹭，慢腾腾地进门。

邵成将行李放下，关上门。

万穗站在原地，瞅着他。

邵成神色平静。

四目相对。

两秒钟后，万穗拔腿就跑。不出意料，没跑出几步，就被邵成逮住，拦腰把她拖到怀里，从背后箍着。

"跑什么，现在知道怕了？"

他刻意压低的声音，就在耳畔。万穗从那话音里，听出了一种咬牙切齿。她缩了缩脖子，偏开头。

邵成一把将她扛起来，往楼上走。万穗伏在他肩膀上，搂着他的脖子。

"跑过了，出气了？"邵成在她耳边问。

万穗哼了一声："你跑了七年呢，我才跑几天。"

"我等不了下一个七年。"邵成声音很低。

"因为再七年你就老了，不行了吧。"万穗挤对他。

"我三十二，不是六十二。"

"所以呢？"

邵成在她耳朵上咬了一口："照样能让你下不了床。"

万穗不记得什么时候结束，不记得自己什么时候睡着，反正是被邵成对她说"再做一次"的梦吓醒的。

楼下有人声。她困得厉害，凝神分辨了片刻，才听出是小佳的声音。

邵成穿戴整齐，在一楼的小厨房煮着咖啡，做早餐。

小佳开门进来，吓了一跳，下意识地往楼上看："姐回来了吗？"

"她还在睡。"

不用想也知道昨晚战况有多激烈，小佳有点脸红，回自己的位置上，努力不发出声音，免得吵醒楼上的睡美人。

工作室的冰箱没多少存货，邵成只做了简单的三明治，将冒着热气的咖啡倒进杯子，上楼去叫万穗起床。

小佳面对着电脑屏幕，耳朵却不由自主地竖起来留意楼上的动静。先是一阵叮叮咣咣的响声，接着听到她家老板骂了一句"你滚开"。

邵成的声音随后传来，听不清说什么，但应该是在哄她吧，很低，很有磁性，让人浑身发酥的那种。

小佳无声地叹了口气。如果有人用这种声音哄她，别说让她吃三明治了，盘子都能当饼干啃。

过了会儿，趣趣也到了，正要说话，小佳慌忙对她比了个"嘘"。

趣趣压低声音："怎么了？"

小佳指指楼上："正在哄人呢。"

趣趣立刻伸着脑袋想往上看，恰好邵成的身影出现在楼梯口，她立刻又缩了回去。

邵成从楼梯上走下来，径直走进厨房。

趣趣隐约看到什么，震惊地张了张嘴，不敢发出声音，在 QQ 上戳小佳。

- 你快看他的脸，是不是有一道！

- 哪儿呢，我怎么没看到？

- 右边！

- 我的天！姐挠的？

- 昨晚是有多激烈……[辣眼睛 . jpg]

邵成端着咖啡和三明治准备上去，两人神色复杂地一路目送。走到一半，邵成停下来，回头，两人连忙低头敲键盘装样子。

"今天有什么要紧事吗？"邵成问。

"有套衣服做好了该去拿了，不过我可以拿回家明天再带来。其他两套明天裁也来得及……"小佳和趣趣很懂得察言观色。

邵成点头："你们回去吧，今天休息一天。"

小佳和趣趣一脸"我们都懂"，麻溜地开始收东西。

一个枕头从上头砸下来。

邵成单手接住，神色自若地拿在手里上楼。

邵成端着食物到二楼，床上的人保持着他下去之前的姿势，脸冲墙，手臂卷着被子，露出一片白得晃眼睛的脊背。

肩头几颗牙印还没消，邵成自我反省，那一下他咬得确实狠了。

将托盘放在桌上，他坐在床沿，俯身往牙印上吻了吻。万穗气哼哼地挥手，一巴掌甩在他颈上，很清脆的一声响。

她自己先愣了愣，下意识地往他脖子上看。

“疼吗？”

邵成没犹豫：“疼。”

万穗哼哼：“那你疼着吧。”

邵成轻笑，手伸到被子下，抚着她的腰：“还难受吗？”

“你说呢？”万穗剜他一眼。

他昨天太凶了，她到现在还有点不舒服，胸上腿上全是被掐出来的痕迹，还有被咬的。

“以前是怕你吃不消，这次知道厉害了？”邵成扬起眉，嗓音愉悦。

万穗冲他呸了一声：“脸呢！”

瞧见他侧脸上将被她挠出来的指甲印，她伸手摸了摸，动作很轻，嘴上依然恨恨道：“你活该。”

“是活该。”邵成抓住她手，放在唇上亲了亲，“我应该早点回来找你。”

他转身去拿桌子上的食物，两只手臂从背后缠上来。

“我原谅你了。”

万穗抱着他，紧了紧手臂。

“你一声不响把我丢下，我原谅你了；见到我和别人在一起就放弃，也原谅你了；七年不回来，还有和别人相亲……都原谅你了。”

“我没有放弃你。”邵成掰开她的手，转过身，温热的掌心抚着她的脸颊，“我怎么舍得放弃你。”

“可你看到吕奕就走了，连当面问我都不敢！”万穗眼睛泛红，“我没有和他睡，我那天甩了他，我连和他接吻的时候想的都是你……”

邵成轻轻叹了一声，把她抱过来。

“我没走，有些事情你忘记了，”他双手捧着她的脸，吻掉她的眼泪，“那天晚上的事，你都忘了。”

“嗯？”万穗愣愣地看着他，睫毛上挂着水珠，颤悠悠的。

“你一个人去酒吧喝酒，不记得了？”

邵成帮她擦干眼泪，抱着她，像哄闹脾气的小孩。

“你当时跟着我？”万穗有些反应不过来。

邵成嗯了一声："一直都跟着你。你和那个小男生从学校出来，去吃饭，去看电影，我都跟着。"还因为遇到小贼本能地上前阻止，厮打中撕裂了伤口。

"……那你是不是住我们隔壁偷听了？"万穗蒙了好一会儿，回想那天有没有什么异常现象，已经都想不起来了。

"我在楼下。"邵成说。

万穗抬起眼睛看他："你等了一夜吗？"

"嗯。"

"……你活该，"万穗不知该心疼还是生气，手指在他胸口戳着，"你看到我和别人开房，就一点感觉都没有吗！"

邵成拨了拨她的头发。怎么会没有，那一晚上，他抽了多少的烟。

追她的时候，因为伤口裂开，又受了凉，在计程车上发烧昏睡过去，被送到了医院，后来在酒吧里找到她。

她已经醉了，几个男的围在她身边，居心不轨地哄她喝酒。他带她离开，去了酒店。

怪不得……

万穗忽然记起，在巴塞罗那，他曾经问过他，记不记得那晚是谁送她去酒店的。她喝断片了，忘了个一干二净。

"那，我们，"她瞅着他，问得迟疑，"……有那个吗？"

她一直以为自己只是睡了一觉，醒来时隐隐觉得有些异样，还以为是春梦的反应……

邵成捏着她脸蛋扯了扯："小浑蛋，自己忘得倒干净。"

万穗以前的酒量算不上好，撒起酒疯让人招架不住。

邵成犹记得自己关上门，一转身，她坐在床沿上，平静地看着他："舍得回来了？"分明是清醒的。

他走过去，想要抱一抱她，却被她推开。她脱掉衣服，拉着他的手往身上放，抱着他的脖子就亲上来。邵成舍不得放开。

她赤条条地在他眼前，他却什么都不做。委屈一下子涌上来，万穗松开他的嘴，发了疯似的去扯他的衣服，动作笨拙，解不开，气得在他身上捶打："你摸我啊，你为什么不摸我……我到底哪里不好？他们都想和我上床，为什么你连碰我一下都不肯！"

"你冷静一点，我们好好说话。"

邵成扯过被子想把她裹起来，万穗一脚蹬开，抓着头发歇斯底里地大哭。

“我恨死你！”

邵成用了很大力道，才将她拽头发的双手掰开，把人按进怀里，吻她的额头和眼睛：“你喝醉了，先睡一觉，等你醒了我们再说，乖。”

万穗趴在他身上号啕大哭：“你不要我了……”

“傻瓜，”邵成在她背上轻轻拍着，“是我不好，回来迟了。”

万穗被他抱着哄着，哭声渐渐低下来，最后在他怀里睡着，手指紧紧攥着他的袖子。

那时已经是秋天，夜里有些冷意，邵成轻手轻脚地将她放到床上，盖上被子。他起身，打算烧点热水，走了几步，察觉不对，回头。

万穗赫然又醒了，坐在床上，盯着他，目光亮得有些诡异。

“你又要走。”她肯定的语气。

邵成回去坐下：“不走。”

万穗不语，低头解他的皮带，这次顺利解开了。邵成拦住她的手。

她用一种平静而轻蔑的眼神看着他：“你就是个懦夫，不敢睡我，怕我要你负责吗？”

说话条理清楚，哪有半分醉意。“我不用你负责，我今天就是要睡了你。你不想要我，我就偏偏要睡了你。”

她说着，手腕用力，想要挣脱。

邵成的力气不是她能比的，抓着她没放。

“给你睡。”他说，“今天乖乖睡觉，等你酒醒了，想怎样睡我就怎样睡我。”

“我已经醒了。”

像是要证明自己的话，她还用力地眨了下眼睛给他看。

邵成无奈又好笑。

手挣不开，万穗便凑上去吻他，毫无章法地乱啃，嘴唇、下巴、锁骨、耳朵……哪里都不放过。她一口咬在他胸口上，隔着布料吸了两下，用牙齿一圈一圈地咬。

邵成气息变沉。

万穗抬起头，观察他片刻，非常具有学术精神地与他讨论：“你有感觉了吗？我这样舔对不对？”

邵成直接用武力把她镇压，摁在床上，用被子严严实实地捂上：“睡觉！”

他闭了闭眼，强迫自己冷静下来。

被蒙在被子里的人没有挣扎，半晌，传来很低的抽泣声。他一怔，掀开被子，却见她缩成一团，咬着自己的手，泣不成声。

邵成把她死死咬在嘴里的手抽出来，俯身想要抱她，她忽然放声大哭。

“我恨死你了！我再也不想看到你！啊——！”

她哭得声嘶力竭，手脚胡乱地踢打。邵成倾身压上去，捉摸不定的目光看着她：“你就这么想睡我？”

万穗大哭着，满脸泪水，像是没听到他的话。

邵成无奈地叹了一声，含住她的唇瓣，一手插入她发间，一手往下，滑向她的身体。

进展并不顺利。他不停地亲吻她，抚摸她，让她放松下来。

万穗在他的安抚下，哭声才慢慢停止，不时地抽一下，发出小动物似的细弱的哼哼。

但是那一下，疼得她脸都白了，接着再次哭喊起来，指甲抠着邵成的后背。

“我好疼！好疼……”

邵成只好放弃，满头的汗，强忍着，把她盖在被子下：“好了，不做了。”

她哭着哭着，又开始充满委屈地控诉：“你为什么不要我，我哪里不好……”

“没有不好，没有不要你。”

邵成耐着性子哄她，哄不住，便堵上她的嘴，像刚才一样，把她吻得舒服了，才会忘记这件事。

最后她终于睡着了，膏药似的趴在他身上。邵成小心翼翼地把她揭下来，放轻动作下床，去洗手间冲澡。

从浴室出来，坐上床时，还是把她吵醒了。

万穗眼皮发沉，睁不开，混混沌沌的视线中出现他的手，他的脸。

“做梦了……”她嗓子里很轻地嘟囔一句，眼睛终于控制不住地闭上，“你不要来了，我不想再看到你了……”

邵成听到她的呢喃，动作僵了一瞬，半躺下来，搂着她：“你不想见我？”

“我讨厌你……”她闭着眼睛，声音很轻，“我永远都不会原谅你……”

许久，邵成才道：“那等你想见我的时候，给我打电话。”

“……”

“我等着你。”

万穗睡得沉。邵成帮她清理了身体，换了床单，一早离开，她全不知情。

醒来时已经是下午，外头下雨了，她坐在床上，看着窗外连绵的雨势。喝醉之后的事记不起来了，隐约记得一些梦境的片段。邵成拒绝她的求欢，一直是她心里的一根刺，在梦里把他睡了，也算是聊以慰藉。

离开酒店的时候，她觉得一身轻松。

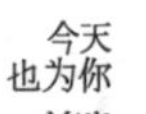

好像终于能放下他了。

邵成没有等来她的电话，等到的是她一个月身边换了三个人。

万穗酒精中毒住院那次，他跟高嘉远一道去看望。

“要不你先在外面等着，我进去探探口风，别刺激到她。”病房外，高嘉远对小公主发疯的样子心有余悸。

邵成点头，一个人留在门外。

病房里人挺多，万穗见到他，不热络，倒也没赶他走。高嘉远礼貌周全地寒暄过后，笑着对大家道：“我跟万穗说点事情，烦请各位回避一下。”

几个女同学来看望过，正好要离开，结伴出了病房，瞧见一个倚在墙上的男人，个子又高又帅，忍不住多看了几眼，主动搭话。

“你是来看万穗的吗，怎么不进去？”

邵成神色淡淡：“待会儿再进去。”

后来，她们向万穗打听：“那天去看你的那个男人是谁啊，高高帅帅的那个。”

万穗看着她们一脸含春的样子，想到高嘉远，啧了一声。

“别想了，那是个花花公子。”

邵成说到这里，发现靠在他怀里的人，一张小脸早就哭花了。“哭什么。”他用手掌抹掉她的眼泪。

“然后呢？我怎么回答嘉远哥的？”她问。

邵成略一停顿：“忘记了。”

“你骗人！”万穗捂着胸口，哭得上气不接下气。

她想起来了。

都想起来了，那天她和高嘉远的对话。

“丫头，你还想见成儿吗？”

“没那个必要了吧，我已经想通了，追我的男人一大把，他也不算什么。以前只是想要的得不到，觉得不甘心而已。”

“只是不甘心？”

“对。”

“他是生是死，你也不关心吗？”

“我倒宁愿他死了。”

万穗一只手攥着邵成的衣领，想要和他解释，抽抽搭搭，一个字都说不出来。

邵成把她转过来，在她背上一下一下地顺着："别哭了，乖。"

她哭得喘不上气，越抽越厉害，怎么都止不住。邵成哄了会儿，没效果，便把手机拿过来，对准她。听到快门声，万穗的抽噎短暂停顿了一秒，慌忙捂住自己糊满了眼泪的脸。

"你干吗？"

"小脏猫。"邵成看着手机里的照片笑。

万穗把脸贴到他衣服上，胡乱蹭了蹭："你好烦，快删掉。"

邵成把手机搁下，抬起她的下巴，指腹擦掉她脸上未干的水渍。

万穗平复下来，拿起他的手机，打开相册检查。连着几张，都是她披头散发、一塌糊涂的样子，正要删掉，邵成把手机拿了过去。她没去抢。

"我不是真心的，那，那是气话。"她看着邵成，眼睛里又有湿润的兆头。

邵成手指按在她眼角，把那颗泪珠抹掉："是我不好。"

万穗摇摇头，抱紧了他的腰身。

好一会儿，她小声问："那你，为什么没有找别的女人？"

"没有遇上。"邵成道。

"遇上什么？"

"另一个你。"他低头，吻落在她湿漉漉的眼睛上，有点咸涩的味道，像海水。

"这个世界上，只有一个小祸害。"

万穗实在是太困了，又大哭一场，眼睛都肿了，这会儿消停下来，酸得厉害。邵成的手放在她背后，哄小孩儿似的，轻轻拍。

万穗窝在他怀里，很快就沉沉睡过去。

门铃响了几下，混混沌沌间听到，她眼皮根本睁不开，用尽全力身体也只微微动了一下，嘴里含糊地喊："邵成……"接着便再次睡过去。

像过了很久，又像眨眼之间。

手机铃声乍响。

就在离脑袋不远处，不知疲倦地一遍又一遍。万穗把手伸向床头的小桌，摸过来，闭着眼睛接通。

"谁啊？"她声音有些哑，语气挺冲。

"表姐，你不在工作室吗？"是郑慕的声音，"我看灯亮着，怎么没人在啊？"

"干吗，说。"万穗言简意赅。

"明天不是你生日吗，我听说你回来了，去你家，姨夫说你不在，我就把礼物给你带过来了。"

“等着。”

万穗挂了电话，便没了动静，像是又睡过去。好一会儿，她挣扎着坐起来，顶着变沉很多的脑袋，愣了好一会儿。

“邵成？”她喊了一声，嗓子有点干。

他真的不在。

万穗拿起手机看了眼，快六点了。床头的咖啡和三明治已经没了，有一杯水，她端过来，一口气喝了个干净。

等她套上衣服下楼时，已经过去十分钟。她去开门，郑慕竟然还在等，看见她的时候笑盈盈，没有丝毫不耐烦的样子。

万穗顺便往院外瞄了眼，邵成的车不在。这家伙，竟然一声不响又不见了。不过此时此刻，她一点都不怕他跑路了。

这大概就是被爱着的人，才有的自信。

“进来吧。”她抓抓头发，打了个哈欠。

郑慕这段日子应该过得不错，气色挺好。

万穗不知道的是，展翼特卫的微博下，小编那条“老板娘很美”的评论，引起不少网友的关注。许多人打听老板娘的微博和联系方式，在风荷记的官微里没有找到确实的信息，便有人猜测，同一批宣传照中唯一的女性模特，就是传说中的老板娘本人。某个网友在其中艾特了郑慕的微博，于是，短短时间内，她的确如万穗所说的那般，火了。

万穗洗漱好，下楼，郑慕把手里包装精致的盒子递给她，笑得很好看：“提前祝你生日快乐。”

“谢谢。”万穗接过来，放在桌子上，把头发在脑后扎了一下，“你找我有事啊？”

郑慕转了转眼睛：“表姐，我们工作室是不是跟梁影帝合作了呀？你这次就是去见他了吗？”

万穗看着她，没否认。

郑慕很惊喜：“真的啊？那你要是带我去就好了！”没等万穗搭腔，她笑了一下，有些讨好，“表姐，你能不能给我引荐一下啊？”

“这个好像不太合适，”万穗说，“他手上这部戏快结束了，接下来要放大假，应该没有机会给你推荐。”

“他有人脉啊，”郑慕有点激动，“他认识那么多导演，随便把我塞到哪个剧组就行了。”

万穗皱了下眉。

她自己是不爱到处欠人情债的，能用钱解决的，没必要用情分。其实就连上次请展翼的那帮帅哥做模特，没有报酬，但邵成给每个人都包了红包的。

“等下次见面再说吧。”

梁影帝也挺忙的，飞来飞去，还有通告要赶。

郑慕撇了撇嘴：“哦。”

把郑慕打发走，万穗往家里打了个电话，老万接的，开口十分客气：“喂，您哪位啊？”

“您好，我是您的宝贝女儿。”

老万“哎哟”一声，故作惊讶：“我有女儿吗，我怎么不记得。”

“爸爸，爸爸，爸爸！”万穗喊了一连串。

老万就笑起来：“你这死丫头，这么大了还闹脾气，跑那么远折腾的不还是自己吗，没脑子。”

“那我以后生气，我就回娘家。”万穗说。

邵成开门进来，正好听到这句。

万穗转身，瞧见他手里拎着许多东西，有超市的采购袋，还有一个礼服盒子。

他走到她跟前，把她往怀里一搂，就亲下来。

万穗把话筒捂上。

等老万的话讲完，她立刻把邵成推开，对着电话道：“爸爸，我今天先不回去了。”

老万很开明：“你们小两口庆祝吧，明天一块回来吃饭，爸爸又学了一个新菜，做给你尝尝。”

“好呀。”

挂断电话，万穗打开那个盒子。是一件深V露背的小礼服，灰紫色，纱质，肩带到腰部被细绳编织覆盖，往下垂泻成流苏。

她偷偷往那边瞄了一眼，邵成正把买来的食材放进冰箱。

“晚上吃什么？”她问，一边仔细观察着他。

“想吃什么都有，”邵成关上冰箱门，走过来，把礼服拿出来，在她身前比了比，“去换上，待会儿带你去个地方。”

万穗佯装不知，抱着裙子上楼。

邵成煮好牛奶麦片，切了些坚果仁和水果碎。楼梯上，传来高跟鞋嗒嗒的声响，慢而优雅。

他抬眼，万穗提着裙摆走下来。

天光暗了，屋里亮着灯，明暗的光影，将她的曲线勾勒得柔和朦胧。

“看傻了？”

万穗走到跟前，在他眼前挥了下手，眉眼如春：“我好看吗？”

邵成莞尔：“好看。”

她噘起嘴巴：“那你亲亲我。”邵成正要亲下来，她忽然又缩了回去，“算了，亲完还要重新涂口红。”

邵成手一勾，把她搂过来，亲了一口才放开，把麦片从奶锅里倒出来，撒上水果和坚果碎。

“先把这个喝了，一天没吃东西，小心胃疼。”

“早知道先不涂口红了。”万穗拿纸巾把口红擦掉，端起碗。

邵成上楼换了衣服。万穗捧着碗，看着他一身剪裁得体的西装，从楼梯上缓步走下来。

赌五包辣条，他绝对是要跟她求婚了。

他走过来，万穗把碗一递：“我喝不完了，你喝吧。”

邵成把剩下的喝掉，碗洗好收起来。万穗就趴在流理台外面，看他穿着那么贵的西装给她洗碗的样子。

怎么办。

她肯定会忍不住答应他的。

邵成把车停在酒店的宴会厅外，万穗打开车门，脚下便是纤尘不染的红地毯，一路延展而去，几层台阶之上，宴会厅的大门关着，里面一片漆黑。

“来错地方了？”她奇怪地回头。

“进去看看就知道了。”邵成故意卖关子。

万穗瞅瞅他，踩上柔软的地毯。她走上台阶，门自动打开了，伴随着一阵叮叮咚咚清脆的铃铛声。与此同时，她的头顶亮起一片光，长长短短的小彩灯吊在上方，满天星一样将她笼罩在光圈里。

接着，从门边，地毯两侧，暖色的灯光一路向前蔓延，一簇一簇小灯泡和星星形状的装饰灯，将脚下的红毯照耀成一条星光大道。

灯串到达尽头，一束强光霍然亮起，打在墙壁上。那是一面绿植背景墙，粉红色的花朵顺着枝节开放，烘托着中央的一张巨幅照片：

她嘟嘴向着邵成，邵成微笑望着她，画面定格在零点几厘米的距离上。背景里古典的中世纪城市，如同水墨泼就的画卷，霞光温柔灿烂。

邵成不知何时走到了她身侧。他的气息万穗太熟悉，转头，他正看着她，温柔的眼睛和照片上没差。

他手肘微抬，万穗把手放进他的臂弯，踏着一地星光，走进去。

进门的一刹那，砰的一声——

漫天彩带、亮片飘落下来。

万穗把落在头上的塑花纸拿掉，一瞬间想笑。

居然还喷礼花，突然间就俗了起来。

更俗的还在后头。

她什么也没来得及说，忽然不知从哪里冲出来一群人，无论男女都打扮得颇为隆重，哄闹着将他们围了起来。万穗瞅了一圈，全是陌生面孔。

“万穗，你还记得我吗？”

“我是你隔壁班的，我们一起联谊过……”

万穗愣了下，定睛一看，方才觉得陌生的一张张脸，还真的有点熟悉。邵成附耳解释：“你的大学同学。”

万穗不明白，求婚为什么要请这些不联络的大学同学？

没来得及细问，她便被一帮热情的女同学拉走了。

陶宁也在，没往人群里挤。万穗寒暄一圈，好不容易才从几十个人你一句我一句的热情寒暄里解脱出来，凑到她身边。

陶宁对着她笑了笑，张开手臂。万穗抱了她一下：“你脸色很不好欸，哪儿不舒服？”

“没事，昨晚没睡好。”陶宁搓了搓脸，问她，“你们和好了吧？”

“嗯哼。”万穗眉眼飞扬。

陶宁乐了：“瞅你那傻样。”

“到底什么情况啊，这些人怎么回事？”万穗问。

这些同学很多年没联系了，有些曾经有过交往，她还有点印象，有些甚至不是他们班的。且不说为什么要请来，光把这些人聚齐，也不容易。

“为了补偿你吧。”陶宁耸耸肩，“我上回跟邵成哥说过，你当时发的那张照片，被很多人在背后说闲话。”

万穗沉默了片刻：“笨蛋。我根本不在意那些人说什么啊。”

“他在意就行了。”陶宁道，“讲真，虽然他找我帮忙的时候，我也觉得挺麻烦，劝过他，但是看他这么在意，我还是挺欣慰的。”

“老母亲嫁女儿的欣慰吗？”

“不，是发现拱我家白菜的猪是头好猪。”

“滚！”万穗笑骂。

她又瞧了众人一眼：“不过，为什么大家好像都是单身啊，没伴侣？”

“来看你秀恩爱，带伴侣干吗。”

“更真切地感受一下差距啊。”万穗笑得欢。

陶宁啧了一声:“给普通人留点活路吧，不是每个女人都能遇到一个邵成。”

邵成包下了整个宴会厅，食物酒水应有尽有。

大厅里装饰得很漂亮，到处都挂着她的照片，昭示着她的主角身份。灯光是暖黄色的，不亮眼，也不昏暗，刚刚好温馨舒适的亮度；乐队演奏着舒缓优雅的音乐，气氛轻松愉快。

都是大学时期的同学，大家也不生分，热热闹闹玩得愉快聊得开心。不时有人来和万穗聊几句，问问近况。

过了会儿，她忽然发现一个问题：“韩树人呢？我生日他居然不来？”

陶宁脸色变了一变，很短暂的一瞬，被万穗捕捉到了。

“……怎么了？你俩又吵架了？”

陶宁摇摇头，端起酒喝了一口：“这个回头再说吧。他暂时回不来，礼物让我给你带来了。”

万穗哼了声：“你甭替他遮掩了，他那份礼物肯定也是你准备的。”

好半天没看见邵成，万穗正四处张望，大厅里暗了下来。

衣冠楚楚的邵成出现在追光灯中，迈着长腿穿过人群向她走来，先向她身边的陶宁颔首致意，然后右手背在身后，风度翩翩地向她欠身，伸出左手。

“May I？”

万穗把手放上去，他握紧。

起身时，她飞快地在他耳边说了句：“你太骚了。”

男人大概并不喜欢这样的评价。邵成牵着她走进舞池中央的灯光下，右手放在她背上，问：“这是夸奖？”

“算吧。”万穗将手臂搭上去，在他大臂的肌肉上捏了下，“你一发骚，我就想扒光你。”

邵成低笑，靠近她耳朵：“回家可别尿。”

音乐开始，两人踏着节奏舞动起来。

万穗第一次和邵成跳舞，意外地发现他跳得很不错。

交谊舞不比国标舞，要随意许多，万穗却有意和他较量似的，每一个动作都做得很标准。邵成好心情地配合着她。

她从小学国标，舞姿标准，加上手长脚长，跳起舞来格外好看。邵成也不差，身材好，四肢灵活，随随便便的一个动作，就帅得惹人尖叫。

于是原本加入舞池的一对一对，慢慢都沦为陪衬。

连跳了几支舞，万穗兴致高涨，结束后跑去跟乐队说了什么，随即响起明快的探戈旋律。她神采奕奕地跑回来："会跳吗？"

邵成没答，左手抬起。

万穗的手放上去，被他握住，带进怀里。

随着活泼而强烈的节奏，踢腿、跳跃、旋转，舞步热烈而奔放。两人的身体紧紧相贴，目光缠绕，空气中摩擦出激越的火花。

一首舞曲结束，动作定格。

万穗的右手放在邵成肩上，右腿抬起，贴着他的身体；邵成一手揽着她的背，一手握着她的膝盖。两人面对着面，鼻尖相碰，双唇间只相隔一厘米距离。

灼热的气息交缠，呼吸都有些急。

围观的人群鼓掌喝彩，他们的眼中却只有彼此。

"你硬了。"万穗嘴角一翘。

邵成松开她的腿，另一手仍然抱着她，搂得很紧。

音乐舒缓下来，渐渐有更多的人进来，在悠然的情调中跳舞。两人拥在一起，随着音乐轻轻晃动。

大家的注意力已经从他们身上移开，过了会儿，万穗忽然抓住邵成的手，提着裙摆跑出去。

她拽着他跑到休息室，门一关，在黑暗中把他推到墙上，急切地贴上他的嘴唇。

邵成反身将她压住："这么急？等下还有……"

"不管，"万穗盯着他深幽的眼睛，"我想要你，现在。"

恰在此时，门外有匆忙的脚步声靠近。

万穗下意识地把落地窗帘一拉，拉着邵成躲进去。

有人打开门进来，脚步很乱，听起来，不是一个人。很快，响起啵唧啵唧的声音，夹杂着男女的低语和喘息。

"……"

我去！

万穗在心里扛起四十米大刀。

幽暗的空间里，邵成看着她，眼睛里有笑意。

万穗生无可恋地歪在他肩膀上。邵成仍像对待一个小朋友，捂住了她的耳朵，不让她听那些声音。

那对男女倒是很懂得快刀斩乱麻，没几分钟就了事，窸窸窣窣穿好衣服出去了。

门关上，他亲了亲万穗耷拉的耳朵。

他们从休息室出来，立刻被几个正在聊天的女同学拉了过去。她们太好奇万穗和邵成的恋爱故事了。

她活得太张扬，被很多人宠爱着、喜欢着，也被很多人羡慕着，嫉妒着。这样的人一旦堕入泥潭，便是一桩人人津津乐道的丑闻。

当时的事件闹得那么大，背后说风凉话的人不少。

但今时今日，看到她活得像个公主一样，被白马王子一般的男友宠着，爱着；并且恰恰就是当初的那个男人，又难免心生羡慕。

能扬眉吐气的机会万穗自然不会错过，声情并茂地讲述了一个跌宕起伏、遗憾错过的爱情故事。

“……天哪，原来是因为受伤了。”女同学沉浸在偶像剧一般的情节中，看向邵成的目光也愈发惊奇和崇拜了。

这些人中，很少有人真正接触过这种特殊职业，随时命悬一线，危险，同时有一种致命的性感。

“那他一定一醒来就回来找你了吧。”

“天哪，好感人！”

“然后你们就一直在一起到现在吗？”

万穗看了邵成一眼，他也正看着她。

她点点头，笑了：“对。”

一直在一起。

多么圆满的答案。

零点前的时光，一分一秒都走得很慢。

时间这东西，最擅长折磨人，你越急，它越慢。

万穗已经努力克制，看手表的次数还是有些频繁，被陶宁察觉。

“你着急干吗？”

“不干吗。”万穗的嘴角忍不住抿起来，笑容藏都藏不住。

陶宁讶然：“你知道了？”

万穗给她一个“朕早已看穿一切”的眼神：“我什么都知道，他现在不就偷偷在准备呢吗。”

“邵成哥真的挺有心的。”见她知情，陶宁也不藏着掖着了，感慨道，“穗儿啊，我可能比她们还羡慕你。”

万穗立刻一记眼神斜过去：“你要跟我抢吗？”

“……我抢得过吗。”陶宁往她脑袋上戳了一下，“瞅你这小人得志的样子，还跟我嘚瑟。”

万穗哼哼："你再戳我，让我男朋友揍你。"

陶宁："……滚！"

距离零点只剩十分钟了，万穗忍不住挪了挪屁股。

众人的目光忽然聚集在她身后，她意识到什么，转身。

邵成站在舞台上，那边灯光暗着，他的轮廓却十分清晰，外套脱掉了，衬衣袖子随意地挽了几下，露出一截小臂。

麦色的皮肤，精壮的肌肉。

他拿着一把吉他，坐了下来。侧前方的谱架上，曲谱已经摆好。他眼睛扫着谱子，手上正在调音，偶尔低头调整弦品的位置。

邵成会弹吉他，万穗是知道的。很早之前高嘉远跟她吹过，他们上学时是风靡校园的风云组合，文艺演出，他唱歌，邵成伴奏，勾走了全校女生的芳心。

这话万穗不怀疑。她没见过邵成弹吉他，但只看他现在准备的样子，随意地拨弦，看眼谱子，就已经帅得不行了。

两三分钟后，准备结束，厅里的灯光又暗了一些，光束打在邵成身上，朦朦胧胧。

音乐停了，说话声也停了，拨片从琴弦上滑过，一串悦耳的音符流淌出来。邵成恰好面对着万穗的方向，眼睛微抬，向她望过来。

"A song for my girl."刻意压低的嗓音，很俗。

很舒缓的旋律，他低沉的声音一响起，万穗便听到背后有人哇的一声。

她眼睛弯弯，支着下巴，目不转睛地看着台上的男人。

邵成唱得很慢，视线始终在她身上，眸底盛着细碎的光芒。

旋律和技巧已经不重要，每一句歌词，每一个音符，都是他的表白。

Cause all of me/

Loves all of you/

Love your curves and all your edges/

All your perfect imperfections...

万穗跟着他的调子小声哼着："Give your all to me，I'll give my all to you. You're my end and my beginning..."

这首歌结束时，邵成起身，将吉他递交给隐在舞台一侧的工作人员，有人麻利地将高脚凳撤了下去。大厅里掌声和起哄声不断。

邵成向万穗的方向伸出手，眉眼柔和。

围观群众永远比当事人反应快，万穗刚站起来，就被许多只手一起推了出去。

她提着裙摆，美美地走上台，把手交给邵成。他手腕一用力，将她带到怀里，吻随之落下来。

同时，浑厚的钟声响起，舞台下的观众异口同声地倒计时。

5——

4——

3——

2——

1——

酒店外烟花乍亮，助兴的音乐奏响，欢叫声充满整个宴会厅，一时间，沸反盈天。

“Happy birthday！”所有人高声喊着。

万穗脖子上一凉，邵成松开了她，带着笑的声音在她耳畔：“生日快乐。”

人群冲上来，将他们团团围住。有人开了香槟，有人推着三层高的公主蛋糕车，有人兴奋地喊着：“生日快乐，许愿吧！”

万穗摸了摸脖子上多出来的项链。

一颗真真正正鸽子蛋那么大的海水蓝宝石，保守估计也得有十七八克拉。周围女人的眼中全是惊叹和羡慕。

万穗抬头看邵成，他笑得别提多英俊了。

道理她都懂，可是……

她的求婚呢？

半夜两点多，盛大非凡的生日会结束，邵成载着万穗回公寓。她摸着项链，还没缓过神来。

“困了？这么没精神。”邵成问。

万穗幽幽叹了一声。

邵成看她一眼：“不喜欢？”

“喜欢。”万穗捏着鸽子蛋，“你上次不给我看的，就是这个吗？”

“从朋友手里买过来的。”邵成语气平淡，全然没提买下这颗宝石费了多大精力和财力。但万穗自个儿也能想到，这么大的鸽子蛋，仅仅用一个“贵”字来形容，是绝对不够的。

“你要是做成戒指，我就更喜欢了。”她语气闷闷的。

邵成怔了一下，随即笑了起来：“你以为我今天要求婚？”

“笑屁啊。”万穗把额头抵在玻璃上。

邵成依然笑得厉害，把她的手抓过来，放在嘴边，亲了又亲。

第十二章

大舅哥很生气

晚上闹得太晚，翌日又是一觉睡到下午，万穗起来收拾了一下，便和邵成一起回清川道。

这么多年第一次没和老爸一起庆祝生日，答应老爸回去吃饭的，所以早点回去安抚一下他。

开到半途，薄颜的电话打过来了。万穗接起。

她回国只跟薄颜说了一声，没仔细交代。薄颜倒也没什么事，一个人待着无聊，给她打电话唠嗑，顺便关心一下她的情况。

万穗声情并茂地讲述邵成如何跪着求她原谅。邵成正开着车，手伸过来敲她脑袋。

薄颜在那边笑："你们能解开心结就好了，设计稿我们视讯聊也可以。"

"凤冠的草稿打好了，礼服还差点，等明天我发给你看。"

"好啊，"薄颜道，"对了，我东家正在筹备的一部古装戏，就是明代的，正在联系服装造型那些，你有兴趣的话我帮你推荐？"

"古装剧啊，服装一般不是用租的吗？"

"价钱方面你不用担心，我东家一向阔绰，在制作上很舍得砸钱，服装都是请设计师定制。"

万穗眼睛一亮："那敢情好。"

"那我把你的联系方式给副导演。你这几天有空吧，他做事很讲效率，应该很快会联络你。"

"OK 的。"

万穗想起上回小佳的贵人之说。梁影帝和薄颜，还真的是她的贵人。

古装剧的服装可是一笔大单，若真能谈成，风荷记的生意便会打开一个全新的局面。另外，把郑慕塞进去演个什么角色，应该不是难事。早点让她进演艺圈，自己就少点麻烦。

"我接下来几天会很忙哦，"万穗挂了电话，对邵成说，"估计没什么时间陪你了。"

邵成勾着嘴角："正好，我也有事做。"

万穗眯着眼睛瞟他："不用见我就这么开心啊？"

话音刚落，左边忽然有一辆车飞驰而过，一个猛转斜插进车道，将他们的车逼停。邵成迅速刹车，两个人一起往前栽了一下。

万穗"哎哟"一声，眉头刚皱起来，却见那辆车上下来一人，大步向他们走来。

"哥？"她愣了。

万琛径直走到她这一侧，惯常没多少表情的脸上，此刻满是阴霾。万穗诧异，隔着玻璃，看清他的口型。

——下车。

车窗落下，万穗不明所以地问：“哥，发生什么事了？”

万琛没答，直接伸手拉开车门，声音格外冷：“下车。”

万穗摸不清状况，回头看向邵成。他已经解开安全带，打开车门下了车。

万穗跟着解了安全带，被万琛抓着手腕，粗鲁地拽下去，拉到他的车前，塞上副驾，然后关上车门，落锁。

“你干吗啊，到底怎么了？”万穗拍门。

万琛沉着脸走向邵成，在他开口之前，一拳砸到他脸上。

“哥！”万穗在车里急得猛拍玻璃。

万琛那一拳用了十二分的力。邵成能躲开，但没躲，生生挨了。头被砸得一偏，嘴角见了血，他右手在车前盖上撑了一下，直起身体。

万琛前跨一步，攥住他的衣领：“当年把她拐上床的那个男人，是不是你？！”

邵成没有否认。

“你还是人吗！”万琛怒不可遏，又是一拳砸在他下颌骨上。

邵成硬挺挺地站着，仍然受了，牙关剧痛，血腥味在口腔里蔓延开。

“我拿你当兄弟，我爸拿你当亲儿子，我万家哪一点对不住你，你玩弄我妹妹？”万琛面色狠戾，暴怒下脖颈上青筋暴起。

“不是你想的那样，我从来没有，也绝不会玩弄她……”

“你没有？”万琛脸色阴沉，“是谁把她拐上床，是谁抛弃她，是谁害得她被打得背上一道一道全是伤，夜里又疼又痒抓得满身血？”

万穗的身体一直很漂亮，洁白光滑，没有一点疤痕，现在仍然如此。邵成不知她当年被打得那样惨。

他的视线越过万琛，投向被锁在车里、急得整个人趴在玻璃上的女人。

心头一软，又一疼。

“……我爱她。”

“你没有资格说这句话！”万琛已然从盛怒中恢复冷静，一张脸冰冷而阴鸷，“从今天开始，别再靠近她一步！”

“万琛……”邵成试图说什么。

万琛转身走开。

万穗手都快拍肿了，万琛一上车，她急忙转过去，语速很快道：“哥，不管你听说了什么，都是误会误会误会，你听我跟你解释。”

万琛像没听到，冷着脸发动车子。

邵成走到副驾的窗外，万穗隔着玻璃看他，心疼死了。他安抚地笑了下，口型道：“别担心。”

万琛将车子掉头，几乎擦着他的身体，疾速开了过去。

万穗壁虎似的扒着车窗，视线里看不到他，又跪在座椅上，转向后面的玻璃，对他比了个电话的手势。

“坐好！”万琛冷喝。

万穗连忙坐下，老老实实地把安全带扣上。

“哥，你是不是知道了？”她小心地瞅他一眼。

万琛冷着脸，不说话。

“谁告诉你的？”万穗问。

知道这事儿的还真不多。

肯定不是陶宁；小佳和趣趣不会背叛她，也没胆子和机会；韩树虽然对此颇有微词，但决计不会在她背后搞小动作。

“是不是郑慕？”万穗很快锁定了唯一可疑的人。

万琛没正面回答：“她的事你不用再管，有事让她直接来找我，我来处理。”

虽然恼怒万穗隐瞒他，但万琛不能容许这种背后告密的小人待在她身边，亲表妹也不例外。

万穗皱眉。她还真是高估了郑慕的心眼。

“哥，你先别生气，听我说。”万穗深呼吸，快速地把当年邵成执行任务受伤才造成的那些误会解释一遍。

万琛神色依然阴沉，万穗大概明白了他在意的点，抓了抓头发，硬着头皮道：“那个，我跟他什么都没做……”

最后一个字，她说得很小声。在外面玩开黄腔开得溜，但在老爸和老哥面前，她还是很规矩。

万琛哼笑一声，嘲讽意味很浓。

“我说的都是真的……”万穗不知道该如何证明，“那张照片我拍着玩的，他喝醉了，什么都没发生……”

万琛目光有些冷：“如果是真的，爸打你的时候，你怎么一个字不说？”

“……”万穗无言以对。

被截停的地方离家已经很近，说话间，万琛已经将车开进院子里。万穗耷拉着眉毛哀求：“这事儿你别告诉爸爸成吗？”

万琛没出声，熄火，下车。

"哥！"万穗急忙解开安全带，冲到他跟前，抓住他的袖子，"我求你了，千万别告诉爸爸。"

万琛抽回袖子，往前走。

万穗一把抱住他的腿，坐在地上："哥，我求求你，别惹爸生气了。"

"松开。"万琛皱眉。

"你答应我就松。"见万琛不答，她嘴巴一撇，耍无赖，"那我不起来了。"

万琛冷冷道："那就在这里等爸出来吧，你自己解释。"

万穗把这句话咀嚼了一遍，立刻爬起来，拍拍屁股，讨好地抱住他的手臂："我哥最好了。"

万琛没好气地瞥她一眼，拖着她进门。

老万正在厨房忙活，拿着一棵葱满面笑容地出来："回来了？"瞧只有两人，纳闷道，"邵成没来？"

"他临时有点事，今天不过来了。"万穗赶忙解释，说完小心地瞅了万琛一眼。

"欸，那我还买了个大蛋糕，吃不完了。"老万走回厨房。

万穗跟进去："爸，我帮你。"

她生怕晚了一步，老哥就会和老爸说什么。

一家人吃饭，气氛依旧轻松愉快。因为心虚，万穗很努力地在哄爸爸开心，一边还要小心地讨好着老哥。

庆祝的流程一如从前。

吃完饭，万琛将摄像机摆好，关上灯，老万笑眯眯地唱着生日歌，把点好了蜡烛的蛋糕端出来。万穗双手合十，许愿。

睁开眼，她吹灭蜡烛，灯亮起时，面前多了两份礼物。

万穗搓搓手，两眼亮晶晶地拆礼物。

万琛送的是一串钥匙，有点眼熟，万穗拿起来看了看。"这不是我工作室的钥匙吗？"

"我把产权买下来了，以后归你了。"万琛今天第一次对她笑了一下，"生日快乐。"

万穗撇撇嘴，有点想哭："哥，谢谢你。"

老万笑呵呵："想到一块去了。"

"你也给我买了房子吗？那我今天真的发达了。"万穗笑着把另一份礼物拆开，也是钥匙，不过是车钥匙。

老万道："爸爸给你整了一辆SUV，你这马上就要成家了，家里有个大点的车，方便。"

"谢谢爸！"万穗一把抱住老万，在他脸上亲了一口。

两个人笑得一个比一个开心，唯独万琛脸色不大好看。

美滋滋地收好礼物，万穗切了蛋糕，和老爸和老哥坐在客厅里，看她小时候的录影带。

——这是每年的经典环节。

在万穗一岁以前的镜头里，有妈妈的脸，也有妈妈的声音。她小时候看到，会很想要妈妈，渐渐长大，已经没有太多感觉。只是看到听到时，她仍然会觉得亲切。

但对老爸和老哥来说，是不一样的。他们有很多关于妈妈的记忆，怀念也更多。

今年老万尤其有感触。大概是觉得女儿快要出嫁了，格外不舍。他看着影片，笑着笑着，眼睛就有点湿润。

万穗把脑袋靠在他肩膀上。

万琛起身，将餐桌上的碗碟收进厨房。

陪老爸看完录影带，万穗上楼，偷偷推开万琛卧室的门，没人，便到隔壁书房去。万琛正在开视频会议——为了给她庆祝生日，延后了几个小时。

万穗溜进去，自个儿在书架前转悠。

等了大半个小时，会议结束，万琛合上电脑，取下鼻梁上的无框眼镜，靠在椅子上。

"有话说？"

万穗立刻小碎步凑过来，往桌子上一趴："哥，我们谈谈吧。"

万琛一脸冷淡："你想谈什么，我听听。"

万穗手指头在桌子上抠了抠："我就是想告诉你，他那时候，真的没有碰我。我衣服都脱了他都没碰我……"

说完，她赶紧抱着脑袋，躲远了一些。

万琛脸色一黑。

万穗梗着脖子继续道："你还不了解我吗，我什么时候在别人手里吃过亏啊，别人打我一下我肯定要还三下的。他要是真的对不起我，我怎么可能让他好过？哥，我跟你说实话，其实这回遇见他，我本来打算报复他的，后来才知道，他对我的心意不比我对他少……"

见万琛不说话，她停了一会儿，撇撇嘴巴："哥，我这辈子，除了他，真的不会再爱上别人了。”

万琛神色难辨地盯着她，许久，才面无表情道：“你先过了爸那关，我们再说。”

老爸那关，比他的更难过啊……这就是个死循环。

万穗皱巴着脸：“不告诉老爸不行吗？”

“不行。”万琛的口吻不容置疑，“你自己想好怎么跟爸说，这件事解决之前，不许再和他见面。”

万穗哀号一声，随即便被轰了出去。

回到房间，她倒在床上，苦兮兮地给邵成拨电话。

“宝宝？”邵成的声音传过来。

万穗翻了个身，趴着：“你的脸怎么样了？”

“没事。”邵成的声音倒是很平静。

“嗯。”万穗抱着枕头，“我想你。”

他们才刚和好啊，昨天那么甜蜜，今天就变成了罗密欧 & 朱丽叶。剧情变得太快就像龙卷风。

那边停顿几秒，邵成的声音低了一些：“我在外面。”

万穗愣了一下：“……哪里？”

“你家。”

万穗一下子从床上蹦起来，赤脚跑到窗边，打开窗户。

外头黑漆漆的，大门外面的马路边，一辆黑色路虎停在树影里，男人高大模糊的轮廓倚在车门上，向她的方向抬了下手。

万穗跳着挥挥手，赶忙穿上拖鞋跑到门口，先做贼似的探头左右看看，放轻脚步小心翼翼地下楼。

没有惊动老哥，也没有惊动老爸，她蹑手蹑脚地关上门，穿过院子，跑出大门，向树影下狂奔过去。

邵成大步向她走来，张开手臂，万穗扑进他怀里。

才一会儿不见，感觉像一个世纪那么久。

好一阵，他们谁都没有开口，只是这样紧紧地拥抱着。

“你看一下，我哥有没有在窗口？”万穗忽然紧张兮兮地问。

邵成好笑：“没有。”

“他不让我见你，”万穗委屈巴巴，“他让我跟我爸坦白，我不敢。”

邵成摸着她的头发：“这件事交给我，别担心。”

“你别去，我自己说，”万穗忧心忡忡，“我怕他生气，怕他揍你。”

“揍我是应该的。”邵成道。

“不行！”万穗想了想，试探着问，“要不然，把你爸叫来？你爸爸在的话，他肯定不好意思下狠手。”

作为一个从小有爸爸哥哥撑腰的人，她很自然地认为，有爸爸在就有了靠山。打架的时候，一句“你等着，我叫我爸爸／哥哥来”，就是绝杀。

邵成笑起来，在她嘴上亲了一口。

“我已经联系过了。部里事务繁忙，他已经在腾时间，过几天就会过来。”

她被万琛带走后，他开车一路跟过来，等待的这几个小时里，已经在自己能力范围内，做了最好的安排。

不过，他没说的是，等那位也过来，他只会被揍得更狠。

万琛并没有限制万穗的自由，但明确表示了不许他们见面，明面上万穗不敢忤逆。

暗地里……

时间就像海绵里的水，只要想偷情，就挤得出来。

其实万琛很忙，不可能时刻监督她，但万穗不想惹他生气，所以听话地搬回家住，即便万琛晚上回不来，她也按时回家报到。白天里她再找机会，偷偷和邵成见一面。

事实上，两个热恋中的人，越是被阻挠，眷恋越深。

这段时期是风荷记成立以来最忙碌的阶段。

薄颜和梁影帝的婚礼，新人、双方父母及伴郎伴娘，加起来二十余人的服饰，另外还有工作人员的统一制服，全部要她们来做。另一方面，那部新剧的副导演已经联络了万穗，给了一些资料，万穗这边也在做功课，争取见面一次谈成。

展翼那边也挺忙的，承办的几场活动和赛事相继举行，邵成常常需要亲自去现场盯着，另外，他也在计划筹办安全防卫培训学院。

忙里偷闲，一起吃顿饭，或者趁着万琛不在家，邵成来接她上班，偷偷摸摸的小日子也别有情趣。

工作上一切顺利。薄颜对凤冠很满意，万穗便着手开始制作。双方高堂及伴郎伴娘服饰的初稿相继完成，最后润色加工即可完稿。两位新人的喜服，万穗是拿十二分的热情在做，细节上精雕细琢，还要花些功夫。

至于古装剧的大单，那位副导演是爽快人，薄颜亲自推荐的工作室，他很重视，提前看了风荷记的资料，也看到了前段时间掀起古风热潮的锦衣卫飞鱼服。巧的是，他们这部戏的背景恰好是明朝，因此对风荷记考究的设计十分满意，他和万穗当面聊过之后，当即拍板定了下来。

晚上庆祝，小佳和趣趣一起去超市买了底料和食材，三个人在工作室涮火锅。处理食材、炒底料都是她俩负责，万穗切果盘，边切边吃。

“我让你发的朋友圈，发了吗？”万穗问。

“发过了。”小佳熟练地洗着青菜，“不过，姐，你干吗不直接叫她过来啊？”

“让她自己送上门，不是更有趣？”

万穗捏起一块香瓜，嘎嘣嘎嘣地嚼着。

火锅摆在一张小方桌上，食材很丰富，肥牛、毛肚、各类丸子，还有许多蔬菜。三个人围坐在桌前，第一批肉熟的时候，郑慕到了。

万穗眼睛都没抬，将肥牛夹到小佳和趣趣碗里：“这几天辛苦了。”

郑慕笑着跑过来，特别高兴的样子：“你们真的签了电视剧的单子吗，太好了！”

小佳和趣趣默默低头吃东西，不掺和。

“对啊。”万穗吃着肉，也不看她，“不过关你什么事。”

郑慕愣了一下：“……没，我就是替你们高兴，这是一笔大单嘛。”

万穗依旧面无表情：“我谢谢你全家。”

郑慕咬了咬嘴唇，“表姐，你这是怎么了？是不是我上次拜托你帮忙，你生我气了？你觉得麻烦的话，不用帮我，我自己慢慢找也可以的。”

这话说的，倒打一耙的技能炉火纯青。

万穗把筷子搁下，往椅子上一靠，抱着手臂。

“郑慕，你做人能不能真诚点？我自问就咱俩这情分，我对你很厚道了，就你天天闲着一点活儿不干，工资照样给你结，还免费给你出片，你但凡有点良心——良心你没有，那但凡有点智商，也应该知道要对我好点吧，嗯？”

锅里丸子熟了，小佳和趣趣捞起来，先往万穗碗里放了一颗她最爱的撒尿牛丸。万穗瞧见，更加感慨，人跟人真是不同。

她站起来，走到郑慕跟前：“你倒是跟我说说，你跑到我哥跟前说三道四，图的是什么？”

郑慕脸色僵了一下：“我没说什么啊……”

“我其实挺想不通的，我不好过，对你也没什么好处啊，”万穗一根手指在她脑袋上戳了一下，“就你这脑子，智商情商一商更比一商低，进娱乐圈，去送死吗！”

“你不帮我就算了，有必要这么说话吗！”郑慕有点生气，“帮我介绍影帝认识不过是一句话的事，你都不愿意，不就是怕我红了比你过得好吗？从小你就见不得我好！”

万穗气笑了：“我见不得你好？我巴不得你混得好一点，然后离我远一点。不过，你真以为，你红了就会过得比我好吗？你的眼睛是不是只看得到名和利，只有出名了发财了，才叫过得好？”

郑慕瞪着她：“你得意什么啊，不久仗着有个有钱的爹和哥哥吗，你还有什么！”

“还有忠心耿耿的员工，还有两肋插刀的朋友，还有爱我爱到死的男人。”万穗笑得开心。

郑慕一噎。

“我没那个闲心教你做人，今天是最后一次警告你，再在我背后搞小动作，我不介意搞死你。本来打算这笔单子谈下来，就把你推荐进剧组的，现在，滚回家做你的明星梦去吧。”万穗说完，坐下，气定神闲地拿起筷子。

郑慕气呼呼地走了，万穗浑不在意地继续吃火锅。

小佳有点担心：“她不会又整什么幺蛾子吧？”

万穗戳开一颗丸子：“整吧，正好给我个理由收拾她。”

终于把新人喜服的初稿搞定后，万穗感觉自己像是从五指大山下钻出来的猴子，一身轻松。

后续还有电脑图案的绘制、上色以及面料的生产编程，然后进入繁忙的制作期。趁着还有点时间，她溜去了北洲广场。

有段时间没来，她走到门口，站岗的两位小伙子便嘹亮地喊了一嗓子：“嫂子来了！”

万穗比着“嘘”的手势，一路走进去。大家伙笑着冲她挥手打招呼，配合地没出声。

邵成的办公室门掩着，李定眯着眼睛笑，神秘地捂着嘴：“没人，进去吧。”

万穗推开门，办公桌后的邵成抬头。

万穗把门关上，走到他背后，抱住他的脖子，在他侧脸上用力地亲了一下，印下一个鲜明的唇印。

邵成伸手去摸，被她抓住：“不许擦。”

邵成反握住她的手：“今天累不累？”

“累死了。”万穗把脑袋埋在他颈窝蹭了蹭，“设计图差不多完成了，后面还有的忙。”

邵成把她拉到前面，让她坐在他腿上，右手掌在她颈后，帮她捏着：“这个周六，记得把时间腾出来。”

万穗正舒舒服服地眯着眼睛，闻言霍然睁开：“你爸爸来了吗？”

邵成嗯了一声，想了想，又道：“你想提前见见吗？晚上带你一起去吃饭？”

“我已经跟陶陶约好了欸。”

陶宁最近情绪很差，韩树又死不见人，万穗猜想他俩之间八成出了什么事，一直没抽出时间，正打算今天好好跟她聊聊呢。

“周六再正式见好了。”她瞅着邵成，“你爸爸凶不凶？”

“对你肯定不凶。”

“我想着也是。”万穗非常自信地笑，“他儿子这么爱我，他肯定也会喜欢我。”

邵成低笑起来。

在他办公室待了一会儿，时间差不多了，万穗便离开去赴约。她走到门口时，迎面遇上刚刚回来的裴盛。

她正给陶宁拨电话，恰好接通，便只对他笑着挥了下手。

裴盛看着她进了电梯，才转过身，迈步走向里间办公室。

门没关，邵成正低头打开一包湿纸巾，脸上一片鲜红，一颗完整的、小小的唇印。

裴盛走进来，将手里的文件放在桌子上：“这批新学员的资料。除了从部队退役的两个老兵，其余人体能普遍不行，作战经验不足，需要进行系统训练。”

“这期特训营你带吧，我有点事要处理，走不开。”邵成慢条斯理地擦着脸上的唇印。

以往的特训营是他亲自带，封闭式，为期二十八天。现在他身边有了人，没办法离开那么久。

裴盛顿了顿，应下：“好。”

邵成擦干净脸上的口红，走到裴盛身边，在他肩上缓缓拍了两下。

两人都没有说话。

万穗跟陶宁约在一家很有特色的日料店，包厢都是独立而私密的，很适合说一些私房话。

铁三角眼看要分崩离析了，万穗必须做点什么，挽救快要倾翻的友谊的小船。

“你和韩树怎么了？”她问。

得到的回答是言简意赅的两个字：“睡了。”

万穗一口清酒全喷了出来。

陶宁脸色淡然，抽了张纸巾递给她。

“我去……”万穗擦了脸，把纸巾团成一团，丢开，“什么时候？”

“你在瑞士的时候。”陶宁垂着眼，手里一只小酒杯，在指尖转着，“那天老徐跟我表白，我心里有点乱，找他出来喝酒……我们俩都醉了。”

“我说不用他负责，大家当什么都没发生过就行了，他估计是没办法接受，跑了。”

万穗磨牙：“这个没用的东西！”

“正好帮我做了决定，”陶宁呼了口气，“这事就翻篇吧，往后都别提了。咱们这么多年感情，别糟践了。”

万穗气得牙根痒痒：“那也不能这么糟践你啊，那个傻子，敢回来看我不揍死他！”

“我没事儿，”陶宁笑着抱住她，晃了晃，“我已经答应老徐了，其实他人挺好的。”

万穗愣了一下，陶宁又道：“他都知道，但是他说不介意，愿意等我。”

万穗叹了口气，抱住她：“我不关心他，我只想要你开心。”

两笔单子的工期都很赶，万穗一面要加快制作薄颜的喜服，一面还要研究剧本，着手设计剧装。看剧本以及与剧方沟通的工作交给了小佳，她和趣趣整天泡在操作间，抓紧时间赶工。

风荷记以往闲闲散散的氛围消失无踪，万穗开启了拼命三娘的模式，小佳和趣趣也是精神高度集中。周五晚上加班到半夜，三个人直接睡在了工作室，一早起来接着工作。

下午，面料厂来消息，新布料做出来了，万穗过去验货，叫小佳和趣趣把裁好的布料送去裁缝店。

“跟陈师傅说一声，这两个月有大量衣服要做，别接其他的活儿了，直接叫他们来我们工作室吧，省得来回跑。再约一下刘师傅，他们夫妻俩估计忙不过来。”

万穗收着东西：“后头俩月应该都没得休息，明天放一天假，你俩好好放松一下。”

趣趣瘫在座位上：“我觉得我的灵魂可以飞升了。”

“你的灵魂能不能飞升我不知道，你的钱包可以飞升了。”万穗笑着说，“等这一批活儿忙完，这两个月的薪水给你们翻倍。”

正捶胳膊的趣趣、做眼保健操的小佳，齐齐一愣，对视一眼，哇哇尖叫起来：“谢谢姐！”

万穗摆摆手出门。

晚上订好了饭店，两家人一起吃饭。万穗回公寓洗澡化妆，把自己收拾得漂漂亮亮，跟邵成一道出发。

到饭店的时间刚刚好，只是两位长辈都很守时，提前到了。

邵成牵着万穗走进去，向两位长辈欠身：“万叔，爸。”

老万笑呵呵地对身边的人介绍：“老邵，这就是我闺女。”然后招呼万穗叫人，“这是你邵伯伯，你小时候还抱过你呢。”

邵伯伯看起来很严肃，身上还有一种威严的气质，让人很有压力。

万穗笑得很乖，冲他鞠了一躬：“邵伯伯好，我叫万穗，麦穗的穗。”

老邵看起来不苟言笑，但对万穗的态度称得上温和，掏出一个信封给她。

万穗把眼睛笑成两个月牙：“谢谢伯伯。”

信封很薄，里头是张卡。这个见面礼很大手笔啊。

这顿饭气氛很是轻松，万琛席间面色如常，礼数周全，饭局结束离开时，经过万穗身边，才冷冷地横了她一眼。万穗缩了缩脖子，讨好的目光望着他。

她是没听他的话，先斩后奏了，但她也没办法啊，先把事情定下来，这样老爸再生气，也不会做得太过分。

周日，邵成和万穗陪两位长辈去南山的高尔夫球场。

天气晴朗，万穗晚上休息得不错，心情很好，陪老爸和邵伯伯打了几球，就去找邵成玩。

他坐在遮阳伞下休息，一身休闲装，长腿交叠，怎么看怎么养眼。万穗径直跑到跟前，在他脸上啵了一口。

周末万琛依然忙，开完会，迟了一些过来。远远瞧见万穗和邵成抱在一起，亲密的样子，脸色微冷。他没过去，径直走向远处打球的两位。

老万和老邵已经在商量婚事如何操办。两家结亲自然是一桩美事，难得两个孩子情投意合，做父亲的都很支持。

万琛听着，一直没有出声。

他明白，找到一个相爱的人并不容易，他并不想在他们俩的感情上多加阻挠，但，也不能容忍当年的事就这么不明不白地过去。

万穗受的那些罪，总要讨回来。

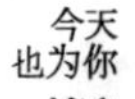

讨论到细节，老万对万琛道："我记得你有朋友做酒店的，你给问问，最早能订到什么时候。现在结婚的多，晚了就不好办了。"

"不急。"万琛把球杆交给球童，摘下手套，"在这之前，我想邵成还有事情向你们坦白。"

这话隐藏的含义十分耐人寻味。

老万皱了下眉头，老邵神色肃穆："有什么事，你不妨直说。"

万琛只道："我不便多说，让他亲自告诉你们吧。"

万穗坐在邵成腿上，有说有笑，瞧见老哥走过来，立刻从邵成腿上跳下来，摆出一脸乖巧。

"哥。"

万琛脸上没什么表情，和邵成互相点头致意，扫了她一眼："跟我过来，拿点东西。"

万穗不疑有他，跟邵成摆了摆手，乖乖地跟他走了。

邵成看着两人离开，视线转向前方，原本正在打球的两个人正向他们走来，握着球杆，步伐整齐，气势凛然。

他站起来，摘下帽子。

万琛进入会所，问侍者要了两杯喝的，到休息厅的真皮沙发上坐下。在万穗开口前，他率先问："工作室最近怎么样？"

"接了笔古装剧的单子，工作量很大，忙死了。"万穗坐到他身边，想到明天就要回去继续赶工，就觉得浑身发软，"做一天我就想休息半个月，太累了，你每天那么忙是怎么撑过来的啊？"

万琛揉了把她的头发："为了让你想休息就休息。"

"哎呀！"万穗用脑袋在他肩膀上撞了一下，"你干吗突然煽情？"

万琛笑了笑。

万穗坐直身体，四下瞅了瞅："不是要拿东西吗？"

万琛扫她一眼，没答。

万穗看着他，几秒钟后，一言不发地起身往外走。

"坐下。"万琛语气不轻不重。

万穗脚步停下，转过身，站在那里看着他。

"你是不是告诉爸了？"他一脸平静，万穗反而更加着急，"哥你干吗呀，你想让爸爸打死他吗！"

她是抱着邵成爸爸过来能帮他撑腰的心态，但事到临头，担心一点都没减少。

今天的时机也太不巧了，老爸手边可是高尔夫球杆，一杆子下去……

“若是问心无愧，有什么好怕的。”万琛扫她一眼，“过来坐下。”

万穗眉头皱着，咬了下嘴唇：“我要出去。”

万琛目光一冷：“这件事让他自己解决。这点担当都没有，拿什么照顾你。”

走廊尽头的房间里，气氛凝重。

客厅沙发上，老万正襟危坐，脸上阴云密布。正前方地上跪着一人，上身赤裸，紧实健壮的脊背上，数道红色伤痕密布。

老万沉默许久，才沉沉开口：“老邵，行了，再打孩子要受伤了。”

一旁，老邵拿着球杆，神色比他更加沉重。

他眼中沉稳持重的长子，诱拐了老友家刚成年的女儿，他的怒火不比老万少。

“你太让我失望了！”

老邵又是一球杆敲下去。

邵成身体猛地一震，被打得向前栽了一下，又迅速直起身，身侧拳头紧紧攥着，手背上青筋可见。他直挺挺地跪着，脊背绷直，牙关紧咬。

“任何错误，在犯下的时候就应该知道，没有任何补救的机会。今天你能够取得万穗的原谅，你万叔不追究，那是他们仍对你寄予厚望，给了你机会，是你小子走运！我相信，你心中是非对错自有判断，以后该怎么做，自己想清楚！”

老邵放下球杆，脸色仍然严厉。

邵成沉声：“是。”

老万看着邵成，以往那种对晚辈的欣赏全然被怒火替代了。他开口，不冷不热道：“起来吧，去把伤处理一下。”

邵成跪着，张口欲说什么。

砰砰砰——有人砸门。

万穗在外头喊：“邵成？爸？”又是砰砰砰三声，“你们干吗啊，开门！”

老万往门的方向看了眼，放在膝盖上的手动了一下。

邵成起身，咬牙忍着肌肉牵拉时的剧痛，将上衣穿好，迅速整理好表情，过去打开门。

“怎么了？”他声音如常。

万穗拉着他上看下看左看右看，舒了口气，往里头瞄了一眼，见老爸和邵伯伯神色都很严肃，顿时心里一咯噔。

“我爸打你了吗？”她捂着嘴小声问。

老万还是听到了，冷哼一声。

万穗立刻看他一眼，一脸讨好的笑容。

邵成："没有。"

万穗这才放下心，看看他，又看看里头那两位，笑得乖巧："爸，邵伯伯。"

老万抬手，声音很轻："闺女，过来。"

万穗坐到他旁边。老万拍拍她的手，眼眶有一点发红："爸对不住你……"

"哪有。"万穗抱住他，"我爸爸是天底下最好的爸爸。"

老万对邵成的态度冷淡许多，一整天没再跟他说过话。晚上回到清川道，他回头看了邵成一眼，对万穗抬抬下巴："先跟你哥回去。"

万穗立刻警惕起来，觉得老爸要开揍了，小心翼翼地问："你们有话说啊？"

"进去吧。"邵成拍拍她的脑袋。

万穗很不放心地走了两步，又跑回来，抱住老万晃了晃："爸爸，我爱你。"

撒撒娇，希望老爸动手的时候能稍微顾念着她。

老万看着她一步三回头地进门，无声叹气。

"这丫头真是被你迷得神魂颠倒。"他转回身，面色隐隐不悦，"邵成啊，你真的辜负了我对你的信任。"

邵成低头，诚恳而郑重："这是唯一的一次。"

万穗就在门后守着，老万一进家门，她立刻凑上去，狗腿地搀着他的手臂到客厅坐，蹲在他脚边，哈巴狗似的把下巴搭在他膝盖上。

老万清楚她想问什么，故作不知。

"我不是故意瞒着你的，当时真的是鬼迷心窍了，才会拍那张照片……"

没等她说完，老万看着她："就算那天没发生，他的错误也不能减轻。他诱拐了你，是事实。"

"是我主动的。"

"你小，不懂事，他一个成年人，难道没有一点分寸吗！"

万穗耷拉着眼皮："都过去了啊，我早成年了，可以在一起了嘛。"

老万长叹一声，半晌才自责道："是我的错，没好好教你，让你一个女孩子学得没脸没皮，不知道自爱。要是你妈还在，肯定把你教得很好……"

"爸，你别这样，"万穗鼻子一酸，"你不喜欢我就不和他好了。"

老万在她脑袋上狠狠戳了一下："要不是看在你的分上，今天老邵打死他，我都不会拦。"

万穗一蒙。

"邵伯伯打他了？"

老万冷哼一声。

万穗哭丧着脸。什么情况啊，还以为邵伯伯会给邵成撑腰，怎么还是他亲自动的手啊。

万穗跑出家门时，老万根本拦不住，气得连叹几声，甩手上楼。

路上差点跟人飙车，万穗风风火火地赶到公寓，打开门后鞋都顾不上换，直奔卧室。

邵成站在床边，诧异地望着她。

万穗冲过去，拉着他的上衣就往上掀。

邵成捉住万穗的手，不动声色地往下拉："这么想我？"

"你还笑得出来！"万穗皱着眉头，狠狠瞪他一眼，"让我看看。"

邵成松手，被她转过去，将衣服掀了起来。

他的背上已经肿了，面积太大，猛地一眼还看不出来。但万穗很清楚，他原来的背不是这个样子。

以前的伤疤都已经很淡，如今又添了许多，横的斜的，一条又一条。伤痕交织在一起，已经变成大片很深的青紫色，有些地方甚至破了皮，结着血痂。

她在他背后没了声音。邵成回身看，才发现她不声不响地站在那儿，眼睛红彤彤的。

"我没事，"邵成把她搂到怀里，捏了捏她的鼻尖，"怎么越长大越爱哭鼻子。"

万穗一根手指按上去。

他嘶了一声。

"知道疼了？"万穗碰了一下，就很快松了手，动作很轻地把他的衣服放下来，"去医院。"

"家里有药。"邵成道。

万穗瞪着他："你知道你背上成什么样子了吗，还逞强，不拍片子检查清楚，万一伤到骨头了怎么办？"

肉眼看得到皮肉伤，但看不到内里的情况，这样的打法，脊椎很容易伤到，严重一些，内脏也可能受到损伤。

自己的伤，邵成心里还是有数的。

换了别人，那几杆子打下来，脊椎都有可能断了。毕竟是亲爹，老邵下手有分寸，专挑会疼但不至于受伤的地方打，个把月就能恢复。

但看着她眼眶里迅速蓄起的泪花，邵成还是投降："好，我们去医院。"

万穗坚持自己开车，把邵成送到医院，挂了急诊做检查。检查结果出来：

大范围的软组织损伤，以及胸肋骨轻微骨裂。倒不严重，不过得休养一段时间了。

万穗稍稍放下心。

再回到公寓已经大半夜了，邵成准备洗澡，拿了换洗衣物，看看她：“来帮我？”

万穗翻他一眼。

“我肩膀疼。”他理直气壮。

万穗瞅他几眼，嘟囔句什么，放下药走过去。

第十四章

我爱你，以我全部忠诚

隔天，公事繁忙的老邵便要离开。万穗一早和邵成一起送他离开，还要赶去和制片方开会。

工作室几人仍然忙得晕头转向，所幸一切进展顺利。打算用在新娘喜服上的新款面料打版很成功，至此，薄颜婚礼的服饰已全面进入制作阶段，顺利的话刚好能赶在约定期限时交货。

另一方面，剧装的设计构思虽然需要一层一层的审核加讨论，导演、副导演、编剧，各有各的看法，麻烦且诸多限制，但最终她的方案得到了认可。万穗开始加班加点地画设计图。

在这期间，她生日会上大受刺激的一帮同学张罗了一场同学聚会，再三提醒万穗，一定要携伴出席。不过邵成那几天出差，去不了。

万穗跟陶宁结伴去的，到场时，很意外地在那里见到了许久未出现的韩树。

陶宁脸色僵了僵，很快整理好，若无其事地冲他颔首，然后走到离得很远的位置去坐。

组织聚会的是大学时的女班长，现在自己开饭店，生意做得不大不小，见了她们热络地招呼着。

和众人寒暄过，万穗径直走到韩树身旁，把椅子拉开，坐下，高跟鞋的鞋跟踩在他脚面上，狠狠碾了几下。韩树也磨着牙，愣是一声没吭。

他状态并不好，眉眼倦怠颓然，以前那种嚣张的精神气儿大打折扣。

万穗拿开脚。

他身边仍像以前一样，总是有人围绕。万穗找不到机会说话，被那几个男同学好奇地拉着问了些近况，然后在或探究或兴味的几种目光中，起身走了。

万穗出去上洗手间，回到包厢时，在门口遇上一人，细纹衬衫，戴着眼镜，很斯文。

他正要打开门，看到她，收回手。

“好久不见。”

万穗瞅着他，脑袋里飞快检索，嘴上客气着：“你好。”

对方扯了下嘴角：“不认识我了吧，老同桌。”

万穗一下子想起来了，她的学霸同桌。

表白被拒，就找老师调了座位，再没跟她说过话的那位。

“你变了很多啊，”她礼节性地笑着，“我真的快认不出来了。”

学霸道：“你倒是没怎么变。”

万穗笑笑，越过他走进去。

她走到陶宁身边坐，悄悄指了指学霸，跟陶宁咬耳朵。陶宁小幅度地扫了一眼，惊讶："变化好大，以前瘦得跟杆子似的，现在身材还挺不错。"

学霸现在省属的一个研究院工作，一帮同学都羡慕又好奇，免不得一番打听。

"我还没有女朋友。"他回答。

提起话茬的人惊讶："不应该呀，你这样斯斯文文的，最讨女人喜欢了。"

"女人大概都喜欢肌肉男吧。"学霸说着，往万穗的方向瞟了一眼。

万穗泰然自若地喝水，陶宁慢慢把头靠过来。

"什么情况？"

"我怎么知道。"

过了一会儿，陶宁忽然想到什么："……穗儿，你当时怎么拒绝他的？"

万穗思索片刻，捂了捂脸。

她当时说的是——

你喜欢吃白斩鸡吗？我不喜欢。

"……"

陶宁皮笑肉不笑："你看你给人留下的心理阴影。"

万穗手搭在桌子上，指尖在杯子上轻敲着，一边微笑："我已经努力在委婉了。"

"委婉地捅刀，也是刀。"

"人都到齐了吧，咱们开饭？"有人提议。

班长挨个点了一遍："等等吧，还差一个，程慧慧。"

一帮人的视线瞬间往韩树的方向飘过去。男同学开起玩笑："哎，树，不是你女朋友吗，怎么没一块来？"

韩树一脸无趣："早分了。"

"你小子真是不懂珍惜，咱们班花，多少人追呢，结果糟蹋到你手里了，"男同学嘻嘻哈哈，挤眉弄眼，"说真的，你跟她睡过吧？"

话音落地，包厢门从外头推开，一瞬间，像是一片耀眼的光涌入。

"不好意思，来晚了。"

程念踩着高跟鞋，款款地走进来。前一秒钟还人声喧阗的包厢，陷入一种奇异的寂静。

有一刻，所有人的呼吸仿佛都暂停了，只能听到程念高跟鞋踩在地板上发出的笃笃的响声。直到她从容地拉开一把椅子，优雅落座。

满屋子的人里，只有韩树一人，没有被"大明星是我的大学同学"这件事惊到。他似乎早已知情。

万穗眉头轻轻皱了下。

电光石火间，许多事情串联起来。

短暂的集体发蒙后，众人相继回过神来，气氛一下子掀到顶点，自带聚光灯的大明星成了聚会的焦点。在场的男同学、女同学的男伴，多少男性不能免俗地将程念视为女神，这会儿近距离接触，那叫一个激动。

万穗和陶宁坐在热闹的人群背后，却都沉默着，没有就这件事展开任何讨论。

新鲜劲儿过去，人群渐渐散开，陶宁这才回过神来似的，嘀咕一句："跟你结梁子的就是她啊……"

"不是梁子，"万穗把口红拿出来补，厚涂，将活泼亮丽的唇色描得深而艳，气场随之长了三分。

"血海深仇。"

道理上，她和邵成的事怪不上程念，毕竟对他们来说程念根本什么都算不上。但倘若当时她把礼物和话带到了，根本不会有中间的这七年。

个人感情上，万穗跟她大概天生犯冲。以前她和韩树好的时候，万穗就和她玩不来，现在，已经不单单是看不顺眼这么简单了。

身边围着的人散开，程念放下签字笔，这才注意到万穗似的，笑容浅浅："你也在啊。"

万穗轻轻乜了她一眼："对啊。"

程念正要转开脸，万穗却将声音提高些许，用在场人都能听到的分贝道："你架子大，想见一面都联系不上，正好今天你来了，咱们把旧账清算一下。"

不明情况的众人停止说笑，注意力被吸引过去。

程念笑容不减，十分惊讶地挑了挑眉："哦？我和你之间有什么账？"

"你欠我的东西可不少。"万穗冷冷道。

陶宁在桌子下拉了她一下，万穗没理，抱着手臂靠在椅子上。

"三月份你从我工作室借走一套拿了设计奖的汉服，至今没还，之后包括你的经纪人和几个助理在内，所有人都联系不上，毫无信誉可言。"说到这儿，她扫了眼看戏的众人。

"这事儿大家应该也关注过——本来觉得是你以及你的经纪团队人品有问题，现在我有理由怀疑，从一开始，你以换助理为借口，一拖再拖不签协议，就是早有预谋吧。"

程念神色自如："你说这事儿啊，我不知道那个工作室是你的，助理交接工作不到位，弄丢了，我也没办法。”她笑了一下，“说有预谋就可笑了，一套衣服而已，只有你那么稀罕。”

有人出来劝和：“这里头肯定有误会，都是老同学，大家有话好好说嘛。”

一方对程念道：“要不你再帮万穗好好找找？”

一方劝解万穗：“人家是大明星，肯定不会图你一套衣服……”

但显然万穗和程念都没有“和”的意思。

“那套衣服我不要了，我想要回来的是另外一样东西，”万穗看着程念，“大一我过生那天，邵成让你转交的礼物，你私藏这么多年，现在也该还给我了吧。”

众人哗然。

韩树和陶宁齐齐皱眉：“还有这回事？”

“你记错了吧，”程念扯了下嘴角，“我怎么不知道有什么礼物。”

“你知道。”万穗斩钉截铁。

程念微笑：“抱歉，真不记得。”

“那你记性真差，”万穗嘲讽道，“看来外面传你记不住台词，在剧组被前辈骂哭，是真的咯。”

程念脸色冷了。

眼看气氛僵持，其他人连忙七嘴八舌地两边劝起来。万穗暂时也拿她没办法，没再继续。

聚会一下子变了味。其他人努力挑起不尴不尬的话题，两个当事人却一个比一个淡定。

饭局到了尾声，陶宁起身去洗手间，不一会儿，韩树也站了起来。万穗反应迅速地拉住他：“你想干吗？”

韩树表情有点不自然：“撒尿，还能干吗。”

万穗用“少给我装”的眼神看着他，几秒钟后，松了手。

洗手间外的走廊，韩树懒懒散散地倚在墙上，眼睛盯着地面。

陶宁瞧见他，也没打招呼，从他身旁走过，脸上看不出表情。

走出几米，韩树忽然大步走上前，拽住她的手，又像是被烫到似的，立刻松开。

“你跟老徐……”他声音很低，话问到一半。

陶宁点了点头：“之前的事你忘了吧，别影响我们的感情。”然后笑着在他手臂上拍了一下，一派轻松的样子。

她走到拐角，万穗就在那里站着，伸手抱住她，在她背上拍了拍。

韩树也走过来，长臂一伸，把两人圈住，抱了一下，很快又松开，头也不回地走下楼梯。

夜幕降临。

离开饭店时，没尽兴的人正商量着换个地方喝酒，万穗已经眼尖地发现了等在路边的邵成以及他身边的老徐。

万穗蹦着下了两级台阶，伸出手臂。邵成笑着抱住她。

“你不是今天回不来吗？”

“提前搞定，赶回来接你。”他搂着她，向后面的一帮人点头致意。

几位参加过生日会的同学走上前来寒暄，明明只见过一次，却像是很熟稔。

另一边，陶宁简单介绍了老徐，他脱下外套，披在她肩上，握住她的手：“夜里有雨，温度有点低，小心着凉。”

陶宁：“谢谢。”

邵成揽着万穗正要离开，程念迈下台阶：“邵总，怎么也不打个招呼？”

邵成看她一眼：“抱歉，没看到你。”

明星的气质跟普通老百姓还是有差别的，程念今天又刻意打扮，在人群里可谓扎眼。这样还让人注意不到，对一个艺人来说，没什么比这个更尴尬的了。她脸色就不大好看。

万穗忍俊不禁，挑衅地乜了她一眼，拉着邵成离开。

“她就是韩树那个女朋友，程慧慧，整容整得我都没认出来，你也没看出来吧？”万穗小心眼地叮嘱邵成，“以后不要跟她说话。”

邵成很轻微地皱了下眉，把万穗送上副驾，关上车门，回头看了一眼，随即朝程念走过去。

万穗在车里把眼睛一眯。

“程小姐，”邵成和程念面对面站着，“我曾托你转交一份礼物，现在还在你手上吗？”

程念抿了下嘴角：“抱歉，那天情况太乱，没顾上，后来跟她没联系，就忘记了。以前的东西都在我爸妈那儿，哪天要是回去，我帮你找找吧。太久了，不一定能找到。”

邵成点头：“请务必找到。”

时间在忙碌中前行。

负责的一场发布会结束，展翼一众帅气保镖回到公司。办公室里沸沸扬扬，策划着去哪里大吃一顿。几名主管在邵成的办公室里开小会，听着外头的吵闹声，不由得发笑。

谈完正经事，邵成道："晚上挑个地方吃饭吧，犒劳大家。不准喝酒，明天还有事做。"

裴盛应下。

话带出去，欢呼声掀破房顶。

邵成笑了笑，从抽屉里拿出一盒烟，抽了一根，走到窗边。

"嫂子来了！"外面喊声传进来。

手里的烟刚点上，邵成抽了一口，灭掉。

万穗跟荷尔蒙旺盛的小帅哥们玩笑几句，一边推开门，脸上笑盈盈的。窗户开着通风，她还是一下子察觉到了，嗅了两下。

"只抽了一口。"邵成主动坦白。

万穗哼一声："不是说好了戒烟的吗？你不让我抽，自己又偷偷抽。"

她今天穿得正式，小衬衫，浅米色一步裙。她的胸不大，屁股却非常之翘，包裹在裙子里，曲线饱满。

邵成盯着她的裙子。

万穗在他面前转了一圈："不好看吗？"

邵成把她拉到怀里。

好看。

但是不想给别人看。

"嫂子，晚上跟我们一起吃饭呗。"门没关，一个小年轻扒在门口。

"可能不行哦，我待会儿还要去跟客户开会，最近太忙了。"她笑着对他眨了下眼睛，"下次吧。"

"嗯嗯。"小年轻傻笑着点头。

"什么客户？"邵成问。

"还是光曜的那部剧啊，这一个大客户就够我忙的了。"万穗看了下时间，"我就是来突击检查一下，看看你有没有背着我藏小妖精。"

邵成嘴角一弯："那你发现了吗？"

万穗斜着眼睛瞄他一眼，拽住他的耳朵："听这意思还真藏了呀？"

邵成但笑不语。

此时，桌上的手机震动起来，万穗眼明手快地捞起来——来电：程念。

她从鼻孔里哼了一声，点了接通、免提，拿在手里，看着邵成。

"邵总，"电话那端程念道，"方便见一面吗？我在你们公司楼下，你的东西我带来了。”

万穗做了个口型。

邵成道：“上来吧。”

万穗掐了电话，往桌上一丢，勾着邵成的脖子，用嘴唇在他脸上用力蹭了蹭，一边把他的衬衣扯出来，麻利地解开扣子。

工作性质原因，展翼不接受宾客来访，除非上头提前关照过，抑或身份特殊如老板娘。非合作期间，曾经的保护对象也不例外。

展翼没有前台，但有保镖把守。程念被拦在门口，有点火大。

“对不起，程小姐，成哥并没有吩咐。”保镖公事公办地重复。

“我刚跟他通过电话。”程念不悦道。

“您可以再通一次。”

程念隔着墨镜瞪了他一眼，拿出手机正要拨电话，里头有人走过来，客气道：“程小姐请进。”

一屋子的人全部老老实实坐着，没有一个人出声。

程念径直走向办公室，抬手敲了两下门。

随着笃笃两声，几十道视线悄悄投过去，屏息以待。

两秒钟后，办公室的门从里面拉开，窄窄的一道缝儿，万穗笑盈盈地站在那里：“这么快就到了呀。”

程念眉头蹙起：“你怎么在这儿？”

“这话可轮不到你来问。”万穗眉目舒展，心情看起来十分不错，“我的东西带来了？”

程念不答她的话：“我找邵成。”

万穗耸耸肩，很配合地侧身让开。

办公室里头，邵成衣衫凌乱，正慢条斯理地系扣子，嘴边一片口红印。

万穗勾了下手指：“过来，有人找你。”

他整理好，面不改色地走过来，问程念：“东西呢？”

墨镜遮掩了程念十分精彩的脸色，她嘲讽地呵了一声：“你们真是好兴致。”言罢，从包里拿出一个盒子，丢给邵成，迈着高傲的步伐离开。

万穗对一帮给予她高度配合的帅哥比了个手势，关上门。

邵成站在桌前，用湿纸巾擦掉脸上的唇印，凉凉地扫她一眼：“满意了？”

万穗抱住他的腰，撒娇嘟嘴：“她对你有想法，我担心嘛。都怪你，长那么帅，到处勾引人。”她恶人先告状，“你以后给我检点一点。”

邵成失笑。

万穗趁机在他唇上亲了亲："不许生气哦。"

邵成按着她的后脑勺吻下来。

他亲够了，松开她："几点结束，我去接你。"

"还不一定，这个时间开会，晚点肯定还有饭局，"万穗道，"你们不是还有聚餐吗，好好玩，不用接我了。"

邵成没答。

万穗又看看时间："我真的得走了，要迟到了。"

她拎起包，又拉着他亲了一口，小跑出门。

今天主要是把设计方案拿来审核，都是前几次开会讨论出来的结果，只是走个流程。导演几人看过没什么问题，便往上递到了老总那里。

万穗起先不知道还要给大 boss 过目，现在看来这部剧他们挺重视的，连服装都要老板亲自审核。

她留下来等结果，正好选角导演正跟总导演商讨主演人选，有了点分歧，总编剧跟万穗关系不错，便叫她过去看。

女主角的人选都是正当红的演员，其中一个就是程念——选角导演似乎很中意她。

真是冤家路窄啊。

万穗在心里为程念点上了一排幸灾乐祸的蜡烛。看了看演员们的资料，还没开口，那位选角导演直接问："你觉得程念怎么样？她外形好，气质跟角色很吻合，最近几部剧收视也不错。"

于是万穗也不拐弯抹角了。

"恕我直言，这几位外形都不错，至于气质，本身就是演技的一种体现，我相信任何一个好的演员，都可以演出您想要的那种气质。程念嘛，"她十分坦荡地说，"私人感情上，我跟她有点过节；不过就事论事，她的演技跟另外几位根本不在一个档次，这也是她一直被诟病的一点。"

这番话，令导演们都有几分讶异。

"你们有过节？"

万穗点头："我年前在比赛上得奖的那套汉服，被她租去拍写真，到现在还没还呢。"

"这件事我好像有所耳闻，"总编剧问，"你们没有签租赁协议？"

"这个确实是我大意。因为是一位好朋友介绍的，出于对她的信任，先将衣服送了过去，不过赶上程念换助理，工作没交接上，一直拖着没签。"

选角导演不以为意："没有协议也无妨，你们协商一下，真找不到也会赔偿你的损失。"

"她愿意协商的话，事情就不会闹到这么大了。"万穗道，"您高估了她和她经纪公司的信用。"

这话一出，便发现几个人的脸色有点尴尬。

总编剧解释道："她是我们公司的艺人。"

"……"万穗摊摊手，"友情建议，以后签人时还是注意一下人品问题吧，不然很容易损伤你们公司的声誉。"

"这就是艺人部的事了，"选角导演说，"就这个角色而言，她的人气对收视率很有利。"

万穗语气不急不躁："那就要看你们是更看重流量，还是质量。"

选角导演沉默。

"我好像说得太多了。"万穗笑笑，"个人见解，你们不必放在心上。"

门被敲响，一个秘书模样的人站在门口："万小姐，您好，关总请您去他的办公室。"

万穗愣了下："方案有问题吗？"

"这倒不是，关总说很久没见了，想和您叙叙旧。"

万穗有点蒙。

几位导演比她更惊讶，选角导演的态度立刻恭敬了几分："原来你是关总的朋友，怎么没听你提起过？"

万穗笑笑，自个儿也是云里雾里。

鼎元大厦二十八楼。

万穗被秘书带领着来到一间堪称奢华的办公室，推开门是会客厅，两个男人各坐在一边沙发，容貌一个赛一个英俊。

万穗瞅了瞅那两个人，摸不着头脑。

邵成朝她招了下手。关衡的目光随之转过去，瞧见她，意味不明地"哟"了一声。

"这不是邵成家的女儿吗，长这么大了。"

万穗还在想，到底在哪儿见过这张熟悉的俊脸，被他一句讥讽，立刻想起来了。

"哟，这不是那个老婆奴吗。"她皮笑肉不笑地呛回去。

关衡眯了下眼睛："邵成，你这女儿教得不行啊，忒欠揍。"

万穗吐吐舌头，挨着邵成坐。

她都不知道，原来合作方的大boss是老熟人，还是程念的老板，早知道当年就和他搞好关系了。现在为时已晚啊。

不过当她把事情原原本本一说，问："你们也不给个说法吗？"

关衡漫不经心道："这种小事儿，我哪儿会知道。"言罢起身，走到办公桌前拨通内线，"叫艺人部的王超过来。"

王经理赶过来，被一通训斥，一头冷汗地解释："已经对她做了惩处，停了两个月的通告。"

"惩处的结果呢？到现在依然没有任何交代。"关衡冷冷道，"艺人代表公司的脸面，她个人不守信用的行为，影响的是公司的声誉，这个后果谁来承担？她，还是你？"

"这……我回去立刻严惩！"

关衡往后一靠："那个工作室就是我朋友的，你们让我在她面前头都抬不起来。这件事妥善解决之前，程念的工作无限期暂停！"

万穗眼睛弯起，忽然觉得他还挺帅。

无处申诉的闷亏，还有能讨回来的一天，也算柳暗花明吧。

夜里已经睡下，万穗才忽然想起，自己遗忘了一件重要的事情。她霍然坐起来，打开灯，推了推邵成："我的礼物呢？今天程念不是拿过来了。"

当时她一门心思全在宣示主权上，竟然把这个给忘了。

"现在要看？"邵成问。

"快点啦。"万穗催促，推他的肩膀，让他起来。

一份迟到了七年的礼物。她很好奇，那个时候的邵成，想送给她的究竟是什么。

总觉得不会是一个普通的东西。时隔多年，他还会亲自去问程念要，是有什么特别的含义吧？

邵成套上裤子，走出房间。

万穗翘首盼着。

不大会儿，他回来，见她那样子，乐了。

"这么期待？"

万穗跪着挪到床边，拉他的手臂，把盒子抢了过来。

扁平的盒子，平平无奇，她打开，里面装着一枚国防军功章：纯金底座，象征荣誉的桂叶和团锦结，红色珐琅彩的八一军徽。

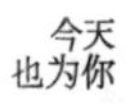

——一等功奖章。

万穗愣在那儿。

第一反应：怪不得，这么多年程念还保存着。

她见过一枚银色的，老爸的军功章，被妥帖又虔诚地收藏在他的书房里。小时候她想看一眼，老爸都要用手在下面接着，生怕摔了。一个退役老军人，将那视为最珍贵的东西。

万穗知道这东西多重要，拿起来的时候，情不自禁小心又小心。

沉甸甸的分量，含着他多少热血。

邵成立在她身前，一下一下地摸着她的头发。万穗抬头看他，眼里闪着光："你为什么把这个送给我啊？"

"忘记了。"邵成说。

一腔感动瞬间散了。

万穗眼泪都快流出来了，生生被气回去，挥拳打他："你认真说！"

邵成低笑。

"我想想……"他坐下来，把她抱到腿上，"嗯，大概是让你看一看，你男人不是吃素的，敢去招惹别人你就死定了。"

万穗又气又好笑，还有点想哭。

她发表结论："你当时肯定喜欢我喜欢疯了。"

邵成闷笑，把她的手和奖章一起握在掌心里，然后抓起她另一只手，放在心口。

"我爱你，以我全部忠诚。"

第十五章

背后的男人

程念拍完广告片回到公司，立刻便有人过来叫她："程念，经理有事找你。"

"找我什么事？"

"我也不清楚欸，应该是新剧的角色吧。下午导演组开会讨论人选，估计出结果了。"

这部戏是公司今年的重点项目，大制作。程念自认在竞争的女演员中独占优势，也急需一些正面新闻来改善公众印象，因此对这个角色志在必得。

她走进经理办公室，嫣然一笑："经理，您找我？"

正在文件柜里找东西的王经理转身，皱着眉头，把文件夹往桌子上一拍。

"你惹大麻烦了！"

好长一段时间，万穗热衷于向朋友显摆她的军功章，回家陪老爸吃饭的时候，更是特地把军功章带了回来。

她欢天喜地地跑进去，一把搂住老万的脖子："爸爸！"

老万把拿在手里正要切的土豆放下，在水龙头下洗手，眉间带笑，随后瞧见邵成提着礼品走进来，又是一脸冷淡。

万穗佯装不知，把他拽出厨房："让邵成做吧，你休息会儿，我给你看个东西。"

她急着显摆，把老爸拉到客厅坐着，神神秘秘地从包里拿出来一个盒子。

"当当当——"她打开，把盒子举到老万眼前，"看！"

老万瞅着盒子里再熟悉不过的奖章，一愣。

"邵成的？"

"比你的还厉害哟。"她嘚瑟。

老万将军功章接过来，拿在手里，认真端详着，一边嘀咕道："怎么把这个也给你了，胡闹。"

"给我不好吗？"万穗托着脸颊，脸上的笑容没断过，"说明在他眼里我才是最重要的呀。"

老万拿卖乖的她没办法，拍了拍她脑袋："也就是你了。"

万穗眼睛弯弯。

也就是她了。

她不会再让邵成眼里有其他女人的位置。

"我就跟你说嘛，他真的爱我爱疯了，"万穗一边说，一边悄悄打量老爸的脸色，"要不是那个程慧慧从中作梗，造成这么大的误会，说不定你早就有外孙可以抱了。"

老万不屑地哼了一声。但之后吃饭时，他对邵成的态度明显有所缓和。

繁忙充实的日子继续着。

薄颜那边的二十余套服饰陆续完工，只差做工最为精细繁复的新娘喜服。

万穗答应她的凤冠也做出来了，比工作室珍藏的那顶翟冠更加华丽夺目。除了金饰、珍珠，冠口外沿嵌有顶级成色的祖母绿、鸽血红宝石各六枚，每枚约十克拉；珠花及串饰上嵌有红、蓝、黄、绿宝石，共计八十八枚，全部由梁影帝赞助。

全世界只此一顶。

影帝出手大方，什么都要求最好的，万穗也一直在精益求精，每一个细节都力求做到极致。

这天在操作间里跟裁缝师傅沟通细节，小佳进来，脸色有点奇怪，指了指外头，道："大明星来了。"

"终于坐不住了吧。"万穗活动几下脖子和腰，整理好造型，打了个响指，"走，会会她。"

程念依然是人气偶像的做派，私服很潮，戴着大黑超，生人勿近的气场。这次她带了助理，还有两个保镖，大块头，黑色墨镜，看着就很凶。

不是展翼的人。展翼工作时不允许戴墨镜，除了能耍帅，没什么用，反而影响判断。而且展翼的帅哥们可不走"恐吓"路线。

程念在休息室里坐着，翻看着她们的宣传册，跟在自家客厅似的，怡然自得。

万穗叫小佳泡了两杯咖啡，走到对面坐下。

"稀客啊。"

程念合上宣传册，放在矮几上，透过墨镜看向她："你知道我为什么而来。想要多少，你直接说吧。"

万穗挑了下眉："显然你来的目的，与我想的并不一致。你想拿钱砸我，没问题，我乐意接受，但，现在还没到赔偿环节。"她看着程念，"你不该先向我道歉吗？"

程念嘴角抿了起来。

万穗好整以暇地等着。

对峙片刻，程念重新开口，将姿态放低。

"好，我向你道歉，虽然那套衣服不是在我手里丢失的，但责任在我，我可以赔偿你的损失。"

万穗掏了掏耳朵："不好意思，我不太了解你们圈子的规矩，不过在我们平民这里，道歉，是以‘对不起’三个字开场的。”

程念牙关咬了咬，忍耐道：“对不起。”

“虽然完全听不出诚意，不过到此为止吧，你的诚意对我来说也不值什么。现在来说赔偿吧。”万穗转头，对小佳勾了下手指。她拿着早已准备好的计算器跑过来。

“当时那份租赁合同，是看在姒姐的面子，给的友情价，你没签倒也正好，我们实在算不上朋友，我相信你也是这么认为。”万穗道，“所以，赔偿按照正常标准来吧。”

她向小佳示意开始。

“那套汉服是参赛作品，没有定价，我认为奖金的数目可以代表它的价值，你不反对吧？”

言罢并不等她回答，小佳在计算器上按了几下，只听“一零零零零零”的一串声音。

“租金百分之十，逾期一天收取百分之五的滞纳金，这是写在合同里的——现在多少天了来着？”

小佳：“一共一百零四天。”

计算器报出结果：六三零零零零。

万穗大方道：“看在你老板的面子上，我给你打个对折。”

小佳：“一共三十一万五千元，请问现金还是刷卡？”

程念哼了一声：“万穗，你好意思吗？你当你是多大牌的设计师，一套衣服值三十万？”

“我有什么需要不好意思的吗？”万穗摊手，“你搞搞清楚，弄丢服装照价赔偿是行业标准，我没要你三倍五倍已经是手下留情。你好意思赖账不认，拖欠三个多月，现在怎么不敢面对了？”

程念黑着脸，不说话。

一个助理试探着道：“万小姐，您这定价不按合同的来，滞纳金却看合同，一会儿这样一会儿那样，也说不过去是不是？您看这样行不行，既然合同没签，衣服我们照价赔偿，滞纳金就算了……”

万穗看着她，笑了：“你们这个圈子真有意思，从台前到幕后，一个一个脸皮都被肉毒杆菌打厚了——你就是新招的助理吧，合同没签不是你的责任吗？自己工作失误，后果却要我来承担，你觉得合适吗，嗯？”

“……”

万穗起身：“我这也挺忙的，你要是不愿意赔，就别耽误我的时间了。”

“傻愣着干吗，把我的卡拿出来！”程念在她身后开口，话是对助理说的，语气很呛。

万穗脚步未停，朝小佳摆了下手，让她来收尾。

程念黑着脸离开工作室，走向停在路边的保姆车。

助理为她拉开门，程念从墨镜后阴森森地扫她一眼，抬起脚，尖细的鞋跟踹在她身上，接着转身，朝一米九的保镖脸上甩了一巴掌。

“没用的东西！”

助理摔倒在地上，捂着剧痛的大腿，哭着道：“对不起，念姐，我……”

被打的保镖一脸蒙，和另一人对视一眼，试探道：“我们去教训一下那个女人？”

程念目光阴鸷：“你教训得起吗，蠢货！”

“程念？”

此时，身后传来一道惊喜又不敢相信的声音。

程念迅速整理好表情，弯腰将助理扶了起来：“走路小心点。”

然后微笑转身。

来人是一个挺漂亮的年轻女孩儿，站在几米外的位置，兴奋地捂嘴：“真的是！”

本以为是粉丝，但这人看着有点面熟。

程念询问地看向助理，后者打量几眼，小声说：“好像是之前穿风荷记衣服走红的模特。”

程念笑容收敛。

“我喜欢你很久了，没想到会在这里遇到你！”郑慕往前走了两步，笑得也很好看，没有通常粉丝会有的激动失态，“我可以单独跟你说几句话吗？”

“有什么话就在这里说吧。”程念话音冷淡。

郑慕回头看了眼绿树掩映下、旧仓库改造的漂亮房子：“你别和这个工作室合作了，之前你弄丢服装那个事，就是他们爆出来的。”

薄颜的喜服缝制好，熨烫定型后，挂在操作间的衣架上。

这一整套的大红麒麟通袖袍、团花霞帔、描金龙云纹的玉革带、缀珍珠的青罗袜，即便不是风荷记有史以来最为繁复奢华的设计，也是用料最为考究珍贵的一次。

万穗征得了薄颜的允许，拍了一些照片存档。与影帝那边约好时间，便可将所有服饰打包，等他来取了。

恋爱是女人最好的保养品。这段日子工作繁忙，压力也很大，万穗照镜子的时候，发现自己竟然还是容光焕发的。

邵成昨晚应酬喝多了，难得醒得比她晚，万穗没有吵醒他，轻手轻脚地收拾好，出门前，在他脸上吻了一下。

他睁开眼，眼里有些红血丝。

万穗啧了一声。

这样一对比，显得她好像一只吸人精元的妖精。

“我送你？”邵成声音有点哑。

“你继续睡，”万穗把他眼皮又给合上，“早上没事儿的话就别去公司了，好好休息。”

邵成把她的手拉下来，在手心亲了亲：“晚上下班给我电话。”

工作顺利，爱情美满，万穗心情很不错，等红灯的时间，在车里跟着音乐扭动。到了工作室，刚好瞧见小佳和趣趣都在门口，她下车，隔老远喊了一声：“早上好，姑娘们。”

小佳和趣趣回过头来，脸色一个比一个沉重。

“怎么了？”万穗走过去。

小佳和趣趣闪开，露出身后虚掩着的门。

“姐，我们来的时候门已经开了。”

万穗笑容一收：“进去看过了吗？”

“还没，我们俩也刚到。”

“不要碰门锁，检查一下丢了什么东西。”万穗用手机把门顶开，走进去。

工作室里一切如常，没有异样，三个人仔细地四处查看。

“我的电脑，本来是在这里放吗？”万穗看着空荡荡的桌子。

小佳往桌子上看了一眼，一惊：“是。”

“确定？”

小佳点头：“我确定，这段时间一直在这里。”

万穗猛然想到什么，快步走进操作间，打开放凤冠的箱子。

还在。

她皱着眉：“报警吧。再仔细看看还有什么东西不见了。”

邵成比警察来得更快。

彼时万穗在门外的台阶上坐着，垂着脑袋，没了早上的神采。变故总是来得让人措手不及。

邵成大步走过来，在她身前蹲下。万穗抬头看他，邵成安慰地摸了摸她的头。

“丢了什么？”

“一台电脑，我所有的设计图都在里面。”

“有备份吗？”

万穗点头，神色却并没有缓解。

如果被人盗用，有备份也白搭。薄颜那边还好说，光曜那笔单子，几十套衣服的初稿甚至终稿，全部要作废。

邵成环视一圈，工业园区内的小路，房前有树，监控能拍到的概率不大。

他戴上手套，检查了门锁。是常见的技术开锁，不过这种超B级锁，技术难度大，比较费时，一般小贼不会来撬。并且屋内没有被翻找过的痕迹，只带走了一台电脑，应该是有预谋。

邵成摘掉手套，问了一句：“这里装监控了吗？”

万穗顿了下，抬头望向一盏壁灯。

刚搬来的时候安的，从来没用过，她都给忘了。

小佳立刻去开电脑调录像，趣趣凑到万穗旁边：“姐，你没跟邵boss在下面做什么不可描述的事情吧？”

万穗脚步一滞：“你们敢背着我偷偷看录像就死定了。”

果然有……趣趣比了个封口的手势，跑去给小佳帮忙了。

查看录像很快有了结果。

昨天深夜，两点左右，有两个人撬门进来，看体型是一男一女，不过都伪装得很严密，普通的连帽卫衣外套，脸上还有口罩遮挡，完全拍不到脸。有趣的是，如邵成猜测的一样，其中一人进来就直奔电脑去了，先将U盘插入电脑，折腾半天之后，应该是破不开密码，直接将电脑合起来，抱走了。

男的倒是很有闲情逸致，四处转悠，还去休息区逗鸟玩。

将电脑装进包里后，那女人不知为何看向了操作间的方向，随后放下包，走了进去，两分钟后才出来。

万穗让小佳将那段重复放了三遍，然后直起身，脸色冷得吓人。

郑慕把自己伪装得再好，有些东西是藏不住的。那个鬼鬼祟祟的偷摸样子，从郑慕学会翻她包的时候起，万穗就已经很熟悉了。

但她根本联系不上郑慕的人，去找小姨，她反倒很气愤：“我们慕慕在剧组待得好好的，什么入室盗窃，胡说八道！东西丢了就报警，都是一家人，你冤枉你表妹干什么！”

她当面给郑慕打了电话——万穗一直打不通的电话，这次倒是很快接通。

不过郑慕对于偷电脑一事矢口否认，万穗也懒得再多费唇舌，直接对小姨道：“你们知道入室盗窃是入刑的吧，她要是敢泄漏我的资料，我让她有多久，判多久。”

警察勘查过现场后，得出的结论与邵成的基本一致，并且没有在现场提取到任何指纹和脚印——两个犯罪嫌疑人十分谨慎。现场没发现有价值的线索，于是先派人去附近的开锁店调查。

万穗和邵成回到工作室，被叫去了解情况。

因为工作缘故，展翼与公安部门时常打交道，办案民警来之前得过上头的吩咐，言辞十分客气。邵成不想让万穗这时候接受盘问，与对方交代几句，领她上了楼。

“你先休息一会儿，这件事我来处理。”

万穗点点头，瘫在沙发上。

民警从两个助理口中了解了大致情况，邵成将一张照片放到桌子上，敲了敲：“从她身上入手查吧。”

万穗沉郁了一整天。

翌日郑慕被带到警局接受调查，仍拒不承认。万穗见她死不悔改，明白电脑是拿不回来了。她考虑很久，独自去了光曜。

电视剧的筹备工作如期进行，没有时间可以让她一切从头来过，不能按时交工，按合同是要赔偿违约金的。

那笔钱不是小数目，虽然拼一拼也拿得出来，但她实在不甘心吃下这个闷亏。

万穗去找了关衡，没有邵成在，等了一个下午才见到人。

她被助理领进办公室，关衡正在快速翻阅文件，抬了下下巴：“坐。我可是专程为了你大老远从南三环赶回来的，待会儿还要去看我女儿演出，你有十分钟时间。说吧，什么事儿这么急，非要见我？”

万穗没磨叽，直接说明来意。

“这事儿啊，”关衡龙飞凤舞地签好文件，靠在老板椅上，跷起二郎腿，“你好好给我赔个礼道个歉，我可以考虑不追究。”

“……就这样？”万穗狐疑。

关衡隔着办公桌，好整以暇地注视着她。

她清清嗓子，铿锵有力道："关衡哥，我错了，我年少无知冒犯你，你大人有大量，原谅我吧！"

"行了，"关衡一摆手，"我让他们尽量给你争取时间，回去等消息吧。"

万穗离开光曜的时候，还是不敢相信，这家伙居然没有借机为难她，还爽快地答应了她的请求。

虽然，如他所说，他确实不缺她那点违约金，但他怎么看都不像个宽宏大量的人啊！

光曜总裁办公室，关衡将签好的合同交给助理，吩咐道："把这个送去展翼，交给邵总，让他尽快安排人手过来。"

助理点头，好奇道："咱们要换安保公司了吗？"

"这家免费。"

隔天下午，万穗收到剧组工作人员的回复。

因为各个演员的档期已经确定，涉及各方无法擅自更改，他们在其中尽最大努力，为她争取到了两周的宽限时间。

对于汉服的制作周期来说，两周时间太短，根本完成不了几十套服饰的制作。但万穗还是想拼一拼，不想这么轻易被人搞垮。

所幸前期的准备工作做得充足，可以省去一部分时间，万穗在小佳和趣趣的协助下迅速投入了剧组服装的重新设计和制作当中。时间紧迫，她们不得不开启了不分昼夜的疯狂模式。

另一边，邵成亲自跟进案子的调查进展。

线索太少，警方在对郑慕的人际关系排查后怀疑，与她协同作案的男性极有可能是她在音乐学院的同校同学，且作案手法娴熟，怀疑是惯偷。随后与在区域的派出所取得联系，排查有盗窃案底的在读及应届毕业生。

与此同时，邵成再重新播放监控录像时，有了一点新的发现。

那位男性同伙被鹦鹉吸引，在休息区停留的时间不短，角度问题，监控拍不到清晰的画面，但发现他曾经摘下手套。邵成猜测他可能是用手逗叽叽玩，甚至，曾经向它喂食。

他将鸟笼里那柄红木铜嘴的喂食器交给警方去化验，但因为在这期间万穗曾经使用过，并不抱太大期望。

结果却是出乎意料。

——在木柄与圆环之间的铜柄处，采集到了半枚指纹。

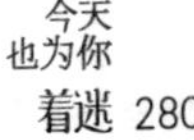

信息库检索后，很快锁定了音乐学院郑慕同届的同学张某。

手续在一路绿灯通行的情况下很快审批下来，审讯中张某坚称案发当晚自己在出租房中睡觉，直到看到指纹比对结果。

之后的进展便十分顺利，张某供出了主犯郑某，并且提供了他们私下联系的方式及社交 APP 账号，警方通过技术手段恢复已经被删除的聊天记录。证据确凿，直接实施抓捕。

审讯那天，万穗顶着三天没洗的头发赶到警局，邵成正和负责案件的警官站在审讯室外，通过双面玻璃观看审讯，不时地低声交流。

一颗脑袋从两人之间挤进去。

邵成伸手把她的头发理了理，万穗目不转睛地盯着里面的情况。

“能判多久？”

一旁的警官解释：“入室盗窃按照盗窃罪的从重处罚情节，她这已经属于数额较大，一般处三年以下有期徒刑。”

“是时候让她吃点教训了。”万穗磨着牙道。

就在不久之前，有一个不知名设计师在微博上发布了几款汉服手稿，虽然有所改动，但万穗一眼就认出来，那是她的设计。而她这几天想新方案想得头都快秃了，没有一天休息超过三个小时。

“还没问到电脑的去向。”邵成说。

“我知道。”万穗说着，瞥了他一眼，目光别有深意。

“你的意思是，还有其他人参与？”

邵成总是能读懂她每一个眼神的含义，且对她这些毫无根据的小怀疑深信不疑。这一点让万穗受用。

她悄悄挠了下他的手心。

原本万穗只以为是郑慕心有不甘所以蓄意报复，并未怀疑到这一层，直到听说郑慕在拍戏。她清楚郑慕的斤两，倘若有那个本事在这么短的时间靠自己出道，也就不会费尽心机来她的工作室找机会了。

况且郑慕虽然一直心术不怎么正，但还从没干过违法犯罪的勾当。

万穗自认做人坦坦荡荡，仇家真心不多，而有能力给郑慕安排戏的，简直不要太好猜。

虽然不清楚这两个人是怎么搞在一起的，但女人的第六感通常很准。

郑慕大概还没搞清楚状况，只说电脑还在自己的住处，对设计稿绝口不提。审讯的小警官并不知道抄袭的事，没有往这个方向询问。

万穗心口一阵郁气，上不来下不去。

看了会儿，她忽然抬手，捂了下肚子。

邵成立刻察觉到，低声问："不舒服？"

"有点胃疼。"万穗靠在他身上。

邵成将掌心放在她腹部，慢慢帮她揉着，目光却凉凉的："没按时吃饭？"

万穗讨好地笑。

这几天作息乱得一塌糊涂，几点吃饭全看缘分。

邵成在见识过一次之后，便要求她一日三餐必须准时，还要拍照为证。但万穗把这任务派给了小佳，定了闹钟，每天到点就从网络下载几张图片糊弄过去。

邵成在她脑门上弹了一下："明天开始，我亲自监督你。"

万穗笑嘻嘻："那敢情好。"

审讯结束，郑慕被带出来，万穗立刻从邵成身上起来，走到她跟前，抱着手臂，一脸冷漠。

郑慕愣了愣："表、表姐……"

"你确定不把你的共犯交代出来？"万穗单刀直入。

"什么共犯？"郑慕装傻。

万穗扯了下嘴角："你帮她掩饰过去，她能给你多少好处？几个群演的小角色？你要坐牢了，郑慕，她给你再多的戏，你有命拍吗！"

郑慕这才意识到问题的严重性，一把拉住她的手臂，慌慌张张道："表姐，你不会真的让我坐牢吧？"

一旁的小警官看不下去了："这是刑事案件，坐不坐牢可不是你表姐能说了算的。"

郑慕有点蒙。

"除非她写个谅解书，还能让你少判点。不过我看你们姐妹俩这关系……"小警官没说完，一切尽在不言中。

郑慕咬了咬嘴唇。

"是程念。"

牵扯出一个大明星，案子变得棘手起来。

传唤证审批的速度已经很快，仍然没赶上程念的脚步，她人已经出境，并且因为"工作安排"，短时间无法回国。在警方采用强制传唤之前，她才现身，由律师陪同。

正式询问那天，万穗忙得焦头烂额，抽不出时间去看。结果是邵成告诉她的。

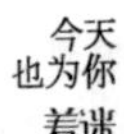

不理想。

程念对郑慕供词中的合谋之事矢口否认，声称与郑慕之间的联系，仅仅是出于好心提携，并对郑慕的忘恩负义深感痛心。

她的律师也是巧言善辩的能人，以“没有证据依靠主观臆测将罪名强加于当事人有失公正”为核心观点，将办案警察怼得哑口无言；继而慷慨激昂地为郑慕加上一顶“诬告陷害”的帽子。

更让人郁闷的是，警方根据万穗提供的线索，对设计图倒卖一事深入调查，找到了郑慕与涉案设计师之间的中间人，对方表示与程念素不相识。

也就是说，郑慕手中没有任何证据，可以证明她与程念的交易关系。

对程念的调查陷入僵局。

万穗埋头工作，没有关注案件的进展。几日后，却有一张高度还原、极致奢华的凤冠图片在微博上引起热议。小佳在进行官微的日常维护工作时看到，立刻拿给万穗看。

万穗再次抓狂。

图片上正是她为薄颜做的那一顶凤冠，且照片就是她亲手拍摄的那几张。转载次数很多，已经找不到发布来源，但郑慕还被关着，毫无疑问是从程念那边泄露的。

万穗不知道这是她的报复还是挑衅，不论哪个她的目的都达到了。

照片拍摄时，万穗曾向薄颜保证过，照片只用作工作室存档，不会擅自公开。

这倒好，脸打得啪啪响。

有火发不出，万穗憋着气和梁影帝联系。

那边显然已经知晓。虽然说出去有些丢人，但万穗不得不把最近遇上的麻烦解释清楚。梁影帝接受了她的道歉，并且表示不追究。

万穗感怀他的和善，一方面又惆怅，搞出这么多事，以后恐怕没人敢跟她们合作了。

案子交给邵成，她很放心，但迟迟没有进展，不能奈何程念，她心里免不了窝火。

唯一能给她一点安慰的是，程念涉嫌盗窃被调查的消息不知从何处走漏，当天就被推上了热搜。广大网友发挥“落井下石”的热心品质，不遗余力地扒出她过往的黑历史，一时间黑料满天飞。

事情的转机出现在程念的助理身上。

明星助理，不过是有个好听的头衔，仿佛离聚光灯的世界很近，实际上遥远不可及。

他们走在万人瞩目的明星身旁，却从没有一道目光落在他们身上。拿着不值一提的薪水，承受着加倍的辛苦。倘若遇上的是程念这样的雇主，还要遭遇非人待遇。

程念对身边的人一向苛刻，最近不顺遂，更是变本加厉。小助理来了也才几个月，已经偷偷哭过好几次。

万穗不晓得自己身上哪一点打动了她，她找来工作室时，万穗根本不记得她是谁。

小助理穿着普通的T恤牛仔裤，背着一个斜挎包，正青春的年纪，却蔫眉耷眼，毫无精神。她自我介绍，说明来意："我可以帮你。"

万穗一早起来头有点痛，在操作间忙了一上午，刚趴下想休息片刻，被打断，这会儿也十分没精神，靠在椅子上，闭着眼睛揉太阳穴。

"帮我什么。"

"你不是没有证据给程念定罪吗，"小助理攥着手机，"我有。"

万穗睁开眼睛："你有？"

小助理抿唇，在手机上点了一下。

带着一点电流声的女人嗓音传出来，很容易能听得出，是程念。

"你想整她，很简单。她看重什么，从什么入手就行了。"

紧接着是郑慕："她看重的不就是那个邵成吗，但那个男人对她神魂颠倒的，不容易下手吧？"

程念轻嗤一声："凭你也想对他下手……她不是要紧她的工作室吗，自恃才高，你把她的设计图弄出来，看她到时候拿什么交差。那些图你可以卖掉，我认识的人中有人可以牵线，赚的钱归你。"

……

录音播放完，万穗沉默片刻，问："你想跟我做什么交易？"

小助理摇头："我只是想讨回一点公道。"顿了顿，她试探道，"还有，那个，我不知道你们这里还需不需要人手……"

录音交给警方后，顺利将程念抓捕归案。

邵成提前给万穗打了预防针。郑慕实际偷走的是电脑，并非是与程念预谋的设计图，而设计图的价值在法律上不好断定，因此程念的罪责很有可能比郑慕轻。

不过届时消息曝光，她的演艺生涯基本就结束了，光她手里的几个代言，给品牌公司带来的经济损失，索赔起来就有她受的。

这个结果万穗觉得还可以接受。就像程念自己说的，一个人看重什么，就让他失去什么。

司法程序走起来需要时间，在这之前，万穗拼死拼活，赶着死线交了货。

最先完成的两件成品已经给导演们过目，效果都挺满意的，这次便直接约了几位主要演员拍摄定妆照。

万穗将所有的服装头冠送到光曜的摄影棚，在现场指导、甚至亲自动手，帮演员们换上衣服。

饰演女一号的演员有“电视女王”的称号，外形无可挑剔，演技也是有口皆碑，穿戴着为她量身定做的服饰，面对镜头时，俨然就是那个角色。

拍摄很顺利，不少演员对用料考究、做工精致的服装表达了赞赏，化妆师都来找万穗，想定做一套。

聚光灯下演员身上的衣袍头饰流光溢彩，万穗看着自己的作品，成就感满满。

她长长舒了口气。

身后有人叫她的名字。

她回头，眼前不知怎么一黑，身体一软，倒了下去。

第十六章

有生之年等到你

醒来时，万穗整个人是蒙的。

不记得发生什么，不知道自己身在何处。只有一种在连续的高强度工作后，终于松懈下来，从四肢百骸透出来的疲惫。

凌晨三四点的光景，微弱天光照出室内轮廓，眼前一个移动输液架，再往前是个两人座的布艺沙发，实木茶几、柜子。

一间挺舒适的单人病房。

万穗清醒了些，往另一边转头，冷不丁吓了一跳。

邵成坐在一张靠背椅子上，双臂环抱微微后仰，闭着眼睛。

这样也能睡？

万穗伸手想摸一下他的脸，还没碰到，他的眼睛唰地一下睁开了。

“哎哟。”她拍了拍胸口。大概累得有点神经衰弱了，一会儿被他吓到两次。

“醒了？”邵成身体前倾，靠过来，探了下她额头。

烧已经退了。

他摸完，万穗也摸了下自己的额头：“我发烧晕倒了？”

邵成手指在她脸颊上蹭了蹭：“你最近太累了。”

“你是不是心疼坏了？”万穗笑嘻嘻的。

她想坐起来跟他说会儿话，试着起了一下，还是算了，躺着真舒服。她往一边挪了挪：“你上来睡吧。”

床太窄，容不下两个人，邵成道：“你睡吧，我坐着也能睡。”

“可是我想你抱着我。”

万穗撒娇地哼两声，他便妥协了，侧身躺上去，搂着她。

“还是抱着你睡舒服。”万穗把脸埋在他胸口，使劲儿蹭了蹭，嗅他身上的味道。

她也说不来这是什么味道，不是香水，也不是洗衣液，就是他的味道。也不能用香来形容，但就像毒品一样，她闻一下神清气爽，闻两下就心痒痒。

这段时间忙得不知今夕何夕，已经好久没亲热了，但是靠在他怀里太安心，困意就上来，一点力气都没有，万穗有点不甘心，在他身上捏一捏，挠一挠。

邵成抬起她的下巴，吻住她。万穗被亲得哼哼唧唧的，很快就老实了。

医院的一天永远开始得很早，单人病房很清静，依然隔绝不了外面走廊来回经过的人声。

万穗睡得挺舒坦，但精力亏损太多，睡这一觉根本补不回来。半睡半醒的，不愿意起床。

邵成把她叫醒："喝点热水，嘴都干了。"

万穗把脑袋抬起一个角度，就着杯口喝了小半杯，又躺回去，长舒一口气，把小被单裹好："让我再睡三天三夜吧。"

睡下没多久，老万提着早点来了："怎么样，烧退了没？"

邵成道："昨天半夜退了，精神还不错，就是缺觉。"

"就是给累着了，年轻也顶不住这么折腾，天天就睡三个小时，身体怎么吃得消。"

老万说起这个不大高兴，走到床边，用手心在万穗额头试了下温度。

出了那么大的事，她瞒着不告诉他，结果把自己搞成这样子，做父亲的心里哪能不生气。

万穗听到他声音，不甚清醒地叫了声爸。

老万心就软了，轻轻摸着她的头发，开口声音软了许多："爸爸在这儿呢。还难受吗，有没有哪儿不舒服？"

万穗小幅度摇摇头，揉了下眼睛，撑着床坐起来，打着哈欠："就是困，没劲儿。"

"吃点东西再睡会儿。"老万说，"爸给你煮了红肠粥，你不爱吃皮蛋就没放，搁了点香菇，还有葱花。你哥的朋友从国外带回来的红肠，我吃着也没比咱们的哈尔滨红肠好吃到哪儿。还有铁板鱿鱼和生煎包……"

万穗的馋虫都被勾起来了，顿时有了下床的动力，跑去洗漱。

刷牙时，停好车的万琛上来了，万穗听到他的声音，从洗手间探出头，喊了一声："哥！"

她举着牙刷，满嘴泡沫，跟八百年没见了似的，十分欢喜。

"这么有精神，看来是好了。"万琛勾着嘴角。

万穗笑着回去继续刷牙。

卸下一个重担，感觉跟重生了一次似的。

万琛依然忙，待了片刻就去公司了。

万穗跟邵成一块吃饭。铁板鱿鱼是老爸自己弄的，没外面的味道那么重，就着粥吃刚刚好。

吃饱喝足，邵成去收拾，万穗又躺到床上去。

护士送来药，万穗吃过，问老爸："今天能出院了吧，我想回家住，这的床不舒服。"

"不急，"老万道，"先做个详细的检查再说。"

"也行。"正好她今年还没做体检呢。

邵成要回公司一趟，老万留下来照顾万穗。她做了几项常规检查，晌午吃过饭，又躺回去接着睡了。

万穗是被一阵争执的声音吵醒的。那道尖厉的声音聒噪又刺耳，她有点烦，抬头眯着眼睛瞅了眼：“谁呀。”

声音是从外面传进来的，房门关着，看不到人。

她又听了听，是小姨的声音。

病房外，走廊。

小姨红着眼睛：“姐夫，你让我进去跟万穗说，我不信她能眼睁睁看着她亲表妹去坐牢！”

老万眉头拢着：“有什么话，直接跟我说。”

“姐夫，你帮帮我们慕慕吧，监狱哪是人待的地方！她一个小姑娘家，要是坐了牢，人生就都毁了，我就这么一个女儿，从小舍不得让她受一点苦……”

“我也就这么一个女儿，我难道就舍得让我闺女受苦？”老万声音有点严厉，“郑慕坐牢是她咎由自取，不是我们要追究，她犯了法，就该接受惩罚。”

小姨哭起来：“慕慕她是一时糊涂，被那个什么程念给骗了，她不是有心的。只要万穗写个谅解书，就能少判几年，说不定可以判个缓刑。姐夫，你就是看在姐姐的面子上，也得帮我们啊！”

“万穗小的时候，你们是怎么对待她的？我就是看在你姐姐的面子上，才不追究，你们不疼她，我的女儿我自己会疼，但容不得你们欺负！你看看郑慕把她害成什么样子了，这一次我不会谅解，更不会强迫她谅解，你们好自为之！”

老万冷脸离开。

万穗住院的几天，“风荷记”三个字上了热搜。

起先是梁影帝和薄颜在微博分享了他们的合照，穿着万穗设计的那两套喜服，头戴凤冠和簪花乌纱，牵手相视而笑，一双璧人。也算是一种别出心裁的公开方式。

两人前后脚发布的，没有配任何文字，但薄颜在评论里艾特了风荷记的官微和万穗，表示感谢。

随后，光曜新剧也发布了官方定妆照，且特地说明了服饰由风荷记工作室设计制作。

影帝影后的影响力，加上光曜财大气粗的宣传造势，使风荷记工作室成了热门话题，官微粉丝数嗖嗖地涨，打来预定的电话多了几倍。

万穗过劳昏倒，小佳和趣趣不敢擅自接预约，只接了三个展示服的订单，并且自发地留下来工作。

只是万穗已经被老万和邵成联手禁止工作了。

她做了全身检查，检查结果出来，没太大问题，过度疲劳引起的内分泌失调，以及饮食不规律造成的胃炎。于是答应的龙虾炒饭也没了，天天都是清粥小菜。

出院那天，邵成有会要开，把她送到清川道就回了公司。

临吃饭时，陶宁来了，万穗瞧见她，瞪大眼睛："你怎么又把头发剪了？"

陶宁笑着拨了拨短发："还是这样舒服，头发留长，都变得不像我了。"

万穗多少猜到她和老徐大概是分开了。这顿时间自己忙得分身乏术，没顾得上关注她的近况，不过现在感觉到她状态好了很多，也放下心来。

陶宁没隐瞒，一五一十地说了，她看得很开："分开是正确的，不然对我对他都不公平。"

"反正你开心就行，什么我都支持你。"

韩树比陶宁早到一会儿，他从洗手间出来，走了两步，猛地停住。客厅霎时安静了，他瞪着陶宁，陶宁瞪着他。

片刻后，异口同声地问道：

"你怎么把头发剪了？"

"你头发怎么染回来了？"

韩树扒拉两下头发，坐到俩人对面："没什么，想染回来就染回来呗。"

他一头黄毛染回了多年不见的本色，穿浅蓝色的小立领衬衫，整个人看着斯文不少。

万穗啃着苹果，视线在两人之间转了转。她凑到陶宁耳边："他说不搞音乐了，浪子回头，要去公司给韩叔叔帮忙。"

陶宁"哦"了一声。

万穗点到即止，不再多说。

人多，老万做了一锅粥，还有几个菜。

吃饭的时候，他问陶宁："宁宁啊，你跟那个对象不处了？"见陶宁点头，他笑呵呵，"要不考虑一下我们家万琛？"

韩树正因为前一句的信息发愣，闻言一口粥差点喷出来，声音都变了调："她？叔你开什么玩笑呢，她这么糙的女人，哪儿配得上琛哥。"

老万啧了一声："你这孩子，怎么说话呢，我看宁宁比你强得多，你看咱们这些街坊，哪个不夸老陶家闺女懂事。就你最不着调！"

陶宁没理韩树，只笑着对老万道："我可不敢，我从小就最怕琛哥了，看见他跟耗子见了猫似的。”

韩树嘟囔一句：“算你有点自知之明。”

他拿起勺子要盛第二碗粥，被万穗挡了，瞪他一眼：“你别吃了。”然后把陶宁的碗接过来，亲手给她盛。

“欸，怎么还搞差别对待啊，”韩树抗议，“叔，你看万穗。”

老万当没听见：“宁宁多吃点。”

吃完饭聊了会儿天，陶宁就要走了。

万穗拉着她：“别走了，在这儿住吧。”

“不行呀，我还有两份报告得看，明早开会要用。”陶宁道，“过两天休息了我再来陪你。”

“好吧，你也别太累了。”

陶宁点点头，拿起包。

万穗趁她转身的工夫，踢了旁边剥橘子的韩树一脚，冲他使眼色。韩树不动，她一脚踹过去。

“欸，行了，行了，”韩树蹦起来，“我走还不成吗。”

陶宁已经走到门口，万穗把韩树拽过来，小声骂道：“你就在这儿尿吧，有本事以后别后悔。”

“不知道你在说什么。”韩树把手插在口袋里，慢吞吞地往外走。

“陶陶办公室天天有人送花，你知道吗。”万穗在他身后说。

韩树转头：“不就是那个老徐吗。”

万穗用一种同情的眼神看着他。

韩树跟她对视片刻，抬手拨拨头发，嘴硬道：“送就送呗，跟我有什么关系，我又不卖花。”

万穗在家养身体，每天不是邵成煮的粥就是老爸煲的汤，嘴里都淡出鸟来了。等小佳和趣趣把最后的单子做完，正式放大假前，她带两人去玩，犒劳这段时间陪她日夜奋战的员工，顺便吃点好吃的解解馋。

有从程念手里要到的“巨额”赔偿金，她财大气粗地挑了最贵的会所，最豪华的包厢。

经理瞧她出手阔绰，顺水推舟地推荐会所的男公关。万穗笑着回绝：“别了，我家那位醋劲儿大，回头把你们店拆了就不好了。”

正是周六，想着陶宁跟韩树应该不忙，万穗给陶宁打电话：“陶陶，晚上有约没有哇，出来玩呗，我请客。”

“你还在外面玩？”电话里传出来的却是韩树的声音，语气古怪。

万穗也愣了，拿开手机确认，是“陶陶”两个字没错。

“……陶陶呢？”她有点迟疑地问。这俩人现在的关系太微妙，她总是跟不上变化。

电话似乎被拿远了，一阵听不分明的说话声，随后又变得清晰，是陶宁接了电话：“穗儿啊。”

万穗一脸复杂，却还是故作轻松道：“你们俩在一块正好，我跟小佳趣趣在外面庆祝呢，你们也过来吧，今天请你们浪。”

“别浪了，”陶宁无奈道，“早点回家陪邵成哥吧。”

万穗有点扫兴：“那我们三个玩好了。”

“你早点回来，”陶宁叮嘱，“别超过六点。”

万穗停顿片刻，“哦”了一声。

电话挂断后，她垂眸盯着手机，好一会儿，忽然起身，关掉了音响。唱歌被打断的小佳和趣趣一脸茫然地看着她。

万穗麻溜地收拾包，一边催促：“走走走！”

陶宁收起手机，看向韩树。他盘腿坐在地上，手肘搭在膝盖上，捏着一束红玫瑰一拽，花瓣丢进一个黄麻布艺收纳筐。

他皮肤偏白，以前总爱穿个性张扬的衣服，最近却转了性，开始学着穿衬衫西装。有时在韩叔的公司碰上，还会看到他戴着金边眼镜，斯斯文文的样子。

陶宁扫了眼他手腕上的纱布，席地坐下：“你的手怎么样，严重吗？”

她和老徐分手之前，曾经在咖啡馆被他七岁的儿子刁难，滚烫的咖啡冲她脸上泼来。韩树也不知道从哪里冒出来的，劈手把咖啡杯夺下。

逞英雄的结果就是手上被烫伤一大片。

韩树翻了下手腕，看了一眼，不甚在意：“没什么，过几天就好了。”

陶宁捡起一支玫瑰来摘。

房间里静默下来，客厅里几个大男人的说笑声传进来。

韩树一直垂着眼，拿花时，被没去除干净的刺扎了一下，指尖冒出血珠，他在纱布上蹭了一下。

陶宁起身出去，片刻后回来，他正把手指按在纱布上，低着头。

“手。”陶宁撕开一个创可贴。

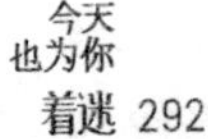

韩树看她一眼，把手伸了过去。陶宁帮他贴住伤口，松开时，忽然被他反手攥住。

陶宁愣了一下，韩树也愣着，盯着被他握住的那只手，不说话。陶宁试着抽回手，韩树松了一下，又猛地一下抓紧。

“你干什么！”陶宁愠怒。

韩树嘴角抿得很紧。

客厅里的说笑声不时传进来，气氛愉悦，房间里却是无言的沉默。

良久，陶宁甩开他的手，起身往外走。

韩树把脸埋进手心里，陶宁走到门口时，听到他的声音从掌心下传出来，闷闷的。

“我害怕辜负你……”他开口艰涩，“陶子，我可以辜负很多女人，但我不能辜负你。你和她们不一样……”

陶宁背对着他，语气很淡：“我是和她们不一样。你爱过她们，一天也好，一个月也好，但你不爱我，就这么简单。”

高嘉远一帮人已经将客厅布置得很漂亮。

气球的数量不多，以免喧宾夺主，三五成簇地用丝带固定，颜色是陶宁亲手搭配的，红白相间，偶尔点缀粉色。

最重要的部分，是客厅中央用水晶帘子隔出来的空间——

铺着白色桌布的长餐桌，顶上一盏新换的水晶吊灯，米白色的布幔从四边连接过来。

卧室是邵成亲手在布置。四周墙壁挂着一串串的装饰灯，与夹着照片的细麻绳交错。更换了纯白色床品的大床上，白色公主纱幔从皇冠架笼罩下来，几个大号的星星月亮灯固定在床头。

装饰好，将地上清理干净，高嘉远看了眼时间，转向陶宁：“问问她到哪儿了。”

“一问不就露馅了吗。”旁边的人说。

陶宁笑道：“她刚给我发了定位，这会儿已经在回来的路上了，估计半个小时就能到。”

高嘉远喊了声：“成儿，准备！”

邵成走进厨房，将冰箱里的食材取出来，开始煎牛排。

其余人开始摆蜡烛，在高嘉远的指挥下，用象牙白的圆柱蜡烛摆出一条路，从门口通向客厅中央，将餐桌围绕起来。

在女主角赶回来之前，一帮人功成身退，将这个美好的夜晚留给相爱的两个人。

高嘉远代劳招呼着请大家吃饭，尽管两个当事人不在，一帮人庆祝的劲头一点不少，一个个喝得东倒西歪。

陶宁没怎么喝，结束时，万年负责善后的高嘉远把醉成一摊烂泥的韩树交给她："小陶宁，这小子就交给你了。"他抹了把汗，"哎哟喂，这傻小子看着挺瘦，怎么这么沉……"

陶宁没说什么，把人塞上车，送回韩家。

回到家没多久，收到一条短信：【我在你楼下。】

她披上外套出来，乌漆墨黑没见人，正要掏手机，斜刺里忽然伸出一只手，将她一扯，推到背后树干上。她还没反应过来，眼前黑影笼罩下来，嘴唇被柔软的东西覆盖。

陶宁扬手一巴掌。

清脆的一个耳光，韩树头偏了偏。

气氛有点尴尬。

他一声不吭，陶宁也无话可说，想走，又觉得气不顺，折回来，怒气冲冲："你给我说清楚，你到底什么意思？"

韩树依然不看她："我不知道，我……"

陶宁抬手往他身上招呼："你觉得我好欺负是不是？"

韩树捂着脑袋嗷嗷叫："别打了，别打了！"被揍急了，他猛地一下站起来，一把将她又按到树上。

陶宁胸口起伏得厉害。

"要不，你跟我试试吧……"韩树压着她，"我承认我尿，一直推开你，但我发现我真的无法忍受你牵别人的手，你能不能再给我一个机会？"

万穗回到公寓，在电梯里发现一片玫瑰花瓣，捡起来，在手里把玩着。

十几秒的时间，又短又长。

上行的轿厢停止，她捏着花瓣，看着电梯门从中间缓缓打开，一条花瓣铺就的红毯展露眼前。

万穗抬脚，踩上去。

她特地做了头发，换了一身装备，橘粉色的一字领小礼服，颈上搭配圆形金属项链，脚踩黑色绑带凉鞋，双脚在红色花瓣映衬下，白皙如凝脂。

花毯通向尽头的象牙白色房门。万穗在门外站着，跺跺脚，深吸一口气，手指放在感应区，然后握住把手，推门。

房间里灯光很暗，烛光映出一条路。

她关上门，慢慢往里走。

水晶灯四周的白幔映着暖黄色的光，十分好看。

邵成就立在灯下，穿一身炭灰色条纹西装，深蓝底斜金纹领带，牛津皮鞋。他一手搭在椅子上，转过身来。

那一刻，万穗后悔了。他太帅了，自己应该打扮得更漂亮一点。

邵成走上前，向她伸出手："今天很漂亮。"

万穗撩了一下头发，把手递给他："你也很帅。"她踮脚，在他唇上亲了一口，描画精致的眼尾勾起来，"帅惨了。"

邵成笑着在她手背上吻了吻，牵着她走向餐桌，为她拉开椅子，揭下餐盘盖。

牛排已浇好酱汁，佐以蔬菜沙拉，卖相足以与西餐厅媲美。"你做的吗？"万穗问。

邵成走到对面坐下："快吃吧，有点凉了。"

餐桌上摆着烛台和鲜花，晚餐在美妙的气氛中进行。灯光很好，牛排味道也很好。

一切都刚刚好。

晚餐结束，万穗用餐巾擦了擦嘴巴，小眼神瞅着邵成。

他脸上仍是那种浅浅的笑容，自顾自走到落地窗边，开了音响，舒缓的乐声萦绕一室。

万穗走过去，邵成没回头，手臂一伸，将她揽到身前。

"想跳舞吗？"

万穗笑着将手搭在他的手臂上，邵成搂住她，随着节拍舞动。跳了两支舞，两人停下来，抱在一起轻轻地晃动。

外头天色越来越黑，时钟快指向八点时，邵成终于对她道："你去看看窗外。"

万穗从善如流地走过去，往下看了看，并没看到什么特别的。

邵成在她身后，拿出了一个白色的方形盒子。

"什么都没有啊。"万穗往外瞅了一圈，正要回过头，窗外光线乍亮，随之而来的是一阵连续而响亮的"砰——"

二十多颗烟花同时在夜空里绽放。

一个巨大的心形闪现又消失，接着，是一排字母：

Will you marry me？

邵成从背后抱着她，将她的左手握在掌心里，环在她腰间。

“你真的好老套啊。”万穗在他怀里笑，眸底映着璀璨的光火。她手指放在玻璃上，隔空点了点夜幕上的烟花。

“那你愿意嫁给我吗？”

邵成抬起右手，指间一枚戒指，白金的指环，两圈细钻簇拥着一颗心形主钻。

万穗看着那戒指，眼里有光闪动。

“小祸害，嫁给我。”邵成磁性的嗓音在她耳畔。

万穗想要张口回答他，却发觉气息有点抖。

她幻想中的这一幕，是自己用最美的笑容回答他：“Yes, I do.”但她没想到事到临头自己竟然这么没出息。

她知道她一开口肯定会哭的，于是点点头，算作回答。

可是随着点头的动作，还是有颗眼泪啪叽砸下来了，刚好落在邵成拿戒指的手上。

他握着她的手，将戒指一点一点套上她的无名指，然后把她转过来，笑着吻她的眼睛。

“不要哭。”

万穗越哭越凶，哭到开始抽噎。

她觉得自己现在的样子一定丑爆了，妆肯定花了，鼻涕好像也流出来了。她想停下来，但止不住。

她想起自己死皮赖脸跟在他屁股后面的时光，想起爱被怨恨掩盖的七年。她曾经将追到他视作人生最宏伟的目标，也曾经在被疼痛折磨的失眠之夜诅咒他一辈子爱而不得、孤独终老。

有生之年，她终于等到了这一天。

邵成温声细语地哄，吻她的额头，吻她的眼睛，吻她的嘴唇。又把她抱到沙发，让她躺在自己怀里，帮她顺气。等她终于消停下来，已经过去很久。

万穗觉得老脸挂不住，太丢人了，窝在他怀里不出声。

邵成低头看看她，笑了。

“哭这么惨，还以为我把你怎么样了。”

万穗抽抽鼻子，看着手上的戒指，转移话题：“你又买这么大的钻石，家底都花光了吧。”

邵成笑出声：“没关系，你嫁给我，不就回本了吗。”拽了拽她发红的鼻头，“还赚一个。”

他低头想要吻她，却被她猛地推开。万穗跳下地，捂着脸往洗手间跑：“我先洗把脸！”

一照镜子，那张花脸用丑已经不足以形容，难为邵成还能下得了嘴。

她飞快地卸了妆，又觉得自己哭得一身臭汗，影响情趣，飞快地脱光衣服冲进浴室。

按摩浴缸里也飘满了花瓣，似乎还放了什么精油，香气令人心醉。

浴室的门打开，邵成走了进来。

他外套已经脱掉，正慢条斯理地解着领带，一边用漆黑的眸子盯着她。

那个样子太性感，万穗一面想冲上去扑倒他，一面又舍不得打断这个画面。她站着没动，看着他每一个诱人犯罪的动作。

邵成抬脚走向她。

那一双长腿上肌肉强悍，充满力量感。

万穗不是第一次和他“坦诚相见”了，事实上每天都见，但此刻心还是怦怦地跳。

他将她打横抱起，跨进浴缸里。

万穗主动抱住他，将唇送上来，手指插进他发间，摸到脑后那个疤痕。

“我爱你。”

“我也是。”

后 记

2017，是我的本命年，也是我七年恋情走向终结的一年。

《今天也为你着迷》写作于分手之后，并非纪念，大约算是一种寄托。

邵成是我所有理想型的集合，英俊、温柔、富有；万穗则是我性格的反面，她自信果敢、爱憎分明，在错过七年之后，还能够找回自己的爱情。

关于他们的灵感，最初来源于上一本书里的一场客串：邵成与主角有交情，出场时侧脸上两道挠痕，被问起，微笑着解释一句："家里小野猫脾气大，见笑了。"

一句话，就是一个故事。

有时候角色是有灵性的，甚至是野心，给他一个跑龙套的机会，他能为自己争得一个男主，俗称抢戏。邵 boss 显然是个中高手。

有段时间很迷"小朋友"的梗，作为一个高龄少女，我对这种爱称毫无抵抗力，被各种有关的恋爱小故事甜得冒粉红泡泡。邵成和万穗的故事圆了我写这个梗的梦。

第一次见面，万穗向邵成借烟，借机搭讪，他对万穗说的第一句话，便是："小朋友，成年了吗？"

后来，他像带小孩的家长一样，监督她学习，不许她抽烟，在朋友讲荤段子的时候捂上她的耳朵——尽管那时他的"小朋友"已经是个什么都懂的大学生了。

再后来，他穿着高定西装为她煮饭洗碗；放下身份为她做免费的服装模特；纵容她在他脸上蹭满口红以向其他女人耀武扬威。

多年的特种兵生涯造就了他强大坚毅的军人风姿，但那份独属于万穗的温柔，像海洋一样，无声，平淡，容纳一切。

事实上，在开始写作之前，乃至动笔之后，以"小野猫"的形式出现在别人对话中的万穗，在我脑海中的形象反而更立体、生动。

她对家人掏心掏肺，对朋友热忱仗义，同时也信奉有仇必报，对敌人出手绝不手软。这算不得优点，但也并非缺点，现实的种种制约使得大多数人无法活得像她一样，这样的坦荡我认为难能可贵。

一字眉
2018 年 1 月 17 日